U0153012

Jiou Tu

酒徒

著

目次

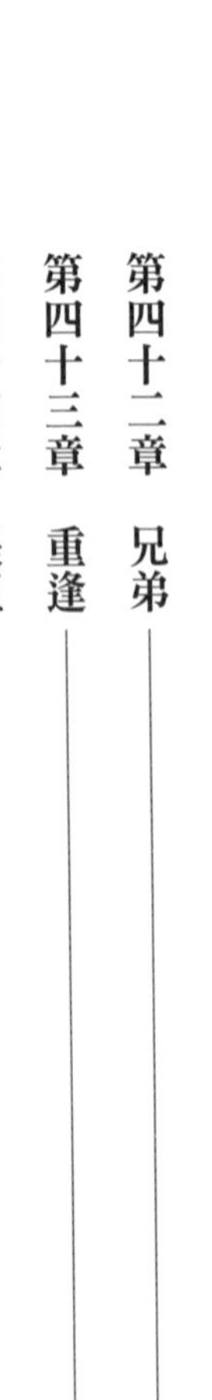

第四十二章 兄弟 五
第四十三章 重逢 四二
第四十四章 長姐 四八
第四十五章 交代 五三
第四十六章 胡子曰也有不懂的事情 五七
第四十七章 老將與少年 七二
第四十八章 挨打才能長記性 一〇七
第四十九章 婆閨的春天 一二五
第五十章 姐弟 一三八
第五十一章 出鞘的刀 一四二
第五十二章 奔襲 一六二
第五十三章 踏 一六七

第五十四章　碎——一七一
第五十五章　災難的起源——一八〇
第五十六章　惡意——一八六
第五十七章　新危機——一九一
第五十八章　父與子——一九六
第五十九章　兄友弟恭——二〇〇
第六十章　陰影——二〇四
第六十一章　選擇——二〇八
第六十二章　追殺——二三六
第六十三章　反擊——二四一
第六十四章　棋局——二四七
第六十五章　逼出來的殺招——二五四
第六十六章　這個招數我在書裡學過——二六四
第六十七章　大俠本色——二六八
第六十八章　魂飛膽喪——二七三
第六十九章　連鎖反應——二七八

第七十章　站隊　二八三
第七十一章　新與舊　二八七
第七十二章　陽光下沒新鮮事　二九二
第七十三章　果實　二九六
第七十四章　虎嘯　三〇〇
第七十五章　婆閏可汗　三一三
第七十六章　瀚海都護　三一八
第七十七章　老吐屯與少特勤　三二三
第七十八章　傳說中的唐軍　三二八
第七十九章　迷路的老將軍　三五二
第八十章　亂局　三五八
第八十一章　瞎　三六三
第八十二章　這事兒以前有人幹過　三六八
第八十三章　心知肚明　三九五
第八十四章　面授機宜　四〇三
第八十五章　師徒　四〇八

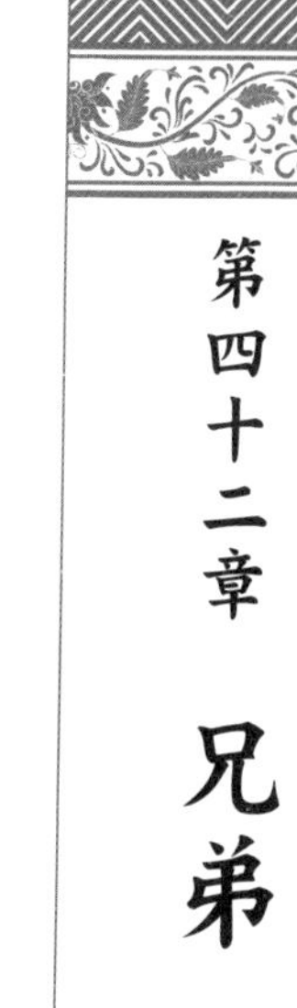

第四十二章　兄弟

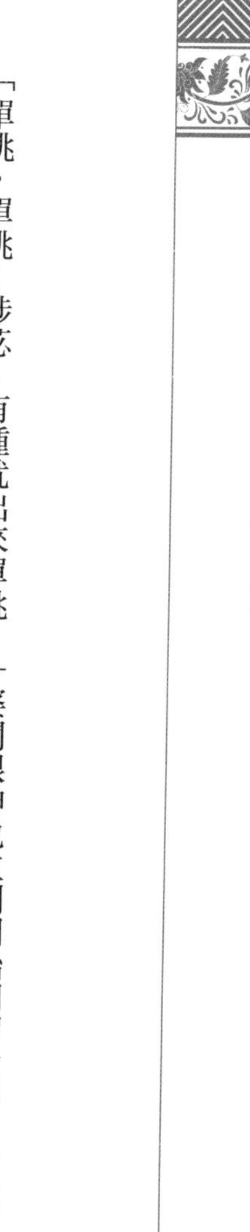

「單挑，單挑！陟苾，有種就出來單挑！」婆閏眼神也立刻開始閃閃發亮，揮舞著左臂在姜簡身後幫腔。阿史那陟苾與他之間的距離，現在仍有一百三十多步，遠超過了他最有把握的羽箭狙殺目標的射程。

然而，如果阿史那陟苾受激不過，答應與姜簡單挑，雙方策馬對衝之際，就免不了會衝到距離他五六十步遠的位置。屆時，他就可以突發冷箭，給自己的師父韓華報仇雪恨。而阿史那陟苾一死，突厥飛鷹騎就會失去核心！

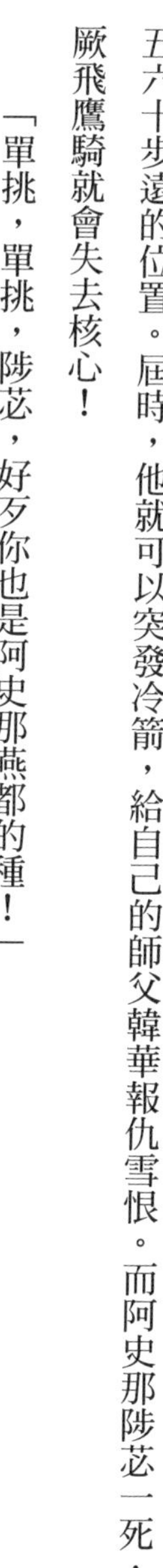

「單挑，單挑，陟苾，好歹你也是阿史那燕都的種！」

「單挑，陟苾，別告訴我你只會在酒席上下黑手！」

蕭朮里和洛古特稍微愣了愣，也跟著大喊了起來。二人的反應雖然比婆閏慢了半拍，氣焰卻比前者囂張了一倍。

「單挑，單挑！」

「單挑，單挑！」

「陟苾，別給你的祖先丟人！」

駝城之後，也傳來了響亮的助威聲。其中幾個少女乾脆跳上了駱駝脊背，手舞足蹈喊得格外賣力。區區三十幾個少年少女，還人困馬乏，對抗五百多名突厥飛鷹騎，大夥幾乎沒有半點兒活下來的希望。若是能夠促成阿史那陟苾與姜簡一對一決鬥，大夥活下來的希望卻增大了至少十倍。

畢竟，在前天與大食馬賊的戰鬥中，姜簡表現大夥兒有目共睹。而阿史那陟苾雖然看起來人高馬大，身手到底怎麼樣，大夥卻無從得知。

「嗯哼哼……」阿史那陟苾雖然性情陰毒，年紀卻只有二十三歲，從小到大還沒受過什麼委屈，眨眼間，就被少年少女的呼喊聲，刺激得熱血上頭，冷笑著拔出了佩刀，「小子想找死，爺爺就成全你。都讓開，我要親手送他去見他姐夫！」

「是！」眾親信仍舊為姜簡先前提起的阿史那燕都，而感到給祖先丟臉。見阿史那陟苾準備單槍匹馬去洗刷恥辱，立刻答應著為他讓開了道路。

論身材，他們的主帥阿史那陟苾跟姜簡差不多高，卻比姜簡寬了足足三分之一。論年齡，姜簡充其量和阿史那沙缽羅相仿，而陟苾，卻比沙缽羅大了足足四歲，無論氣血旺盛程度還是戰鬥經驗，都遠遠勝之。論騎術，突厥男子八歲就能騬騎如飛，十歲就能在馬背上鬆開韁繩挽弓而射，大唐的男兒，這個年齡能接觸到戰馬的人都是極少數。論武藝，至少在同齡人和比自己年齡低的人當中，阿史那陟苾算得上出類拔萃。而那大唐少年，只是在沙缽羅特勤嘴裡非常出色，其他突厥人卻沒從看到過他出招。論……。所以，在阿史那陟苾的親信們看來，一對一單挑，自家主將的勝算至少能達到九成。只有一成可能，是出現馬失前蹄等意外，才會輸給對手。所以，他們根本不擔心阿史那陟苾的安全，反而巴不得自家主將早點兒衝過去，將對手斬下馬背，以洗雪此人剛才用語言給大夥造成的屈辱。

「不要去，二兄！小心姜簡使詐。」整個飛鷹騎隊伍當中，唯一不認為阿史那陟苾穩操勝券的只有史笸籮。眼看著自家兄長再一次策馬逆山坡而上，他果斷驅動坐騎前追，同時扯開嗓子高聲勸阻。「二兄，他占了地利之便，並且身手不比你差，我跟他交過手，他本事真的不在你之下！」最後那兩句不說，也許阿史那陟苾還能被他勸得再度拉住坐騎。最後那兩句說出了口，效果適得其反。只見阿史那陟苾勃然作色，扭過頭，厲聲斷喝：「閉嘴！」隨即，雙腳猛磕馬鐙，如看到羊羔的餓狼一般，直撲姜簡而去。

「跟上去，保護陟苾設！全跟上去，不要讓他們單挑！」阿史那沙缽羅大急，扯開嗓子向阿史那陟苾的親信們命令。同時加快前衝速度，試圖在雙方發生接觸之前，加入這場戰鬥。

「是！特勤！」阿史那陟苾的親信們扭頭看了他一眼，七嘴八舌地答應，然而，一個個動作卻慢得如同蝸牛。在突厥別部，誰不知道沙缽羅特勤是跟他兩個兄長之間，明爭暗鬥不斷。作為阿史那陟苾的親信，他們沒理由服從此人的每一道命令。

更何況沙鉢羅特勤還生就一副白白淨淨的中原女人樣貌，與周圍的其他突厥人格格不入。如果不是耐著他的血脈與身份，眾人早就將其拖下馬來，盡情羞辱了。哪有心情聽他在這裡呼來斥去？

山坡很寬，能上山的區域卻非常有限。眾親信們對史笸籮的命令陽奉陰違，慢下來的，可就不是他們自己了。連同史笸籮衝向決鬥場的去路，都不小心被擋了嚴嚴實實。

「去，去幫忙，殺了對手。我二兄根本不是他的對手！」史笸籮急得火燒火燎，一邊用刀背驅趕騎兵們讓路，一邊高聲命令。阿史那陟苾的親信們不敢硬扛，一邊答應著讓出條通道，一邊扭頭向自家主將那邊觀望。從始至終，都沒把史笸籮的話當一回事。

事實好像也證明了他們的判斷，雖然姜簡占據了地利之便，策馬下衝，而他們的主將阿史那陟苾是策馬逆山坡而上，雙方剛一交手，他們的主將仍舊牢牢占據了上風。

「叮！」雙方兵器在半空中相撞，發出清脆的聲響。阿史那陟苾手腕偏轉，刀刃向前，憑藉著戰馬的前衝之勢，高速掃向姜簡的脖頸。

而姜簡，所持的大食長劍卻不怎麼趁手，回防的速度明顯慢了半拍。全靠著及時將身體倒向戰馬的另一側，才堪堪避過了抹向自己胸口的刀鋒。

「去死！」兩招皆占上風，阿史那陟苾信心陡增。在戰馬錯鐙而過的剎那，又來了一記反手揮鞭。雪亮到橫刀如同閃電，直奔姜簡的後頸。

「小心！」蕭朮里、洛古特兩人看得寒毛倒豎，提醒的話脫口而出。說時遲，那時快，沒等他們的聲音落下，那閃電般的刀光，已經來到了姜簡的身後，「噹啷」一聲，砍得火星四濺。

卻是姜簡情急之下，在馬背上側轉身，來了一記望月回眸，手中長劍不偏不倚，恰恰擋住了掃向自己的刀鋒。

「唏律律……」兩匹戰馬被兵器撞擊聲，刺激得熱血沸騰，咆哮著重新拉開了距離。阿史那陟苾知道自己贏定了，單手拉緊戰馬韁繩，借助山坡的緩衝，減緩速度，試圖搶先一步撥轉戰馬，發起第二輪攻擊。

就在此時，他身後，卻又傳來了自家弟弟阿史那沙缽羅的聲音，用的是標準的突厥語，充滿了焦急和關切，「二兄，小心身後。」

「啊……」阿史那陟苾迅速扭頭回望，剎那間，寒毛倒豎，尖叫著擰身，舉刀格擋，哪裡還來得及？只見一把大食長劍，在半空中打著「鏇子」朝著他飛來。劍刃和劍身，在陽光下掃出一團雪亮的銀渦。

「當！」下一個瞬間，橫刀與長劍發生了接觸，徒勞地濺起幾點火星。那長劍只是稍稍偏了偏，就借助盤旋之勢，繞過橫刀，重重地砍在了阿史那陟苾主動擰轉過來的左胸口。剎那間，鎧甲碎裂，血光四濺！阿史那陟苾嘴裡發出一聲悶哼，如同裝滿了蓧麥的麻袋般，重重地墜下了馬背

吶喊聲和叱罵聲，都戛然而止。天地間，一片沉寂。

除了史笸籮和姜簡之外的其他所有人，都沒想到前三招占盡了上風的阿史那陟苾，竟然在戰馬重新拉開距離之後，被姜簡打下了坐騎！一個個震驚得嘴巴微張，兩眼圓睜，無法相信自己看到的一切。

下一個瞬間，史笸籮的聲音，就鑽入所有人的耳朵，「別殺我二兄。姜簡，我跟你不共戴天！」一邊大叫，他一邊努力策動坐騎，試圖衝入戰場。去路卻被反應不過來的突厥飛鷹騎所阻擋，根本無法提起速度。

而姜簡卻趁著阿史那陟苾的親信都沒來得及做出反應的空檔，快速拉緊坐騎的韁繩，克服前衝的慣性和山勢減速。隨即，順著山坡兜了一個小而漂亮的圈子，把馬頭又轉向山頂，與此同時，伸手從馬鞍後抽出了另一把長劍。

「救我二兄，救陟苾設！」史笸籮喊得聲嘶力竭，拔出橫刀，砍向不小心阻擋了自己去路的騎兵，眨眼間，就連砍三人落馬。其餘飛鷹騎驟然驚醒，要麼拉偏坐騎給史笸籮讓開一條通道，要麼大呼小叫地衝向姜簡。一眾阿史那陟苾的親兵，也終於緩過了神，尖叫著策動坐騎去營救自家主將。

而姜簡卻搶在了所有突厥人前頭，速度也比所有突厥人都快。手提長劍，直奔阿史那陟苾落馬之處。再看阿史那陟苾，半邊身體已經被血染紅，卻不甘心閉上眼睛等死，掙扎著從地上爬起身，踉蹌而逃。

姜簡哪裡肯放此人離去？策動坐騎，旋風般追了過去，手中長劍在半空中潑出一道雪浪。

「唏律律……」阿史那陟苾的坐騎特勒驃頗通人性，不顧一切咆哮著衝上，用身體將自家主人擋了個結結實實。

「噗！」姜簡全力發出的一擊，被特勒驃擋了個正著。長劍砍入馬身半尺，血落如瀑。忠誠的特勒驃嘴裡發出淒厲的悲鳴，跪下四蹄臥倒，至死都努力避免砸傷自己的主人。

姜簡心中一痛，卻不會給阿史那陟苾任何憐憫。從特勒驃的屍體上拔出長劍，再度追向踉蹌著逃命的阿史那陟苾。

「放箭，放箭！」還沒等他繞過特勒驃的屍體，身後已經傳來了史笸籮聲嘶力竭的喊聲，緊跟著，羽箭破空聲也接踵而至。

「叮！」千鈞一髮之際，姜簡果斷回頭，用長劍打落了一支射向坐騎的羽箭。緊跟著身體翻滾，直接墜向了戰馬身側。

數支羽箭呼嘯著從戰馬脊背上方掠過，不知去向。隨即，又是數支！幾名最先反應過來的突厥親兵，一邊瘋狂地挽弓而射，一邊策動坐騎撲向姜簡身後。

「卑鄙，說好了是單挑！」

「天裁也賴帳，你們就不怕遭雷劈！」

蕭朮里和洛古特兩人大急，策動坐騎衝下來，努力保護姜簡。婆閏也氣得破口大罵，挽弓搭箭，將距離姜簡最近的兩名突厥親兵，相繼射下了坐騎。

「別殺我二兄，別殺我二兄！姜簡，我跟你不共戴天。」史笸籮跟在親兵之後衝上山坡，一邊拚命朝著姜簡的坐騎放箭，一邊聲嘶力竭地威脅。因為過於慌亂，他射出的羽箭全都落在了空處。其餘幾個衝到近處的突厥親兵受到婆閏的威脅，射向姜簡的羽箭也準頭大降。趁著這個機會，姜簡雙腿和腰部同時發力，將自己重新送回了馬背。策馬，掄劍，直取十步之外倉皇逃命的阿史那陟苾。

「跳下去，跳山溝！」史笸籮的聲音，搶先一步，抵達了阿史那陟苾的耳朵。後者的身體瞬間一僵，緊跟著，斜向跨三尺餘，趕在姜簡手裡長劍砍中自己之前，縱身跳進了一道山洪沖出來的深溝！

「唏律律……」姜簡的坐騎貼著山溝轉身，嘴裡發出一連串緊張的嘶鳴。馬背上，失去目標的姜簡俯身向山溝了掃了一眼，果斷策動坐騎衝向蕭朮里和洛古特。

「回駝城！」揮劍砍翻一名突厥親兵，他高聲向蕭朮里和洛古特二人下令，「回去死守待援！」又一名突厥親兵策馬衝至，手舉橫刀抹向他的脖頸。姜簡立刻顧不上再管蕭朮里和洛古特，揮動長劍磕飛橫刀，隨即，又一劍刺中了對方「主動」送上來的胸口。

長劍刺穿皮甲和小腹，突厥親兵慘叫著落馬。姜簡看都不看，再度揮動手臂橫掃，劍刃宛若手臂的延伸，從另一名親兵的腰間掃過，帶起一道血霧。另外兩名突厥親兵先後衝至，一人在左，一人在右，雙鬼拍門。姜簡側身讓過第一把砍向自己的橫刀，挺劍刺中橫刀主人胯下坐騎的眼睛。坐騎立刻痛得發了瘋，揚起前蹄，將背上的突厥親兵掀落於地。另一名突厥親兵，瞅準機會舉刀砍向姜簡，卻被一支急射而至的羽箭，將脖頸射了個對穿。

「啊……，啊……」慘叫聲接連而起，姜簡身前身側，卻忽然變得空空盪盪。他詫異地快速扭頭掃視，發現衝過來的大多數突厥親兵，都奔向了阿史那陟苾跳下去的那道深溝，自己根本不是這些人的首要目標。

「回駝城！婆閏，放箭掩護！」他向三位同伴高喊，策動坐騎逆山坡而上。

「回駝城，回駝城！」蕭朮里和洛古特二人渾身都是血，看不出到底來自敵軍，還是自己。二人互相提醒著，向姜簡靠攏，結伴殺死試圖擋路的突厥騎兵，脫離戰團。

「陟苾沒摔死，那條溝很淺，還不到兩丈深，下面還長滿了山杜鵑！」婆閏喘息著，與三人會合。一邊發箭射向企圖跟上來的零星突厥騎兵，一邊高聲彙報。

因為反覆張弓放箭，他的雙臂已經脫力，握弓和持箭的手，都在明顯顫抖。然而，仍舊給突厥騎兵造成了極大的威脅，令後者不敢追得太急。

「姜簡，我，阿史那沙缽羅對天發誓，今日，咱們兩個必然倒下一個！要麼是你，要麼是我！」史笸籮在山溝旁推開幾名突厥親兵，先朝著姜簡等人射了兩箭，然後大哭著發誓。因為距離和山風的影響，他射出的羽箭毫無威脅。然而，他的誓言，卻再一次讓姜簡痛徹心扉。

姜簡知道自己沒做錯任何事情。阿史那陟苾害死了自己的授業恩師，此仇不共戴天。他也無法指責史笸籮，畢竟，此人真名為阿史那沙缽羅，是阿史那陟苾的同父異母弟弟。

更多的突厥飛鷹騎湧上山坡，隔斷了少年人的視線。

姜簡舉了舉兵器，算作回應，也算道別，隨即策動坐騎加速返回駝城。不管自己的回應，那個叫史笸籮的朋友，是否能夠看得見！

返回駝城所花費的時間，比下來時至少長了一倍。

當初策馬向下走，姜簡等人雖然好幾次差點連人帶馬摔成滾地葫蘆，但是人和馬的體力尚還充足。而此刻，卻全都筋疲力盡。特別是發現大多數突厥騎兵心思都放在阿史那陟苾的生死上，沒有追過來之後。原本高度緊繃著的精神驟然放鬆，無論姜簡、蕭朮里、洛古特，還是擔任弓箭手的婆閏，全都感覺腰痠腿軟，剎那間，呼吸聲沉重得宛若拉風箱。

「嗚，嗚，嗚……」距離駝城還有三十多步遠，四人的坐騎，就不約而同地打起了響鼻。一個個邁著小碎步來回倒騰，再也不肯向上多走一寸。姜簡無奈，只好招呼另外三人下馬，然後人走在前，拉著韁繩幫助戰馬攀爬。駝城內的珊珈看到，也趕緊派其他少年們出來接應。大夥齊心協力，前拉後推，足足又花費了一刻鐘時間，總算全都平安撤回了駝城。

期間有十幾個膽大的突厥騎兵，發現了姜簡等人的窘況，叫嚷著策馬來追。然而，堪堪才靠近到距離駝城五十步遠的位置，就遭到了阿茹和弓箭手們的迎頭痛擊。

論威力，阿茹所射出的羽箭比不過在場任何少年，然而，輪準頭，卻無人能跟她相提並論。

只見她，瞄著突厥騎兵胯下的戰馬一箭又是一箭，轉眼間，就令三匹戰馬受傷流血，悲鳴著揚起了前蹄，將其主人摔下了山坡。

其餘幾個擔任弓箭手的少年有樣學樣，專門瞄著目標更大的戰馬放箭，很快就讓追兵們認清了現實，趁著沒摔得筋斷骨折之前，一個接一個主動撥轉坐騎，罵罵咧咧地退向了半山腰。

「關閉駝城，把駱駝拴在一起！快，多拴幾根繩子到附近石頭上，避免駱駝受驚逃走。儘量每一匹駱駝都拴，如果附近沒有石頭，就想辦法去砍樹枝，就地打木樁！」雖然突厥騎兵退了下去，珊珈卻不敢掉以輕心，接回了姜簡四人之後，立刻下令加固駝城。

「是！」少年少女們年紀都沒她大，也不像她那樣有駕馭整支駝隊的經驗，聽到命令之後，立刻痛快答應著去落實執行。

「把麻布袋子切成片，兜上糧食，放在地上。讓駱駝低下頭就能隨時吃到。然後再用麻布片把駱駝眼睛蒙住，避免牠受到驚嚇……」珊珈知道真正的考驗還在後頭，一邊努力回憶以往蘇涼商隊在沙漠中遇到小股馬賊之時的準備動作，一邊繼續給大夥分派任務。待所有少年少女都行動了起來，盡可能地將駱駝組成的「城牆」加固到最牢靠。她才終於鬆了一口氣，拎著水袋來到姜簡面前。

「你剛才那一下飛劍殺敵，真的厲害，山上山下，所有人都被驚呆了，半晌都沒發出任何聲音。」解開綁在水袋口處的皮繩，她蹲下身，雙手將水袋舉到姜簡面前，兩隻眼睛裡星光閃爍。「山上沒酒，請允許我以水代酒。慶賀勇士陣斬敵酋，凱旋而歸！」

她唐言說得頗為熟練，但所持禮節，卻有些不倫不類。姜簡剛剛調整均勻的呼吸，立刻就變得短促了起來。紅著臉接過水袋，窘迫地搖頭：「珊珈姐姐過獎了，我，我，我只是打傷了他，沒能成功將他殺掉。那個山溝，也沒多深，他摔下去後，未必……」

「終究狠狠打擊了敵軍的氣焰。並且令他們失去了主帥！」珊珈卻不允許姜簡如此謙虛，高聲打斷。嬌媚的臉上，寫滿了崇拜。

「飛鷹騎是阿史那陟苾的嫡系，師兄你單挑把陟苾打下了馬背，又逼著他跳下了山溝。對飛鷹騎的士氣，打擊一定非常沉重！」婆閏看不出珊珈與姜簡之間到底是什麼關係，卻笑著走過來，替珊珈幫腔。

「對，你看剛才那些突厥人亂轟轟的模樣，簡直是一群失去了主人的野狗！」蕭朮里對婆閏的觀點非常贊同，也笑著在旁邊補充。

「我幾乎沒費什麼力氣，就接連砍翻了兩名突厥騎兵。如果不是你把他們的主將逼得跳了山溝，根本沒有這種可能。」與婆閏持相同觀點的，還有洛古特。帶著滿臉汗，在旁邊用力揮拳。他和蕭朮里兩人的鎧甲，剛才都被鮮血染成了紅色。此刻用乾草沾著冷水將血跡擦掉之後，竟然沒在鎧甲上發現任何破口。鎧甲沒破，就意味著他們自身沒有受傷。可見剛才突厥騎兵是何等的慌亂。所以，二人信心都爆了棚。堅信大夥在姜簡的帶領下，一定會像昨天那樣再度創造出奇蹟，令山下的突厥飛鷹騎什麼都撈不到反而損兵折將！

「姜兄，剛才那一招絕殺，真的讓人大開眼界！」

「馬後飛劍！姜家哥哥，我開始還一直為你擔心。沒想到，那個陟苾連你一招都沒接來！」

其餘少年少女，也紛紛開口，對姜簡飛劍殺敵的一幕，大讚特讚。對山下將近二十倍於己的敵軍，卻全都選擇了視而不見。

看到大夥士氣如此高漲，姜簡為了避免給大夥頭上潑冷水，也不敢太自謙了。只好笑著舉了舉水袋，然後將清水當成慶功酒，開懷暢飲。

「只是白白便宜了史笸籮！」阿茹頂著一頭汗珠返回，取了一袋清水，一邊飲，一邊小聲嘀咕，「陟苾是他兄長，陟苾死了，他剛好接管那些騎兵。」

「那等會兒就連他一起收拾！」眾少年們將目光快速投向半山腰，然後滿臉不屑地宣佈。剛才史笸籮下令朝姜簡放箭，並且在關鍵時刻提醒阿史那陟苾跳山溝逃命的聲音，大夥都聽見了。心中對此人，再也不敢抱任何期待。既然此人選擇做寇仇，那麼無論此人先前多有本事，大夥也不會再給予此人任何讚譽。至於接下來的戰鬥，各自放手一搏便是。反正誇讚了此人，他也不會念在大夥對他佩服的份上，給大夥留一條生路出來。

「嗚嗚嗚……」彷彿聽到了少年們的心中所想，半山腰處，突厥騎兵忽然又吹起了號角。緊跟著，眾突厥騎兵紛紛跳下了坐騎，快速向帥旗附近靠攏。十幾名身材高大的騎兵，牽著戰馬走向山溝。冷不防從腰間抽出割肉的短刀，狠狠地紮進了戰馬的脖頸。鮮血竄起了足足一人高，十幾匹戰馬，連悲鳴聲都沒來及發出，就轟然而倒。臨近的數十匹戰馬受到驚嚇，嘴裡發出一連串悲鳴，「嗚，嗚，嗚……」，張開四蹄欲逃。卻被其各自的主人，死死扯住了韁繩，勒得口吐白沫。

「突厥人在幹什麼？」少年少女們大吃一驚，齊齊扭頭看向山坡，旋即，怒火中燒，破口大罵。「他們好歹毒的心腸，根本不缺糧食，竟然宰殺受傷戰馬為食。他們就不怕老天爺打雷劈了他們！」

「怪不得突厥人的可汗，沒有幾個能善終。他們簡直是一群畜生。」

「畜生都比他們有人味兒！」

「簡直就是一群發了瘋的野狼！」

戰馬向來被騎手視為同伴，彼此之間生死相託。很多部族當中，戰馬即便老得走不動路，主人也每天會給牠提供草料，一直養到牠老死，而不會將其宰了剝皮吃肉。

敵我雙方從遭遇到現在，還不到半個時辰。突厥人不可能已經沒了軍糧。這種情況下宰殺戰馬，非但殘忍，而且不可理喻。

「嗚嗚嗚，嗚嗚嗚，嗚嗚嗚……」低沉的號角聲再度響起，伴著一陣陣戰馬的悲鳴。殺死了戰馬的十幾名屠夫，在號角聲和悲鳴聲裡繼續揮刀，轉眼間，就將馬皮從屍體上剝下，將血肉推進了山溝。

又有二十幾名突厥騎兵舉著騎兵專用長矛衝到山溝旁，將剛剛剝下來的馬皮，趁熱穿上了矛桿。

兩桿騎兵專用長矛左右穿插，撐開一張完整馬匹。轉眼間，十幾張馬皮，就全都被騎兵專用長矛撐開，整整齊齊的豎於地面，宛若一排豎起來的門板。「他們在做皮帷，他們殺馬不是為吃肉。而是為了做皮帷遮擋弓箭和石塊！」蕭朮里第一個弄清楚了突厥人的用意，啞著嗓子驚呼。

沒經過硝製的生馬皮柔韌卻失於單薄，擋不住凌空射至的羽箭。然而，將生馬皮用長矛撐開，卻能極大地削弱羽箭的殺傷力，讓其即便穿透了生馬皮，也無法再給躲在後面的將士造成任何傷害。至於石塊，太大的石塊不可能被人力拋得太遠。能拋遠的石塊，砸到生馬皮之上後，會立刻被彈開，無法再碰到後面的將士分毫！

「好歹毒的戰術！」其他少年少女們，深吸冷氣，剎那間，渾身上下，感覺一片冰涼。不用問，大夥也知道是誰為突厥騎兵制定了戰術。

只有跟大夥並肩守過山路的人，才知道大夥用什麼手段，頂住了戈契希爾匪幫的進攻。而大夥這邊的劣勢都在哪，此人也知道得一清二楚！

「阿斯蘭，你帶上隨軍郎中和本部兵馬，護送我兄長星夜返回金微山牙帳。然後不惜代價延請名醫，一定要把他的腿治好。」

「骨托魯，你部兵馬全部改做弓箭手。然後立刻用乾草和牛油趕製火箭。半個時辰之內，每人必須準備好五支火箭，未能完成者，以臨陣抗命論處！」

「珂可山，杜爾，你們兩個各自帶領本部弟兄，整隊待命。」

「谷里，你弟兄一分為二，留下五十人幫忙輪流執掌皮帷，另外五十人，全部都給我撒出去充當斥候，十里之內若有異動，立刻向我回報……」

山坡下，阿史那沙缽羅將五名旅帥（百夫長）召集在一處，挨個給他們佈置任務。他身上還穿著繳獲來的大食鎧甲，頭上戴的也是繳獲來的大食兜鍪。雖然刻意在肩膀上披了一件黑色披風，看起來仍舊與周圍的突厥飛鷹騎格格不入。然而，被他點到名字的五位飛鷹騎旅帥，卻沒勇氣拒絕他的指揮。互相看了幾眼，陸續以手撫胸，躬身領命。作為車鼻可汗的小兒子，阿史那沙鉢羅即便再不受寵，也是堂堂正正的特勤，地位超然。

而突厥別部的軍隊雖然表面上奉行了唐制，骨子裡卻受部落舊習俗影響極重。再驍勇善戰的軍官，只要不出身阿史那家族，也沒有跟特勤「掰手腕」的資格。

更何況，剛才在危急關頭，沙鉢羅特勤的表現，眾將校有目共睹。若不是他在千鈞一髮之際，提醒陟苾設跳山溝逃生。眾將校的頂頭上司阿史那陟苾今天就得死在那名大唐少年的劍下，而不是僅僅摔斷了雙腿。

「打傷了我二哥的那個人，名叫姜簡，他父親的李世民的侍衛統領。他從小就得到了他父親的耐心傳授和嚴格訓練，我二哥單挑輸給他，並不丟人。」感覺出眾將校在內心深處還沒完全接受自己，阿史那沙鉢羅想了想，非常耐心地補充，「而他的姐夫，就是被我二哥在酒席上殺死的大唐副使韓華。前幾天，我跟他一道落難，他不知道我的身份，曾經親口對我說過，來草原上是為了刺殺我父親。」

「好大的膽子！」

「想得美！」

「白日做夢！」

眾將校眉頭立刻皺成了「川」字，一雙雙的眼睛裡，都湧滿了仇恨。他們可能仍舊看不上阿史那沙鉢羅，然而，他們對車鼻可汗卻忠心耿耿。既然得知有人準備行刺車鼻可汗，就沒有再放此人活著離開的道理。

「各位別急，聽我把話說完！」阿史那沙鉢羅左手輕輕下壓，示意眾人稍安勿躁。動作雖然略顯生疏，氣度卻遠勝阿史那陟苾。

眾將校清晰地感覺到了這一差距，又互相看了看，相繼閉上了嘴巴。

「姓姜的身手很好，我也不如他。但是，他帶的卻是一群烏合之眾，並且手頭沒有多少箭矢。」將眾將校的表現看在了眼裡，阿史那沙鉢羅的舉止，頓時變得愈發沉穩有度，「所以，接下來，咱們並不急著跟他拚命，而是將隊伍推進到距離駝城五十步之內，用火箭和羽箭驚嚇或者殺死駱駝，將駝城撕開一條口子，逼他主動下來決戰。」

「如果他們仍舊不下來呢？那段山坡很陡，戰馬無法直衝而上。徒步爬山，人上去了，腿也累軟了？」旅帥骨托魯資格最老，猶豫了一下，躬身請教。

「問得好！」阿史那沙鉢羅非但不怪對方冒犯，反而笑著為對方撫掌。隨即，認認真真地給出了下一步對策，「如果他們不下來，就繼續用羽箭壓制，將他一步步逼上山頂。他們只有六張弓，羽箭也不充足。居然居高臨下，對射也注定吃虧。而咱們非但人多，時間也很充裕。」

「特勤，此地距離白道川可是沒多遠了，如果不能速戰速決……」受到阿史那沙鉢羅的態度鼓勵，另一名喚做古里的旅帥也躬身提醒。

「放心，我心裡有數！」阿史那沙鉢羅踮起腳尖，輕輕拍打對方的肩膀。「此地距離受降城還有七八十里路，超過了唐軍斥候的日常巡視範圍。即便有人發現了咱們，也需要逐級上報，待到受降城的守軍出動，至少得明天早晨。」

這個動作很不合雙方身份，尤其在後者比前者足足高了一頭半的情況下，看起來顯得非常輕慢。然而，旅帥古里卻絲毫沒有感覺受到了冒犯，反而故意將腰向前彎下了一些，以便阿史那沙鉢羅拍得更順暢。

用雙手抓住古里的胳膊，將古里的身體輕輕擺正。順便又替此人整了整裹在黑布下的頭盔，阿史那沙鉢羅繼續補充：「正因為時間充裕，所以等會兒我不需要任何人帶隊前衝，弟兄們的性命，遠比山上那些人的性命重要。哪怕是一個換一個，都不合算。遠距離咱們用羽箭射，敵軍如果忍受不了，自己主動衝過來找死，咱們就用長槍和盾牌，結陣幹掉他們！」

「嗯！」幾個旅帥聽得心中滾熱，齊齊點頭。

阿史那沙鉢羅則笑了笑，輕輕揮手，「關鍵是要打掉他們肚子裡那口氣。長時間吃羽箭卻還不了手，他們肚子裡那口氣自然就散了。屆時，除了姜簡之外，其餘人就是待宰羔羊。」頓了頓，他將拳頭虛握，聲音陡然轉高，「將他們一步步逼到山頂上去，就可以四下合圍，結陣緊逼。屆時，哪怕姓姜的身手再好，也得任由咱們炮製。我這麼說，你等可否聽得明白？」

「明白！」

「特勤高明！」

「願遵特勤號令。」

眾將校眼神發亮，再度陸續開口表態。無論聲音的響亮程度，還是反應速度，都比先前強出了太多。正所謂，不怕不識貨，就怕貨比貨。以前阿史那陟苾統領飛鷹騎的時候，可從來不會做出如此耐心細緻的佈置。他只會逞勇耍狠，或者逼著將士們跟著他一道逞勇耍狠。即便偶爾突發奇想，佈置下一些奇招絕招，通常也只有裡外兩重，並且根本不考慮自己一方所付出的代價和敵軍是否會上當。

而阿史那沙鉢羅，卻會將敵我雙方的實力，從一開始就考慮得清清楚楚。並且耐心地向他們講解為何這樣做，還承諾採取犧牲最小的方式，帶領大夥去獲取勝利。從外行角度看，追隨阿史那沙鉢羅作戰，遠不如追隨阿史那陟苾酣暢痛快。然而，在內行眼裡，追隨前者作戰，勝算要比後者大得多，並且將士們不用做無謂的犧牲。

「那就分頭去執行任務！」見幾個旅帥已經理解了自己的作戰思路，阿史那沙鉢羅用力一揮手，乾脆利索地結束了軍議。「半個時辰之後，除了護送我二哥返回金微山的第一旅之外，其他四旅隨我攻山，為我二哥報仇。」

「得令！」眾將校齊聲回應，然後又向阿史那沙鉢羅行了個禮，快速散去，臉上再也看不到絲毫因為前任主將在單挑中被對手打下坐騎而帶來的沮喪。

阿史那沙缽羅微笑著用目光，送眾人離開，腰桿挺得比騎矛還直。一陣山風吹過，圍在他肩膀上的披風被吹得飄飄盪盪，令他顯得愈發英氣十足。

「特勤，高明！」忠心耿耿的侍衛史金悄悄走上前，用身體擋住外人的視線，悄悄挑起自己的大拇指，「從今天起，飛鷹騎就是您的了。陟苾設即便養好了傷，也無法再將其拿回去。」

「不要這麼說，我只是替他掌管幾天，免得軍心大亂，為外敵所乘！」阿史那沙缽羅笑了笑，輕輕擺手。年輕的臉上，看不出半點兒得意。

「咱們突厥人佩服英雄，不會敬重一個被敵將打下坐騎，跳山溝求生的廢物。」史金昨夜剛剛經歷了喪弟之痛，頭腦不夠清醒，撇了撇嘴，繼續低聲強調。他說得乃是事實。突厥人以狼為圖騰，所以骨子裡也帶著幾分狼性。尊敬強者，而不會給弱者太多同情和憐憫。阿史那陟苾今天被姜簡給打下了坐騎，無論是因為一時輕敵大意，還是技不如人，他在所有飛鷹騎將士的眼睛裡，都變成了一個徹頭徹尾的失敗者。將士們會在內心深處，本能地抗拒繼續接受此人的指揮。突厥別部的一眾長老們，也不會再將此人視為一個有前途且值得「投資」的汗位繼承人。

然而，阿史那沙缽羅，非但沒有因為他的話而感到高興，反而狠狠橫了他一眼，低聲呵斥：「閉嘴！不說話沒人把你當啞巴。」

待發現史金滿臉委屈，又皺著眉頭補充：「區區一個飛鷹騎，總計不過五百兵馬，我即便拿在手裡有什麼用？況且，如果拿不下婆閏和姜簡，在我父親眼裡，我和我二哥，就根本不存在任何區別！」

「這……」史金反應慢，眨巴著眼睛，無言以對。

阿史那沙鉢羅也不多做解釋，伸手攬住他的脖頸，將他的頭拉到自己嘴巴旁，用極低的聲音叮囑：「等會你跟我一起，想辦法把姜簡打暈，盡可能地生擒他。這個人文武雙全，如果能收服為我所用，必定會成為我的徐世績！」

「徐世績？他有那麼高的本事？」史金雖然唐言說得不怎麼樣，聽到「徐世績」三個字，卻如雷貫耳。

想當年，導致突厥汗庭覆滅的兩個最大元兇，便是徐世績和李靖。

後者的主要功績，是運籌帷幄，並不會親自披掛上陣，所以，給突厥將士留下的印象不夠直接。而前者，卻不僅僅懂得用兵，並且還每戰必親領將士衝鋒陷陣，一路上斬將奪旗不計其數，令突厥兒郎聞聽他的名姓，就腿肚子打顫。所以，在大多數突厥將士眼裡，徐世績遠比李靖可怕。阿史那沙鉢羅拿「徐世績」三個字來形容姜簡，等同於直接將他捧上了天。

「他只比我大半歲。以前從沒領過兵，這兩天帶著一群烏合之眾的結果如何，你也曾親眼看到。」阿史那沙鉢羅本人，卻絲毫不覺得自己對姜簡過於推崇，想了想，很認真地向史金解釋，「我二哥的身手，在咱們突厥人中，總排得上二流吧。結果如何？跟他交手，連撥轉坐騎打第二個回合的機會都沒有。」「陟苾設，陟苾設輕敵了。」史金想了想，主動替阿史那陟苾辯解。然而，聲音聽起來卻透著如假包換的心虛。

生死相搏，向來只看結果，不問理由。

輸就是輸，贏就是贏，哪怕輸的一方在交戰前有傷在身，贏的一方用了陰謀詭計，也沒有裁判可以將結果給翻過來。更何況，在陟苾設出戰之前，沙鉢羅特勤已經反復提醒過他，對手本事不比他差。他知己知彼，仍舊只在對手面前走了一個回合就被打下了坐騎，除了技不如人之外，還能有什麼緣由？

「承認別人的長處，並不會讓咱們損失什麼。見賢思齊，才能走得更高。」知道是虛榮心作怪，史金才替陟苾找藉口，阿史那沙鉢羅笑著拍了他一下，低聲教誨。

這句話不是部落裡負責傳授學問的突厥長老所教，而是來自他的母親。在阿史那沙鉢羅眼裡，母親的智慧，超過了他見過的任何一位長老、更遠遠超過了自己的父親，車鼻可汗。

「那是來自大唐的智慧！」留下足夠的時間讓史金去消化，阿史那沙鉢羅不再多說，默默地將目光看向駝城。「姜簡曾經在大唐最好的學堂就讀，應該也是裡邊最出色的學生之一。如果將他帶回金微山下，哪怕他不為我所用，找幾個同族兄弟拜他為師，將他肚子裡的學問傳播開來，也能讓突厥別部如虎添翼！」所處的位置太低，他的目光無法繞到駱駝身後，當然不可能看到姜簡的身影。但是，他卻相信，此時此刻，姜簡正在全力以赴地等著他發起進攻。知己知彼，百戰不殆。相處時間雖然滿打滿算都不到一月，他對姜簡瞭解卻極深。並且，對雙方即將發生的戰鬥，充滿了期待。

「呼……」一股旋風，忽然在山坡上湧起，捲著草屑和泥土扶搖而上。如同一條土龍，在碧藍色的天空中張牙舞爪。

「地龍！地龍！」駝城後，幾個正在緊張備戰的少年抬起手，指向天空中的「土龍」，驚呼出聲。

草原空曠，盛夏之時地面忽然出現旋風，乃是極為常見的現象。然而，在大多數部族傳說裡，旋風卻都不是什麼吉兆，甚至經常與重要人物的死亡聯繫在一處。

「估計是阿史那陟苾死了！」蕭朮里瞭解草原各部落傳統，頭腦反應也足夠快，立刻笑著給出了解釋，「他胸口吃了姜簡一劍，又自己跳進山溝摔了個半死。大熱天，突厥人那邊還缺醫少藥，他能活下來才是奇蹟。」

「肯定是這樣！」

「陟苾死了！」

「怪不得突厥人剿完了馬皮之後，遲遲沒有發起進攻！」眾少年們聽得精神大振，七嘴八舌地附和。

雖然連續經歷了幾次生死考驗，他們一個個都變得遠比從前的自己勇敢堅強。然而，即將面對十四五倍於己的敵軍，他們仍舊感覺壓力巨大。所以，哪怕明知道蕭朮里的說法是一廂情願，也主動以訛傳訛。

唯獨沒有跟著大夥一起叫嚷的，只有姜簡。皺著眉頭向山頂看了幾眼，他忽然拉過薛延陀部的烏古斯低聲吩咐：「趁著突厥人還沒發起進攻，你挑兩個體力充足的弟兄，帶上繩索，去探一下通往山頂的道路。能爬多高，就爬多高，然後儘快下來告訴我結果。」

「還往上爬？」烏古斯抬頭看向越來越陡峭的山坡，詫異地詢問，「即便人能爬上去，駱駝和戰馬也上不去……」

「此地距離白道川只有七八十里路，即便沒有坐騎，咱們也能徒步走回去。若是咱們人落在史笸籮手裡，最好的結果，也是被他再次賣給大食人做奴隸！」

「嗯！」烏古斯立刻理解了他的想法，答應一聲，轉身就走。

「洛古特，你帶上所有女子，無論是用繩子拉也好，用手推也罷，把她們送到三十步之上的位置。就是那，那邊剛好有兩棵岩柏，可以藏身。」迅速將目光轉向另一位同伴，姜簡繼續吩咐。

「那邊？」洛古特不明白姜簡為何要如此安排，本能地詢問。隨即，卻又迅速點頭，「我知道了，馬上就去！」

「史笸籮跟咱們並肩對抗過戈契希爾匪徒，知道咱們的招數，所以，咱們不得不多防他一手！」擔心少女們不肯聽從自己的命令，姜簡主動向大夥解釋。隨即，又把目光快速轉向珊珈，「妳不要跟她們一起走，先去把駝城外層那些駱駝韁繩和腿上的繩子都解開。阻擋敵軍，一層駝城就夠了。雙層反而是累贅。」

「駱駝會跑！」珊珈的眼睛，頓時瞪得滾圓，提醒的話脫口而出。

「不會往上跑！」姜簡接過話頭，迅速給出了答案。「駝城的弱點，史笸籮知道得清清楚楚。如果他接管了山下的突厥人，他肯定不會下令捨命強攻。」「山坡下的突厥人在趕製火箭，我看到了他們在收集乾草，並且山風裡送來了牛油的味道。」阿茹快速走到姜簡的身邊，低聲為他作證。「駱駝怕火，我如果是他，第一輪進攻就會下令火箭攢射。」

「那就把內層駱駝腿上的繩子也都放開。如果史笸籮用火箭攢射，就立刻割斷駱駝之間彼此相連的韁繩。」姜簡的眉頭迅速皺緊，果斷又做出了新的調整。史笸籮對他瞭解頗深，他又何嘗不是史笸籮的知己？他不敢保證，自己能算到史笸籮接下來使出的所有招數。至少，會盡可能地站在對方角度，推演各種獲勝的捷徑。

「瑞根，你帶幾個人，把糧食集中倒在一處，用石頭圍住別讓牲口糟蹋。把裝糧食的麻布口袋裝上雜草和石頭子兒，在駝城內側十步遠的位置，壘幾段臨時牆壁。一人高就好，不用太結實，等會兒大夥兒用來躲避羽箭。」

「羽陵鐵奴，你帶人去收集一些石頭，要冬瓜大小。就擺在駝城內側。突厥人用的馬皮帷帳能擋住羽箭和小石塊。太大的石頭，卻不一定擋得住。」

「呼延雄心，匹絮茓，你們兩個負責收集……」一邊推演，他一邊下令。盡可能地補齊己方的短板，同時想辦法將己方的優勢盡可能發揮到最大。

「是！」

「明白！」

「知道了，放心……」

被姜簡點到名字的少年們，都答應得毫不猶豫，然後竭盡全力去將命令落到實處。沒有退路，也沒有援兵。這種時候，哪怕姜簡發出的命令沒經過深思熟慮，甚至毫無價值。至少，他沒有驚慌失措。只要他沒有驚慌失措，少年少女們就能找到依靠。而忙碌起來，是緩解緊張的最有效方法。

時間在忙碌中，飛快地過去。給人的感覺不過是一轉眼，山坡處的突厥人，已經開始緩步向前推進。曬得半乾的馬皮，被他們用騎矛挑過了頭頂，就像和尚做法事用的招魂幡。紅色的血跡，在「招魂幡」表面斑斑駁駁，邊緣處還有油脂的光澤閃爍。緊跟在招魂幡後，是一面骯髒不堪的羊毛大纛。表面上描畫著一顆巨大的狼頭，曾經是銀色，或者是白色，眼下被泥土染得灰中透黃。那是代表突厥諸侯或者王子身份的銀狼旗，尋常武將沒有資格使用。然而，旗幟下，卻沒有史笸籮的身影。

足足有一百名突厥武士，排成銳利的刀鋒形隊伍，跟在羊毛大纛之後。左手持著皮革製造的圓盾，右手持著橫刀。再往後，則是上百名弓箭手。因為避免累贅，他們脫掉了黑色披風和包裹在頭上了黑布，露出一身土黃色的甲冑。在烈日之下，就像一群正在遷徙的螞蚱。

「史笸籮怕吃阿茹的冷箭！」蕭术里忽然推測出一個真相，手指正在列陣前推的突厥將士，樂不可支，「這廝就是個雞賊，光想取勝，卻不肯冒半點險。」

「突厥人身上的甲冑，除了顏色有些差別之外，其他跟大唐邊軍所用的幾乎一模一樣！」羽陵鐵奴看問題的角度，與他截然不同，也指著越來越近的敵軍，低聲說道。

「他們拿的還是大唐橫刀。」烏古斯撇了撇嘴，滿臉不忿。

「賊子！」「吃飯砸鍋的王八蛋！」「真是親爺倆，心腸一樣黑！」「忘恩負義……」「叫罵聲陸續響起，眾少年們看向敵軍的目光，充滿了鄙夷。

穿著大唐配發的鎧甲，拿著大唐配發的橫刀，造大唐的反。如此典型的忘恩負義舉動，也就是車鼻可汗能做得出來。而史笸籮也不愧為車鼻可汗的親生兒子，今天早晨還跟大夥稱兄道弟，此刻中午剛過，就指揮突厥飛鷹騎來取好兄弟們的性命。

「他們身上的鎧甲，是大唐專門為輕騎兵所配。厚度不如咱們身上的大食鎧甲，也沒有可以插鐵板的口袋。」姜簡沒有加入大夥對史笸籮父子的聲討，而是笑了笑，低聲指出了敵軍身上新的一處缺失。

輕騎兵追求速度，講究來去如風。所以將士們身上的鎧甲，重量就不能太重。重量受限，就要避免使用金屬甲片，並且避免使用雙層皮革。如此一來，就要犧牲掉鎧甲的一部分防禦力，令其只能為穿戴者提供最基本的保護，如避免被流箭或者馬蹄帶起的石子所傷。遇到長槍、大劍和鐵鞭等兵器的近距離攻擊，則作用微乎其微。

眾少年聽了，頓時士氣大漲。紛紛舉起長劍，朝著敵軍上下揮舞。個別人乾脆扯開嗓子，發出一連串挑釁的叫罵，「突厥孬種，來啊，上來跟老子單挑。有本事就別仗著自己人多……」

「嗚嗚嗚嗚……」列陣前推的突厥將士背後，立刻有人吹響了牛角號作為回應。緊跟著，左右兩翼，也有牛角號聲與之相和，「嗚嗚嗚，嗚嗚嗚，嗚嗚嗚……」，低沉蕭瑟，就像寒風捲著雪沫子掃過帳篷頂，令所有聞聽者感覺到徹骨地冰冷。

「招魂幡」的前推速度立刻開始加快，突厥武士和弓箭手們緊隨其後。皮革製成的靴子，踩在山坡上，發出隆隆的聲響，令山坡隱約開始跟著起伏。

姜簡的心臟，隨著腳步聲開始狂跳，然而，他卻強迫自己將身體站直，手握長劍，仔細用目光判斷敵軍的推進速度變化，和我雙方之間的距離。

從一百五十步到一百步，敵軍只花了七個彈指。從一百步到八十步，敵軍又用了足足三個彈指，從八十步到七十步，還是三個彈指。越來越陡峭的山勢，開始發揮作用。突厥人在全力列陣前推，速度卻沒有變得更快，反而變得更慢。

從七十步到六十步，突厥人又用足足了七個彈指，很多將士不得不張開嘴巴，大口大口地喘氣，才能跟上整個隊伍的推進速度。姜簡記得距離駝城五十步處，是一個陡坡，很短，對大多數人來說，卻不可能疾衝而上。「放箭，射他們的下盤，三輪激射，自己尋找目標，注意避開帷帳。」猛地將長劍揮落，他高聲命令，隨即，邁動雙腿快速向大賀阿茹靠攏。「其他人，注意保護自己和弓箭手！」

「嗖嗖嗖……」六名弓箭手果斷鬆開弓弦，將蓄勢以待的羽箭送向突厥人的大腿。

居高臨下射擊，瞄準敵人大腿的難度，遠超過瞄準上半身。然而，擋在敵軍隊伍前的馬匹帷幕，卻給阿茹等弓箭手造成了嚴重的干擾，令他們只能捨易而取難。

第一輪激射，六支羽箭當中有三支射進了敵軍身前的草叢裡，兩支射飛，僅僅一支成功命中了目標的膝蓋。

沒等敵軍做出反應，第二輪激射又至。這次，比上次效果強了一倍，有兩支命中了目標的小腿。受傷的三名突厥士兵慘叫著倒地，痛苦地來回翻滾。立刻有同伴將他拖出隊伍，送到軍陣的側翼。與此同時，數以百計的羽箭，從突厥隊伍後半段騰空而起，剎那間，令姜簡等人頭頂的陽光，都為之一暗。

「後撤，保護弓箭手一起撤到矮牆後！」姜簡大叫著奔向阿茹，同時將一個裝滿了雜草的麻布口袋當做盾牌抓在手裡，快速舉過頭頂。羽箭冰雹一般從他身邊落下，將麻布口袋射成了刺蝟。卻被雜草和麻布一道卡住了箭桿，無法繼續給口袋下的人造成任何傷害。

再看蕭朮里、洛古特等人，也用盾牌、麻袋等物，遮擋著身體向距離各自最近的弓箭手靠攏，保護著後者快步退向大夥剛剛建起來的矮牆。

阿茹堅持完成了第三輪激射，才與姜簡一道快步後退。她射出去了羽箭準頭十足，力道卻偏弱。中箭者抱著受傷的小腿，一瘸一拐地撤離隊伍。帶隊的旅帥憑藉經驗，迅速判斷出她先前所在的大概位置。橫刀斜指，高聲下令。

上百支羽箭騰空而起，掠過六十餘步距離，又迅速掉頭而下。將她先去所在的位置澈底籠罩。

姜簡迅速蹲身，拉著阿茹藏進矮牆後的死角。用麻袋包裹著石子和乾草臨時搭建的矮牆，稍稍用力推一下就會倒塌，對付羽箭的效果卻好得出奇。

半空中如同冰雹般落下了羽箭，很快就將矮牆表面插得滿滿當當，如同長出了一茬莊稼。躲在死角處的少男少女們，卻沒有被羽箭傷到分毫。

「笸籮仗義，知道咱們缺箭用，給咱們一口氣送了好幾百支。」烏古斯偷偷從矮牆邊緣拔下兩支羽箭，獻寶般遞到了阿茹面前，笑著說道。

他的話，引發了一場囂張的大笑。然而，很快大夥就笑不出來了。

第四輪從半空中落下來的羽箭，帶著正在燃燒的乾草球。眨眼間，就在矮牆表面，引起了數個火頭。

「倒水，把火澆滅，把矮牆打濕！」姜簡大急，扯開嗓子命令。同時從腳下抓起一隻裝著飲水的皮袋，三下兩下解開袋口的繩索，探出身體，將裡邊的冷水倒向一處火頭。

兩支流矢帶著藍煙從半空中落下，正中他的脊背。從戈契希爾匪幫手裡繳獲來的大食鎧甲，再度表現出了高超防禦力，將箭鏃死死擋住，令其無法扎入鎧甲下的身體。姜簡被嚇得激靈靈打了哆嗦，手中皮袋落下，冷水瞬間淌個乾乾淨淨。

「小心！」洛古特左手抓著一個圓盾，右手抓著一隻水袋，衝過來幫忙。他動作又快又準，轉眼間，就用冷水澆滅了三處火頭。然而，第四，第五，第六處火頭，卻又在矮牆表面燃起，令他使出了全身解數，卻澆不勝澆。

「嗚呼呼……」不遠處，傳來了駱駝的悲鳴。充當「城牆」的駱駝，掙扎著從地上爬起，用力搖頭擺頸，甩掉蒙在眼睛上的麻布片，隨即，努力掙脫韁繩的羈絆。

很多駱駝身上都中了箭，血流如注。但是，令牠們失去理智的，卻不是疼痛，而是正在燃燒的矮牆，和流星般不斷從天上墜落下來的火箭。

「嗚呼呼……」「嗚呼呼……」更淒厲的悲鳴聲響起，處於周邊的那些駱駝，無法再繼續忍受羽箭和火箭的雙重攢射，脫離了隊伍，奪路而逃。

駝城迅速變形，碎裂，將少年們一邊防備羽箭，一邊提著水袋四處救火的狼狽模樣，暴露得一清二楚。

「殺上去，殺光他們，給陟苾設報仇！」已經爬到距離駝城只剩下三十步的突厥將士，看得精神大振，高喊著使出全身力氣，發起最後的衝刺。

從第一支羽箭射出到現在，總計才過了四十幾個彈指。而他們，卻已經鎖定了勝局。

駝城破了，少年們無處藏身，通往山頂的斜坡越來越陡，可供攀爬的位置也越來越少。而他們只要再加一把力，就能衝入駝城，將少年們一個挨一個，用亂刀砍成肉泥。

「史金，去活捉了姜簡。別讓他死在弟兄們手裡！」阿史那沙缽羅終於在隊伍的最後方現身，手指燃燒的矮牆側面，一個熟悉的身影，高聲命令。

「珂可山、杜爾！你們兩個也上去，協助史金，務必把敵將給我活著帶回來。」擔心史金不是姜簡的對手，迅速將頭轉向兩名旅帥，他繼續吩咐，聲音裡頭充滿了驕傲與自信。「我不是心軟，而是這個人非常有用！」不待兩名旅帥做出回應，他卻又畫蛇添足地補充，「我要把他獻給我父汗，由父汗親手處置。」

「遵命！」兩名被他點了將的旅帥恍然大悟，答應著躬身行禮，旋即，邁開雙腿緊跟在了史金身後。

通往駝城的最後這段山坡非常陡，習慣了騎馬的他們，繼續要手腳並用，才能保證自己不在半途中摔下來。也多虧了他們自己一方的弓箭手，壓制給力，才讓少年們疲於招架，根本騰不出手來，居高臨下阻攔他們攫取勝利。

兩頭受驚的駱駝悲鳴著從山坡上衝下，被弓箭手們射得渾身是血，轟然而倒。另外兩頭駱駝被火箭逼得慌不擇路，悲鳴著栽進了洪水沖出來的山溝。

史金、珂可山、杜爾三個，對駱駝的死亡視而不見，繼續手腳並用向上攀登。在他們身側與身後，上百名突厥將士，一邊努力上爬，一邊大呼小叫。

「嗷，嗷嗷，嗷嗷……」

「殺光他們。殺光他們！」

「女人留下，留下做奴婢暖腳！」

「姜簡，投降！」眼看著距離目標已經只剩下了十五步距離，史金扯開嗓子，用生硬的漢語高聲叫嚷，「沙缽羅特勤想抓的是你，你何必拖累別人。你投降，特勤保證放過其他所有人。」正所謂，有其主必有其僕。跟在阿史那沙缽羅身後，終日耳濡目染，他也學會了耍弄陰謀詭計，一出手，就是標準的攻心戰術。

效果立竿見影。被烤得焦頭爛額的姜簡循聲扭頭，嘴裡發出一聲大喝，單手抄起一直冒著火苗的麻布口袋，直奔他衝了過來。

「打暈他！」史金大喜，扯開嗓子向身邊所有人命令。「特勤拿他有大用！」沒有人回應他的話，包括奉命前來協助他的兩位旅帥，全都愣在了當場。嘴裡發出一連串驚呼，「啊，啊，啊，他，他……」「放箭，放箭攔住他！」下一個瞬間，史金也終於意識到，姜簡到底想要幹什麼。扯開嗓子高聲命令。

半空中的羽箭，卻早已不再下落。敵我雙方距離太近，繼續放箭，被射中的突厥將士，將遠遠超過「獵物」。

在一片驚呼和尖叫聲中，姜簡衝到了一匹已經被嚇呆了的駱駝身側。右手揮動長劍切斷韁繩，左手舉起冒著濃煙的麻布口袋，狠狠扣在了駱駝的屁股上。

「嗤！」有一股淡藍色煙霧冒起，焦臭的味道四下瀰漫。原本就已經被嚇得失去了理智的駱駝，在疼痛的刺激下徹底發了瘋，悲鳴一聲張開四蹄，順著山坡直衝而下。

「嗚呼呼……」「嗚呼呼……」更多的駱駝，被蕭朮里、洛古特、烏古斯、羽陵鐵奴等人用燃燒的麻布袋子燙傷了屁股，悲鳴著撒腿逃命。牠們不懂得辨別方向，卻本能地遠離起火的矮牆，本能地選擇順著山坡向下。龐大的身軀，宛若一輛輛戰車，不停地加速，越來越快，越來越快。

「啊……」旅帥珂可山無處可逃，舉刀砍向朝著自己衝過來的一匹駱駝。駱駝前腿被砍斷，轟然栽倒，身體的下衝速度卻絲毫未減，將他撞翻在地，又接連撞倒了七八名突厥兒郎，才終於在一塊凸起的岩石旁停了下來，變成一團模糊的血肉。

「燒駱駝，燒駱駝，跟他們拚命！」更多少年們，從絕望中緩過神，學著姜簡的樣子，用燃燒的麻布口袋，驅趕駱駝直衝而下。

慘叫聲與悲鳴聲不絕於耳。已經爬到駝城附近的突厥飛鷹騎，根本來不及躲避，接二連三被發了瘋的駱駝撞翻，身體隨即失去控制，順著山坡向下滾落，留下一串串慘烈的血跡。特別是那些用騎矛挑著防箭帷幕的兵卒，因為位置最靠前，手裡的「家什」又累贅。被撞翻了一大半兒，屍橫枕藉。

「退，向後退，所有人往後退。躲開駱駝，別硬撐！」阿史那沙缽羅看得眼眶欲裂，扯開嗓子下令全軍後撤。

「嗚嗚嗚，嗚嗚嗚，嗚嗚嗚……」傳令兵用號角聲，將後撤的命令，送入每一名突厥將士耳朵。眾將士如同潮水般後撤，然而，卻不停地有人被發了瘋的駱駝追上，或者撞成了滾地葫蘆，或者踩得筋斷骨折。

「弓箭手，射帥旗，射史笸籮的帥旗！」姜簡卻仍嫌突厥將士退得不夠狼狽。扭過頭，高聲下令。

「其他人，撿石塊，順著山坡往下砸！」

「嗖嗖嗖……」弓箭手們頂著被烤焦了的頭髮，張弓搭箭，向羊毛大纛射去。一箭，兩箭，三箭，羊毛大纛被射出了數個窟窿，上面的銀狼頭，也變成了長著犄角的馬鹿。

「嗖！」一支沒來得及燃燒的火箭，被大賀阿茹重新點燃，呼嘯著射中了「馬鹿」的脖頸。大纛上，頓時冒出了濃煙和火苗，乾燥的羊毛，與絲綢一樣易燃，轉眼間，整個大纛，都燒成了一支火炬。

「砰，砰！」沒等史笸籮來得及下令滅火，十幾塊枕頭大的石頭，已經從半空中落下。因為過於沉重，飛得不夠遠，也沒砸到任何人。然而，石塊落地之後，卻順著山坡一路下滾。剛剛遭受了一輪駱駝衝擊的突厥將士，處境頓時雪上加霜。七八名飛鷹騎因為來不及躲閃，被滾石直接撞在腳腕上，疼得淒聲慘叫。更多的飛鷹騎，因為驚慌失措，互相推搡，跌倒在地，旋即被自己人活活踩死。

「放箭，給我放箭，射死他們。阻攔他們趁機反攻！」史笸籮氣得七竅生煙，理智卻沒有丟失，跳著腳發出命令補救。

驚慌失措的突厥弓箭手們，立刻找到了依靠。紛紛跑到安全位置，張弓搭箭，向姜簡等人發起了攢射。兩名少年先後中箭，身體上冒出了血花。其他少年果斷停止丟石頭，拉起受傷的同伴，在姜簡的指揮下迅速向山頂撤退。

「射死他們，一個不留！」史笸籮恨得牙根兒都癢癢，揮舞著兵器連聲怒吼。更多的羽箭落下，遮住他的視線。早知道姜簡「狡猾」，他特地在進攻之前，做了充足的準備。卻沒想到，姜簡的「狡猾」程度，仍舊遠遠超過了自己的判斷。不過，沒關係，吃一塹長一智。駱駝只有六十匹，姜簡為了打退自己的第一輪進攻，已經將其消耗得乾乾淨淨。而自己這邊，傷亡不過七八十號。撤下來休整過後，還有足夠的兵力，與姓姜的再決雌雄。

拜從小就被兩個兄長欺負所賜，他的心智，遠比阿史那陟苾堅韌。先用羽箭攢射戰術，阻止了對手居高臨下朝自己這邊投擲石塊，隨即，立刻著手開始重整隊伍。在督戰隊和號角聲的雙重激勵下，突厥飛鷹騎們，退到了在山腰處，重新站穩了腳跟。然後再一次宰殺受傷和體弱的戰馬，製造遮擋羽箭的帷幕，並且趁機積聚體力。

距離天黑還早，眼前的小山雖然陡峭，卻不算高。山上的少年少女們，不過是憑著狡詐，打了飛鷹騎一個措手不及。卻已經沒有了依仗抵擋飛鷹騎的下一輪進攻。

「史金，珂可山的隊伍交給你。下一輪，你帶隊強攻。杜爾，你……」半個時辰之後，養足了精神的阿史那沙缽羅，再度開始發號施令。因為他兄長阿史那陟苾被姜簡擊敗，飛鷹騎才落到了他的掌控之下。如果他不能擊敗姜簡，證明自己比兄長更有實力，他就永遠無法讓飛鷹騎歸心。

「嗚……，嗚……，嗚……」幾聲驚惶的號角，打斷了他的佈置。阿史那沙缽羅詫異地扭頭，恰看到數名被抽調出來充當斥候的騎兵，策馬向自己狂奔而至。

「唐軍，唐軍，唐軍朝這邊殺過來了。」帶隊的斥候頭目，等不及跳下坐騎，就扯開嗓子高聲彙報，「東南方向不足十里，規模不下一千！」

「唐軍，打著燕然都護府旗號的唐軍！全是騎兵！」

「唐軍，唐軍……」其餘幾個斥候，也上氣不接下氣的補充，唯恐引不起阿史那沙鉢羅的重視，讓大夥全都平白葬送了性命。

事實上，不用他們補充，阿史那沙鉢羅也看到了情況的異常。在東南方向，有一股暗黃色的煙塵扶搖直上。那是晴天時，成隊騎兵在草原上疾馳必然產生的現象，有經驗的將領，從煙塵的顏色和高低，就能判斷出騎兵的大致規模！

「所有人聽我的命令，上馬，撤離！」不甘心地朝著姜簡等人的棲身處看了一眼，阿史那沙鉢羅咬著牙下令。隨即，三步並做兩步走向了自己的坐騎。他還年輕，姜簡也是一樣。二人今後有的是機會算總帳，不急在一時！更不必做無謂的犧牲！

第四十三章 重逢

「姜簡，姜簡，突厥好像在撤退！」距離駝城三十步之外的兩棵岩柏之下，負責瞭望敵軍的蕭朮里匆匆忙忙跑上前，上氣不接下氣地彙報。

「撤退？怎麼可能？」正在搬石頭試圖堵住山路的洛古特、烏古斯、羽陵鐵奴等人齊齊扭頭，隨即，一雙雙眼睛全都瞪了個滾圓，「突厥人真的再往山下走！突厥人退兵了！我看到了史笸籮，他的確在下山……」

「突厥人退兵了！」

「突厥雜種被咱們打跑了！」

「咱們又贏了！」

「突厥雜種逃走了，咱們打敗了飛鷹騎……」剎那間，歡呼聲響徹天地。所有少年少女，都眼含熱淚大喊大叫。連手中正在搬著的石塊，都忘記了放下。突厥飛鷹騎退兵了，就在大夥已經做出了戰死準備的同時，突厥飛鷹騎慌慌張張地退兵了！他們規模是大夥這邊的十五倍，一個個全副武裝。他們訓練有素且配合默契，還有一個知道大夥這邊全部底細的傢伙，指揮他們排兵佈陣！但是，他們卻灰溜溜地撤退了，連衝上來再次一決生死的勇氣都沒有！

「史笸籮不會又在耍詐吧？他分明占盡了優勢？」珊珈年紀比所有少年少女們都大，心智也最成熟。很快就意識到突厥人撤得蹊蹺，停止歡呼，悄悄走到姜簡身側，輕輕拉扯對方的束甲皮帶。

「不會，咱們的援兵到了！」姜簡比珊珈還早一步停止了歡呼，手指著東南方，笑著回應。「妳往那邊看，有大股的煙塵。」

「煙塵？」珊珈聽得微微一愣，旋即扭頭順著姜簡的手指方向眺望，果然看到一股暗黃色的煙塵扶搖而上。

「是騎兵，大隊的騎兵！只有大隊的騎兵，才會帶起如此濃的煙塵。」回紇特勤婆閏反應也不慢，主動向珊珈解釋。

「援軍，咱們的援軍！」

「怪不得史笸籮跑了，原來是怕被援兵堵了屁股！」

「是誰？誰來援救咱們？」

「還用問，肯定是大唐的騎兵！」

「老天爺，這麼濃的煙塵，恐怕有一兩千騎！」

「姜簡，姜簡，你太厲害了。你昨晚點的烽火！你昨晚點的烽火引來了大唐騎兵！」眾少年少女們，也終於發現了突厥人退兵的真正原因，歡呼聲一浪接著一浪。此地距離大唐燕然都護府所在的受降城，不過七八十里路。而受降城，恰恰位於大夥的東南方。

昨天晚上，大夥在那座有泉眼的山上，點燃了烽火。如果有過往商人或者臨近的牧民看到，將警訊送至燕然大都護李素立案頭。他老人家今天早晨調派兵馬前去查看，差不多這個時候剛好到達大夥附近。

「怪不得史笸籮這兔崽子跑了！」

「這廝，跑得真快。」

「虧得他機靈，否則，老子一定抓到他，將他吊在樹上抽！」

當歡呼聲停歇，疲倦就如潮水一般，將所有人統統吞沒。但是，以蕭朮里為首的幾個少年，卻不肯閉上嘴巴休息。癱在陡峭的山坡上，對史笸籮大肆譴責。

大夥兒明明拿他當朋友，可他倒好，一轉頭，就想置所有人於死地。

大夥兒跟他遠日無怨近日無仇，並且還曾經跟他生死與共，他怎麼能狠下心來，想奪走所有人的命！

莫非，就是因為他姓阿史那？

「你們罵，史笸籮也聽不見，有那力氣，不如想想辦法，怎麼將咱們的糧食收拾起來。有兩三百斤呢，丟了著實可惜。」令蕭朮里等人非常意外，受到史笸籮傷害最深的姜簡，反而沒有加入對此人的聲討。杵著長劍朝援兵到來方向眺望了片刻，苦笑著向大夥提議。

「收它作甚?大唐官兵既然前來相救,總不至於連乾糧都捨不得給咱們吃。」蕭朮里累得連手指頭都沒力氣抬,看了姜簡一眼,喘息著回應。

「不是只剩下七八十里路了嗎,等進了受降城,咱們還能挨餓?」

「受降城裡,肯定我的族人在做生意。找到他們,就能借到錢買乾糧。」其他幾個少年,以前在各自部落中的地位也很高。發現自己脫離了險境,立刻看不上那點兒糧食。

「恐怕來的,未必是大唐官兵。」姜簡聽了,也不生氣,笑了笑,低聲補充。

「不是大唐官兵,那誰會救咱們?」

「難道又是阿波那,他的人情可不好欠!」

「千萬別是阿波那,弄不好,他又想把咱們抓去賣掉!」蕭朮里等少年激靈靈打了個哆嗦,叫嚷著翻身而起,踮起腳尖兒向援軍張望。後者來得極為迅速,前後不過一刻鐘功夫,已經距離大夥不足五里遠。煙塵仍舊遮天蔽日,讓大夥即便站得再高,也看不清他們的旗號和人影。只覺得這股騎兵規模之龐大,更勝先前。

「肯定不是阿波那,阿波那麾下沒這麼多人。」蕭朮里頓時將心臟放回了肚子裡頭,搖了搖頭,低聲說道。

「不是阿波那,但人數也沒多少。他們先前虛張聲勢,硬生生嚇退了史笸籮。」姜簡迅速接過話頭，再度補充。

「你怎麼知道他們沒多少人？」眾少年們又吃了一驚，紛紛開口追問。

「你們看煙塵，雖然濃，卻拉得沒多長。從遠處看，能唬住不少人。從近處和高處看，就不對勁了！」姜簡也不藏私，認真地向大夥解釋。「另外，你們仔細聽馬蹄聲。」蕭朮里等少年將信將疑，卻側著耳朵，仔細分辨山風送過來的聲音。很輕微，也很雜亂，讓大夥無法做出具體判斷。但是，隨著煙塵不斷向大夥這邊靠近，馬蹄聲就變得越來越清晰，同時，也變得越來越單薄。

「師兄說得對，的確不可能是上千匹戰馬。」當煙塵距離大夥只剩下兩里遠的時候，婆閏停止了傾聽，第一個承認先前判斷失誤。

「肯定沒一千騎，恐怕連兩百人都不到。帶兵的不知道是哪個，厲害，真的厲害！百十名弟兄，硬生生嚇跑了飛鷹騎！」蕭朮里也終於心服口服，手摸著自己的頭盔，大發感慨。

「是因為距離受降城太近。史笸籮不敢賭！」

「終究還是厲害，換了我，肯定想不到這一招。」

「也不知道是哪位豪傑，竟然……」

「這本事，肯定不是無名小卒！」

其他少年們，也議論紛紛。話裡話外，都對帶領麾下弟兄前來相救者的身份，充滿了好奇。肯定不是阿波那，阿波那給大夥留下駱駝和糧食離去的時候，眼神非常不甘心。只是耐著他心中的江湖規矩，才沒有將大夥和珊珈一道殺了滅口。

如果發現大夥被史笸籮帶領突厥飛鷹騎逼入了絕境，他不落井下石，已經算是仗義。才不會再度出手相救讓珊珈活下來，今後還有機會找他去追討蘇涼商隊的遺產。也不是大夥當中某個少年所出身的部落。阿波那在尋找綁架目標的時候，故意挑選了距離受降城比較遠的部落。並且還是指揮屬下嘍囉，分頭作案，沒有留下任何痕跡。大夥各自的家中長輩發現子女被綁架，短時間內，只會在部落周圍兩三百里範圍內尋找。根本不會找到受降城這邊來。

可既不是大唐官軍，不是阿波那，也不是大夥當中某個人所在的部落，山下的援軍又從何而來？大夥兒又有何德何能，讓與對方冒著被飛鷹騎識破的風險，捨命出手相救？

「阿姐？」就在眾人想破了腦袋都想不明白之際，一向成熟穩重的姜簡嘴裡，忽然冒出了一聲尖叫。緊跟著，只見他丟下長劍，連滾帶爬衝向了山下。一邊跑，一邊嘴裡發出帶著哭腔的聲音，「阿姐、七藝，是妳們嗎？真的是妳們？對不起，我讓妳們擔心了……」

山坡陡峭，稍不留神他就摔了一個跟頭。然而，卻立刻又爬了起來，冒著滾下山谷的危險，跌跌撞撞繼續向下狂奔。「阿姐，對不起，對不起，對不起……」

「阿姐？姜簡的姐姐來了？」眾少年少女們終於聽清楚了他的哭喊，定神再看，只見兩匹駿馬，已經脫離了黃色煙塵直奔山下。馬背上，兩個被塵土染成了褐黃色，看不出是男是女的身影，正朝著山坡奮力揮手。

第四十四章 長姐

「沒良心的小狗蛋，你翅膀硬了，竟敢瞞著我去闖虎穴！」明明擔心得要死要活，忽然看到自家弟弟全鬚全尾地從山坡上跑下來，姜蓉卻立刻怒不可遏。不待坐騎停穩，就抄起馬鞭，朝著姜簡的後背和屁股狠抽。「你想讓咱們家絕後嗎？你要是有個三長兩短，讓我將來怎麼向爺娘交代？嗚……」才抽了三兩下，她已經哭得上氣兒不接下氣兒。卻仍舊不肯停手，將鞭子越掄越高。

姜簡被抽得愣住了，卻不敢躲閃，陪著笑臉連聲認錯，「阿姐，我知道錯了，真的知道錯了。您別哭，別哭，您看，我這不是好好地回來了嗎……」說話間，眼淚就又不受控制地淌了滿臉。

「啪，啪……」護身鐵板還沒顧得上從特製的口袋中拿出，被馬鞭隔著一層皮甲抽中，響聲格外清脆。

「她怎麼還打起來沒完了？」山坡上，大賀阿茹聽不清楚姜簡的賠罪聲，卻將他姐姐拿鞭子抽人的動作，都看得清清楚楚。頓時心中大急，抄起角弓就準備衝下山來主持公道。

「別過去！」這次，卻是珊珈手疾眼快，一把扯住了她的胳膊。隨即，聲音急速轉低，「他鎧甲裡墊著鐵板呢，連刀子都砍不透，何況是皮鞭？妳過去，他姐姐反而不好停手了。讓他結結實實挨上幾下，他姐姐反而容易消氣兒。」「呵呵呵，原來姜簡小名叫狗蛋！誰跟我賭，他姐姐再抽十下，肯定會停手！」已經衝到半路的蕭朮里，也忽然停住了腳步，雙手抱著膀子，笑呵呵地在旁邊開起了賭局，彷彿姜簡挨打挨得越狠，他越高興一般。

「八下，頂多八下！」

「五下，最多還有五下！」

「我不跟你賭幾下，我賭，他身上最後連一個鞭痕都不會落下！」

洛古特、烏古斯、羽陵鐵奴等少年，紛紛在他身邊停了下來，沒心沒肺地接過話茬兒。一個個樂不可支。草原各部落對男孩子的教育手段，都極為簡單粗暴。哪怕貴為一部特勤，小時候犯了錯，也免不了吃自家長輩的鞭子。所以，少年們根本不替姜簡的安危擔心，反而覺得此人跟自己之間的關係，瞬間又親近了一層。

「原來是姜簡的姐姐尋他來了！打得可真狠。我差點忘了，他年齡其實跟咱們差不多大！」幾個少女從岩柏下走出來，含著眼淚感慨。

「可不是嗎，犯了錯還挨揍呢！我阿爺在我十五歲之後，就不再拿鞭子抽我了。」少年們扭過頭，笑容裡帶著幾分溫馨。

從最初結伴逃離充當囚牢的帳篷，到剛才對抗突厥飛鷹騎的屠殺，姜簡一直是所有人的領袖。大夥已經習慣於聽從他的指揮，習慣於凡事由他來做最終決斷，完全忽略了他的年紀。

而現在見到他被自家姐姐哭著抽皮鞭，少男少女們才忽然意識到，他其實跟大夥是同齡人，並非天賦異稟，也非什麼名貴血脈，從頭到腳，都像鄰居家的哥哥弟弟一樣普通。

「你這蠢貨，居然還活著！」姜蓉抽著抽著，胳膊就沒了力氣，肚子裡的火頭也跟著被眼淚澆滅，跳下坐騎，一把揪住姜簡的耳朵，「早知道你在山上，剛才我就該攔著胡掌櫃，不讓他過來相救。」這下，可比皮鞭疼多了。姜簡被揪得側彎下腰，連聲討饒，「錯了，我知道錯了，真的知道錯了。阿姐饒命！我剛才被突厥人包圍，差點就戰死在山上。多虧妳來得及時，嚇跑了他們！」

「突厥人，不是馬賊？」姜蓉聽得大吃一驚，揪著姜簡耳朵的手，卻絲毫不肯放鬆，「你別撒謊，突厥別部距離這邊有兩三千里遠。車鼻可汗除非瘋了，敢把兵馬派到燕然大都護的眼皮底下！」

「疼，疼，出血了，馬上就揪出血了！」姜簡將腰彎得更低，討饒聲也更響亮，「我騙妳我就是小狗。剛才那些人，根本不是馬賊，而是突厥別部的飛鷹騎。不信，妳去問我的那些同伴，他們都可以為我作證。」

「山上那些人，是你的同伴？」姜蓉聞聽，立刻意識到需要在外人面前給自家弟弟留點兒面子，果斷鬆開手，皺著眉頭追問，「你從哪招來的這麼多同伴？又怎麼招惹上了突厥飛鷹騎？好在胡掌櫃仗義。聽聞過路的牧民說，有馬賊圍攻一座山頭，就使出了一招疑兵之計。否則，你今天非被人大卸八塊不可！」

「胡掌櫃也來了？他身體好了？阿姐，妳身子骨好些了嗎？我是怕妳擔心，才沒敢告訴妳。但是，我給妳留了信！」姜簡終於重獲自由，揉著被揪紅的耳朵，一邊問，一邊解釋。

「還沒被你氣死！」姜蓉抬起腳欲踹，卻又意識到有外人在場，改成了用鞋底兒踩姜簡腳趾頭，「胡掌櫃身體也沒事。你別岔我的話頭！你先告訴我，你怎麼招惹上了突厥飛鷹騎。」

「這事情說起來可話長了，阿姐您稍等。」姜簡不敢隱瞞，先向站在一邊看自己笑話的杜七藝拱了拱手，以示感謝，然後才用最簡單的話語，概括自己離開長安之後的經歷，「我沒有過所，出不了關。所以就在太原那邊，找了一家商隊，花錢請他們帶我混出去。結果，那商隊的大當家沒安好心，才出了白道川，就下令把我和另一個名叫史笸籮的同伴抓了起來，準備賣到波斯去做奴隸……」

他記憶力甚好，口才也不錯，只用了半刻鐘時間，就把自己與史笸籮，如何在珊珈的故意放水之下，逃離蘇涼商隊。如何被馬賊阿波那帶人抓回。又如何帶領其他被賣做奴隸的少年少女一道放火點燃了貨物，趁亂出逃，以及出逃之後的所有經歷，都講了個清清楚楚。

這期間胡子曰帶著二十幾位江湖人物從漸漸淡去的煙塵中鑽出，看到他跟姜蓉姐弟兩個別後重逢，談性正濃，就沒有過來打擾。而是派人上山，將其他少年少女，全都給接了下來。駱履元、杜紅線和另外兩名長安少年，很快也出現在姐弟倆附近，原本還想上前一敘契闊，卻被杜七藝用眼神給攔在了一旁。直到姜簡把自己的經歷講述完畢，昔日在長安時幾個小夥伴兒，才終於湊到了一起。看看彼此滿臉塵土和忽然成熟起來的眼神，恍如隔世。

「阿姐，這就是當初主動給我示警，並且放我和史笸籮離去的珊珈。」待跟昔日的小夥伴們噓寒問暖完畢，姜簡迅速注意到了站在人群外，略顯孤單的珊珈和阿茹，趕緊邀請二人來見自己的姐姐姜蓉，「這是契丹大賀部的阿茹，眼睛能在夜裡看得和白天一樣清楚。當初多虧了她，我才能帶著那麼多夥伴一起逃命。」

說罷，又快速向兩位異族女子介紹，「珊珈、阿茹，這是我姐姐。我父母去得早，我從十四歲起就住在姐姐和姐夫家。」

「見過姐姐！」向來長袖善舞的珊珈，忽然緊張得額頭見汗。扭捏著蹲身，行了一個極不標準的唐人女子禮。

「見過阿姐！姜簡救了我們所有人的命，我們大家都非常感謝他。他的姐姐，就是我們所有人的姐姐。今後您如果有事，儘管派人知會一聲。哪怕在千里之外，我們接到信之後，也必然會立刻日夜兼程趕過來。」此時此刻，模樣嬌小的阿茹，倒比珊珈成熟膽大。走上前，以契丹禮躬身。

「兩位妹妹免禮。姜簡不懂事，這些天來，虧得有妳們照顧他。」姜蓉頓時徹底忘記了自家弟弟的所有過錯，眉開眼笑地還禮。與此同時，心中暗道：「小狗蛋雖然嚇了我半死，這一趟卻真的沒白跑。光是漂亮媳婦，就賺回來兩個。今後若是再跑幾趟，我家長安城裡頭的那處院子，恐怕都不夠住。」

第四十五章　交代

「東家，走吧！日落城門即閉，非斥候和傳遞緊急軍情的信使不得入內，乃是受降城的規矩。咱們如果回去得晚了，今夜怕是得在城外露宿！」還沒等姜蓉再多相看兩個準弟媳幾眼，胡子曰已經策馬走了過來，高聲請示。

「好！」姜蓉立刻顧不上再想雜七雜八，拉著韁繩跳上坐騎，同時低聲詢問，「咱們帶來的馬夠用嗎？姜簡說他們已經連續兩天兩夜沒有睡過囫圇覺了。」

「肯定不夠，但是兩人一匹輪流騎，也能湊合著走。總好過一直沒有馬騎。」胡子曰一改做酒樓掌櫃時那種滿臉堆笑模樣，揮了下手，高聲回應。渾身上下，江湖氣十足。

「那就走！」姜蓉想了想，輕輕點頭。隨即，翻身又跳下了坐騎，把韁繩塞給珊珈，「妹子，妳和阿茹兩個輪流騎這匹，五里一換，這樣，人和馬都不會太累。」

珊珈哪裡敢接？後退著連連擺手，「多謝，多謝姐姐。我，我走著就好。我以前在商隊裡邊經常走路，多遠都不會嫌累。」

「那怎麼行！」姜蓉終究是將門之女，動作遠比珊珈迅速。大步追過去，把韁繩直接塞進了後者的手心，「上馬，不用客氣。妳和阿茹騎這匹，我去跟姜簡輪流騎一匹。」

「姐姐，我，我真的不用。我……」珊珈仍舊沒勇氣拉過戰馬，睜著水汪汪的大眼睛向姜簡請示。還沒等姜簡做出裁決，胡子曰的聲音卻又從她們兩個背後傳了過來，「東家，妳沒弄明白我的意思。咱們原本多帶了十匹馬，加上姜簡的同伴從山上帶下來的七匹，讓姜簡和他的同伴兩人一匹，還綽綽有餘。至於咱們和刀客，還是每人一匹馬，不用輪流。」

「不早說！」姜蓉頓時感覺有些尷尬，扭過頭，狠狠翻了他一個大白眼。「怪我，怪我，剛才沒說清楚！」胡子曰訕笑著拱手，隨即，又快速補充，「這裡雖然前不著村後不著店，距離通往受降城的道路卻沒多遠。那條路是商販們用駱駝硬生生踩出來的，這個季節，咱們也不愁遇不到前往受降城的商隊。屆時花錢從商隊之中再雇十五匹駱駝，所有人就都不用再輪流走路了！」「好，有勞胡大叔了。」姜蓉再度笑著點頭，隨即，收起韁繩，乾淨俐落地縱身返回了馬背。比起忽然聽聞丈夫遇難噩耗那會兒，眼下的她，無論氣色還是心態，都好出了太多。姜簡在旁邊看得真切，心中的負疚，頓時減輕了一大半兒。暗道：早知出來之後能讓阿姐不那麼難過，當初就該拉著她一起出塞。省得她在長安城裡，天天對韓家那群市儈小人生氣。

然而，想歸想，這話，他卻無論如何不敢說出來。否則，挨鞭子雖然不疼，當著這麼多同齡人被抽，總歸有點沒面子。

「子明，你的同伴，都歸你來招呼。馬在那邊。」胡子曰的聲音再度響起，卻是叫著姜簡的表字，給他佈置了任務。

「是，胡大叔！」姜簡立刻找到了當初在快活樓後院向對方討教刀術時的感覺，拱起手，乾脆俐落地回應。

胡子曰的眼神，卻有些躲閃。側開頭，笑了笑，低聲解釋：「我跟他們不熟，也叫不上他們的名字。你來招呼他們，比我胡亂安排更為妥當。另外，你在路上，需要跟他們對一下口徑。這麼多人忽然進入受降城內，當值的官兵肯定會盤問。別有什麼特殊情況，被官兵問出來，不好遮掩。」

「嗯，我明白！」姜簡立刻猜到了胡子曰在擔心什麼，笑著給出了回應，「胡大叔放心，他們所在的部族，眼下都是大唐的臣屬，跟叛匪毫無瓜葛。」草原上很多弱小部落的生存法則，便是就近追隨強者。今天可以是大唐的臣屬，明天，就有可能成了某支叛匪的同夥。眼下突厥別部謀反在即，很難保證，一些遊牧在金微山周邊的小部落，不為了自保而主動向車鼻可汗效忠。萬一姜簡身邊的這些少年少女當中，有人所在的部落，已經投靠了車鼻可汗，再將他們帶回受降城內去，就不是幫他們，而是將他們送進羅網了。不過，姜簡相信，經歷了今天與突厥飛鷹騎這一場戰鬥，已經完全杜絕了上述可能。

若是有人身後的長輩，已經投靠了車鼻可汗，他們在史笸籮帶領飛鷹騎追過來之時，有很多機會可以脫離隊伍，與史笸籮成為同夥。而不會明知道留下來必死，還堅持選擇跟自己並肩而戰。

「那就好！」聽姜簡說得如此肯定，胡子曰便不再同一件事情上多浪費唇舌。朝四下偷偷看了看，忽然將聲音壓得極低，「另外，你自己在路上也仔細琢磨一下，回到受降城之後，如何回應有司的詢問。我讓人撿了兩具突厥人的屍體，準備駝在馬背上一起帶回去。飛鷹騎已經殺到受降城外這個消息，來得非常及時。你如果想讓朝廷出兵為你姐夫報仇，就一定要將消息和屍體的作用都發揮到最大。」

「這……」姜簡感覺猶如醍醐灌頂，眼神迅速開始發亮。隨即，站直了身體，鄭重向胡子曰行禮，「謝謝您，胡大俠。」

「大俠什麼啊，我，早就金盆洗手了！」胡子曰非常受用，長滿鬍子的臉上，頓時湧起了驕傲的笑容。然而，卻偏偏又要故作謙虛，擺擺手，低聲補充：「這人呢，一老，就不能再隨便逞強了。所以，才給你支這一招。如果換了我年輕時候，才不需要如此費周章。喊上一批兄弟直接找上門去……，算了，不說了，好漢不提當年勇。總之，我能幫你們姐弟倆的，都會盡全力，包括幫你們出謀劃策。但是，有時候我力不能及，你也不要怪我。」

說罷，不待姜簡回應，一抖韁繩，縱馬而去，「走了，弟兄們，回受降城！順利完成了東家的委託，今晚我請客，咱們一起喝個痛快！」

「謝胡大哥！」

「回了，吃酒去！」

「回了，回了，人找到了，回去吃酒去了！」他的同伴和雇傭來的刀客們，大呼小叫地跟上。其中好幾個忘記卸下了原本拉在戰馬身後用樹枝和灌木綁紮而成的掃帚，疾馳中，再次拖出了滾滾黃煙！

第四十六章　胡子曰也有不懂的事情

「多謝了，胡大俠！」姜簡追了幾步，向著胡子曰的背影拱手，不管對方到底能不能聽見。磨難向來是少年人成長的加速劑。如果沒有經歷過蘇涼的出賣、戈契希爾的無故追殺和史笸籮的背叛，姜簡未必能意識到，胡子曰對姐姐和自己的幫助，有多可貴。

畢竟，姐姐是付了對方錢的，這一點，從胡子曰稱姐姐為「東家」，就可以推測得知。收了雇主錢，自然替雇主辦事，天經地義。

然而，經歷了一連串磨難之後，姜簡卻知道，這世間沒有那麼多天經地義的事情。胡子曰其實並不缺錢，至少，沒缺到需要拿命換錢的地步。如果今天疑兵之計未能成功驚退史笸籮，接下來，胡子曰就要帶著區區二十名同伴，迎接飛鷹騎的瘋狂反撲。

如果今天救下來的人不是自己，接下來，胡子曰就要帶著區區二十幾名同伴，直奔金微山下的突厥別部。那樣的話，他能活著返回中原的機率，恐怕不會超過十分之一。明知道保護姐姐去突厥別部救自己，是九死一生。胡子曰仍舊來了，並且還憑藉他的臉面和經驗，招攬了一批經驗豐富的江湖豪傑。

這就是義，這就是俠，姜簡看得見，也能真真切切感受得到。

相比之下，胡子曰當初拒絕自己那會兒，到底是真的生了病，還是在裝病，在姜簡心中，已經不值得一提。

此外，正如胡子曰自己所說，他已經老了。有些事情，他已經做不到了。甚至，可能只存在於故事當中，他這輩子從來就沒真正做得到過。可那又怎麼樣呢？至少，那些故事，曾經讓人熱血激盪。並且胡子曰借助故事所闡釋的那些道理，沒有任何謬誤。

「走吧，別耽誤時間了。舅舅不在乎這些虛禮。」一個熟悉的女聲從背後傳來，讓姜簡的臉上的笑容，愈發明亮。不用想，他就知道來人必定是杜紅線。換了別的女子，才不會說話如此直接。因此，笑著回過頭，向對方拱手，「紅線，也謝謝妳不遠千里前來救我。剛才光顧著跟阿姐說話，怠慢之處……」

「不必謝，我今天是出來送舅舅，不是來救你。」杜紅線翻了個白眼兒，冷笑著打斷。「至於剛才，我看到你忙著挨抽了，肯定不會怪你。」

姜簡立刻尷尬得臉色發燙，趕緊將話頭往別處岔，「小駱呢，我剛才看到他跟你在一起？」

「我在你左邊。」駱履元的聲音緊跟著響起，充滿了無奈和委屈，「胡大叔跟你說話時，我就在了。」

「對不住，真的對不住！」姜簡已經不知道自己這是第幾次，把駱履元給忽略了，趕緊將身體轉向對方，拱手賠罪，「我主要是太歡喜了，簡直像做夢一樣。你怎麼也來了？府學的課業不忙嗎？你爺娘那邊呢，他們會答應你出來冒險？你不會是學我一樣，瞞了他們偷著跑出來的吧？」

「我祖父病了，阿爺告了假，和我娘一道回老家探望他。把我一個人留在長安繼續讀書。他們走了之後，我就找了個由頭，跟府學教習那邊請了假。」駱履元向來拿他當兄長對待，搖搖頭，認真地回應。

「我舅舅只答應我們，跟到受降城。今天耐不過我們的央求，又准許我們多送一天路程。沒想到，才走了四十幾里遠，就從牧民口中，得知有一群年輕人被馬賊堵在了不遠處的某座山上。」杜紅線接過話頭，主動替自家舅舅解釋。眼角的餘光看到珊珈和大賀阿茹，她肚子裡剛剛消散的無名火，頓時再度熊熊而起。撇了撇嘴，繼續說道：「早知道是你，舅舅便不該這麼快趕過來。免得你不領情，心裡頭還怪他耽誤了你左擁右抱。」

「哪能呢。沒有的事情，妳別亂說。我什麼時候左擁右抱了。」姜簡被她說得面紅耳赤，然而，又無法向她發火，立刻將手擺成了風車。

「沒有嗎，我看也快了！算了，不關我的事情。你自己開心就好。」杜紅線越說越火大，冷笑著搖頭。

「你們兩個，怎麼又吵起來了。」沒等她說出更刻薄的話來，杜七藝已經帶著另外兩名以前經常和姜簡一起聽胡子曰講古的同伴，再度來到了近前。愣了愣，詫異地詢問，「特別是妳，紅線，這一路上，妳不一直在擔心他嗎？怎地……」

「我擔心他？」杜紅線聽了，愈發感到羞惱。撥轉坐騎，雙腳用力磕打馬鐙，「我是擔心蓉姐，才怕他出了事。如果只有他自己，你看我會不會提他一句？」話音落下，她已經策馬跑出了二十步之外，根本沒有給姜簡回應的時間，也不想聽姜簡的任何回應。

「別生氣，我妹就這性子，你是知道的。」杜七藝頓時覺得有些尷尬，輕輕拱手向姜簡賠罪。

「不會，她只是嘴巴凶，心軟得很！」姜簡笑了笑，輕輕搖頭。隨即，將目光轉向另外兩名昔日的同伴，「守禮、致遠，你們兩個怎麼也來了。」

「怎麼，杜七藝來得，我們便來不得？」兩個同伴看了他一眼，回答得異口同聲。這二人，一個姓陳，名元敬，表字守禮。另一個姓李，名思邈，表字致遠。都和姜簡一樣，心中懷著一個俠客夢。所以，平時很談得來。得知杜七藝要跟他舅舅胡子曰一道，去塞外尋姜簡回家，便死乞白賴跟了過來。

胡子曰拒絕不了自家外甥和外甥女，自然也拒絕不了他們。但是，卻跟所有年輕人約定明白，最遠只能到達受降城。然後幾個年輕人就結伴返回長安。杜七藝等人，在長安時滿口答應，到了受降城之後，卻又故技重施，死乞白賴要再送胡子曰一程。胡子曰被纏得沒辦法，才又答應眾人，送出百里為止。反正受降城百里之內，應該還在大唐燕然都護府的威懾範圍，輕易不會有馬賊過來找死。卻不料，才送出了不到五十里，就已經收到了馬賊追殺幾個年輕人的警訊。

「當時，舅舅根本不知道被馬賊堵在山上的人是你……」杜七藝對胡子曰佩服得五體投地，帶著幾分自豪講述。從決定出手相救，到制定疑兵之計，再到大夥齊心協力，一邊用戰馬拖著臨時紮成掃帚製造煙塵，一邊向突厥飛鷹騎身後迫近。這個過程，說起來需要的時間可就長了。

好在有杜紅線又折回來提醒，姜簡才沒忘記了胡子曰給自己安排下的任務，帶著杜七藝等人一道，將坐騎給獲救了少年少女分了，兩人一匹，輪流騎著向受降城返回。

接下來發生的事實正如胡子曰所預料，大夥才走了不到二十里，就遇見了一支前往長安的商隊。規模極為龐大，光是用來運送貨物的駱駝，就不下一千頭。

帶隊的大當家是一名粟特人，姓安，名慕華。起先被滿身塵土的胡子曰等人嚇了一大跳。待得知他們並非馬賊的探子，而是想要租駱駝護送落難的少年少女們返回受降城的大唐刀客，頓時如釋重負。隨即，此人大手一揮，免費拿出了十五匹駱駝，借給少年少女們乘坐。並且主動邀請大夥與商隊結伴而行，以免該死的馬賊去而復來。

胡子曰當然求之不得，立刻向安大當家行禮致謝。然而，接過了商隊提供的駱駝之後，卻沒有讓大夥合併入商隊之內，而是帶著所有人，不遠不近地跟在了商隊之後。就像幾頭小鹿，跟著一支規模龐大的鹿群。

「胡大叔，為什麼說好了同行，卻不跟商隊合在一起走？」姜簡看得好生納悶，卻知道胡子曰這麼做肯定有其緣由，找了個停下來讓牲口歇緩體力的機會，湊到對方面前，認認真真地請教。

「商隊販賣什麼貨物，裡邊有多少刀客和夥計，都是人家的秘密！」胡子曰最喜歡的就是他這一點，求知欲旺盛，從不因為是官宦子弟，還讀了很多書，就自命清高。因此，想了想，低聲傳授，「安掌櫃肯借給咱們駱駝，已經是人情，咱們再進去窺探別人的秘密，就越界了。即便咱們沒有窺探的打算，他們為了提防馬賊的探子，心裡頭也不會踏實。」

「噢……」姜簡立刻就明白了其中道理，紅著臉點頭。如果這些道理，他出塞之前就懂，他肯定不會進入蘇涼的商隊。當然也遇不到後面的一大堆危險。只是這些道理，永遠不會寫在書本之上，四門學裡頭，也不可能有教習會向學子們傳授！

「此外，從西域到中原，沿途到處都是馬賊，危險異常。陌生人硬湊在一起，彼此都很難放下戒心。」見姜簡孺子可教，胡子曰就又犯了當老師的癮，想了想，繼續低聲說道，「戒心強了，稍不留神，彼此之間就可能起衝突。屆時，對雙方都不是好事。倒不如從一開始，相互之間就保持足夠的距離。」

「嗯。」姜簡聽得心服口服，再度認真地點頭。

「別覺得出來闖盪簡單，特別是塞外這種沒王法的地方，門道多著呢。」胡子曰越說越來勁兒，用馬鞭在半空中比比劃劃，「要不然，絲綢和茶葉出了玉門關價格就能翻三倍，怎麼不見人人都去經商發大財？怎麼應付沿途稅吏，怎麼跟沿途部落打交道，怎麼才能避免馬賊的窺探，都是學問……」

彷彿又回到了長安城內的快活樓，他說得眉飛色舞，姜簡聽得如醉如癡。在姜簡眼裡，胡大俠好像什麼都懂，從闖盪江湖到兩軍爭鋒，從處理牲口內臟再到絲綢之路上販賣貨物，幾乎就沒有胡大俠不知道的東西。然而，很快，他就發現自己大錯特錯了。

胡大俠也有不懂的地方，比如大唐官員們的心思。

就在他兩腳踏入受降城內的客棧，剛剛鬆開一口氣的瞬間，身背後，忽然有大隊兵卒策馬狂奔而至。為首的一名校尉，將手中橫刀一擺，高聲斷喝：「哪個是姜簡？出來！你進城時的彙報，可疑之處甚多，跟我們走一趟，張參軍要當面跟你核實！」

「你們想幹什麼？有可疑之處，剛才子明進城之時你們為何不問？張參軍又是哪個？」一路上都沒給姜簡好臉色看的杜紅線大急，立刻上前，連珠箭般向校尉質問。

校尉級別算不得高，在受降城這邊，卻是過往商販和百姓們輕易見不到的「大官兒」，一言可定人生死。幾曾受到過草民的「無禮」質問？當即，他的臉色就陰成了鍋底，「哪裡來的野丫頭？我家參軍找人問話，還得向你報備不成？」

「這位校尉請了，參軍事[注一]問話，姜某自然不能拒絕。」姜簡擔心杜紅線吃虧，迅速橫跨了半步，將她擋在了自己身後，隨即，向著校尉輕輕拱手，「只是在下剛剛進城，身上還穿著繳獲來的鎧甲，總不能全副武裝跟您去軍營裡。且容在下換了衣服，再洗把臉，把自己收拾一下再跟您走，如何？」

「小小年紀，說道還挺多！」沒想到姜簡反應如此平靜，校尉皺了皺眉，冷笑著回應，「穿著鎧甲進軍營又怎麼樣？難道你還有膽子造反不成？」

「在下乃是將門之後，多少知道一些軍營的忌諱。那大食國雖然與我大唐並非敵對，穿著他們的甲冑去大唐軍營，終究有失妥當。」姜簡笑了笑，再度不卑不亢地就事論事。

注一、唐代軍隊中，參軍有幾個等級。比校尉高的，是某某參軍事，也簡稱參軍。

下午剛剛在突厥飛鷹騎的攻擊下，死裡逃生。晚上回到大唐邊軍駐地，卻被自己人如此對待，此時此刻，他的內心深處，何嘗不是憤怒與委屈交織？然而，憤怒歸憤怒，委屈歸委屈，他卻知道，問題不是出在眼前這個校尉身上。

倘若跟校尉發生衝突，大夥即便將對方及其身邊的弟兄全都生擒活捉，也不會解決任何問題。相反。倒是正中那個幕後主使者的下懷。

所以，他現在唯一能做的，就是儘量給自己爭取一些準備時間。以便跟姐姐姜蓉、大俠胡子曰等人商量一下，那個幕後主使者故意找茬上門，到底想達到什麼目的，以便接下來見招拆招。

「少拿將門來壓老子，老子不吃這一套！」那校尉根本不相信姜簡的話，立刻冷笑著將嘴撇到了耳朵岔子上，「國法無情，哪怕你是公子王孫，用假話欺騙守關將士，也一樣得跟老子走。至於這套鎧甲，你就在這裡脫掉就好了，老子等著你。」

「校尉好大的官威。」一直皺著眉頭沒做聲的姜蓉，終於忍無可忍，邁步上前，冷笑著嘲諷，「卻不知道遇見突厥叛軍，是否還有勇氣如此？」

「臭婆娘，妳要教老子做事？」校尉沒想到今天遇到的硬茬子一個接一個，心頭怒火熊熊而起，轉過刀尖，朝下指向姜蓉的鼻樑。

姜蓉果斷後退，避開刀鋒所向。隨即，也不生氣，只管冷笑著搖頭，「不敢。命婦只想跟校尉知會一聲，舍弟此番歸來，帶著兩具突厥叛軍的屍體。此外，命婦也不是什麼臭婆娘，而是朝廷敕封的鄉君。」

「就妳，還鄉君？」校尉無論如何都不相信，一個滿身塵土，皮膚也被曬成了暗黃色的鄉下女子，身上竟然還有朝廷賜予的封號，本能地冷笑著反問。然而，他卻又迅速意識到，「敕封」兩個字，絕非尋常鄉下女子所能說得出，愣了愣，緩緩將橫刀垂在了身側。

然而，當著這麼多弟兄，他又不能輕易退縮。猶豫了一下，皺著眉頭追問：「既然妳是朝廷敕封的命婦，當知道朝廷法度。不攜帶文憑出入塞上，還身披甲冑手持弓箭，邊軍這邊不可能不聞不問。」

話說得雖然硬氣，語調卻比先前柔和了太多。姜蓉聽了，又是微微一笑，也換了相對柔和的口吻，低聲解釋：「校尉真的想知道，命婦與舍弟等人，為何如此？剛才命婦提到的那兩具突厥叛軍的屍體，已經著專人送往了大都護行轅。此外，受降城西北方七十里處，有一座無名小山。山坡上還丟著不少突厥叛軍的遺骸。那邊到底發生了什麼事情，校尉是不是也想在大都護掌握之前，搶先一步打聽清楚？」

「妳，妳胡說，我，我什麼時候說要打聽這些事情了。」那校尉聞聽，心中的怒火瞬間變成了緊張。舉起橫刀，在自己面前來回擺動。「我，我家張錄事要找你弟弟姜簡問話，我只是奉命來押，來請令弟過去……」

話說了一半兒，他忽然又意識到，自己手裡還拿著兵器。趕緊歸刀於鞘，翻身跳下了馬背，一邊向姜蓉拱手，一邊繼續解釋。「至於張參軍想問什麼，在下也不敢置喙。是以，還請鄉君您行個方便。」

「我等無意得罪，還請鄉君您行個方便！」跟在他身後的兵卒們，頓時覺得好生喪氣。紛紛跳下戰馬，拱著手重複。

鄉君在朝廷所封的命婦裡頭，是較墊底的一層。通常五品官員為國家立下了功，他的母親和正妻，就有機會被敕封為鄉君。四品官員的正妻，則十個裡頭至少四個，能得到這一封號。領軍校尉因為公事得罪了某位鄉君，後者未必能將他怎麼樣。

然而，涉及大都護府與叛軍交戰的機密，卻絕非尋常校尉所能隨便打聽的了。一旦被大都護知曉，從輕處置，也得責令他頂頭上司嚴加管教，免得他以後再胡亂插手軍中秘密。從重，弄不好就要交給明法參軍，審一審他究竟懷著什麼目的，背後受了誰人指使？

所以，好漢不吃眼前虧。既然校尉都服了軟，弟兄們也別給他招災惹禍，一起拿出個態度，獲得對方諒解才是正理。

「可否給舍弟一炷香時間，去脫了鎧甲，洗漱更衣？」姜蓉心中說不出到底是輕鬆多一些，還是失望多一些，嘆了口氣，客客氣氣地跟對方商量。

如果是當年自家父親麾下的校尉和兵卒，絕不會讓自己如此輕易就給鎮住。哪怕冒著過後遭上司責罰的危險，也得先把人帶走再說。

然而，自家父親當年麾下的那些精銳，要麼已經老去，要麼已經戰死於遼東。自家父親當年的頂頭上司陳國公侯君集，更是早就因為協助太子謀反，而身首異處。

眼前的這個校尉及其身後兵卒，看模樣和年齡，恐怕連任何一場硬仗都沒打過。又怎麼能跟當年曾經攻滅敵國兩位數以上的大唐左右衛玄甲鐵騎相提並論？

「如果只是一炷香時間，張參軍那邊倒也等得！」校尉想都不想，直接順坡下驢，「只是還請鄉君讓令弟麻利一些。咱們早點兒去張參軍那邊走個過場，令弟也好早點回來安歇。」

「校尉還請稍待。胡大叔，麻煩你讓掌櫃，給校尉和弟兄們拿些茶水和點心過來。」見校尉肯讓步，姜蓉也不為己甚，果斷向對方蹲身道謝。隨即，將頭迅速轉向胡子曰，高聲吩咐。

「知道了，東家！」胡子曰看向那校尉的目光，也是鄙夷之中，夾雜著失望。然而，為了姜簡的安全考慮，卻答應得乾脆俐落。

這不是他記憶裡的大唐勇士，當年頂風冒雪奔襲頡利可汗老巢的那批弟兄，絕對不會是這種窩裡橫的貨色！否則，被擒獲的，就不會是頡利可汗和整個突厥王庭。而是恰恰相反。

「這才過去了幾年？曾經威震天下的大唐將士，怎麼就已經變成了這般模樣？」一邊向客棧大堂裡走，胡子曰一邊在心裡冥思苦想。然而，饒是見多識廣，他卻想不出任何答案。

事實上，胡子曰也沒太多的時間去想。

那名校尉正如他自己所說，只是奉命行事。真正在暗地裡搞鬼的人，肯定不會被姜蓉的鄉君身份和幾句事關軍中機密的大話，就給嚇得將手縮回去。所以，趁著姜蓉竭盡全力才爭取來的這點兒洗漱更衣的時間，他必須幫著姜家姐弟倆想個妥當辦法。在雙方不直接發生衝突的前提下，保證姜簡去了軍營之後，能儘快，且平平安安地走出來。

「我換了衣服之後，立刻就求見李素立。」姜蓉的想法，跟胡子曰不謀而合。打發姜簡去洗漱更衣之後，立刻低聲跟他商量，「突厥人都打到受降城外了，他總不能還是仍舊堅持說車鼻可汗反跡未明……」

「東家，且莫著急，我估計，李大都護仍舊不會見妳。」有些話，胡子曰說出來，會替某些人感覺臉上發燙，卻仍舊不得不直言，「天色已經太晚了，他甚至不需要再以生病為理由。一句大都護行轅乃軍機重地，就足以讓當值的將校把妳攔在門外。」

「咱們帶回了突厥飛鷹騎的屍體。」姜蓉心急如焚，瞪圓了一雙丹鳳眼強調。「還有戈契希爾匪徒的兵器鎧甲，馬賊阿波那的消息！」

「一碼歸一碼。」胡子曰嘆了口氣，紅著臉解釋，「這些是功勞，並且是需要核實才能算的功勞。而令弟沒有過所偷偷出關，卻是擺在明面上的罪過。此外，俗話說，閻王好見，小鬼難纏。現在明面上找姜簡茬的，是那個張姓參軍，李大都護完全可以裝作不知情。等他想起來過問了，令弟恐怕也吃足了苦頭。」

「他們眼裡還有沒有王法了？這可是大唐！」姜蓉越著急腦子越不夠用，聲音迅速變高。

「我只是說一種可能性，不是說他們一定不懷好意。另外，這裡距離長安，實在太遠了。」胡子曰迅速朝四下看了看，壓低了聲音補充：「東家啊，即便是在長安城裡頭，也不是沒有冤案。只是妳和姜簡都出身於大戶人家，平時接觸不到這些罷了。」

「那，那怎麼辦？」姜蓉聽得心中發涼，後退幾步，手握著腰間刀柄詢問。

「別，我的小姑奶奶，妳千萬別拔刀。拔刀出來，咱們更有理也說不清楚了。另外，就憑咱們這幾個人，也根本擋不住大唐燕然軍一人一口吐沫。」胡子曰被嚇了一大跳，連忙擺著手勸阻，「妳聽我說，事情還沒壞到那一步。說不定人家張參軍，只是例行公事呢。眼下咱們關鍵是自己不能亂。並且，要弄清楚，到底哪裡出了問題，才好見招拆招。」

「我，我……」姜蓉氣得兩眼含淚，最終，卻將握在刀柄上的手無力地鬆開，斂衽向胡子曰行禮：「胡大叔，該怎麼辦，你直接告訴我吧，我現在心裡頭亂得厲害。如果姜簡真的被人給害了，除了拚命，我也沒其他法子可想。」

「別急，妳別急。」胡子曰也心亂如麻，卻強裝出一副鎮定模樣，輕輕擺手。「首先，咱們得弄清楚整件事到底是誰在背後搞鬼。其實，咱們得弄清楚，對方到底想要達到什麼目的。按道理，妳和姜簡在燕然軍中，也不可能有什麼仇家，他們為何不惜背上罵名，也要針對你們姐倆。」

快速在屋子內踱了幾步，他又斟酌著補充：「第三，就是咱們想要什麼結果？我的意思是，咱們的首要目的，是保護妳和姜簡的安全，其他暫且都往後放一放。」

「可以不考慮我，但姜簡無論如何都不能有事，更不能稀里糊塗被他們給冤枉了。」姜蓉咬了咬牙，沉聲強調。「至於其他，就依您老所說。」

「第四嗎……」胡子曰一邊繼續踱步，一邊在腦海裡，將自己這輩子經歷過和聽說過的大事，一件件重演。

他自問不是什麼智者，但如果能在記憶中找到類似的事件，總可以參考一下，不至於像現在這樣毫無頭緒。

「有了！」非常幸運的是，他很快就回憶到了一個案例，興奮地抬手拍自己的腦袋，「第四，就是看咱們這邊，有什麼可以拿來借力的東西，人也好，東西也好，事情也罷，只要能用得上，就全都用上。」

「借力？」姜蓉聽他說得煞有其事，心中的慌亂稍減，眨巴著眼睛詢問。「對，借力！」胡子曰話說多了，自己的頭腦也越來越活絡，「姜簡救下來的人當中，有個叫婆閏的小傢伙，他父親是回紇可汗，被朝廷冊封為瀚海都護。我在路上聽姜簡說，婆閏本來是向李素立求救的，半路遭到了突厥飛鷹騎的截殺。妳馬上喬裝打扮成他的隨從，跟著他去求見李素立，姓李的肯定不能拒絕。否則，一旦回紇那邊也出了差錯，他這個燕然大都護肯定就做到了頭。」

「我這就去！」姜蓉聽了，眼神頓時開始發亮。轉過身，就準備去換衣服。「我怎麼把這個茬給忘了，婆閏進了城之後，原本就該立刻去大都護行轅。剛才是我怕他失了禮數，才提醒他先到客棧把自己收拾乾淨。」

「不急，聽我把話說完。」胡子曰追了兩步，伸手攔住姜蓉的去路，「妳見了李素立，先別提韓秀才被殺之事。先讓婆閏開口給姜簡求情，理由就是感謝姜簡的救命之恩。然後，再讓婆閏請求李素立派兵，解回紇諸部遭到車鼻可汗大軍壓境之危！」

「嗯。」姜蓉心中有了希望，立刻不像先前那樣慌亂，想了想，輕輕點頭。

「妳身上還有多少錢？」胡子曰卻沒有立刻讓開道路，而是忽然壓低了聲音，問了一句沒頭沒腦的話。

「錢？」姜蓉被問得滿頭霧水，皺著眉頭回應：「黃金還有二十兩左右，五錢一顆的銀豆子，也有六十多枚。銅錢不多，大約兩三千文吧？胡大叔，你如果急著用，就都拿去。」

「黃金妳自己留著，銀豆子和銅錢全都給我。」胡子曰咬了咬牙，聲音壓得更低，「我有幾個昔日的袍澤，眼下就在燕然軍中做事。相互之間，已經有些年沒聯繫了，我不知道他們還認不認我這張老臉。但我提著禮物上門，把姜簡的出身說給他們，讓他們看在妳父親為國捐軀的份上，多少照顧姜簡一二，別讓他受了委屈，他們總不至於拒絕。另外……」

做賊一般再度四下看了看，他繼續補充：「我再花些錢，請刀客們把白天遇到突厥飛鷹騎的消息，散發出去。妳可能不知道，燕然大都護李素立不是正經武將出身，當年是靠擅長安撫邊塞各部落，才得入了皇上的法眼。塞上出了亂子，他想方設法捂蓋，也是人之常情。為了預防萬一，我以最快速度把突厥人飛鷹騎在受降城外追殺回紇特勤的消息傳開，他捂不住了，當然就不可能再捂。」

說這些話時，他不停地咬牙，目光中充滿了痛楚和無奈。彷彿一個年邁的父親，看著敗家子兒子，將自己辛苦了一輩子才攢下的田產和宅院，盡數換成了浮財，肆意揮霍。

第四十七章 老將與少年

夜風吹過軍營裡的旗幟，發出呼呼啦啦的聲響，吵得人頭疼欲裂。姜簡坐在距離旗杆不到二十步遠的一座帳篷內，對著油燈，不停地通過揉搓太陽穴，努力讓自己保持清醒。他身上的衣服、鞋襪是傍晚時新換過的，頭髮也用清水仔細洗過，看起來乾乾淨淨。然而，他的臉色卻黃中帶著青，兩隻眼睛裡也佈滿了血絲。連續三天兩夜沒怎麼睡覺，他的身體和精神都早已疲憊不堪。但是，找他問話的人換了一茬又一茬，卻仍舊沒有半點兒結束的跡象。因為時間緊迫，臨來軍營之前，姐姐姜蓉和在他眼裡無所不能的胡子曰，根本顧不上跟他一起分析整件事的前因後果，以及接下來會出現哪些可能，只叮囑了他一句話：有問就如實回答，不問則千萬別多說一個字。

到目前為止，姜簡都嚴格地遵從了這個應對策略。甚至在一個時辰之前，被某位周姓別將打扮的傢伙誇上了天，他也只是如實回答了對方提出的問題。至於對方沒有問到的，則不主動作任何介紹。最後那位周姓別將誇著誇著，就難以為繼。最後，只好留了一句，「人小鬼大」，然後拂袖而去。

「行了，別揉了。就跟幾天幾夜沒睡覺一般。」坐在他面前的張姓參軍，抬手拍了下桌案，沉聲呵斥，「這還不到亥時。你好歹也是讀書人，哪有這麼早就睡覺的。」

「我先前跟你們說過，我從前天早晨起，就沒睡過任何囫圇覺。」姜簡抬頭看了對方一眼，滿臉委屈的提醒。

「那就快說實話，你們怎麼從那個戈，戈什麼來著？」張姓參軍也有些睏了，拍了一下自己的後腦勺，打著哈欠催促，「就是那夥大食馬賊手裡，逃出生天的？說清楚了，咱們倆也好都早點兒安歇。」

「我說得就是實話啊。我們走投無路，逃到一處山坡上。剛好上山的路極為狹窄，還有一塊巨大的岩石，擋住了山路的一半兒。我們躲在岩石後，死守了一下午。傍晚的時候，另外一夥馬賊恨他們撈過了界，向他們發起了偷襲。」姜簡的表情更加委屈，扁著嘴回答。

「就憑你們，三十幾個半大小子？吹牛！」張姓參軍根本不信，狠狠瞪了姜簡一眼，高聲反駁，「以為老子沒打過仗是怎地？三十多名烏合之眾，對四五百馬賊，甭說守一下午，就是能守一個時辰，老子把姓倒著寫！」

「五十二個，還有九個女娃！我剛才也說過了。」姜簡看了此人一眼，正色糾正。「憑險據守，不是列陣而戰。」

「那今天傍晚時，為何只有三十二人進城？」張姓參軍臉色一板，問話速度明顯加快。

「當天下午戰死了二十二個，另外還有八個同伴傷得太重，沒熬到第二天早晨。」姜簡咬了咬牙，低聲重複。這話，他今夜也不止說了一次。每一次，都感覺心如刀扎。然而，問話的人每換一個，都會再問一次，彷彿故意要朝他的傷口上撒鹽。

「陣亡超過一半兒，居然還沒四散逃命？笑話，你當是聖上的玄甲鐵騎？」張姓參軍卻認為自己抓到了重要破綻，冷笑著以手拍案。

姜簡剛剛經歷了數場生死惡戰，哪會被這點小伎倆嚇倒，抬頭瞟了他一眼，冷笑著反問：「逃命？往哪裡逃？山背後就是斷崖，跳下去肯定粉身碎骨。不跳，戈契希爾號稱手下從不留活口！」

「這……」周姓參軍被問得語塞，拳頭緊握，咬牙切齒，「你倒會編！隨便找個山頭逃上去，便是易守難攻的絕地。」

「您如不相信，派人去查看一下好了。具體位置，我已經給了那位周別將。」姜簡深吸一口氣，平靜地回應。

「我已經派人去了。你如果撒謊，等人回來了，你可就澈底無法改口了！屆時，會有什麼後果，你應該非常清楚。」張姓參軍再度以手拍案，豎著眼睛高聲威脅。

「那張參軍不妨再等等，自然會真相大白。」姜簡笑了笑，回答得不卑不亢。

「閉嘴，老子不需要你教我如何做事。」張姓參軍被頂得怒火上撞，拍打著桌案厲聲怒喝。

姜簡果斷閉上嘴巴，低下頭，眼觀鼻，鼻觀心，學老僧入定。

現在，他終於明白在臨來軍營之前，胡子曰為何叮囑自己，只說實話了。如果自己編造謊言，在不同的人一遍又一遍的盤問下，前後肯定會有出入。而實話，卻不用編造，無論問多少次，答案都是一模一樣。

沒想到姜簡年紀不大，卻如此難對付。張姓參軍眉頭緊皺，臉色開始變幻不定。抓住姜簡的把柄，將其牢牢掌控手裡，乃是一位了不得的大人物交代給他的任務。他原本以為，自己只要稍微動動手指，就能將此事辦得漂漂亮亮。卻不料，折騰了足足兩個時辰，卻仍舊未能從少年身上找到任何破綻。按照常理，僥倖擺脫了兩支敵軍的追殺，成功逃回了受降城內，大多數人在慶幸之餘，都會自吹自擂。他只要派幾個得力弟兄，順著此人的口風捧一捧，就能令對方在不知不覺間，就落入自己預備好的陷阱。

然而，眼前這個名叫姜簡的少年，卻老成得過份。非但說出來的話毫無誇大，並且只要自己派出弟兄的沒問及之處，他就絕不多說一個字。這讓他感覺如同嘴巴裡吞了一隻刺蝟，咽不下去，吐出來也很難受。偏偏四周圍還有不少眼睛始終盯著這邊，讓他原本預備好的一些非常手段，也輕易不敢朝姜簡身上招呼。

「鐺鐺鐺，亥時二刻，小心火燭……」一隊巡夜的弟兄，從帳篷外走過，高聲報出眼下的時間。

張姓參軍激靈靈打了個冷戰，不敢繼續由著姜簡參禪。再度用手輕拍桌案，「你剛才說，另一夥馬賊的頭領，名叫阿波那？」

「對。」姜簡不知道張參軍為何又把問題轉到此處，警覺抬起頭，回答得能多簡單就多簡單。

「你怎麼認識他的？」張姓參軍笑了笑，突然變得和顏悅色。

「我不認識他。」姜簡想都不想，立刻搖頭，「我只是失陷在蘇涼商隊之時，聽人叫過他的名字！」

「你不認識他，他為何要救你？」張參軍的問話速度驟然加快，彷彿一條看到了食物的野狗。

「他不是來救我，而是恨戈契希爾闖入了他的勢力範圍。」姜簡雖然形神俱疲，頭腦卻仍舊不慢，回答得滴水不漏。

「那他過後為何不殺了你們！」張參軍問話如同連珠箭，根本不想給姜簡足夠的反應時間。

「具體原因我不知道。是珊珈夫人出面對付的他。」姜簡迅速明白了他的用意，卻仍舊心平氣和地回應。

「珊珈夫人又是誰？」

「珊珈夫人是蘇涼的遺孀。」

「那珊珈又為什麼要為你們出頭？」

「我們保護她沒落在戈契希爾匪幫手裡。此外，她是波斯人，非常感謝大唐善待了他的同族。」

「善待了她的同族？這話什麼意思？」

「她有同族逃到了長安。我曾經告訴她，有一個名叫阿羅漢的波斯人，做了大唐的左威衛將軍！」

「左威衛將軍阿羅漢？」張姓參軍聽得微微一愣，隨即，心中也湧起了幾分自豪，「你倒是很會跟人套近乎！」

「實話實說而已。」姜簡知道，自己又盯住了對方的一輪進攻，微笑著回應。「恰好阿羅漢的兒子，跟我是同窗。」

「嗯……」張姓參軍低聲沉吟。這是另外一件麻煩事。如果姜簡是普通百姓人家的孩子，他就是嚴刑逼供，也能讓對方按照自己的意思去說。

然而，姜簡偏偏又是四門學的學生。即便身背後已經沒有了長輩可以依靠，同學和朋友卻全都出自官宦之家，老師們的出身也非同尋常。

「聽說你跟逃離大唐的人質，車鼻可汗的小兒子阿史那沙缽羅交情不錯？」又反覆斟酌了片刻，他咬了咬牙，祭出了最後的殺手鐧。

「他化名叫史笸籮，騙過了所有人。我最初根本不知道他是阿史那沙缽羅。」姜簡心中一凜，正色回應，「待我知道的時候，他已經帶著突厥飛鷹騎來追殺我。」

「他終究沒有殺掉你就退兵了，是嗎？」張姓參軍眼睛忽然變得非常冰冷，就像毒蛇在看一隻到手的獵物。

「是胡子曰和我姐姐，用疑兵之計嚇跑了他。」姜簡坦然與此人目光相對，問心無愧。

「你跟他面對面交過手嗎？」張參軍的問話速度又開始加快，一句接著一句。

「沒有！」姜簡猜不出他的用意，繼續按照胡子曰的叮囑，實話實說。

「一次都沒有？」

「成為敵人之後，一次都沒有？」

「如果有機會面對面，你會殺了他嗎？」

「這……」姜簡心臟一抽，回應聲明顯出現了停頓，「我，我想我應該會。如同他執迷不悟，跟他父親一起與大唐為敵的話。」

「什麼是應該會？到底殺，還是不殺？」張參軍立刻聽出了姜簡心中的猶豫，冷笑著按住了腰間刀柄。

「如果他選擇與大唐為敵，我，我想我會殺了他。」姜簡心中難受得宛若壓上了鉛塊，卻不得不給出答案。

「來人，把阿史那沙缽羅押到轅門口，準備斬首示眾。」張參軍猛然站起身，手按刀柄高聲吩咐。

「是！」帳篷外，傳來了兵卒們的回應。緊跟著，一串腳步聲快速走向遠處。

「嗚嗚，嗚嗚……」有人在掙扎呼救，嘴巴卻肯定被堵住了，發出來的聲音非常含混，聽不清到底是不是史笸籮。

「他怎麼會被抓了回來？」剎那間，姜簡的兩眼瞪得滾圓，疲憊的臉上，看不出半點兒高興。雖然他曾經差點被史笸籮逼入絕境，然而，內心深處，他卻仍舊不願意看到對方身首異處。

史笸籮曾經是他的朋友，曾經跟他生死與共。雖然時間只有短短兩個晚上和一個半白天，但這份友情，他卻不可能說忘就忘。

「走吧，親手去砍下他的腦袋，證明不是你幫助他逃到草原上的。」張姓參軍緩緩抽出腰間橫刀，倒過來，將刀柄遞到姜簡手裡。

「嗯！」姜簡木然接過刀柄，剎那間，手指失去力量。令橫刀徑直掉落於地，發出一連串清脆的聲響，「噹啷啷……」

張姓參軍也不催促，抱著膀子，冷眼旁觀。

姜簡艱難地蹲下身，將手抓向刀柄，手臂顫抖，彷彿刀身重逾千斤。他知道自己不是史笸籮，如果換了史笸籮跟他易位而處，肯定毫不猶豫地選擇去做劊子手。史笸籮不止一次笑他是濫好人。他每次都很生氣，卻從來都沒法反駁。

「阿史那沙鉢羅應該被押回長安，由朝廷驗明正身之後，按律處置。」猛然吸了口氣，姜簡放下刀，快速站起身，與張姓參軍正面相對。「我沒有資格殺他，你也沒有！」這句話，脫離了胡子曰的叮囑。也可能正落入張參軍的下懷。但是，姜簡卻說得毫無畏懼。

他也不明白，張姓參軍到底想達到什麼目的。但是，他卻知道，有些事情，自己只要做了，過後肯定會後悔一輩子。

「你果然跟突厥人暗中勾結。」張姓參軍上前一步，用腳死死踩住了刀身，「來人，將他綁了，押到苦囚營，改日交由大都護親自審問。」

「是！」兩名全副武裝的兵卒，拎著繩索衝入，抬手去抓姜簡的胳膊。

姜簡本能地縱身後躍，躲開了兵卒的拉扯，脊背卻碰到了帳篷壁，退無可退。

「莫非是做賊心虛！」張參軍冷笑著逼上前，與兩名兵卒組成一個三角。「拿下！如果他敢反抗，就以軍法從事！」

「啪！啪！」沒等那兩名兵卒做出回應，帳篷外，卻又傳來了清晰的撫掌聲。緊跟著，一個中年男子的聲音，也傳入了所有人的耳朵，「過了吧？張記室！他到底哪裡得罪了你，你非要把他往死路上逼？你就不怕，他父親的舊部找上門來，要大都護給他們一個交代？」

「胡……」姜簡驚喜莫名，本能地就站起身相迎。然而，當身體站直之後，笑容卻又僵在了臉上。不是胡子曰。來人長得跟胡子曰很像，或者說，來人第一眼看上去給他的感覺，與胡子曰極為類似。但仔細看，二者之間又存在著非常明顯的差別。胡子曰臉上，比來人多一絲市儈氣，還多了三分卑微。那是做小本生意者身上特有的氣質，做的時間越久，越浸入到了骨頭深處，很難掩飾和洗脫。而來人身上卻沒有這兩種氣質，取而代之的，則是一股子桀驁和狠辣。就像一頭曾經傲笑百川的老虎，哪怕收起的爪子和牙齒，也讓百獸不敢輕易冒犯。

「吳，吳老將軍，您，您老怎麼來了？」那張姓參軍動作比姜簡還快，一個箭步迎到帳篷門口，賠著笑臉詢問。

有道是，伸手不打笑臉人。見張參軍態度恭敬，那男子也不便再奚落他。也笑了笑，放緩了語氣回應，「聽弟兄們說，今天下午，有個少年郎帶著二三十名同伴，硬撼了突厥別部的五百飛鷹騎。老夫剛閒著沒事兒，就過來看看這位少年英雄。」

「只是，只是他自己彙報的，未必做得了真。」張參軍心中暗暗叫苦，卻硬著頭皮朝姜簡身上潑髒水，「您老也知道，他這個年紀的半大小子，最喜歡吹牛。哪怕是連突厥人的影子都沒見到，回來也敢吹噓說……」

吳將軍根本沒心情聽他廢話，擺擺手，正色打斷，「我派出去核實的第一波斥候，已經回來了。那座山坡附近，留下來的突厥人屍體不止兩具，還有很多死馬和死駱駝的屍體。第二批斥候，還在路上。估計有關戈契希爾匪徒的消息，今夜子時之前也能帶回來。」

「這，這……」張姓參軍先前找姜簡問話之時，表現得有多囂張，此刻就有多尷尬。紅著臉，無言以對。對方的官職，眼下只是個正四品將軍，並不比他背後的靠山高。然而，對方在軍中的資歷，卻遠非他的靠山可比。

此外，對方頭上，還頂著一個開國縣公的爵位。而放眼整個燕然都護府，連大都護李素立都不過才是高邑縣侯。不但照著縣公差了一級，還差了最關鍵的「開國」兩個字，份量完全不屬於同一個檔次。

只是這位吳將軍，自從上次在追隨聖上討伐高麗一戰中吃了個大虧之後，已經處於半退隱狀態。眼下名字掛在燕然大都護府這邊，平時卻很少露面。今晚卻不知道是誰有這麼大的顏面，竟然把這尊大佛給搬了出來？

「捉弄人，要注意分寸。開玩笑過了頭，引起誤會，就不美了。張參軍，你說，是也不是？」一句話將張姓參軍憋了半死，那吳將軍也不窮追猛打，又笑了笑，主動給對方找台階下。

「是，是，您老說得沒錯。剛才我最後那幾句話，就是跟姜兄弟開個玩笑，開個玩笑！」夜風很涼爽，張姓參軍的額頭上，卻有汗水滾滾而下。只好一邊抬手抹汗，一邊連連點頭。

吳將軍禮貌地朝他擺了擺手，緩步走向姜簡：「你叫姜簡是吧？行，有本事！沒給你阿爺丟臉。」

「吳將軍過獎了，在下當時只是無路可退而已！」姜簡先就發現，此人聲音雖然聽上去還是中年模樣，鬍鬚卻已經斑白，眼角也有了明顯的魚尾紋。笑了笑，退後兩步，以晚輩之禮躬身，「晚輩姜簡，見過吳將軍！」

「嗯，不錯，不驕不躁，是個好漢子。」吳將軍毫不猶豫地受了他的禮，隨即笑著點頭，「老夫跟你這般年紀之時，可沒你穩重。」

不待姜簡謙虛，他又快速擺手，「行了，大半夜了，該問的他們也問完了。你趕緊回去安歇去吧！明天上午吃過朝食，記得到大都護行轅左側的第一個坊子那邊找老夫。老夫姓吳，名黑闥。你明天到那邊報上名字，巡邏的兵卒自然會帶你進去。」

「多謝吳伯父，小侄明天一定去聆聽您的教誨！」以姜簡的聰明，豈能聽不出這位名叫吳黑闥的將軍是在故意替自己解圍？趕緊再度長揖及地。

「行了，別拜了，老夫看著頭暈！」吳黑闥卻是不拘虛禮的人，看了他一眼，懶懶地揮手。隨即，便將目光轉向了張姓參軍，「該問的話問完了吧？問完了，老夫可就帶他走了。」

「吳將軍，且慢！」張姓參軍立刻又著了急，硬著頭皮伸手阻攔，「有些，有些細節，有些細節還沒問清楚。並且，大都護身邊的劉長史……」

「別告訴我是誰，老夫不想聽。」吳黑闥的眼睛立刻豎了起來，渾身上下殺氣瀰漫，「老夫也不想摻和你們那些麻煩事。老夫年紀大了，就求個心安。你回去儘管向給你下命令的人彙報，人是老夫帶走的。老夫還派了親兵，去客棧給他站崗，就好了。哪個不服，讓他親自來找老夫理論！」

「這，這……」張參軍被無形的殺氣逼得踉蹌後退，不得不側身讓開道路，「老將軍這是哪裡話來，哪裡話來。您，您老想帶他走，就帶他走便是。剩下的細節，卑職改天去問別人。」

「噪聒！」吳黑闥沒好氣地補充了一句，邁開大步，給姜簡帶路，「你，還愣著作甚？等著在軍營裡吃宵夜嗎？跟老夫走，老夫送你回客棧！」

「不，不敢！」姜簡佩服得眼冒金星，答應著快步跟了上去，一邊走，一邊再度拱手，「有勞吳伯父了。晚輩本該自己走回去，只是，只是初來乍到，不怎麼認識路！」

「行了，別撿著便宜還賣乖。」吳黑闥這張嘴，不開口則已，開口就不給人留半點兒面子。「不認識路，去突厥別部的路你還不認識呢，怎麼有膽子獨自一人往那邊跑？你阿爺的本事，不知道你學會了幾成。他當年的能說善道，我看你早已青出於藍！」

「吳伯父教訓的是，晚輩多嘴了。」姜簡被數落得面皮發燙，連忙小聲認錯。話音落下，卻按捺不住心中好奇，試探著詢問：「伯父您跟家父以前……」「我跟他以前，一道追隨在當今聖上身後，在玄武門那旮旯，伏擊過隱太子！」吳黑闥翻了翻眼皮，淡然透露。彷彿在說一件，喝醉了酒之後跟人打架的小事兒一般。

「這話也能公開說？」姜簡大吃一驚，兩隻眼睛瞬間睜了個滾圓。再看那張姓參軍，原本還準備跟出來送一送吳黑闥。直接被嚇得打了個趔趄，再也不敢向他靠近半步！

玄武門之變，在大唐是個許多人都知道，卻基本上沒人敢提的忌諱。特別是最近兩年，大唐皇帝李世民身體每況愈下，曾經多次在不同場合，追思自己少年時，與父親，兄長、弟弟們策馬出獵，其樂融融的情景。雖然他從未說過「後悔」兩個字，但是，朝堂內外，卻很多人相信，他心中已經充滿了悔意。這點，從他在貞觀十六年，追封李建成為「皇太子」的舉動，也可以推斷得七七八八。而眼前這個吳黑闥，非但犯了皇帝陛下的忌，還當著這麼多人的面，說得如此高聲。他到底是膽子大得包了天，還是壽星老上吊，嫌自己活得太長？

「怕什麼，老夫都沒怕呢？你只是聽見了老夫說話而已，有什麼好怕的？」對姜簡和張參軍兩人的反應很是不屑，吳黑闥撇撇嘴，聲音居然比先前又高出了一大截，「況且這種事，既然做了，就不怕別人說。你不讓人說，也不能代表它就沒有發生過。更何況，這件事，老夫問心無愧。哪怕重新來過一百次，老夫都會提著鋼叉，殺他一個痛快！」

「前輩使鋼叉？」姜簡雖然膽大，卻也沒大到敢接這個話茬的地步，只好想方設法打岔，「晚輩聽人說，十八般武器裡最不好練的就是叉。昔年有個叫伍天錫的豪傑……」

「胡說，伍天錫使的是陌刀，不是鋼叉！」吳黑闥的注意力，立即成功被引偏，皺著眉頭看了他一眼，高聲糾正。

「啊！晚輩一直聽人說是五股托天叉！」姜簡又是一愣，分辯的話脫口而出。

「放屁，純粹的放屁！」吳黑闥聞聽，鼻子差點沒氣歪了，駁斥的話脫口而出，「還五股托天叉，他怎麼不說是畫桿方天戟呢？小子，我實話告訴你，叉子在戰場上，只有兩種用途，一個是戳人，一個是用來攪飛對方的兵器。兩股剛剛好，三股都嫌累贅，還五股，嫌兵器不夠沉嗎？況且只要戳在人和馬身上，都是死。一個洞和五個洞，又能有什麼分別？」

「這？」姜簡有心反駁，卻找不到任何可靠的論據，只好訕笑著點頭。

「是誰跟你說鋼叉不好練的？」吳黑闥卻不肯輕易放過他，一邊帶著他往軍營外邊走，一邊喋喋不休地教訓，「真是一個棒槌。所謂十八般兵器，只是一個泛泛說法，實際上戰場上能見得到的，連九種都沒有。而在這九種裡頭，最好練的便是叉子，只要你氣力夠足，眼神兒夠好，反應夠靈敏，根本不用學。翻來覆去就兩下子，刺和攪，剩下的再多變化，都離不開這兩下。」

「嗯，嗯！」姜簡邁步跟上，一邊聽，一邊敷衍地點頭。

有關伍天錫的故事和十八般兵器的學習難易程度，都是胡子曰跟他說的。他當然不會因為吳黑闥看起來比胡子曰年紀還大，並且身份還是一個將軍，就認為此人說的話，比胡子曰更為可信。

但是，剛剛受了吳黑闥的恩惠，他也不方便當面反駁對方。所以，左耳朵聽右耳朵冒，便是最好的對策。

「你在太學裡頭，沒有專門的教習傳授武藝嗎？」吳黑闥猜不出他心裡所想，見他對自己的態度頗為恭敬，忍不住就又低聲指點，「那可有些誤人子弟了。大唐以弓馬立國，我們這批人眼看著就都老了，將來邊塞有事，總不能靠讀書人的上下嘴唇！」

「有，傳授的是弓箭、刀盾、長矛和馬槊。」姜簡不願意聽他貶低自己的學校，趕緊小聲辯解。

「那你怎麼還能說出五股托天叉這種蠢話來？」吳黑闥翻了翻眼皮，毫不留情地質問。不待姜簡回應，又恍然大悟，「是了，你沒上過戰場，所以難免異想天開。這趟出去歷練，可見識到了？那夥叫戈什麼的大食馬賊，還有突厥飛鷹騎，手裡拿的兵器都有哪幾樣？」

「弓箭、盾牌、長劍、長矛和橫刀，就這五樣！」姜簡咧了下嘴，老老實實地回應。

沒有五股托天叉，沒有畫桿方天戟，沒有雙刃開山鉞，也沒有青龍偃月刀。這些故事裡的赫赫有名的兵器，沒有一樣出現在戰場上。甚至連陌刀，馬槊，鐵錘都沒有。只有最簡單的，最常見的五種，弓、盾、刀、劍、矛！

「就這五樣就夠了。頂多再加一樣馬槊，但是著急了，用長矛也可以代替。」吳黑闥伸手拍了一下他的脖頸，笑著點撥，「戰場上，最常見的兵器，肯定就是最實用的。至於老夫的鋼叉，呵呵，不瞞你說，老夫是因為小時候窮得吃不起飽飯，才用這玩意。能叉乾草和柴火，能打獵野獸，實在餓急了，還可以到河邊去叉魚吃。如今在大唐，吃不起飯的人很少見，老夫的這套耍鋼叉的本事，眼瞅著就要失傳嘍！」說著話，他已經來到了營門外。立刻有親兵為他牽過來了兩匹駿馬。

吳黑闥飛身跳上馬背，身手和他的嗓音一樣年輕。「老夫一匹，你一匹，先送你回客棧。本來該讓你住老夫家，但是，聖上最近不待見老夫，讓你住進去了，反而影響了你的前程。所以，你還是先住客棧。明天上午，咱們爺倆再聚。」

「多謝吳伯父！」姜簡直到此時此刻，才相信自己終於脫離了危險。身上頓時一輕，恭恭敬敬地向吳黑闥行了個禮，然後也飛身跳上了坐騎。

吳黑闥笑著朝他點了點頭，隨即，又迅速將面孔轉向了軍營門口。「記得老夫跟你說的話，有誰不服氣，讓他儘管來找老夫！老夫就不信了，某些人的手，真能大到能把天遮住的地步。」

這幾句話，是專門朝著偷偷跟上來的張姓參軍說的。後者聞聽，頓時又激靈靈打了個哆嗦，趕緊賠著笑臉躬身。

吳黑闥懶得多搭理他，帶著姜簡，在親兵們的簇擁下策馬遠去。那張參軍則一直躬著身子相送，直到馬蹄聲聽不見了，才緩緩將腰桿挺起來，紅著眼睛咬牙切齒。

「老匹夫，怪不得跟了聖上一輩子，到老才混了個四品！」咒罵聲從他牙縫裡擠出，聽上去像毒蛇吐信。「還是掌握不了實權的，連個宕州都督印信都沒捂熱乎，就又被拿了下來。」

然而，罵得雖然惡毒，他卻不敢讓太多的人聽見。又朝著地上悄悄吐了口吐沫，轉過身，小跑著去找自己的靠山彙報。

「這件事，我已經知道了，也彙報給了大都護。你不用管了，大都護那裡，自有安排。」站在他背後的上司燕然大都護府長史劉良，表現得遠比他想像中冷靜。聽了他添油加醋的彙報之後，笑著拍了拍他的肩部，柔聲安慰，「別跟那老匹夫生氣，犯不著。聖上不待見他，又不願意落下個不念舊情的惡名，才把他塞到受降城這邊吹西北風。」

「可，可是終究，終究沒完成您吩咐的事情。在下，在下愧對您的厚待。」張參軍心中立刻舒服了許多，紅著臉謝罪。

「老夫哪敢吩咐你什麼事情？老夫也是在替大都護分憂？」劉長史立刻笑了起來，臉上的皺褶微微泛著油光。「沒事了，大都護已經另有打算，用不到這顆棋子了。老夫先前就想派人去通知你，結果聽說吳黑闥去你那要人，就只好等他走了再說。」

「噢，原來如此。應該的，長史的確應該如此。」張姓參軍立刻如釋重負，長長吐了一口氣，連聲說道。「那姓吳的老匹夫，嘴巴向來沒有把門的。若是見到長史您派人去通知我放了姜簡，指不定又會說出什麼惡毒的話來。這下好了，人他帶走了。大都護那邊的事情也沒耽誤，還沒讓他的嘴巴對您不乾不淨。大家都落個輕鬆！」

說罷，偷偷看了一眼劉良的臉色，他又低聲打聽：「大都護那邊，為何改變主意了。先前不是說……」

「不該問的別問！」劉良的眉頭迅速皺緊，暗黃色的瞳孔中，隱約有寒光閃爍，「沒什麼好處。你只要記得，大都護也是為了咱們大夥，為了大唐，就足夠了。其他方面不需要打聽得太清楚。」

「卑職明白，卑職明白！」張姓參軍頓時又激靈靈打了個哆嗦，趕緊小雞啄碎米一般點頭，「天色晚了，長史早點兒休息，卑職告退！」

「行，天色的確已經晚了，你回去之後也早點安歇。」劉良看了他一眼，緩緩點頭。沒等他挪動腳步，卻又低聲阻止，「等等，這個，你帶去。」

說著話，轉身走到書案後，從角落裡拎起表面包裹著熟牛皮，釘著銀扣子，方方正正的小箱子，單手遞到了張姓參軍面前，「裡邊是幾件波斯那邊的酒具，據說來自波斯王宮。老夫不喝酒，就便宜你了。」

「這，這，這如何使得！」張參軍是個識貨的，一看那箱子表面皮革上銀扣子，就知道此物裡邊的東西價值不菲，慌忙用力擺手。

然而，連推辭了好幾次，卻沒聽到長史劉良的任何回應。心裡頓時明白了，這是給自己的報酬，不拿的話，反而會被對方懷疑自己別有貳心。趕緊笑了笑，訕訕地改口，「那，那卑職可就卻之不恭了。」

「你應得的！」劉長史笑了笑，緩緩點頭，「出去之後，今晚的事情就忘掉吧。大都護不會再提。老夫也不會再提。」

「明白，是卑職懷疑他們謊報軍情，就自作主張。」張姓參軍雙手捧著表面上鑲嵌了銀扣的皮革箱子，鄭重回應。然後轉身出門，快步走進了夜幕當中。

受降城的夜，有些黑。天空中看不到月亮，也沒有星星。

與城內的黑暗恰恰相反，此時此刻，燕然大都護李素立的書房裡，卻被二十多支蠟燭照得亮如白晝。蠟是上好的蜜蠟，點燃之後沒有絲毫牛油蠟燭的膻味，相反，卻帶著一股子淡淡的花香。很是符合燕然大都護李素立形象和出身。與吳黑闥那種吃不起飯的「鄉野村夫」不同，李素立的血脈，可不是一般的高貴。他的曾祖父李義深，貴為北齊的梁州刺史。祖父李騊駼，則為大隋的永安太守。到了他父親這輩兒，官運稍差，但是也做到了五品水部郎中。所以，除了一肚子學問之外，李素立做官的本事，也是家學淵源。這輩子沒怎麼上過戰場，就順順當當做到了燕然都護府的大都護。

燕然大都護府轄地非常廣闊，理論上，東起俱倫泊（滿洲里），西到天山，整個大唐的北方草原，都歸他管。所以，李素立每天都忙得不可開交。從早晨睜開眼睛，一直到半夜子時，除了吃飯和出恭之外，很少有時間能夠停歇。

既然為國操勞到了這般地步，平素在公務用度上豪奢一些，就不算什麼大不了的問題了。況且受降城既卡著絲綢之路，又卡在中原通往塞外各部落的咽喉處，每年往來貨物價值以億萬計。李素立本人這點兒花銷，哪用得著從朝廷撥付給大都護府的錢糧裡出？只要他身邊的心腹隨便吐個口風，五天之內，肯定就會有人上趕著把他想要的東西送到門口。

「大都護，慕遠商行的大掌櫃石潤生今晚帶著商隊進了城。」長史劉良躡手躡腳走進書房，用極低的聲音向李素立彙報。正在批閱公文的李素立沒有抬頭，很隨意地詢問：「慕遠商行，拜在清河崔氏門下那個？」

「大都護過目不忘本事，真是令人佩服。不瞞您說，屬下不翻文書，根本想不起來！」劉良立刻挑起大拇指，低聲誇讚。

「少拍馬屁！」李素立心中受用，笑著數落，「咱們之間，用不到這些。他們不是三個月前剛剛出塞嗎，怎麼這麼快就回來了？」

「說是西域那邊不太平，所以走到大宛，就將中原的貨物脫了手，然後就掉頭折了回來。」劉良想了想，用極低的聲音回應。

「不太平？是石國人，還是康居人注二搗亂？他們想滅國嗎？」雖然相隔萬里，李素立卻對西域的情況瞭若指掌，皺了皺眉，再度發問。

「沒有，石國和康居都巴不得跟大唐之間有商隊往來。」劉良警覺地向外看了看，聲音壓得更低，「據他說，是馬賊。那邊的馬賊，忽然多了許多了。」「笑話，馬賊多了，商隊夠搶嗎？」李素立仍舊沒有抬頭，卻一語道出了破綻所在，「商隊不夠搶，馬賊又吃什麼？」這個問題，就像草原上狼的數量不可能氾濫一樣簡單。

如果狼的數量，短時間內迅速膨脹，就會導致黃羊、野鹿、兔子等食草動物的迅速減少。而食草動物少了，狼就會大量餓死，草原上的各類生命的數量，就又慢慢恢復平衡。

注二、石國、康居都在如今阿富汗一帶。唐高宗年間，曾經短暫歸附大唐。武則天執政後，忙著內鬥，棄之。

馬賊如果數量太多，商隊就不夠搶了，倖存下來的商販們，也會選擇改道。接下來，馬賊就只能互相火併，或者改行去做牧民。

所以，如果絲綢之路上的某個區域，馬賊數量異常地多，背後則肯定藏著蹊蹺。要麼是當地的國王或者酋長黑心腸，派下屬假扮馬賊。要麼，就是有外來勢力，為馬賊提供支援。石國和康居兩國的國主，都巴不得跟大唐做生意。那麼，答案就肯定是後者了。有外部勢力滲透到了這一帶假冒馬賊，或者給馬賊提供錢糧。

「大都護慧眼如炬！」劉良佩服得五體投地，再度高高地挑起了大拇指，「在下也認為，恐怕是外部力量，在打石國和康居的主意。不過石潤生只是個被推在檯面的傀儡掌櫃，在下沒有把內幕向他挑明。」

「的確沒必要挑明。等他回到清河那邊，崔氏家族的英才自然就能推測出真相。」對劉良的應對非常滿意，李素立輕輕點頭。

「商隊按照規矩，給朝廷交了稅金。」劉良卻不是為了聽李素立的誇獎而來，想了想，繼續低聲補充，「此外，石潤生不知道從哪裡聽說，大都護喜歡好馬。特地從大宛那邊，帶了三對汗血寶馬獻給您。」

「三對汗血寶馬？」李素立的注意力，立刻被劉良的話所吸引，驚詫地抬起頭，兩隻眼睛精光四射，「他好大的手筆！禮下於人，必有所求。他說想從老夫這裡得到什麼沒有？不合規矩的事情，你就直接替老夫回絕掉。」

「沒有！」劉良想都不想，就立刻搖頭，「他只是說，清河崔氏存了很多糧食，賣不掉，釀酒又太糟蹋了。」

「老夫知道了。」李素立登時心中雪亮，笑著輕輕撇嘴，「你跟他說，朝廷還沒安排。如果朝廷有令，老夫這邊，倒是可以囤積一批軍糧。不會太多，四十萬石為上限。要保證還沒陳得變了味，價格也不能比受降城這邊市面上更高。」

「在下明白！」劉良追隨李素立多年，熟悉他的做事風格，立刻拱手回應，「在下會親自盯著此事。絕不讓他壞了大都護的名聲。」

「派個幾個機靈點兒的小輩去辦。老夫這邊，還有別的事情安排你去做。」李素立看了他一眼，果斷否決。

「是！」劉良也不堅持，果斷鄭重拱手。

「三對大宛良駒，都是幾歲口？可留下來當種馬嗎？」李素立對他向來放心，立刻轉到下一個話題。

這次，劉良稍微花了點時間考慮，才給出了答案，「啟稟大都護，在下親自驗看了，都是三歲口，一對純黑色，一對棗紅色，一對赤金色。身體非常結實，絕對適合留下來做馬種。」

「你回頭挑一旅弟兄，找個機靈的參軍帶隊，把馬都送到長安去。然後，把赤金色的那對兒，替老夫送到長孫丞相府上。他年輕時追隨陛下征戰，最喜歡良馬。」李素立的腦子轉得非常快，幾乎在彈指功夫，就安排好了六匹汗血寶馬的去處，「把黑色的那對兒，送到英國公府上。至於棗紅色的那對兒，送去弘農楊氏，他家最喜歡培養駿馬。汗血寶馬到了他家，早晚會變成大唐自產的良駒。」

「大都護自己不留下一對兒？」劉良聽得非常心疼，壓低了聲音提醒，「少郎君向來喜歡縱馬擊球。」

「他跟我一樣是文官，要汗血寶馬做甚？」李素立翻翻眼皮，沒好氣地回應，「更何況，汗血寶馬跑得雖然快，耐力卻只能算一般。騎著打球，根本打不完全場。」

「那倒是。軍中也沒有哪個武將，會拿汗血寶馬當坐騎！」劉良立刻明白了李素立的意思，順著對方的口風回應。然而，話音落下，他卻又一次低下頭，用很小的聲音提醒，「要不要送房相那邊。在下聽說，他老人家也喜歡良駒。」

「不必了！」李素立臉上的笑容迅速消失，嘆息著搖頭，「房相的身子骨，還能不能從病榻上再爬起來，都很難說了。而他的兒子，又不是個出色的。即便聖上再關照，恐怕也當不起什麼大任。唉……」

正應了民間那句俗話，頭二十年看父敬子，後二十年看子敬父。姜簡的父親去得早，所以，軍中隨便一個錄事參軍，也敢出手找他的麻煩。而房玄齡雖然貴為宰相，他的四個兒子卻都不怎麼成器。所以，房玄齡臥病在床，先前對他恭敬有加的李素立，立刻將原本肯定會送給他的禮物，轉送給了別人。

臉色變得有點兒急躁，令追隨了李素立多年的長史劉良感覺很不適應。然而，作為李素立的私聘幕僚，他卻不能指責自己的東家涼薄。稍作沉吟，果斷轉換話題，「雲麾將軍今晚來過軍營，從張參軍那裡帶走了姜簡。」

雲麾將軍是吳黑闥的散階，頓時，李素立的眉頭皺了個緊緊，「他居然主動為姓姜的小傢伙出頭？奇怪，他是老瓦崗，姜行本出身於將作監，後來就長時間跟侯君集搭檔。雙方即便不算水火不同爐，關係也沒好到哪裡去。怎麼他不好好地蹲在城裡養老，管起了姜家後人的閒事？」

大唐的武將們因為出身和早年間所屬陣營的差異，大抵分為三個派系。其中最大的一派為追隨李淵、李世民父子起兵的關隴子弟，最初的帶頭人為李淵的侄兒，河間王李孝恭，後來的帶頭人則為陳國公侯君集。

第二大派系，則為以英國公李勣（徐世績）和胡國公秦叔寶、盧國公程知節三人為首的瓦崗豪傑。這一派，根基沒有前一派深，實力也不如前一派強大。但裡邊的成員個個都是能夠衝鋒陷陣的猛將。特別是秦叔寶，皇帝陛下當年還在做秦王之時，喜歡策馬直衝敵陣。一直在頭前為秦王開路的，便是此公。

第三大派系，則來自被李家父子擊敗的各方勢力，包括前隋陣營。這批人，平素都願意唯衛國公李靖和鄂國公尉遲敬德兩個馬首是瞻。但是李靖這個人素來知道進退，與李勣一道立下平滅突厥的蓋世大功之後，便以年老體衰為名，居家養病。而尉遲敬德又是有名的莽夫，只喜歡用拳頭講道理，不擅長官場爭鬥。所以，這一派如今，無論在朝堂上，還是在軍隊中，影響力都遠不如關隴子弟和瓦崗豪傑。

聖明天子為了鼓勵武將們開拓進取，同時也為了另外一個心照不宣的緣由，對各派之間的明爭暗鬥，選擇了默許，甚至縱容的態度。所以關隴子弟和瓦崗豪傑之間，平素在大事小情上，都會別一別苗頭。作為侯君集的副手，姜行本難免要參與其中。而作為瓦崗豪傑當中脾氣最火爆的三個人之一，吳黑闥當然少不得要經常跟姜行本掰一掰手腕。所以按道理，姜行本的兒子姜簡遇到的麻煩，吳黑闥不趁機踩上一腳，已經是顧及到了江湖輩分。忽然站出來強行替姜簡出頭，就太匪夷所思了！

「他是不是聽到了什麼風聲？」劉良不敢置喙武將們的派系之爭，作為李素立的心腹，卻又必須全心全意為東主而謀。壓低了聲音，小心翼翼地提醒。「不會，吳黑闥是個粗人，其麾下那些弟兄，性子也都跟他差不多。」李素立稍作斟酌，就迅速搖頭。「並且，即便他聽到了什麼風聲，也不怕，老夫也是赤心為國。」

「嗯！」劉良不知道該怎麼回應，只能輕輕點頭。

「有關羯曼陀特勤與老夫書信往來之事，包括你在內，一共就多少人知道？」李素立想了想，忽然發問。

劉良聽得頭皮一緊，立刻正色回應：「稟大都護。在下，別將柳方，參軍張符，還有柳方麾下，奉命給羯曼陀特勤跟他一道去給回信的那十二名斥候。名字和籍貫，在下都記在冊子裡了，一個都不會少。」

「嗯！」李素立輕輕點頭，隨即，用很小的聲音吩咐，「張符的職位升一升，做司馬，給你打下手。柳方從別將升郎將，從下月起，替老夫掌管親衛營。其他人，你讓柳方看著各升一級，報上來，也進入親衛營當差。」

「是！」劉良毫不猶豫地答應，隨即，又壓低了聲音提議：「最近據說馬賊阿波那異常活躍，要不要派柳方帶兵去征剿一番。」

「不必！」李素立瞬間明白了劉良是建議自己借刀殺人，想都不想，果斷搖頭否決，「沒那個必要。否則傳揚出去，反而顯得老夫涼薄。況且羯曼陀特勤與老夫書信往來這事，也不怕朝廷知曉。老夫如果能說服他率部歸降，等同於斬斷了車鼻可汗的一條胳膊。」

「屬下明白！」劉良也不堅持，立刻向李素立拱手。

他們兩個口中的羯曼陀特勤，乃是車鼻可汗的長子。年齡已經三十有二，但是卻不怎麼受車鼻可汗喜歡，所以遲遲沒有被確立為繼承人。

車鼻可汗將迎接他去長安面見大唐皇帝的整個使團屠戮一空，造反之心昭然若揭。但他的長子羯曼陀特勤，卻一直跟李素立有書信往來，並且隨著書信還有一份孝敬送上。

這也是李素立對姜蓉態度冷淡，並且派人敲打姜簡的原因之一。軍國大事，自然有朝廷來決定，朝廷之下，還有他這個燕然大都護，縱橫捭闔。

姜家姐弟倆，既非皇親國戚，又沒一官半職，摻和這種事，純屬添亂。李素立是看了他們二人已故父親的情面，才沒有對他們姐弟倆施以嚴懲。找理由敲打一番，只是為了避免姐弟倆不知進退！

當然，李素立這麼做，「絕對不是」為了回報羯曼陀特勤送給自己的那些禮物。事實上，他可以拍著胸脯保證，自己對大唐忠心耿耿。

「古語云，兵凶戰危，只要打仗，誰也不能保證自己百戰百勝。」彷彿要解釋給劉良聽，又好像是想說服自己，讓自己安心，李素立深吸了一口氣，緩緩說道，「車鼻可汗準備了這麼久，哪怕朝廷能派宿將帶領大軍前去征剿，也未必將其一戰成擒。若是戰事曠日持久，將士們傷亡不計其數不說，對大唐國力，也是一種極大的消耗。而若是能先按兵不動，讓老夫來挑撥車鼻可汗與羯曼陀特勤反目成仇，然後朝廷再派遣良將領兵征剿他們父子，則事半功倍！」「大都護英明！」劉良抬拱起手，高聲稱讚。隱約之間，卻多少有點兒心虛。

「某些人，一天到晚，光知道打打殺殺，卻不知道，這世界上最高明的手段，就是不戰而屈人之兵！」李素立身影，忽然變得很孤獨，笑了笑，傲然宣佈。

「的確，那些人的本事，不及大都護百分之一。」劉良點頭，對李素立的話深表贊同。隨即，卻又壓低了聲音，「要不，在下找機會，去提醒那吳黑闥一二？」

「我說得不是他，他已經快老得拿不起兵器了。陛下將他放在這邊，純粹是照顧他的雄心，讓他感覺好受一些。」李素立看了他一眼，輕輕搖頭。

「那大都護說得是？」劉良聽得滿頭霧水，試探著詢問。

李素立卻沒有給他答案，倒背著手，輕聲感慨，「知我者謂我心憂，不知我者謂我何求！」剎那間，長鬚飄飄，從頭到腳，高人風範十足。

「酒不錯，這受降城，啥都跟長安那邊沒法比，唯獨這酒，喝著夠勁兒。來，老夫乾了，你們幾個少年人隨意便可。」與李素立的高人風範截然相反，同樣是軍中宿將，雲麾將軍吳黑闥身上卻一點兒正形都沒有，端著黑陶酒盞，向姜簡、婆閏、蕭朮里、洛古特少年發起挑戰。

「老將軍慢飲，晚輩先乾為敬！」幾個少年哪肯認輸，先後端起酒盞，鯨吞虹吸。

姜蓉在旁邊看得擔心，連連向陪坐在吳黑闥身邊的胡子曰使眼色。後者忙了一整天，又累又睏，早就喝不下去了。卻悄悄搖了搖頭，向姜蓉回了一個無可奈何的表情。

如果說過的話能往回收，姜蓉一定把一個時辰之前，自己留吳黑闥吃宵夜的那句話，給吞回肚子裡去。

當時她和婆閏兩個，剛剛從李素立那邊碰了軟釘子回來，正在為姜簡擔驚受怕。忽然看到一位從來沒謀過面的軍中老將，帶著七八個親兵，將自家弟弟平安給送回了客棧，怎麼可能不感激得無以復加？待得知老將軍姓吳名黑闥，跟已故自家父親還是舊相識，她當然要客氣地留老將軍吃頓飯。免得讓老將軍覺得姜行本的一雙兒女都缺乏教養，受了別人的恩惠卻不知道感激。

誰料，老將軍吳黑闥竟然一點兒架子都沒有，聽了她的客套話，立刻欣然接受了邀請。

一頓飯，吃起來時間可就長了。

老將軍貴為開國侯，在吃喝方面，卻絲毫不挑剔。客棧廚子臨時拼湊出來的幾樣下酒菜，他樣樣都吃得開心。特別是平素根本上不了富貴人家席面的驢肋骨，老將軍抓起一塊來，先左右開弓扯個稀爛。隨即，將單根兒肋骨遞到嘴巴旁邊用牙齒一捋，肋骨上的肉，就被捋得絲毫不剩。

客棧為了招攬往來商販，通常都會預備一些酒水。有最便宜的下等西域葡萄酒，也有粟米釀的老黃雕。無論是哪一種，吳黑闥都口到碗乾。起先還是需要幾個酒量好的少年輪番舉盞相敬，到後來，則反客為主，主動邀請同桌相陪的姜簡、婆閏、蕭朮里等人舉杯痛飲。

姜簡等人年輕氣盛，怎麼肯被一個年過半百的老將軍把酒量比下去。因此，也不管自己這邊人睏馬乏，豁出去一切堅決奉陪到底。

吳黑闥見了，愈發沒個正形。竟然不顧輩分，要跟少年們行酒令。好在姜簡雖然喝得頭暈眼花，最基本的禮貌卻沒有忘記。趕緊站起身擺手，宣佈自己不懂得如何行令，才讓老將軍悻然作罷。酒令沒有找到人回應，老將軍卻仍舊餘興未盡。又拉著少男們跟自己連乾了三四大碗，才停下來暫做「休整」。

「伯父不愧是瓦崗英雄！」姜蓉擔心弟弟的身體吃不消，趕緊趁機上前，親手給吳黑闥端上一碗夥計們剛剛送來的驢雜湯，「光是這份酒量，天下就沒幾個人能比得過。這家客棧的湯水，遠近聞名。

伯父不妨先嘗幾口，也讓他們幾個晚輩歇緩一下體力，然後再陪您老喝個痛快。」

「妳這女娃，倒是會說話！」吳黑闥雖然先前一直背對著姜蓉，卻彷彿將她的那些小動作，看了個一清二楚。先誇獎了她一句，然後笑著接過驢雜湯，一口就喝去了小半碗。那驢雜湯已經熬成了乳白色，上面撒了一些沙蔥、野菜和三五顆枸杞，看起來紅綠白三色分明，格外誘人。

吳黑闥三口兩口，就將湯喝了個精光。額頭上，立刻就被逼出了一層熱汗。抬起手，他本能地想扯開衣服吹夜風，然而，猛地意識到姜蓉還在場，又將手快速下落，輕拍桌案，「痛快，痛快，老夫可是有一陣子，沒這麼痛快喝過酒了。姜家侄女，妳別老拿眼睛瞪妳弟弟。他日後如果想在草原上縱橫，沒有十罐八罈子酒量，怎麼可能讓人心服？」

「您老肯定看錯了，我剛才根本沒有瞪他！」姜蓉被說得臉紅，趕緊擺手否認，「我，我剛才是被沙子迷了眼睛。」

吳黑闥聽了，也不戳破，笑了笑，繼續說道：「老夫不騙妳，草原上的漢子，以實力為尊。而酒量也是實力的一種。不信妳問他們，願意跟喝酒痛快的人交朋友，還是喜歡跟娘娘腔的傢伙稱兄道弟。」

「老前輩說得極是，我們奚部那邊，說酒是男兒血。不肯喝酒的人，血也是冷的，做事肯定靠不住。」蕭朮里喝得舌頭都直了，卻第一個高聲附和。

「我們薛延陀人，也這麼以為！」烏古斯從桌子上抬起頭，笑呵呵地湊熱鬧。

「我們鐵勒人，也差不多。」洛古特身上還帶著傷，卻抓著酒碗遲遲捨不得放開。

「我，我真的沒阻攔他喝酒。只是，只是怕他喝多了出醜。畢竟，他已經三天沒睡過個完整覺了。」姜蓉自知勢單力孤，紅著臉小聲解釋。

「喝過了，儘管去睡。放心，只要老夫還在受降城，接下來，就沒人敢動他一根寒毛。」吳黑闥理解她姐弟情深，笑著低聲承諾。

「多謝吳伯父。」姜蓉聽得心中一暖，立刻蹲身施禮。

「行了，行了，今晚妳已經謝過老夫很多次了。」吳黑闥欠了欠身子，然後用力擺手，「別的事情，我無能為力。卻不能在自己眼皮底下，讓故人的孩子被人算計了。」

「伯父已經幫了我們許多！」姜蓉年紀比姜簡大，在二人父親去世之前，就已經出嫁為人婦。因此，多少瞭解一些自家父親與瓦崗眾將之間的關係，想了想，再度認認真真地行禮道謝。

「都跟妳說了，妳已經謝過老夫很多次了。況且，老夫不是也喝了你們姐弟的酒嗎？」吳黑闥站起身，做了個攙扶的姿勢，笑著回應。「好了，真的別再拜了。否則，老夫這酒就沒法喝了。」

「嗯！」姜蓉低聲答應，紅著眼睛站起身，眼角處，淚光宛然。

自打她丈夫死訊傳回來之後，短短一個月時間裡，她幾乎嘗盡了世間冷暖。

昔日與她父親稱兄道弟的那些關隴勳貴，在她求到頭上之時，要麼閉門不見，要麼三言兩語將她打發掉。反而是以前跟自家父親所在派系沒少爭鬥的瓦崗豪傑，在關鍵時候主動向姐弟二人伸出了援手。

「怎麼，今晚在李素立老匹夫那邊，受委屈了？」吳黑闥雖然喝得頭重腳輕，眼神兒卻沒受絲毫影響。立刻看到了姜蓉眼角處的淚光，皺了皺眉，沉聲詢問。

「沒有！」姜蓉不願再給老將軍添麻煩，用力搖頭，「大都護對侄女很客氣，說得也都是實情。」

「他手頭兵馬只有兩萬出頭，而車鼻可汗擁眾二十餘萬。貿然出兵，毫無勝算，稍不留神，還有可能喪師辱國，從此大唐塞上永無寧日，對吧？」雖然沒有聽任何人彙報，吳黑闥卻彷彿長著順風耳一般，將李素立見到姜蓉之後的說辭，猜了個一清二楚。

「大都護，大都護的確有他的難處！」姜蓉礙於家教，不願背後指責李素立，抬手揉了揉眼睛，低聲回應。

「老夫在來這裡的路上，聽姜簡說妳扮做婆閏的隨從，去拜見李素立，就猜到會是這麼個結果！」吳黑闥心裡頭，卻沒有那麼多忌諱，撇了撇嘴，冷笑著補充：「那老匹夫，這輩子幹的全是摘桃子的事情，哪裡懂得打仗？妳求他帶兵去討伐車鼻可汗，給他一座金山，他也不會答應妳。如果你們姐弟倆，有本事讓車鼻可汗狠狠栽上幾個跟頭，眾叛親離，不用求李素立，他也會上趕著帶兵衝過去，給那車鼻可汗最後一擊，撈取最大的那票戰功！」

「這……」姜蓉的眼睛裡的悲傷和委屈，迅速被沖得一乾二淨。眉頭輕皺，若有所思。

再看姜簡，已經扶著桌案站起了身，從背後望著吳黑闥，不知道該如何感激對方才好。老將軍在給他們姐弟指路，指一條可能實現心願的明路！雖然，雖然這條路看上去難比登天。

「還有你！」對姜蓉和姜簡姐弟倆的表現視而不見，吳黑闥又將面孔轉向了婆閏，醉醺醺地指點，

「你們回紇十八部，男人比突厥別部的男人少啊，還是比突厥別部的男人沒種？這當口，不協助你父親吐迷度，將那十八部男兒組織起來，把車鼻可汗派過來的兵馬打回去，斷了此人吞併你們的念想，卻慌慌張張跑來求李素立主持公道，不是緣木求魚嗎？你們回紇人打贏了，李素立自然會站在你們那邊。你們如果連抵抗都沒膽子抵抗，李素立這廝，憑什麼為了你們，去冒被車鼻可汗打回原形的險？」

「這，這……」婆閏肚子裡的酒，瞬間隨著汗水冒出了一大半兒。踉蹌著起身，向吳黑闥解釋，「多謝，多謝吳將軍指點。只是，只是……」

「只是什麼，擔心自己這邊準備不夠充分嗎？那車鼻可汗幾個月之前，還送兒子去長安讀書呢，忽然間改變主意造反，他的準備又能比你們充足多少？」吳黑闥翻了翻眼皮，不客氣地打斷，「況且你父親是朝廷冊封的瀚海都護，他車鼻可汗只是一個造反的土酋。你們回紇十八部如果打輸了，儘管向受降城這邊靠攏就是。那時，李素立總不能看著你在城外血戰，他還在城裡按兵不動。」

「還有你們！」不待婆閏回應，老將軍又將面孔轉向洛古特、烏古斯和其他幾個少年，「是不是男人啊？車鼻可汗就要帶兵打到你們家門口了，你們就跟自己的父母兄弟一道，伸長脖子等著他來殺？」

「我們回去之後，會勸說族裡厲兵秣馬，絕不向車鼻可汗低頭！」

「我回去之後，就勸說我父親，跟車鼻可汗劃清界線。絕不給他一粒糧食，一頭牛羊。」

「我們部落距離瀚海都護府近，我們肯定跟婆閏的父親站在一起！」幾個少年都跟姜簡是不折不扣的生死之交，又恰逢氣血最旺盛之時，紛紛站起身，七嘴八舌地回應。

「記住，求人不如求己！」滿意地朝著少年們點點頭，吳黑闥目光掃視所有人，鄭重補充，「你自己沒點兒本事，或者說俗氣一點兒，讓人看不到可以收取回報的價值，這世界上，大多數都不會幫你，哪怕你跪下來求他。如果幫你有利可圖，或者讓人看到長遠的價值，自然有很多人，會錦上添花！」

「多謝吳伯父！」

「多謝吳將軍！」

「多謝吳老將軍！」眾少年們被說得心中熱血翻滾，一個個拱手行禮。

「好了，不說了，今晚說得夠多了！禍從口出，再說，我家那婆娘又該數落我了！」吳黑闥卻忽然又沒了正形，笑了笑，輕輕搖頭。

笑罷，用手指輕點姜簡，「你，記得明天開始，每天上午辰時三刻，去我那邊。連著去一個月。我要替你父親看看，他的兒子將他的本事學會了幾分？別急著去草原上給你姐夫報仇，本事不濟，去了等同於找死。」這，等同於要手把手點撥姜簡武藝了。登時，將後者「砸」得眼冒金星。愣了好一陣，才用目光向自家姐姐姜蓉，還有大俠胡子曰請示。

「還不向吳將軍行拜師禮！」胡子曰也被驚得目瞪口呆，反應過來之後第一時間，就高聲提醒。

「師父，請受晚輩一拜！」姜簡終於意識到，自己不是喝多了幻聽，起身走到吳黑闥面前，雙膝跪地下拜。

「起來，我只是替你父親教你幾天，當不得你師父！」吳黑闥卻不肯受他的禮，果斷伸出雙手托住他的胳膊肘，「一個月時間，也教不了你什麼。頂多，讓你不會輕易被人打下坐騎來而已。」說罷，也不給姜簡堅持的機會，推開少年人，轉身大步離去，「走了，走了，你們這些晚輩別送。吳良謀，你帶著三名弟兄，住在客棧裡，就近保護他們。吳良才，上馬，跟老夫一道回府。」

「是！」在旁邊桌子上吃喝的兩個親兵們，立刻在兩名頭目的帶領下起身答應。隨即，一半兒奉命留下，另外一半兒，跟著老將軍走出門外，跳上坐騎，如飛而去。時間已經到了後半夜，受降城的風有些涼。坐在馬背上被風一吹，所有人的頭腦都變得無比清醒。

「將軍，您，您真的要為那小子出頭嗎？」親兵校尉吳良才看看四下裡無人，帶著幾分擔心提醒，「他，他父親當年，可是沒少找您的麻煩。而聖上那裡，分明又惱您在遼東勸他及早收兵。」

「他父親跟我之間的爭鬥，只有一半兒是真，另外一半兒，則是做給聖上看的！」吳黑闥心中不痛快，也不想隱瞞，對著夜空吐了一口酒氣，低聲回應。「並且，他父親是他父親，他是他。這麼些年，後生晚輩裡頭，老夫難得遇到一個看著順眼的。不拉他一把，還等著拉誰？」

又嘆了一口氣，他輕輕搖頭，「聖上老了，咱們也都老了。可是大唐，卻不能老！否則，不出十年，這天下，又要生靈塗炭！」

第四十八章 挨打才能長記性

酒喝得實在是有點兒多，第二天早晨起來，姜簡感覺天空都是斜的。然而，他卻不敢躲在客棧當中偷懶，胡亂對付了一口朝食，又認真洗漱了一番，帶著自家姐姐和胡子曰兩個，連夜準備好的「束脩」，趕在辰時三刻之前，來到了吳黑闥的家門口。

門口當值的親兵校尉吳良才，正是昨晚跟吳黑闥一道送他回客棧的人之一。見少年人來得準時，笑著迎上前，高聲說道：「來了？趕緊跟我走！侯爺吩咐，直接帶你去城外的大校場！」

「吳伯父，吳伯父昨天說是辰時三刻。」姜簡沒想到吳黑闥已經在等自己，頓時窘得滿臉通紅，「我，我擔心打擾他老人家休息，才，才卡著點兒來拜見他老人家。」

「沒說你來得晚！」吳良才笑了笑，快速補充，「老將軍習慣了帶領弟兄們晨起操練，風雨無阻。辰時三刻，剛好他操練完畢，並且跟弟兄一起在軍營裡頭吃過了朝食。」

「啊……」姜簡聽得好生佩服，拱起手低聲誇讚，「怪不得吳伯父年過半百，還威風不減當年。原來每日堅持練武不輟。這份毅力，全天下估計也沒幾個人能比得上。」

「你倒是嘴甜！」吳良才看了他一眼，轉身去解拴在門口的自家戰馬，「這話，你最好當著侯爺的面說。他一高興，今天肯定又能多吃好幾碗飯。」

「有機會，我一定當著他老人家的面兒說！」姜簡見他脾氣隨和，也笑著附和。

「那就上馬。」吳良才是個急性子，立刻翻身跳上了坐騎，「跟我來！」

「前輩，我，我還給老將軍帶了一份禮物。」姜簡大急，趕緊指著馱在備用坐騎上的兩個箱籠說道。

「怎麼不早說。」吳良才看了他一眼，眉頭輕皺。隨即，就立刻有了主意，「我給你安排幾個人，抬到院子裡頭去。等下午你跟侯爺從軍營裡頭回來，你再親手把禮物呈給他。」說罷，他又上下打量姜簡，彷彿後者身上長出了狗尾巴花一般。直到把姜簡看得心裡發毛，才忽然一齜牙，帶著滿臉神秘補充：「嗯，希望你到時候，還能有力氣說話。不過也不怕，反正侯爺從來不在乎禮物的厚薄。」說罷，將頭轉向大門，朝著裡邊高聲吩咐：「吳近，吳遠，你們兩個出來，把姜少郎君給侯爺的束脩，抬到門房裡去收好。」

「得令！」兩名彪形大漢答應著邁步而出，一人伸出一隻手，拎起箱籠，就像感覺不到任何重量一般，輕飄飄地拎回了院子。

姜簡在同齡人當中，算是力氣比較頂尖的。見兩個壯漢不費吹灰之力就拎走了裝滿禮物的箱籠，再次佩服的輕挑大拇指，「好力道。果然應了那句話，強將手下無弱兵。」

「行了，誇你嘴甜，你還上癮了！」吳良才在待人接物方面，肯定得了吳黑闥幾分「真傳」，翻了翻眼皮，撇著嘴數落。「有那份機靈，不妨多花在練武上，別枉費了我家侯爺的這份心思。」

「那是自然，吳兄儘管監督！」姜簡不知道自己究竟哪句話說得不夠妥當，紅著臉點頭。

「跟我走！」吳良才又看了他一眼，策動坐騎，直奔燕然軍在受降城外的駐地。姜簡滿懷忐忑地策馬緊跟，不多時，二人就一前一後，來到了軍營的側門。吳良才跳下坐騎，亮出腰牌，向守衛側門口的兵卒，說明來意。後者立刻讓開道路。他再度招呼姜簡跟上，然後牽著戰馬，快步而行，三拐兩拐，一座巨大的校場，就出現在了二人眼前。

老將軍吳黑闥正在抱著膀子，給兩名較量拳腳的弟兄做裁判。見姜簡到了，便下令二人停下來，去更換衣服。隨即，指了指豎在不遠處的一大排兵器架子，高聲招呼：「你，別愣著，過來挑你最順手的兵器，然後，跟我去過幾招。」

「啊……」姜簡又吃了一驚，瞪圓了眼睛提醒，「過招，吳伯父，您老，您老不是說，要指點晚輩武藝嗎？怎麼變成了過招？」

「你好歹從小家裡頭有人手把手傳授，長大後在四門學也有專門的武藝教習。老夫小時候連飯都吃不起，更請不起師傅，哪裡指點得了你武藝？」吳黑闥搖搖頭，毫不猶豫地否認，「所謂指點，是教你怎麼避免被人輕鬆幹掉，不真刀真槍地過招，你又怎麼可能學得會？」

「啊……」姜簡都記不清，自己今天震驚第幾回了，張著發僵的嘴巴，快步奔向兵器架子，「晚輩明白。晚輩這就挑！」

他是正經八本的關隴勳貴子弟，雖然父親去世後繼承權被無恥掠奪，手頭仍舊不怎麼缺錢。所以從小到大，練得最熟，也最為喜歡的兵器，自然是馬槊。

而吳黑闥貴為開國侯，收藏的兵器裡頭，自然也缺不了馬槊這種造價高昂的「百兵之王」。因此，只花了短短幾個彈指時間，姜簡就選好了趁手兵器。一桿通體發黑，雙刃卻如白雪的丈八長槊。

跟自家長輩過招，不是性命相搏，為了避免誤傷，他挑選好兵器之後，本能地向看管兵器的士卒，索要葛布來包裹槊鋒。誰料，耳畔卻又傳來了吳黑闥的聲音，「別浪費材料，你，使出全身本事，今天要是能碰到老夫一根寒毛，老夫就把麾下所有親兵都交給你掌控。從今之後，你無論帶著他們去哪，去幹什麼，老夫概不過問！」

「此話當真？」姜簡教養再好，終究也是十七八歲年紀，心氣正盛，哪裡受得了別人如此貶低自己？立刻抬起頭，看著吳黑闥的眼睛追問。

「老夫還能騙你一個小毛孩子？」吳黑闥撇了撇嘴，伸手指向吳良才等親信，「他們都可以作證。你要是覺得不夠，老夫還可以給你立字據。」

「那倒不必。您老乃是瓦崗豪傑！一言既出駟馬難追！」姜簡笑了笑，乾脆地搖頭。

「那就上馬！然後去那邊。」吳黑闥打量了他一眼，笑著發出邀請。目光當中，充滿了戲謔。隨即，從親兵手裡接過坐騎，跳上去，直奔大校場中央處的騎兵演武場。

「上當了！」姜簡的心臟打了個突，瞬間意識到自己可能落入了對方的圈套。然而，思前想後，卻想不出圈套究竟藏在哪？只好硬著頭皮跳上了坐騎，跟在了吳黑闥身後。

四周圍的親兵們，絲毫不擔心自家將軍受傷。分頭爬上了演武場旁邊的幾座看台，樂呵呵地看起了熱鬧。

姜簡在四門學時，跟同窗比試過身手，知道過招的規矩。因此，踏上了演武場土地之後，立刻撥轉馬頭，跟吳黑闥拉開了距離。

吳黑闥笑著搖頭，不緊不慢地縱馬跟他相悖而行。不多時，二人之前的距離，拉開到了八十步上下，又各自撥轉了坐騎，正面相對。

「我來擂鼓！」正對著演武場中央位置的一座看台上，吳良才自告奮勇地拎起鼓槌，高聲呼喝，「侯爺，姜少郎，預備……」

「咚！」兩隻鼓槌同時砸向鼓面，發出巨大的聲響。緊跟著，他雙手快速舞動，在鼓面上敲出一串令人熱血沸騰的旋律，「咚咚，咚咚，咚咚咚咚……」伴著鼓聲，姜簡與吳黑闥兩人，面對面策馬加速。轉眼間，彼此之間的距離，就拉近到了十步之內。

「伯父看招！」姜簡心地善良，不願誤傷了老將軍。特地高聲發出提醒，同時雙手持槊，刺向老將軍的衣服下襬。正所謂，一寸長，一寸強，馬槊長達一丈八尺，前方槊刃，也四尺有餘。即便一刺不中，借助戰馬衝刺速度，他還可以再來一記橫掃。而吳黑闥手中鋼叉長度不過一丈，根本不可能搶到先手。只可惜理想和現實，相差太遠。

姜簡刺出去的槊鋒，還沒等抵達吳黑闥身邊，後者猛地提起鋼叉，擰身斜挑。「噹啷！」兩股鋼叉中央的鐵鍔部位，不偏不倚卡住了槊鋒，濺起一串火星。緊跟著，叉身翻轉，一股巨大的力氣沿著槊桿，直達姜簡手心。

「撒手！」吳黑闥的聲音這才響起，宛若晴天霹靂。再看姜簡手中的長槊，居然被鋼叉直接別上了半空，打著鏇子不知去向。

「下馬！」吳黑闥的聲音再度傳來，仍舊只有兩個字。手中鋼叉帶著一股狂風，狠狠戳向姜簡的胸口。

「啊……」姜簡被嚇得嘴裡發出一聲尖叫，完全憑著本能將身體後仰。後腦勺緊緊貼住戰馬屁股。鋼叉走空，貼著他的鼻尖急掠而過。還沒等他做出更多反應，吳黑闥的鋼叉忽然急轉而回，在兩匹戰馬交錯而過的瞬間，與他小腹處的皮帶扣，一擦而過。

「叮！」黃銅做的皮帶扣與鋼叉發生觸碰，發出輕微的聲響。姜簡的臉，也隨著這一聲，紅得幾乎滴血。

「你死了！」吳黑闥卻絲毫不給他留面子，笑著策馬去遠，「小子，你當你是程咬金，還是尉遲敬德那黑廝？如果都不是，你在老夫面前托大，不是找死，又為了哪般？」

「侯爺威武！」「咚咚咚咚……」吳良才等人看得興高采烈，一邊大聲歡呼，一邊將戰鼓敲得震天響。

「多謝伯父教誨，晚輩記下了。別看輕了對手。」雖然被數落得很是難堪，姜簡卻知道吳黑闥是真心為了自己好，剛剛緩過一口氣兒，立刻紅著臉撥轉坐騎，向著吳黑闥抱拳躬身。

「嗯，你這小子倒是分得清楚好歹。」看到姜簡輸了之後，立刻能夠識得錯誤在哪，吳黑闥滿意地點頭。「再來，這次你務必要用全力。放心，想一槊戳死我的人數以百計，但老夫現在還好好活著。」

「晚輩明白！」姜簡認真地點頭，撥轉坐騎跑出去七八十步遠，再度掉頭與吳黑闥迎面對衝。

這次，他沒敢手下留情。而是使出了最穩妥的招數，雙手平端長槊，借助戰馬的速度，刺向吳黑闥的心窩。招數勢大力沉，戰馬對衝速度又快，通常情況下，只要他能保證槊桿穩定，對手就只能選擇斜向發力將槊鋒推開，或者像他上一次那樣，將身體平仰來躲閃。

然而，結果卻再度出乎他的意料，只聽「叮」的一聲，吳黑闥第二次用雙股鋼叉的中央鐵鍔，卡住了槊鋒。緊跟著，卻沒有像上次那樣，猛然發力奪槊。而是將槊鋒推偏，同時借助兩匹馬相對奔行速度，將鋼叉的雙股貼著槊桿向前「平刮」。

「鬆手！」老將軍厲聲斷喝，動作卻絲毫不拖泥帶水。眼看著鋼叉的雙股，就要刮在自己的手指頭上。姜簡只好鬆開手指，同時果斷將身體猛地墜向了戰馬遠離吳黑闥的那一側，鐙裡藏身。

「嗯？」吳黑闥又一次成功奪下了姜簡馬槊，卻找不到姜簡的人影，雙目之中，立刻閃過一絲驚喜。再看那姜簡，借著戰馬的掩護，從腰間拔出橫刀，腰桿和大腿同時發力，「嘿」，將自己又送回了馬鞍之上。人未坐穩，刀已經揮出，半空中潑出雪浪一道，直奔吳黑闥的脖頸。

「好！」吳黑闥大聲喝彩，被迫豎起鋼叉，去阻擋橫刀。霜刃與叉桿相碰，濺起數點火星。姜簡看都不看，撤刀，下甩。橫刀如同鞭子，抽向吳黑闥身後。

馬蹄奔騰，二人之間的距離迅速拉遠。橫刀不是長兵器，這一刀肯定砍不到吳黑闥脊樑骨上，卻絕不會偏離吳黑闥胯下戰馬的屁股。嚇得老將軍嘴裡又發出一聲暴喝：「好！」將已經發了一半兒的招數硬生生變成了遮擋。

「叮！」刀刃再度與鋼叉的桿部相撞，發出清晰的脆響。姜簡猛地一哈腰，身體貼向戰馬的脖頸，任由戰馬帶著自己遠遁。

「好……」喝彩聲如同山呼海嘯，隨即，是一連串激越的戰鼓，「咚咚咚咚……」看台上，吳良才等人，沒想到自家侯爺差一點兒就著了年輕人的道，一個個興奮得手舞足蹈。當然，這個「一點兒」，距離真正的威脅，仍舊很遠。但姜簡是乳臭未乾的半大小子，而自家侯爺卻是曾經的瓦崗軍內營副統領，身經百戰。雙方原本就不是一個等級，前者能逼得後者放棄進攻，撤招防守，絕對值得一個滿堂彩。

「再來，再來！來人，給他把馬槊送過去！」吳黑闥規規矩矩地策馬衝四十步，然後撥轉坐騎，高聲發出邀請，「就這樣，拿出全力。否則，老夫真的要懷疑，你是怎麼在那夥大食賊的寇刀下活下來的！」

「得令！」自有親兵小跑著撿起馬槊，送到姜簡的手上，然後迅速退出演武場之外。

姜簡還招得手，信心大增。收刀入鞘，舉槊齊眉，向老將軍吳黑闥遙遙致意。緊跟著，雙腿猛地一夾馬腹，槊鋒前指，人和馬化作一條游龍，直撲吳黑闥胸口。

「來得好！」吳黑闥策馬迎戰，鋼叉斜揮。

「噹啷！」槊鋒與叉股在半空中相撞，火花四濺。二人同時收臂，擰身，換招。槊鋒帶著一股子狂風掃向吳黑闥腰桿，鋼叉化作一根鐵鞭拍向姜簡腦袋。

「侯爺小心……」看熱鬧的吳良才大驚失色，扯開嗓子高聲提醒。

自家侯爺即便年少時再威風，畢竟年歲不饒人。萬一雙方都沒收住手，姜簡弄不好就要腦袋開花，自家侯爺少不了也得被掃下坐騎，摔個半身不遂。

「噹啷！」他的聲音未落，金屬撞擊聲已經響起。卻是吳黑闥的左手離開了叉桿，揮著一隻不知道從什麼時候變出來的短叉，擋住了掃向自己腰間的馬槊。

而姜簡那邊，就有些慘了。將身體橫在馬鞍上，才堪堪避開了腦袋被拍爛的結局。大腿外側，卻終是沒躲過去，被拍了個結結實實。

「啊……」饒是吳黑闥手上收了力，姜簡仍舊疼得淒聲尖叫。吃了一叉子的大腿，好像變成了別人的，剎那間根本不聽自己掌控。而那吳黑闥，卻不肯放過他。趁著雙方戰馬還沒來得及重新將距離拉遠的機會。單手持叉，在他的外袍正對後心的位置，撕開了一個窟窿。

「你又死一回！」吳黑闥笑了笑，任由戰馬將自己帶遠，「大腿受傷死不了人，後心窩被兵器戳個窟窿，神仙也救不回來。」

「侯爺威武！」「咚咚咚咚……」歡呼聲和戰鼓聲，再度響成了一片。吳良才等人，一邊抹著被嚇出來的冷汗，一邊吶喊助威，興奮莫名。也有幾個細心的親兵，跑進演武場內，幫助姜簡控制坐騎，順便詢問他的傷勢。後者掙扎著將戰馬韁繩拉緊，收起長槊，擺手向問話者示意，自己沒事兒。動作稍急，又疼得齜牙咧嘴。

「不要老想著一命換一命。第一，不划算。第二，這招只對養尊處優的人有效，能逼得他放棄進攻，變招自保，對真正身經百戰的人，沒任何效果。第三，凡是肯跟你以命換命的人，通常都有所依仗。」沒給他留任何恢復體力的時間，吳黑闥撥轉戰馬衝過來，高聲指出他的錯誤之處。「另外，戰場上受了傷，再疼，也要忍著。否則，接下來就會丟了小命。」

「多謝伯父賜教！」大腿處疼得鑽心，姜簡卻咬著牙坐直身體，認認真真地向吳黑闥致謝。

「當年程咬金那老匹夫，為了救裴行儼，大腿被敵將用長槊捅了個對穿。他連哼都沒哼，一隻手拎著昏迷不醒的裴行儼，一手抓住槊桿。硬是從敵將手裡奪過了馬槊，然後將此人連同其餘五名追兵，挨個刺下了坐騎。嚇得追兵不敢靠近，才揚長而去！」吳黑闥隨意地擺了擺鋼叉，笑著補充。鬚髮飛揚，從頭到腳，不見半點衰老模樣！

「伯父說得是，晚輩一定牢記於心。」姜簡被說得心中熱血翻滾，喘息著向吳黑闥拱手。少年人都仰慕英雄，吳黑闥口中的老匹夫程咬金，論身手，在隋末唐初那會兒，肯定能排得進天下前二十。

吳黑闥拿程咬金為例子，來講述戰場上忍住疼痛的重要性，非但說服力大增，並且還讓姜簡心中，豪氣油然而生。

「下馬來，沿著演武場中周圍慢慢溜達一整圈兒，別讓大腿那裡瘀住血！」吳黑闥非但廝殺的本事一流，挨打的經驗，也極為豐富。想了想，又低聲吩咐。

「是！」姜簡輸得心服口服，答應著跳下坐騎，按照吳黑闥的要求去舒筋活血。吳黑闥朝著他的背影點點頭，隨即伸出手，在他的坐騎脖頸處大血管位置輕輕撫摸。

馬背上揮舞兵器對抗，對人和馬的素質，要求都非常高。雖然二人只是對戰了三個回合，姜簡的坐騎脖頸上，已經湧滿了汗珠。而馬的大血管處，則像藏了一隻受到驚嚇的兔子般，「砰砰砰砰」不停地狂跳。

「這匹馬不行，樣子貨。良才，把老夫那匹菊花青牽來給他。」總計摸了不到十個彈指功夫，吳黑闥已經得出了結論，立刻吩咐親兵校尉給姜簡更換坐騎。

「侯爺，那匹菊花青，可是聖上所賜。」吳良才心疼得肝臟直發抽，咧著嘴小聲提醒。

「侯爺，菊花青可是青騅的第五代血裔。除了皇家，世間根本找到第二匹。」

「侯爺，您那匹棗紅馬也不錯……」其他幾個平時負責隨身保護吳黑闥的親兵，也趕緊七嘴八舌地勸阻。

別人家收徒，恨不得要一斗金沙當束脩。就沒見過像自家侯爺這樣的，束脩收不收無所謂，師徒名分定不定也不在乎，傳藝的第一天，就先送給徒弟一匹萬金難求的寶馬良駒。

周圍沒有外人，吳黑闥的臉上，忽然湧起了幾分蕭索。嘆了口氣，搖著頭解釋：「老夫今後，未必還有機會上戰場了。菊花青上不了戰場，愧對了牠的血脈。贈給這小子，好歹算有個正經歸宿。」

「侯爺……」眾親兵聞聽，立刻心裡發酸，勸阻的話，卡在嗓子裡再也說不出一個字。自家侯爺什麼都好，就是一張嘴巴太能得罪人。結果戰功赫赫，到頭來卻只得了個三品雲麾將軍的虛銜。前幾年更是了得，直接戳了聖上執意親征遼東卻準備不足的傷疤，雖然聖上大度，沒有怪罪他，卻也把他丟在受降城這邊任其自生自滅。

俗話說得好，英雄易老。轉眼間，自家侯爺就五十有四了。即便將來還有機會上戰場，又有哪位主帥，敢讓他像當年一樣策馬直衝敵軍帥旗？他收集的棗騮也好，菊花青也罷，與其老死在馬廄裡，還不如送給年輕人當坐騎，也不枉來這世上一遭。

「這小子底子打得很扎實，所欠缺的，就是把基本功轉換到實戰上來。」感覺到周圍氣氛有些沉重，吳黑闥朝姜簡的背影處看了幾眼，笑著跟親兵們提議：「老夫年紀大了，指點他四五個回合還行，多了，就有可能力不從心。接下來，你們輪流跟他過招，放心打，只要不下死手，傷了就怪他自己學藝不精！」

「是，侯爺！」「好嘞，侯爺！」「侯爺放心，頂多將他打個半死！」

眾親兵其實跟吳黑闥一樣，也正鬱悶寶劍空礪，答應的一個比一個痛快。

「吳伯父好體力，我這邊累得渾身是汗，他居然還有力氣跟親兵們說笑！」正在繞著演武場活動氣血的姜簡，不知道自己即將成為親兵們的靶子，聽到來自背後的笑鬧聲，帶著滿臉佩服點頭。

供騎兵較技的演武場，長度足足有三百步遠，寬度也有兩百步。待他將一整圈走完，感覺大腿不再脹痛，吳良才也將吳黑闥最心愛的菊花青給牽了過來。

「換坐騎，你那坐騎不頂事。換這匹菊花青，如果人和馬能相互搭調，老夫就將牠送給你。」明明已經做出決定要將良駒贈給姜簡，吳黑闥卻非要繞個彎子，怎麼彆扭怎麼說。

「這，這如何使得！」姜簡卻是個識貨的，立刻認出這匹菊花青，比不知道被自己遺落至何處的雪獅子更加神俊，趕緊站直了身體擺手。「晚輩能得前輩指點，已經無以為報。怎麼還能白拿您的寶馬良駒？」

「你這小子，別婆婆媽媽。」吳黑闥立刻皺起了眉頭，沉著臉呵斥，「老夫本領雖然一般，想求老夫指點的人，卻也能排滿整個朱雀大街。如果只圖報酬，老夫勾勾手指頭，金子就能堆滿門口，犯得著在你身上費這麼大力氣？」「前輩，前輩……」姜簡挨了罵，心裡卻暖得厲害，紅著眼睛擺手，「那晚輩也不敢拿。這馬，您這匹菊花青放在長安東市，價值少說也在二百吊以上。這麼重的禮物，晚輩白拿了，恐怕無福消受！」

大唐不缺戰馬，但堪稱寶馬良駒的坐騎，價格卻仍舊高得嚇人。他以前所騎的那匹雪獅子，是他姐夫韓華為他購買，當時所花費的錢財，已經抵得上尋常百姓家十年的開銷。菊花青的身體比雪獅子長了足足半尺，肩膀高出三寸，還生著標準的兔頭狐耳，價格肯定筆雪獅子只高不低。

「看不出，你小小年紀，還挺識貨！」聽姜簡誇菊花青神俊，吳黑闥立刻又轉怒為笑，「俗話說，寶馬好找，伯樂難求。你知道這匹菊花青的價值，牠跟了你，就不會被埋沒。而老夫這裡，比牠還好的馬有一大堆。牠留下了，只能配種或者天天關在馬廄裡養膘。」

「晚輩僥倖讀過幾本《馬經》。」姜簡拱起手，繼續低聲謝絕，「所以，更不敢奪伯父您所愛。」

「給你臉了不是！」吳黑闥將眼睛一瞪，再度低聲怒斥，「想跟老夫學本事，就拿著。如果覺得心裡過意不去，今後有了出息，就弄十匹這樣的馬來給老夫玩耍。否則，你現在就滾蛋，老夫不教書呆子！」

「伯父，伯父您別生氣！」姜簡不敢再推辭，只好躬身行禮，「小侄收下這匹菊花青便是。將來如果能尋到好馬，一定十倍來還今日之賜。」

「哎，這就對了。男子漢大丈夫，做事不能拖泥帶水。」吳黑闥再次轉怒為喜，笑著揮手，「上馬，上馬，你現在本事不夠，跟老夫對練容易傷了銳氣。接下來，讓吳良才他們幾個，輪流陪著你練。放心，你的這點兒本事，不花費三五年苦功，休想碰到他們一根寒毛！」

「上馬，快上馬。在下來討教姜少郎的高招！」吳良才早就迫不及待，推著姜簡走向菊花青，順手又塞給了他一把長槊。

姜簡擊敗阿史那陟苾時所生出的那點兒驕傲，早就被吳黑闥用鋼叉給挑了個一乾二淨。見吳良才說得熱情，立刻握著長槊翻身上馬，然後舉起兵器向此人致意。

吳良才哈哈一笑，策動坐騎先進入了演武場。待姜簡進入場內，準備到位。就立刻持槊跟他展開了對衝。

「他的馬沒我的馬高！」姜簡目光敏銳，在疾馳中，就判斷出自家優勢所在。將長槊稍微挑起半尺，隨即奮力向下劈刺。四尺槊鋒借助戰馬的速度，掃出一道寒光，如閃電般，扎向吳良才的馬頭。不傷人，先傷馬。馬受傷，人必然落地。這一次，他是絲毫不敢留手，一上來就使出了殺招。然而，吳良才只是輕輕用長槊一撥，就將他刺過去的槊鋒偏離了方向。緊跟著，反手橫推，槊桿就推在了他的肩膀上。沒用力，只是沾了一下就撤。仍舊推得姜簡身體歪斜，差一點兒就落下了坐騎。

「蠢貨，蠢貨，馬上作戰，誰教的你使這種花哨招數？」吳黑闥在場外看得真切，立刻扯開嗓子呵斥，「除非你本事高出對方一大截，否則，槊一定要直來橫去。什麼劈刺、抽拉，那都是步下功夫，需要步法配合。馬背上，你根本無法將精妙之處使出來，還不如簡單一點兒。」

「晚輩記住了！」姜簡答應著策馬去遠，在四十步外撥轉坐騎。隨即，與距離自己八十步的吳良才再度展開對衝。這一次，他跟吳良才過足了三招，直到二馬錯鐙之後，才被對方用槊纂在屁股上輕輕戳了一下。

而吳黑闥，則又大呼小叫地指點他，動作不要太大。利用槊桿前半段或者後半段斜擺，就足夠擋住敵將的大多數殺招。動作大非但浪費體力，並且身體周圍會出現空檔，反而給了對手可乘之機。

姜簡心服口服，忍著疼又向吳良才發起了第三個回合挑戰。結果還是一模一樣，一個回合沒走完，就又著了對方的道。吳黑闥見了，少不得又要總結他輸在何處。話雖然說得刺耳，卻一針見血。

待到第四輪，吳良才卻嫌太累，換了另外一名姓周的校尉上場。後者使一把長刀，兩招過後，就用刀背抽在姜簡肋骨上。

「笨死了，真是笨死了。把力氣浪費在那些招數上作甚？刺，撥，掃，砸，外加一招槊纂回捅，就這五下，先把你學過的那些招數變化全都放一放。」吳黑闥看出了問題所在，在演武場外喊得聲嘶力竭。

馬槊是長兵之王，招數極為繁雜。光是四門學裡教頭能教的，就有折枝槊、破陣槊和橫江槊等數種。而關隴各家將門秘傳，輕易不會外洩的槊技，更是多得數不過來。姜簡基礎打得牢，將自家父親搜羅來的各種槊技，都練了個遍。進入四門學之後，又通過向老師請教，和跟同窗之間交流，學會了更多的精妙招數。

而吳黑闥，卻讓他把這些花錢都買不到的招數技法，盡數拋在腦後。只管使最基本的五個動作。一時半會兒，他如何聽得進去？但是，隨著身上中招的次數，越來越多。並且吳黑闥麾下隨便拉一個親兵上場，都能在一到兩個回合之內，鎖定勝局。姜簡也就顧不得再抗拒了，本能地遵從怎麼簡單怎麼來的原則，將手中馬槊使得快若毒蛇吐信。

效果幾乎立竿見影，雖然他仍舊戰勝不了任何對手，卻至少能撐過前兩個回合。直到第三，甚至

第四個回合，才因為反應速度不夠，或者中了對方的花招，被「斬」於馬下。

整整一個上午，他都在挨打和吳黑闥的咆哮中度過。到後來，身上已經感覺不到疼，挨了吳黑闥的訓，也不再感覺絲毫懊惱。只是，體力徹底耗盡，把馬槊換成了橫刀，仍舊需要咬緊牙關，才能勉強抬起胳膊。

「好了，用戰飯，用戰飯。再練下去，人就廢了！」吳黑闥在嘴巴上雖然不肯做他的師父，心裡頭卻知道保護徒弟，見他已經徹底筋疲力竭，果斷結束了當天上午的訓練。

所謂「戰飯」，卻是大塊的鹽水煮羊肉，外加一碗雜和菜湯。廚師的手藝跟胡子曰沒法比，羊肉上甚至還帶著沒褪乾淨毛的羊皮。若是在長安城那會兒，姜簡肯定吃了第一口，就得大吐特吐。然而，今天，他卻風捲殘雲一般接連幹掉了四斤羊肉，又連喝了三碗雜和菜湯，才感覺肚子裡打了個底兒。

「你基礎很扎實，體力和臂力也很充足。」吳黑闥吃飽喝足，說話的語氣就沒先前那麼衝了。拍了拍姜簡的肩膀，笑著指點，「欠缺的就是，把你身上的本事和長處，都在戰場上發揮出來。不過，別急，老夫這裡有的是人手陪你練。就好比打鐵，多砸幾百下，雜質就除掉了。最終，把你學到的那些東西，也變成你自己的。跟人交手時根本不用想，看到對手的動作，身體自己就能把相應的破解和反擊招數使出來。」

「多謝伯父！」姜簡站起身，忍著全身疼痛，向吳黑闥鄭重行禮。

「好了，別拜了，我懶得還禮。」吳黑闥斜靠在椅子背上，輕輕揮手，「吃飽了，就牽著菊花青，去野地裡走走，讓牠吃點兒青草，喝點兒溪水。這馬啊，不能光吃精料，青草就是牠的蔬菜，不吃容易生病。另外，等你把血脈活動開了，下午未時，咱們還能再練一輪。」

「是……」姜簡咧了下嘴，拖著長聲答應。然後站起身，踉蹌而去。

轉眼到了下午未時，他又爬上馬背挨打。只不過出手的換成了另外幾名親兵，兵器也換了花樣。說來也怪，雖然累得筋疲力竭，他感覺自己出手比上午精神充足時，還要快了許多。並且眼睛也遠比上午敏銳，彷彿能看到對方招數的路徑一般，身體也能努力去化解。

「嗯，果然是玉不琢不成器，這樣下去，五天之後，他們再跟你過招，就得都把兵器纏上粗布了。」吳黑闥看得非常滿意，笑呵呵地點頭。

然而，還沒等姜簡來得及高興，他卻又高聲補充：「為了以防萬一，從明天起，雙方皆披甲。先輕甲，然後逐漸加重，最後穿明光鎧。什麼時候，你穿著明光鎧也能跟他們捉對廝殺二十回合以上不落下風了，老夫再安排你以一敵二！」

「啊……」姜簡一咧嘴，手中兵器直接掉在了地上，發出清脆的聲響。

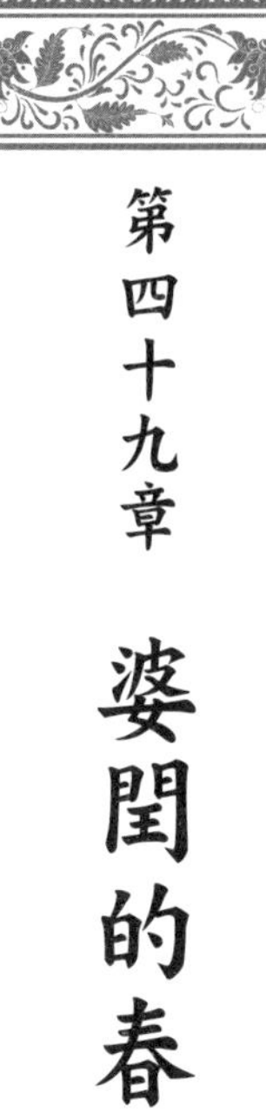

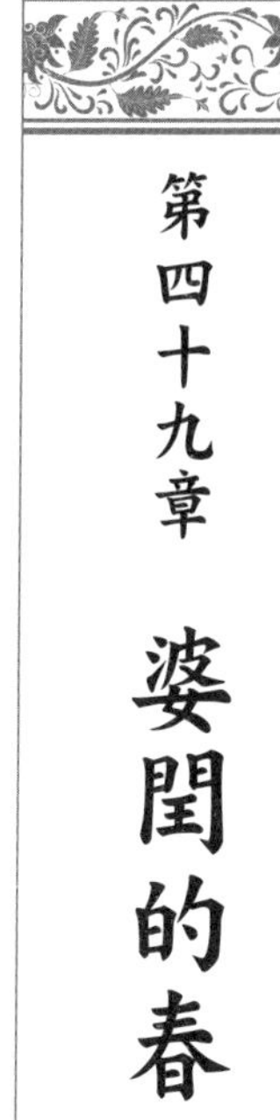

第四十九章　婆閏的春天

接下來數日，姜簡都在瘋狂訓練中度過。殺敵的本事到底增長了幾分很難說，扛揍的本事，卻堪稱一步一個台階。從第一天在吳良才手底下根本支撐不了一個回合，到後來能支撐五個、七個，甚至十個回合，仍舊還有餘力反擊。甚至偶爾也能抓到對方身上的破綻，將此人逼得手忙腳亂。

付出的代價則是，他每天回到客棧都筋疲力盡，甚至好幾次還帶著傷。雖然吳良才等侍衛，下手都極有分寸，並且後來兵器上都纏了厚厚的葛布。但是，難免偶爾控制不住力道，將他直接給打下了坐騎。

好在演武場的地面，都是派專人挖鬆了的，而姜簡的坐騎又是萬裡挑一的良駒。所以他才不至於被摔斷了胳膊或者大腿。但是手掌、膝蓋、腦門等處，擦傷和摔碰的痕跡，卻在所難免。

姜蓉看得心顫，幾度想要陪著他一起去校場，以便他哪天受傷過重，好歹能及時衝上去照顧。然而，這個想法每次都是剛一冒頭，就被胡子曰直接給掐滅在客棧裡。

「俗話說，慈母多敗兒。這種時候，妳這個當姐姐的如果去了校場，肯定枉費了吳老將軍一番苦

心！」胡子曰不但會講古，嘴中的大道理，說起來也是一套接著一套，「更何況，等哪天真的到了戰場上，他受夠了傷，妳還能隨時出現在他身側啊？讓他自己捱，捱過去了這場苦，別的不敢說，今後哪天上了戰場，肯定輕易不會被人要了小命兒！」

「我寧願他以後不去戰場。」姜蓉眼淚婆娑，小聲嘀咕。

「妳能管得了他一輩子？」胡子曰接過話頭，不屑地撇嘴，「的確，他是四門學的高才，不用去應兵役。而畢業之後，再差也能於各部衙門裡找到個九品官缺候補。但是，妳自己都忘不了韓秀才的仇，怎麼可能阻止了他去給他姐夫討還公道？更何況了，吳老將軍將他日日帶在身邊，可不光是為了指點他如何在戰場上求生。」姜蓉立刻接不上話了，呆坐在椅子上默默垂淚。

胡子曰被哭得心軟，看了她一眼，突然壓低了聲音，繼續補充：「吳老將軍，是在向李素立等人，擺明態度。姜簡是他的門生，誰要想拿捏姜簡，就得先想想他會不會答應！妳甭看他那雲麾將軍只是個散階，手中也沒啥實權，可他背後，還有琅琊郡公（牛進達），盧國公（程咬金），甚至英國公（徐世績）。」

「我，我明白了。多謝胡大叔開解。」姜蓉只是捨不得自家弟弟受傷，也不是知道好歹。將胡子曰的話，全都聽進了心裡頭，抹去淚水，鄭重向對方致謝。話音落下，她忽然又感覺好生奇怪。以胡子曰的眼界和身手，按道理絕對不該埋沒於市井當中才對，怎麼會心甘情願地在快活樓裡，賣了小半輩子葫蘆頭？

沒等她將肚子裡頭的疑問說出口，胡子曰已經敏銳地從她的眼神裡，猜了個一清二楚。擺擺手，笑著回應：「不用謝。東家，妳花重金雇了我，我當然要盡心幫妳。並且，我也只是旁觀者清，真輪到自己頭上，就未必能看得明白嘍。更何況，看得明白是一回事，做得到是另外一回事。就好比兩軍交戰，誰能明白衝到對方主帥面前將其一刀砍死，便能輕鬆鎖定勝局。但是戰場上，真的選擇這麼做的，基本全都死在了半路上，我從沒見有誰能夠成功！」

「那倒也是！」姜蓉聽他打的比方生動，笑著點頭。對他的過去，便不再刨根究底。而胡子曰，見姜蓉不再試圖跟著姜簡一道去演武場，便笑著告退，到院子裡喊上他的那些老兄弟，一起出城給坐騎「遛膘」注三。

事實也正如胡子曰的判斷，吳黑闥雖然只有一個從三品的雲麾將軍的散階，實際職位只是羈縻州都督（四品），權勢遠遠低於大都護李素立。但是，自打他出頭領走了姜簡，並且親自在演武場對姜簡展開訓練之後，就再也沒有任何人找過姜家姐弟倆的麻煩。非但先前被張參軍當作把柄揪住不放的罪名，「無文憑私自出關」，再無人提起。連帶著當日隨著姜簡一道返回受降城的那些草原少年的身份，也沒有人核實過問。好像他們從來沒出現過一般，任由他們自生自滅。

當然，姜簡等人血戰戈契希爾匪徒和突厥飛鷹騎的經歷，也沒有人繼續過問。大唐燕然軍提不起

注三、馬匹需要經常跑動，才能保持耐力和體力，俗稱遛膘。

追殺突厥飛鷹騎的興趣，任其逃回了老巢。透過那天半夜吳黑闥的提醒，姜蓉和姜簡姐弟倆已經知道，李素立沒有勇氣跟突厥人交戰。乾脆也不對此人抱任何希望。暫且放下報仇的心思，把全部精力都放在了姜簡的訓練上。只能姜簡學到了真本事，再自己想辦法去金微山下走一遭。

受降城是通往塞外的咽喉，也是中原與塞外各部落的貨物中轉集散地。不光向西域和波斯、拂菻（東羅馬帝國）的商隊，要經過此處。塞外各部落的酋長們，也經常派遣部落中的長老帶領得力的人手，趕著牲畜跋涉千里來到此處，用戰馬、牛犢和肥羊，換取草原上急需的鐵製炊具、茶葉、葛布、麻布，以及絲綢、蜀錦等貴族們才能用得到的奢侈品。

跟姜簡一道返回受降城的少年少女們歇息了幾日，請郎中處理了身上的傷口，緩過了體力。見燕然大都護府的官兵對自己不聞不問，便開始在城裡尋找各自的同族和跟所在部落有經常往來的商販，以便讓前者捎帶自己回家，或者請後者給部落那邊捎信，讓長輩派人來接。

那些前來販賣牛羊的部落長老，發現已經失蹤了一個多月的特勤、公主、伯克（貴族或者貴族之子）們，居然還活在世上，頓時又驚又喜。連貨物的價格起落都顧不上考慮了，趕緊清空了手頭大小牲口，購買好部落所需，保護著本部落的特勤、公主或者伯克星夜回返。

那些前往塞外做生意的商販們，也知道交好一個部落貴族的重要性。接到少年或者少女的請求，立刻不遺餘力幫他們以最快速度送信，甚至主動答應護送他們回家。少年少女們反覆權衡過後，認為風險不大，大多數都選擇了與商隊同行。

隊伍都是清晨出發，每當有少年、少女們隨著族人離開，姜簡少不得要拖著疲憊的身體相送。少年少女們欽佩他的膽識和身手，也念念不忘雙方的並肩作戰之誼，當著部落長老和一干同族的面兒，每次都把姜簡誇得天上少有，地下無雙。

部落長老個個都是人精，見他年紀輕輕，就如此有本事，有擔當，還被大名鼎鼎的殺星將軍收為親傳弟子。立刻就動了長遠「交往」的念頭。感激的話說了一遍又一遍，各色禮物也不計成本派人往客棧裡頭送。

如是大約過了小半個月，姜簡收到的禮物，買下整個客棧都綽綽有餘。少年英雄的名聲，也隨著各部落長老們的離去，而廣為傳播。只是客棧裡的同伴，卻一天比一天變少，到後來，當初一道在山上面對敵軍的夥伴們，只剩下了蕭朮里、阿茹、珊珈和婆閏四個，還能在他每天訓練歸來後，跟他一起吃幾杯酒，問一問他是否還撐得住？

又過了幾日，姜簡終於穿上了明光鎧。而蕭朮里的族人，接到了他托人捎回去的信之後，也終於趕到了受降城。

作為除了史笸籮之外，最早與姜簡並肩作戰的同伴。蕭朮里內心深處非常不捨。臨行前的早晨，拉著姜簡的胳膊，告別的話說了一遍又一遍。直到被自家長老來催，才張開手臂抱了抱姜簡的腰，低聲說道：「哪天你要去找史笸籮他阿爺報仇，千萬記得傳信給我。我們奚部雖然人少，兩百騎兵，肯定能拿得出。屆時，我帶領他們，助你一臂之力！」

「多謝！」姜簡按照奚人的禮節，抱了抱蕭朮里的腰。發現短短半個多月，小胖子的腰又粗了一大圈兒，再這樣下去，恐怕草原上很難找到合適的戰馬來給他騎乘。

「我們草原上，和你們中原不一樣。兄長戰死了，他的妻子和兒子，就會成為弟弟的妻子和兒子。父親戰死了，如果兒子成年，他的妻子，除了那個兒子的娘親之外，都可以嫁給兒子。」忽然笑了笑，蕭朮里滿臉詭秘的說道，「如此，才能避免女人和小孩不被外人欺負。」

「噢！」姜簡聽人說到過這個習俗，卻不知道蕭朮里為何突然跟自己提起，皺著眉點頭。

「婆閏最近幾天，一直在圍著你阿姐叫師娘。」蕭朮里用只有姜簡能聽見的聲音嘀咕了一句，鬆開手臂，快步奔向自己的駱駝。「走了，走了，姜簡，別忘了我答應你的事情。咱們草原上見！」

「草原上見！」姜簡愣愣地揮手，目送蕭朮里遠去，心中不知道，該感謝對方，還是將對方拉下駱駝來，老拳伺候。

大唐民風開放，男女和離，寡婦再嫁，都是常事。姜簡在內心深處，也不希望自家姐姐姜蓉下半輩子守著空盪盪的宅院孤獨終老。然而，當姜蓉的仰慕者變成了婆閏，他心裡頭立刻感覺說不出的彆扭。

雖然，婆閏的模樣長得著實不賴，並且作為大唐瀚海都護，回紇十八部大可汗吐迷度唯一的兒子，其身份地位也配得郕國公的女兒。但是，他今年只有十七歲，臉上的鬍子目前還是軟絨毛。並且，因為此人跟自家姐夫學過幾天本事的關係，姜簡一直拿他當兄弟。

我拿你當兄弟，你卻想要做我姐夫！端的是可忍孰不可忍？目送這蕭朮里遠去，姜簡立刻撥馬回城，直奔客棧。打算拚著跟婆閏絕交，也要搶在其找媒人向自家姐姐提親之前，讓其打消這個念頭。

然而，當他慌慌張張地殺回了客棧，卻撲了個空。非但婆閏不在，自家姐姐姜蓉和珊珈、阿茹、杜七藝、杜紅線等人，也全都不見了蹤影。

「阿姐，阿姐……」姜簡心中頓時著了急，跺著腳喊了幾嗓子，轉身就往客棧外衝。剛一出門，就跟駱履元撞了個滿懷。

「哎呀……」駱履元骨架小，份量輕，也沒怎麼認真練過武，被他撞得尖叫著接連後退數步，坐了個大屁股蹲兒。

「小駱，怎麼是你？」姜簡心中的焦急，頓時被歉意覆蓋，三步兩步走過去，伸手將駱履元扶起，然後鄭重道歉。

「不妨事，不妨事。地上很軟，不疼！」駱履元既不是第一次被人忽略，也不是只被姜簡一個人忽略，早就有些習慣了。一隻手揉著屁股，另一隻手在胸前輕輕擺動，「倒是你，怎麼不去吳老將軍那邊，莫非已經出徒了不成？」

「出徒個屁！」姜簡這些日子，整天跟吳良才等人一起廝混，受眾人的影響極深。再加上心中著急上火，開口就是一句粗話，「火都快燒到眉毛了，我還顧得上去練武？你來得剛好，替我去向吳老將軍告個假，我去找我阿姐。」

「找阿姐？你找蓉姐作甚？她剛才和大夥一起去城外遛馬了，身邊還有吳校尉跟著。肯定不會遇到任何危險。」駱履元被他說得滿頭霧水，想了想，輕輕搖頭，「倒是你，如果不去吳老將軍那裡，耽誤了課業，蓉姐肯定會失望。」「每天操練，都是辰時三刻開始，這會兒才剛剛辰時！」姜簡抬頭看了下朝陽的位置，快速回應，「並且，我還托了你幫我告假。」

「我不去！」一向對他言聽計從的駱履元，今天卻有了自己的主意，想都不想，就再度搖頭，「我去了，過後蓉姐肯定會怪我。並且，你可能不知道，這些日子，杜七藝我們幾個，不知道有多羨慕你，有個熟悉戰陣的長輩手把手傳授本事。換了我們，甭說告假，哪怕生了病，只要還能爬起來，一定都捨不得耽擱。」

「你……」姜簡被說得臉上發燙，無法反駁。只好迅速四下看了看，壓低聲音透露：「我真的有急事兒。婆閏最近在幹啥你知道不，他想當我姐夫。」

這個理由，對駱履元卻沒任何說服力，「想就想唄，窈窕淑女，君子好逑。蓉姐那麼好的一個人，想娶她的人一定很多。你還能個個都打出去？」

「這……」姜簡再度語塞，頓了頓腳，低聲道：「婆閏跟你的年齡一樣大。現在喜歡我姐姐，將來肯定會變心。再說了，他家在瀚海都護府那邊，冬天時冷得能凍死公牛。我姐姐做了什麼惡，要嫁到那邊去受罪！」

「瀚海都護府，距離這邊只有八九百里遠，沒那麼冷。」駱履元仍舊不為話語所動，想了想，低聲安慰，「並且，雖然說窈窕淑女，君子好逑。可求得到求不到，最終不是還得看淑女自己點不點頭嗎？我看蓉姐才不會答應婆閏。你是純屬瞎操心。並且，今天婆閏肯定沒跟蓉姐在一起，剛才你前腳剛走，後腳燕然大都護府那邊就派人來找他。好像是他父親，派人給李素立送了一份文書，順帶著也有一封信給他。」

姜簡聞聽，心臟迅速落回了肚子裡。隨即，陰雲又從肚子裡陡然而生。「他父親吐迷度可汗？不是前一段時間，派他來向李素立告急嗎。如今李素立還沒給婆閏任何答覆，他父親怎麼又派人送文書過來？」

「我不清楚，反正他今天肯定沒跟在蓉姐身後頭。」駱履元想了想，輕輕搖頭。「不過，你儘管去吳老將軍那邊學藝，婆閏這邊的事情交給我們。杜七藝生著一顆九孔玲瓏心，有他幫忙看著，婆閏輕易不會被人騙了去。」

「嗯！」姜簡絲毫沒有意識到，自己先前還恨不得將婆閏按在地上打個半死，這會兒竟然又在替此人擔心，皺著一雙劍眉輕輕點頭。

「去吧，去吧，蓉姐這裡，我也幫你盯著。堅決不給婆閏可乘之機。」駱履元轉到姜簡身後，雙手頂住他的腰向外推，「趕緊去學本事。學完了，咱們一起回長安。我阿爺和阿娘算算日子，差不多該往回返了。我得趕在他們到達長安之前，去府學裡把假銷掉。」

「嗯！」感覺到駱履元手掌上傳過來的友誼和溫暖，姜簡再度點頭，然後邁步出門，跳上菊花青直奔軍營。

他心裡早就做好了決定，在吳老將軍這邊學有所成之後，還要再往金微山那邊走一遭。但是，這次卻會提前做好充足的準備，而不會像上次那樣腦袋一熱，說走就走。此外，在走之前，他一定會勸杜七藝、駱履元、陳元敬、李思邈等人，跟胡子曰和自家姐姐一道，返回長安城。

杜七藝等人是他的好朋友不假，卻不欠他姜簡什麼。他不能明知道此去九死一生，還拉著朋友一起去冒險。那樣做，既不公平，也不仗義，更不符合俠義之道。

可能姜簡自己都沒注意到，他看問題的視角和觀點，已經與出塞之前有了極大的不同。少了許多天經地義和理所當然，少了更多的執拗和自以為是。多了很多理解、包容，並且漸漸開始站在別人的角度上，去做觀察、思考。

這就是成長！躲在父母與家人的羽翼之下，很難發生得這麼快。而對失去父母和家人庇護的大多數男子來說，通常在一兩個月，甚至一夜之間就會完成。

一邊在心裡對未來做著規劃，他一邊策馬徐徐而行。不多時，就來到了軍營中的演武場。因為時間尚早的緣故，老將軍吳黑闥還沒到。但幾個平時跟他熟悉的親兵吳文、吳武等人，卻已經厲兵秣馬，躍躍欲試。

姜簡立刻就將婆閏和自家姐姐，放在了腦後。以最快速度換好了明光鎧和鑌鐵兜鍪，提槊上馬，向吳文、吳武等人邀戰。後者早就等得心癢難搔，趕緊決定了下場次序，然後輪番上陣與他「廝殺」。

第一輪，姜簡與吳文兩個捉對廝殺了二十個回合，最後雙雙因為體力不支，宣告平手。稍作休息過後，姜簡又向吳武發起了挑戰，結果在第十七個回合，不小心被對方用了一招槊裡夾鞭，打中了後護心鏡，惜敗而回。

第三輪，上場的親兵叫吳雙。雙方交手第六個回合，姜簡忽然發現後者揮刀之時總是習慣地將身體向右歪。立刻抓住了破綻。結果，吳雙在雙方兵刃相擊過後，還沒來得及撤刀，忽然感覺到兵器上又傳來了一股大力，緊跟著，就連人帶刀一起被被推離了馬鞍，尖叫著在戰馬的右側伸手亂抓。

「你死定了！」姜簡在戰馬重新拉開距離的瞬間，轉身斜挑。輕輕地槊桿托了對方的身體一下，避免了對方直接掉下坐騎，摔個鼻青臉腫。

「好，好，就這樣，誰教他歪身體這個臭毛病改不掉！」吳黑闥不知什麼時候已經到來，帶頭為姜簡撫掌。

「好，姜少郎今日使得一手好槊！」

「好，果然是長江後浪推前浪！」

「不愧是將門之後，底子扎實，學東西就是快！」吳良才、吳文、吳武等親兵，也緊跟著用力撫掌，將讚頌的話，不要錢般往外拋。

接下來的訓練更加緊張刺激，幾乎每個親兵，都想下場跟姜簡過上幾招，試一試他的進步究竟有多快。結果，到了下午回家之時，姜簡又累得癱在了馬背上。全靠著杜七藝和陳元敬兩人攙扶，才勉強爬下了坐騎，一瘸一拐去洗漱更衣。

待洗漱完畢，回到屋子裡，見到了自家姐姐姜蓉，他立刻又忘記了身上的痠痛。瞪圓了眼睛，圍著自家姐姐上看下看，彷彿姜蓉身上要開花一般。

「你幹什麼，找打啊！」姜蓉立刻意識到，姜簡「居心叵測」，伸手就去掐他的耳朵。

「別掐，別掐，累了一整天了，動哪哪疼！」姜簡立刻就被打回了原型，咧著嘴連聲告饒。「真的動哪哪疼，疼得厲害。」

「說，你到底在憋什麼壞？」姜蓉卻不肯輕易放過他，咬著牙低聲威脅，「否則，我手上加點力氣，你今晚就甭想再出去見人。」

「我說，我說！」在自家姐姐面前，姜簡不需要任何骨氣，高舉著手臂，快速招供，「我聽人說，最近婆閏老圍著妳轉。那廝人小鬼大……」

「啥都不懂，小孩子裝大人而已！」姜蓉鬆開手，滿臉不屑地撇嘴。「你現在才看出來啊，晚了。」

「他托人做媒了？誰這麼膽大，敢幫他這個忙，看我不打死他！」姜簡大急，紅著臉就準備找人拚命。

姜蓉卻用一根手指頭，戳在他額頭上，就制服了他。「行了，你也是個半大孩子而已。管什麼大人的事情？他沒托人做媒，而是自己跟我說了，想娶我回去做他的夫人，然後他盡起回紇十八部之兵，為你姐夫報仇。不過，我沒答應。」

「這廝！」姜簡先是緊張得握起了拳頭，隨即，聽清楚了自家姐姐最後一句話，又長長吐氣，「呼……」

「不過，我跟他說，我想嫁的人，要麼是學富五車才子，要麼勇冠三軍的良將，他現在太小，想娶我，得先讓自己長大，成為以上兩種才俊再說。」姜蓉笑了笑，輕輕搖頭，剎那間，眼神裡充滿了慈愛和溫柔，「這樣，應該不會傷到他自尊。反正等他真的長大成人的時候，肯定早就將今天的孩子話給忘了，不會再厚著臉皮找上門來！」

第五十章 姐弟

「那他呢，他怎麼說？」姜簡的印象裡，婆閏絕對不是個會輕易放棄的人，想了想，低聲詢問。

他覺得自己還是有必要找對方單獨聊一聊。天下好女子無數，幹嘛非要纏著自己的姐姐？況且回紇那邊習俗，還跟中原大不相同。自家姐姐比婆閏大了七八歲，一旦年老色衰，娘家又遠在長安，還不是得被婆閏的其他夫人給欺負死？然而，姜蓉的回應，卻讓他立刻徹底放了心。

「還能怎麼說？他向我提親，已經是鼓足了勇氣。聽我說想嫁的人不是他這樣的，也就趕緊偃旗息鼓了。然後就讓我替他跟你道別。再然後，就跟著他叔父走了！」姜蓉的聲音很平靜，目光中隱約還有幾分讚賞。

「這廝！」姜簡眼前迅速閃過婆閏耷拉著腦袋離開的模樣，笑著搖頭。隨即，又迅速將兩隻眼睛瞪了個滾圓，「走了？去哪？莫非他叔父在受降城裡還有專門的住處？」

「回瀚海都護府了。」姜蓉順手遞過一只長長的包裹，柔聲回應，「來不及跟你當面告別，所以托我跟你說一聲，嗯，接著，他還留了一份禮物給你。」「回瀚海都護府？這麼急！那邊究竟出了什麼事情。萬一他在路上又遭到突厥人截殺怎麼辦？」姜簡卻顧不上接禮物，連聲追問。

「車鼻可汗沒從他父親手裡占到便宜，退兵了。」早就料到自家弟弟會如此反應，姜蓉放下禮物，不疾不徐地將問題挨個給出了答案，「他父親在戰鬥中受了傷，他是他父親唯一的兒子，必須立刻趕回去。他叔叔瀚海副都護俱羅勃親自帶了三百騎兵過來向李素立報捷，順便接他回家。」

「唉！他怎麼不多等我一晚上！」姜簡心裡感覺非常不踏實，懊惱用右拳頭砸自己的左手掌。

車鼻可汗謀反之後，想要跟大唐分庭抗禮，第一步就必須將草原上各方勢力收歸旗下。而由婆閏的父親回紇可汗吐迷度所掌控的瀚海都護府，則是攔在他前進道路上的第一道坎兒。

按道理，車鼻可汗絕對不應該進攻稍稍受挫，就立刻退兵。這裡邊弄不好，就包含著一個極大的陰謀。婆閏在這個節骨眼上趕回去，也未必能幫上他父親的忙，反倒容易父子兩個，被人一網打盡。

至於婆閏的叔父瀚海副都護俱羅勃，出現時間更是蹊蹺。如果瀚海都護吐迷度受了傷，他作為副都護，理應留在都護府穩定軍心才對。無論是為了向李素立報捷，還是為了接婆閏回家，都可以派個心腹部將來做，根本沒必要親力親為。

「杜七藝曾經勸過他，但是沒用。在誰家兒子聽聞父親受了傷，肯定也要第一時間趕回去。」對自家弟弟稱得上是瞭若指掌，姜蓉看了姜簡一眼，低聲補充。「不過，婆閏最終還是聽了杜七藝的一部分建議，打著幫忙他訓練親兵的名義，重金雇了曲二叔他們幾個，跟他一起去瀚海都護府。」

「曲二叔他們五個全都去了？」姜簡心中的擔憂，立刻減輕了一小半兒，皺著眉頭刨根究底。曲二叔全名曲彬，與趙雄、朱韻、韓弘基、王達等一共五人，都是胡子曰的老兄弟。先前接胡子曰之邀，受了姜蓉的禮聘，陪著後者一道出塞尋找姜簡。如今，姜簡找回來了。他們跟姜蓉之間的合同，就已經宣告結束了。但是，五人卻沒有著急各回各家，準備在受降城這邊，接個護送商隊去長安的生意，順路再多賺一筆養老錢。

作為瀚海都護吐迷度唯一的兒子，婆閏只要跟瀚海都護府那邊恢復了聯繫，手頭立刻就不會再缺錢用。聘請曲彬等五人做自己的私人教習，哪怕五人開出一個天價，他也絕對出得起。

而曲彬等五位江湖豪俠，雖然聯起手來也未必能擋得住上百名騎兵的進攻，但是他們豐富的閱歷和江湖經驗，卻能幫婆閏提前發現危險和陷阱。萬一瀚海那邊有變，以五人的本事，即便無法保護婆閏脫身，至少也能及時將消息送回受降城這邊來！

「全去了！」知道姜簡為何有此一問，姜蓉笑了笑，低聲回應。「本來婆閏還想禮聘胡大叔，但是胡大叔放心不下七藝和你們幾個，就沒敢答應他。」

「吳伯父說要操練我一個月。等操練結束，我就跟你們一起回長安。」姜簡同樣能猜到自家姐姐的心思，想了想，非常乾脆地承諾。報仇的事情，只能先放一放了。否則姐姐要跟著他不說，杜七藝、小駱等人，肯定也不會放他一個人獨行。此外，還有珊珈，如今無親無故，總得先找個地方安頓下來。還有，還有阿茹，當初自己答應她哥哥，平安送他她回契丹大賀部……

忽然間，姜簡發現自己多出了好多牽掛。根本不可能再像先前那樣說走就走。正暗自感慨之際，姐姐姜蓉的話，卻又傳到了耳畔，「真的？你現在可不是小孩子了。」

「男子漢大丈夫，一言既出駟馬難追！」姜簡苦笑，鄭重重申。「不過……」

「不過什麼？」姜蓉警覺地豎起耳朵，全神戒備。

姜簡彷彿知道自家姐姐肯定會如此反應，笑了笑，壓低了聲音解釋：「不過可能咱們回到長安之後，還得去東邊一趟。契丹大賀部靠近遼東，我答應過阿茹的兄長，送她平安回家。阿茹的兄長戰死了，我不能讓他死不瞑目！」

遼東跟突厥別部，是截然相反的兩個方向。姜蓉立刻心神大定，笑了笑，輕輕點頭，「的確該送她回去。不過，你真捨得？」

「有什麼捨不得的，我答應過她。」姜簡想都不想，順口回答。話音落下，卻瞬間面紅耳赤。「阿姐妳瞎說什麼呢？阿茹可是個小姑娘家。萬一被她聽見了……」

「我家小狗子長大了。」姜蓉也不解釋，看著自家弟弟，抿著嘴點頭，「真快。」笑著，笑著，她眼睛裡就有了淚光，怕姜簡看到，趕緊將面孔轉向窗外，假裝欣賞天邊的夕陽。

弟弟長大了，該娶媳婦了。如果父親在天之靈能看到，一定會很開心吧！

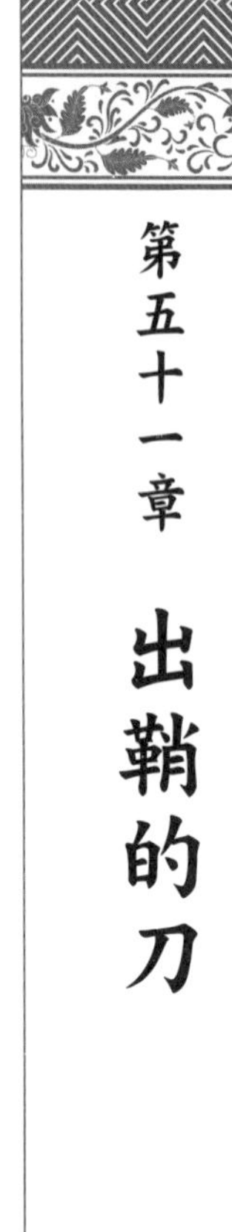

第五十一章　出鞘的刀

「怎麼好端端的，又哭了起來？」姜簡卻敏銳地看到了姐姐的眼淚，心中頓時也是一澀，故意詢問，「我長大了，不也是妳弟弟嗎？」

「不是哭，是高興，姐姐為你高興。」姜蓉見沒瞞過去，索性不再躲閃。抬手在眼睛和臉上胡亂抹了兩把，笑著解釋，「咱們先回長安，然後姐姐再委託胡大叔另外招募一批人手，送阿茹回大賀部，趁機向她父母為你提親。」

「這，這，阿姐，你想的太多了吧！」姜簡心中的酸澀，迅速又被害羞取代，摸著自己的後腦勺抗議，「阿茹自己願不願意，咱們都沒問過呢。」

自家姐姐什麼都好，就是管得太寬了些。大賀阿茹只是缺人護送，才滯留在了受降城。她卻已經盤算如何將阿茹為自己娶回家做老婆。

「你啊，真不知道是傻，還是聰明。」姜蓉伸出手指，狠狠點在姜簡的額頭上，「這話，難道還能當面問女孩子家？蕭朮里說過，契丹與奚部乃是近鄰，彼此之間聯絡有親。奚部派了一支上百人的

隊伍，前來接蕭朮里回家，阿茹明明順路，卻沒有跟著一起走，難道圖的還是客棧的飯菜可口？」

「她，她……」姜簡的臉，迅速漲得通紅。瞪圓了眼睛，無言以對。內心深處，卻說不出到底驚詫和驕傲，究竟哪個更多。

「還有那個珊珈，看你的眼神，都快滴出水來了。你居然到現在還毫無察覺。」被自家弟弟的愣然模樣逗得莞爾，姜蓉又用手指戳了他額頭一下，柔聲提醒。

「珊珈，珊珈只是暫時沒地方去。」姜簡頓時有些著急，紅著臉擺手，「阿姐，這個真的不能亂猜。她以前出身於波斯王族，國破家亡，才被賣做了奴婢。從商隊逃出來之後，所有人都以我為首領，她自然就跟我走得近一些。等到了長安，她遇到了自己的同族，過上安穩日子，說不定就又跟我疏遠了。」「好，我不猜，我不猜。她的事情，等回到了長安城之後再說。反正，也就是一兩個月之內的事情。」姜蓉搖搖頭，笑著表示妥協。作為過來人，她豈能看不出珊珈留在客棧裡，絕對不僅僅是為了尋求庇護。但是，既然自家弟弟否認的堅決，她也沒必要非得現在就把謎底揭開。

男人和女人之間，總是留一點猜來猜去的啞謎，日子才能過得有趣。把一切都擺在明面上，有時候反而缺了幾分滋味。

「我不跟你說了。我肚子餓了，需要吃些肉食補充體力。」姜簡被自家姐姐的態度，弄得心裡發虛。抓起婆閏留給自己的禮物，落荒而逃。禮物應該是一把大橫刀，隔著包裹，憑藉大致輪廓和份量，姜簡就能猜到。

比起繳獲來的大食長劍，大唐的橫刀姜簡用起來要順手很多。然而，軍中配備的橫刀，卻跟他的臂力不夠匹配。用起來總有一種輕飄飄的感覺，並且隨著他受訓的時間推移，這種感覺還不斷在增強。偏偏吳黑闥老將軍所收集兵器裡，橫刀數量也很有限。每一把都是為老將軍量身而造，重量倒是合適，長度方面卻仍舊差強人意。

姜簡一直琢磨著，哪天閒下來，在受降城內找鐵匠幫自己打造一把橫刀。刀身要比軍中配備的橫刀寬一寸，如此與敵將的兵器硬碰硬之時，才不會輕易被擊斷。刀長也要比制式橫刀長半尺左右，如此配上他的身高和臂長，攻擊範圍會得到極大的提升。這個想法，他在飯桌上隨口跟幾個朋友提過一次。沒想到，婆閏竟然牢記在了心裡，並且趕在臨別之前，幫他實現了願望！

「算了，下次見面，只要他不再纏著我姐姐，我就當沒這回事了。」看在婆閏細心且仗義的份上，姜簡迅速決定原諒此人一次。回到自己房間之後，迫不及待地解開了包裹。與他猜測的略有出入，禮物是一把刀不假，卻不是請鐵匠專門趕製，而是一把早就打製好的成品。這點，從裝飾著松石和珊瑚的刀鞘和皮革纏繞的刀柄上，就能輕鬆看得出來。

輕輕推動刀鞘上的機關，他將刀身從鞘中一口氣拉出。剎那間，有股秋水般的流光，就灑滿了整個房間。刀身長達五尺，寬三寸。刀柄長度，也高達七寸。刀刃從護手前方一路延伸到刀鋒，卻不像橫刀那樣，是一條簡單的直線，而是拉出了一個輕微且優美的弧度[注四]。

「好傢伙！真是好傢伙！」出身於將門，最近又跟在吳黑闥這種百戰老將身後，姜簡的眼光早就被鍛鍊得極其「毒辣」。一眼看上去，就知道婆閏送自己的這把刀，絕非凡品。單手握住刀柄，掄刀在半空中輕揮。隨即，又改成雙手緊握，連續做了兩記虛劈，一記橫推和一記反掃，他愈發堅定了自己的判斷。婆閏利用其自己的回紇王子身份，淘了一把寶刀給他。同樣的刀，在大唐長安城內能不能買到不好說，即便能，價格恐怕也高達百吊銅錢之上。用刀刃割下一縷頭髮，姜簡將其拋向半空。隨即，迅速揮刀橫掃。頭髮無聲無息，迎刃而斷，寒光閃爍，照亮他瞪圓的雙眼。

「真的好刀！」姜簡回轉刀刃，用手指輕彈刀身。「叮……」清脆如瑤琴般的聲音，繞梁不絕。眼前迅速閃過自己策馬掄刀，在千軍萬馬之中殺進殺出的情景，他心中熱血再度沸騰。隨即，又迅速閃過姐姐若干年後，鳳冠霞帔，被婆閏迎入回紇王庭的盛大畫面。

「不行，絕對不行。」忽然意識到，那樣有賣了自家姐姐的嫌疑。姜簡迅速歸刀於鞘，用力搖頭。然而，心底湧起的聲音卻遠不如先前堅定。

刀，將來重逢之時，一定要當面還給婆閏。咬了咬牙，他在心中毅然作出決定。不過，在沒跟婆閏重逢的之前，他可以先替婆閏保管一段時間。帶著幾分患得患失，他吃了些肉食，彌補一天訓練消耗掉的體力。然後沉沉睡去。睡夢中，卻又一次夢見自己在金微山下，策馬掄刀，所向披靡。

注四、唐代吳道子的畫作中，已經出現了帶弧馬刀。

突厥別部可汗車鼻被嚇得策馬逃命，他揮刀緊追不捨。四周圍，突厥將領紛紛撲過來阻攔，被他一刀一個，盡數斬落於馬下……

「姜簡，醒醒，醒醒！」心中的熱血還在沸騰，耳畔卻已經傳來了杜七藝的聲音。「吳老將軍派人來喊你，要你立刻騎馬去北門口會合。辰時出發，過期不候。」

「什麼？」姜簡一個軲轆從床上爬起來，彎腰就去摸地上的靴子。

「吳老將軍喊你出去打獵，辰時在受降城北門會合，過期不候！」杜七藝看了姜簡一眼，帶著幾分羨慕重複。最近這段時間，好朋友姜簡的成長與進步，他都看在了眼裡。若說心裡頭半點兒都不嫉妒，那是自欺欺人。然而，比嫉妒更多的，卻是欽佩與祝福。

原因很簡單，首先，他原本就不是一個喜歡爭鋒頭的人。其次，則是姜簡最近這一段時間所付出的努力，他也同樣看得清清楚楚。每天上午和下午各一個時辰的訓練，聽起來好似非常普通。可只要騎過馬的人，就知道一個時辰的反覆衝刺，會有多勞累。

如果加上足足有二三十斤重的鎧甲和五六斤重的兵器，勞累程度就能翻倍。再加上與人面對面廝殺時的高度緊張，除了那些從軍多年的老行伍之外，大多數人連第一天的訓練，都未必能夠撐得下來。

而姜簡，卻已經堅持了整整二十天。並且訓練強度，還在不斷加碼。有時候看到姜簡結束了一天的訓練返回客棧，連走路都搖搖晃晃的模樣，杜七藝真的擔心他會一病不起。然而，到了第二天早晨，他卻總是能看到姜簡重新爬上坐騎，精神抖擻地再度趕赴演武場。

這份毅力，在其他同齡人當中，杜七藝很難看到。換了自己與姜簡易地而處，他只可以保證自己能咬著牙堅持到最後，卻不敢保證自己有足夠的體力，能像姜簡這般，頭一天累得半死，第二天早晨仍舊能生龍活虎。

所以，杜七藝心裡的那一點點嫉妒，剛剛冒出一個火星來，就迅速熄滅了。運氣總會多照顧那些有準備的人，舅舅胡子曰不止一次，在故事裡說過這句話。在杜七藝看來，放於姜簡身上，恰到好處。

「朝食肯定來不及吃了。你能不能幫我去廚房要一塊醬羊肉，我揣懷裡路上吃。」姜簡卻不知道，好朋友會想這麼多。一邊穿靴子和外套，一邊低聲請求。

「你自己快點兒，我這就幫你去拿！」杜七藝絲毫不介意被姜簡指使，笑著點點頭，快步奔向廚房。

不一會兒，姜蓉等人也都醒來，聽聞吳黑闥將對姜簡的例行訓練，忽然改成了外出打獵，難免感覺到有點兒奇怪。唯獨胡子曰，稍加琢磨，便笑著說道：「有什麼好奇怪的，有張有弛，才是王道。況且操練了這麼久，也該檢驗一下結果了。草原上野狼成群，是最好的試劍石。出去打上一天狼，勝過校場操練三日之功。」

聽聞姜簡可能要去獵殺猛獸，姜蓉頓時又開始擔心。然而，轉念想到自家弟弟上次偷偷溜到塞外，面對戈契希爾匪徒和突厥飛鷹騎都完好無損。她又迅速將擔心驅逐到了自己腦後。轉而主動幫著姜簡準備乾糧和備用的衣服。

不多時，姜簡在眾人的幫助下收拾停當。給大夥揮手告別，策馬直奔受降城的北門。轉眼到達目的地，吳黑闥早已等得有些不耐煩，皺了皺眉，低聲吩咐：「看到那兩匹栗色的戰馬沒有？一匹給你沿途換乘，另外一匹背上，是你常用的馬槊、甲冑以及最近五天的乾糧。帶上它們，然後跟在隊伍最後。」

出去打獵，為何還要帶甲冑？姜簡怎麼想也想不明白。然而，他卻不願惹師父不高興，答應了一聲，立刻補到了隊伍的最後。

同樣想不明白的，還有受降城北門的守將李豐年。帶著足足兩個旅的精銳出城打獵，還一人三騎，論戰鬥力，都夠直接滅到草原上一個小型部落了，吳老將軍玩得也忒誇張！然而，按級別，三品雲麾將軍吳黑闥出行，可以一個團的親兵侍衛左右。兩個旅不過才出動了親兵團的三分之一兵馬而已，一點兒都不違規。注五

既然不違規，李豐年就沒資格阻攔。望著吳黑闥帶著兩百騎兵揚長而去的身影，眨巴著眼睛琢磨了良久，他也沒想好該不該將此事及時上報給大都護李素立知曉。

結果，一直到了當天日薄西山，發現吳黑闥居然沒在當天返回。李豐年才追悔莫及。趕緊一溜煙跑到大都護行轅，向李素立彙報。而此時，吳黑闥已經帶著麾下的弟兄們，到了距離受降城一百二十里之外，當初姜簡等少年血戰戈契希爾匪幫的那座無名小山之下。

當日姜簡等人走得倉促，只埋葬了自己的同伴。對於大食匪徒的屍首，則任其暴露於荒野。一轉眼二十幾天過去，他本以為山腳下，肯定是一副白骨累累景象。誰料想，放眼望去，能看到的屍骨屈指可數，大部分匪徒的遺骸，都不知道被野獸拖去了何處。昔日的戰場上，雜草長得幾乎有戰馬的前腿高，風吹過，草面起伏宛若海浪。

「上山，在半山腰靠著山澗紮營，然後從泉眼處補充清水。注意拉緊馬頭，儘量別讓牠們吃那些人血潤過的青草，免得生病。」吳黑闥仍舊不解釋此番出行的真正目的，丟下一句硬邦邦的命令，策馬衝上了山梁。

「得令！」眾將士答應著，策馬跟上，轉眼間，六百多匹戰馬，就如同烏雲般湧上了山坡。一直走到戰馬無法繼續獨自向上前行，才貼著山澗紮營休整。

因為有兩匹馬輪番換乘，並且嚴格遵守了三十里一休息的行軍制度。這一天大夥走得雖然遠，人和馬，卻都不怎麼感覺疲憊。然而，吃過了乾糧之後，吳黑闥卻將大部分弟兄，都趕進了帳篷裡休息。只留下兩夥斥候，輪流值夜。姜簡鼓足了勇氣，想問問老將軍究竟去哪打獵？才一靠近，就被老將軍拿眼睛給瞪了回去。無可奈何，他只好帶著滿肚子的困惑，沉沉睡去。

第二天，又是一整天的騎馬行軍。上下午各走六十里，中間休息一次。滿一百二十里，立刻擇地

注五、唐軍在非作戰期間，實行「營─團─旅─隊─夥」制。每團六百人，每旅一百人，每隊五十人。

安營紮寨。第三天，也是如此。所有弟兄，除了姜簡之外，彷彿全都清楚老將軍打算做什麼。只管按照命令行事，絕不多嘴詢問究竟。姜簡見此，也乾脆聽之任之。反正吳黑闥老將軍如果想要對他不利，在受降城內就有無數辦法收拾他，根本不需要如此耗費周折。

然而，就在第三天後半夜寅時，他卻又被老將軍派人提前叫醒，一溜小跑帶到了中軍帳內。

「據斥候探查，大食國派來的那夥假冒馬賊的精銳斥候，最近選了白狼谷做巢穴。」老將軍吳黑闥，看上去根本不像一個年過六旬的人，甚至比麾下大部分弟兄還有精神。見親兵中的骨幹將校，都已經到場，立即用木棍指著一張燙在馬匹上的輿圖，高聲宣佈：「老夫給咱們這裡，取了個名字，叫百丈坡。白狼谷在百丈坡正北，距此只有五十多里路。所有人給老夫回去招呼各自麾下的弟兄，起來吃乾糧、餵馬，清理肚腸，然後全身披掛待命。一個時辰之後，咱們直撲白狼谷，滅了那夥大食匪徒之後朝食！」

「諾！」在場將校齊聲答應，渾身上下的疲倦一掃而空。

「師父從一開始，就沒想著要打獵。他是準備以打獵為名，將戈契希爾匪幫犁庭掃穴！」剎那間，姜簡也明白了吳黑闥老將軍的真正用意，興奮得難以名狀。

自打平安回到受降城之後，發現李素立根本不想管城外的「閒事」。他就開始琢磨，如何才能找戈契希爾殘部討還血債。

只是琢磨來琢磨去，他都沒琢磨出一個太妥當的主意。卻沒想到自家師父居然悄無聲息地，就將戈契希爾在草原上的臨時老巢給挖了出來，隨即就直接來了一場長途奔襲。而長途奔襲，姜簡以前只從胡子曰講的故事裡聽說過，具體如何去做，卻毫無所知。最近這三天，師父吳黑闥，竟然將一場長途奔襲的整個過程，一步步地展現在了他眼前！

「吳良謀、吳良才、姜簡聽令！」還沒等他來得及向老將軍吳黑闥說一聲感謝，後者卻已經開始調兵遣將，第一道軍令，就點到了他和兩位熟人的名字。

「卑職在！」吳良謀和吳良才兩人，雙雙上前半步，肅立拱手。

「晚輩也在！」姜簡心神一凜，趕緊學著二人的模樣，出列領命。

「你們三個，帶五十名弟兄，充當前鋒。半個時辰之後，提前出發，摸至距離白狼谷十里處等待大軍。沿途遇到敵方斥候，一律當場格殺，不要放走半個。」

「得令！」吳良謀和吳良才同時看了一眼姜簡，乾脆俐落地回應。

「得令。」姜簡的回應聲，稍稍慢了半拍，還帶著一絲戰慄，卻不是因為畏懼，而是因為過於激動。

「多跟著他們兩個學，不懂就問！」吳黑闥笑呵呵地朝姜簡點點頭，柔聲叮囑，「沒什麼不好意思的，誰都不是天生的將種。學會了，變成自己的本事，他們兩個肯定也會替你高興。」

說罷，又將目光轉向吳良才和吳良謀，「你們兩個，替老夫好好帶著他。到了白狼谷附近，如果大食賊人毫無察覺，就等待老夫趕過來一起收拾他們。如果不慎被大食人發現，就給老夫直搗虎穴，不必等待，也不必請示！」

「得令！」吳良才和吳良謀再度肅立拱手，隨即拉起姜簡，轉身就走。

「等……」姜簡本能地想要二人等自己一下，好歹讓自己跟師父表個態。話到了嘴邊，又果斷改口：「多謝師父，弟子一定不辜負您的教誨！」隨即，邁開大步，旋風般離開了中軍帳。

「我相信。」看著他的背影，吳黑闥笑著嘀咕。聲音很小，根本不可能被姜簡聽到。他臨時心血來潮，許諾教導姜簡三十天。如今已經是第二十三天凌晨。等收拾完了不長眼睛的大食匪徒，返回受降城之後，師徒之間的緣分也就到了頭。以李素立的狹窄心胸，受了他的掣肘，肯定早就把狀子告到了長安那邊。而算算日子，朝廷將他調往別處的命令，差不多也快抵達受降城了。

吳黑闥不在乎接下來自己會被調到何處。反正憑著大唐立國時那些戰功和玄武門內那一場廝殺，只要他不像侯君集和張亮兩個那樣犯糊塗造反，哪怕說再多的「錯話」，管再多的「閒事」，從三品雲麾將軍的散階[注六]和開國伯的爵位都不會丟。而雲麾將軍的散階不丟，他身邊這一團親兵就不用交給別人。開國伯的爵位不丟，憑藉俸祿和勳田，他和全家人的吃穿用度，也都不用發愁。至於其他，吳黑闥才懶得管。他只在乎自己日子過得順心不順心，念頭通達不通達。

打著戈契希爾匪號在受降城附近燒殺搶掠的大食斥候隊，顯然是令吳黑闥心中念頭不通達的「釘子」之一。且不說受降城外，那方圓數萬里土地，也屬於大唐治下。忽然出現了一夥無惡不做的匪徒，身為大唐的將領，他不能放任不管。即便不從維護大唐朝廷顏面和利益角度，換在江湖眼光，打劫了貨物還把貨物的主人全都趕盡殺絕，也犯了江湖大忌。

當年瓦崗軍，聽聞有此等惡匪，一定會不遠千里發兵征討，替天行道。如今瓦崗軍早已成為歷史，瓦崗寨也早就化作了一片焦土。但他吳黑闥還活著，就無法忍受此等惡匪，於自己眼皮底下橫行！

「吳雙，你帶二十名弟兄，也是提前半個時辰出發，馬不停蹄，迂迴到白狼谷之後。不必交戰，只管天亮後，截殺漏網之魚！」深吸一口氣，吳黑闥舉起了第二支令箭，高聲吩咐。

「得令！」親兵旅帥吳雙高聲答應著上前，胸口處熱血激盪。吳黑闥將令箭拍在他手心上，繼續調兵遣將。

「張橫，你帶二十名兄弟……」

「劉樹……」雖然麾下總計才二百多名弟兄，卻彷彿在指揮千軍萬馬。

接到命令的將校們紛紛快步離去，各自從帳篷裡喊醒相應的弟兄，做出征準備。很快，整個營地，都從睡夢中醒來，人的走路聲和戰馬的響鼻聲，連綿不斷。

姜簡對如何帶兵，原本只停留於書本。但是，有吳良才和吳良謀兩個「教頭」手把手教，也很快就入了門兒，並且越幹越跟以前學到的知識對上了號。半個時辰在忙碌中匆匆而過。到了預定的時刻，吳良才一聲令下，先鋒隊策馬離開了臨時宿營地。一人三騎，迅速消失於夜幕之下。

卯時四刻，天還遠不到亮起來的時候。大夥的頭頂上只有星光，然而，吳良才卻彷彿變成了一頭

注六、散階一般都會高於實際職務，代表著有做同階實職的資格，並享受相應待遇。

覓食的獵犬，總能找到正確的方向和道路。

「俗話說，斗轉星移。北斗星四季旋轉，啟明和長庚的位置也會變化。但北極星永遠位於北斗星的勺子柄所對，其所在方向，也永遠是正北。」彷彿察覺到了姜簡心裡的困惑，吳良才主動向他解釋，「另外，咱們派出去的細作，在路上也留下了一些標記。只要你方向找對了，每走五六里路，肯定能將這些標記找到。在外人眼裡，這些標記都不太起眼兒。而咱們自己，一看就能分辨得出！」

「多謝！」姜簡禮貌地拱手，隨即抬頭觀察北極星和北斗星，與吳良才所說的話相互印證。草原空曠，缺乏遮擋，也沒什麼炊煙，北極星和北斗星看起來都遠比長安城那邊明亮。很容易，他就確認，自己是在一直向北走。

而低下頭尋找斥候留下的標記，難度就增加了數十倍。姜簡看得兩隻眼睛都開始發澀，卻除了青草、蒿子和灌木之外，一無所獲。

「標記每次都不一樣，你得提前跟斥候約定。」吳良才見他學得認真，忍不住又主動出言指點，像這次我們約定的是用跳兔尿做標記。小卓，一會兒你將燈籠壓低些，讓姜兄弟看個清楚。」

後半句話，是對身邊的一名夥長所說。後者聞聽，立刻答應著將手裡的氣死風燈放低，並且策動坐騎超過了姜簡半個馬頭。

姜簡帶著幾分好奇，借著燈光凝神細看，卻仍舊一無所獲。正準備向吳良才核對一下，自己是不是理會錯了對方的意思，後者的話卻又傳進了他的耳朵，「向左看，那從灌木，頂上被削了一層那塊。」

姜簡心中一凜，迅速扭頭，果然在自己戰馬左側不遠處，發現了兩大叢沙棘。這種植物桿上長滿了尖刺，很少有動物願意以其枝葉為食，所以頂部通常都長成了鍋蓋形。而其中一叢沙棘，仔細看去，頂部卻凹進去一大塊，就像被狗啃過的饢餅。

夥長小卓迅速靠過去，用燈籠下口對準缺角。翠綠色的缺角處，立刻泛起了詭異的幽藍色，就像有人朝著上面潑了一大桶顏料。

「跳兔尿沒發臭之前，在燭光下就呈這種顏色。另外，味道也跟人和牲口的尿完全不同。如果沒有氣死風燈，你可以用自己的鼻子去聞，甚至用舌頭去舔。」帶著幾分調侃，吳良才笑著補充。

姜簡卻信以為真，果斷跳下坐騎，用鼻子去嗅發藍色處的氣味。一股騷臭，頓時穿過他的鼻孔直鑽頂門，令他的兩隻眼睛，迅速「熱淚盈眶」。

「你還真聞啊！」吳良才感覺好生負疚，趕緊策馬衝過來，拉住他的胳膊，「上馬，上馬，別耽誤功夫。咱們帶著著細犬呢，就在隊伍前頭。狗鼻子比你好使，早就聞過了。要不小卓和我怎麼可能一找一個準！」原來如此！姜簡終於恍然大悟，然而卻絲毫不以吳良才剛才捉弄自己為忤。畢竟，對方傳授給他的學問裡頭，沒有摻雜任何水分。

動物尿可以留在草原上做標記，非自己人很難覺察得到。而某些特別的動物，比如跳兔，其尿液非但味道獨特，在燈光下也呈幽藍色，用來給自己人指路，再好不過。

在攜帶著獵犬的情況下，可以讓獵犬追蹤己方斥候留下來的秘密資訊。而萬一沒有獵犬，事急從權，人的鼻子，也一樣能夠做到。只是沒有獵犬的鼻子那樣靈敏，還需要忍得住那股子特別的騷臭。

「嘎嘎嘎，嘎嘎嘎……」前方忽然傳來的夜貓子的叫聲，在黎明之前的黑暗之中，聽起來格外刺耳。

「還有十里！」吳良才立刻顧不得再指點姜簡，策馬向前猛跑了二十幾步，隨即迅速舉起掌，在半空之中橫向揮舞，「從我往後，所有人下馬，檢查坐騎肚帶。然後披甲，吃乾糧，喝水，給戰馬餵雞蛋和黑豆。」

沒有任何人回應，所有位於他身後的弟兄，全都勒住了坐騎，翻身跳向地面。而位於他前方的十幾個弟兄，包括校尉吳良謀則繼續策馬向前，轉眼不知去向。

隊伍中，立刻響起了窸窸窣窣的聲音。姜簡比大夥慢了半拍，跳下坐騎，扭頭四下張望。只見所有人都開始忙碌，為即將到來的廝殺做最後的準備。對於脫離隊伍的吳良謀等袍澤，不聞不問。

「賊人來自大食軍隊，不是尋常匪類，營地周邊，肯定會有暗哨。」吳良才的聲音再度於他身邊響起，告訴他想知道的答案，「咱們的斥候，前幾天就在周圍活動了。舍弟去和斥候接頭，然後解決掉暗哨，以免打草驚蛇。」

「他們就十幾個人。」姜簡立刻開始替吳良謀擔心，壓低了聲音提醒，「戈契希爾比突厥飛鷹騎，戰鬥力強了可不是一點半點。」

「放心，足夠！」吳良才拍了拍肩膀，回答聲裡充滿了自信。

姜簡不知道吳良才的自信從何而來，卻覺得這樣的回答很帶勁兒。這才是大唐男兒應有的驕傲，甭管敵軍實力如何，也甭管敵軍人數多少。在我眼裡，都是泥塑木雕，一戳就碎，一碰就倒。

「這一路上，舍弟他們已經清理過了兩波大食人的斥候，知道敵軍的斤兩。」而吳良才接下來的話，更讓他感覺鬥志昂揚。

「在哪裡？我怎麼不知道？」帶著欽佩之意的問話，從他嘴裡脫口而出。問過之後，才又覺得自己純屬多餘。

臨出發之前，吳老將軍給大夥的命令是，先行一步趕到距離白狼谷十里之處等待，並清理沿途所有敵軍斥候。從出發一直到現在，自己始終沒有看到半個敵軍的額影子，很顯然，是吳良謀帶人提前幹掉了對方。

「要讓你知道，就晚了。斥候不會留下來阻擋咱們。斥候的任務是發現異常情況，及時向其主將彙報。沒等你靠近，他就提前跑掉了，並且一人至少雙騎。」吳良才卻不嫌他多嘴，非常有耐心地解釋。「先前咱們這邊舉著燈籠，舍弟他們卻在咱們前方兩三里處分散開摸著黑前進，也是為了幹掉敵軍的斥候。人的眼睛在夜間，會本能地被光亮吸引。斥候的注意力，都放在了咱們身上，就容易被舍弟他們摸到近前。屆時，他們無論想要示警，還是想要逃跑，都來不及！」

「原來如此，多謝吳叔！」姜簡再度恍然大悟，又一次向吳良才拱手致謝。這些細節的知識，在四門學裡肯定不會教。而雖然出身於將門，他父親去世的卻太早，還沒來得及手把手將這輩子積攢下來的人生和作戰經驗傾囊相授。吳良才在這一路上，等同於以實際操作為例子，替他補上了這門功課。

「不必客氣，要謝，你也應該謝我家侯爺。是他安排我和舍弟帶你。」吳良才卻不肯居功，笑著搖頭。隨即，又將手指快速豎在了嘴邊，「你聽，什麼聲音？」

姜簡愣了愣，停止說話，側著耳朵傾聽周圍的動靜。除了呼嘯的夜風之外，隱隱約約，彷彿又傳來一陣夜貓子的尖叫，「咕，嘎嘎嘎嘎嘎……咕！」很低，卻讓人頭皮為之發乍。

「咕……咕……，嘎嘎……咕……！」吳良才扯開嗓子，以不同的腔調做回應。彷彿兩隻雌雄不同的夜貓子，彼此呼喚對方去分享剛剛獵取的血食。

「又遇到了敵軍暗哨，已經幹掉了。」提著燈籠的小卓取代吳良才，低聲給姜簡「補課」，「吳校尉提醒這邊做好準備，萬一行動被敵軍發現，就直接發起強攻！」

「吳老將軍在出發前的吩咐是在距離白狼谷十里位置停下來等他，並清理沿途的斥候，但是沒吩咐將此處到白狼谷之間的敵軍斥候也清理乾淨。」姜簡擔心吳良才、吳良謀兄弟倆貪功冒進，壓低了聲音提醒。

「侯爺的確是這麼吩咐。但咱們是先鋒，需要隨機應變。」吳良才回應完了同伴的暗號，壓低聲音解釋，「沿途中只發現了兩波敵軍的斥候，說明敵軍的人手嚴重不足。而戰馬的體力有限，想要殺敵軍一個措手不及，當然是距離敵軍越近越好。」

「明白了！」姜簡又有了新的收穫，笑著點頭。

「快點更換鎧甲。小卓，你自己換完之後，幫他一把！」吳良才點點頭，笑著吩咐，「侯爺他們雖然比咱們晚出發半個時辰，但是在沿途不必擔心被敵軍發現，速度會比咱們快許多。等他老人家到了，咱們還要繼續去做先鋒。」

「嗯！」姜簡聽得似懂非懂，答應著從專門馱裝備的馬匹上取下甲冑，快速更換。是大唐精銳禁軍才會配備的明光鎧，頭盔為鑌鐵打造，帶有護面，護耳與半柱形護頸。護頸與護肩銜接，內襯柔軟的小牛皮，以防磨傷人的皮膚。而護肩則為一整片鑌鐵鍛造，表面靠兩側位置，鏨刻出精美的獸頭。獸頭中吐露出一段軟皮，與護臂相連。護肩的前下方和後下方，則為胸甲和護背。胸甲左右各有一整片，呈橢圓形，向下延伸到腰。背甲則為一整塊薄鐵板。在兩片橢圓形胸甲的下方，為了保護柔軟的腹部，還有一大塊鐵護心，俗稱護心鏡，表面與胸甲一樣，都打磨得光可鑑人。如果衝刺時正對著太陽，則可以利用反光晃得對手無法睜開眼睛。護心鏡左右都有卡扣，可以穿上皮帶，繫於腰間。皮帶下，則各自掛著一片膝裙，也是兩層。內層為牛皮，外層則是疊綴在一起的數十枚鐵甲葉，在為人提供保護之時，也儘量避免影響人的行動。

整套明光鎧重量高達五十餘斤，加上披甲人的份量，至少得在二百斤以上。所以，也難怪吳良才先前強調，發起攻擊的距離與敵軍越近越好。如果離得太遠，恐怕沒等衝到敵軍面前，戰馬的體力已經不支。而穿好了甲冑之後，吳良謀卻不准許大夥立刻上馬。反倒示意所有人穿著甲冑席地而坐，耐心地等待戰機的到來。

草原上的夜風，即便是夏天，仍舊帶著一絲寒意。特別是在穿上鐵甲，戴上鐵盔之後，給人的感覺愈發明顯。只過了大約短短一刻鐘，姜簡就感覺自己的血液已經開始結冰，需要咬緊牙關，才避免打哆嗦。而夜風之中，又有夜貓子的叫聲接力傳來，給透體的寒意，更添一層詭祕。

「侯爺他們到了。」就在姜簡凍得即將發抖的時候，吳良才的聲音，忽然又在他耳畔響起，「所有人，起立，恭迎侯爺校閱。」

低沉的鏗鏘聲不絕於耳，三十幾名親兵，陸續站起。手持兵器，原地肅立。馬蹄聲緊跟著傳入大夥的耳朵，由遠及近。周圍的燈籠迅速增多，明亮的燈光下，老將軍吳黑闥騎著一匹黑色的駿馬，徑直來到了大夥面前。

「情況如何？」穩穩拉住坐騎，他從馬背上俯身，向吳良才詢問。

「敵軍人手嚴重不足，斥候派的很少，已經盡數拔除。吳良謀校尉帶人繼續向敵軍巢穴靠近，根據我方斥候傳回來的暗號，眼下已經摸到了白狼谷的谷口，僥倖仍未暴露行蹤！」吳良才早有準備，抱拳肅立，條理清楚地彙報。

「好！」吳黑闥笑著點頭，隨即，看著吳良才的眼睛發問，「你可願帶隊直取敵軍帥帳？」

「啟稟將軍，卑職剛才一直為此在做準備！」吳良才再度拱手，回答得毫不猶豫。

「上馬，出發！」吳黑闥也不做任何猶豫，大笑著將手中寶劍前指。「老夫親自帶隊為你的壓陣！」

「諾！」吳良才抱拳行禮，轉身爬上坐騎，將長槊高高地舉過了頭頂。「先鋒隊，上馬，帶上備用坐騎，跟我來！」

「諾！」回應聲從四下裡響起，整齊如出自同一人之口。已經換好了甲冑等待多時的精銳們，紛紛爬上坐騎，將長槊如林般豎起。

渾身上下的寒意驟然消失，姜簡熱血沸騰。爬上栗色的駿馬，拉上菊花青，高舉著長槊，緊緊跟在了吳良才身後。眾人策動坐騎，在黎明前的黑暗中，緩緩而行，這一次，沒有打燈籠照亮前方和腳下的道路。吳黑闥老將軍則帶著剛剛趕到的一百多名袍澤，取代了他們原來的位置，在明亮的燈光下更換甲冑。看到緊跟在吳良才身後，動作仍舊有些生疏的姜簡。老將軍臉上的表情，明顯出現了一絲猶豫。然而，很快這一絲猶豫，就消失不見。代之的，則是殷切的期盼。

寶刀終究要出了鞘，才能檢驗其成色。一直放在鞘裡，只會生銹。

少年人也如此。這一刻，吳黑闥相信，自己的訓練成果不會太差，也相信，姜簡不會辜負自己的期盼。

第五十二章 奔襲

夜幕逐漸褪去，周圍的世界逐漸變得明亮。缺乏遮擋的草原上，人眼隨隨便便，就能看到數里之外的風景。幾隻黃羊受到驚嚇，猛地出現在姜簡的視野之內，然而，還沒等姜簡做出任何反應，更多的黃羊自三里外的灌木叢中衝了出來，浩浩盪盪直奔更遠處的丘陵。

「這天亮得也太早了！」姜簡心中一緊，忍不住小聲嘀咕。

老天爺是公平的，他自己現在能看多遠，敵人就能看多遠。萬一敵軍當中，某個嘍囉起得早，發現了大夥靠近，今夜的長途奔襲，有可能就功虧一簣！

「注意，控制坐騎速度，不要太快。」吳良才卻仍舊不慌不忙，一邊策馬給身邊的所有弟兄帶路，一邊用聲音和手勢，調整行軍的節奏，「積蓄體力，嘴裡可以嚼一點兒肉乾，補充鹽分。」大部分命令都是說給姜簡聽的。其餘人都是老行伍，根本不需要吳良才如此操心。大夥兒如外出踏青一般，騎在馬背上，緩緩前行。彷彿根本不在乎偷襲能否得手，也不在乎敵軍是否會提前做出準備。

「萬一……」姜簡急得心中火燒火燎，然而，提醒的話到了嘴邊，卻又被他果斷咽回了肚子裡。

吳黑闥老將軍既然將先鋒任務交給了吳良才，就說明此人絕非泛泛之輩。自己第一次參戰，什麼都不懂，還是多看少說為好。

從馬鞍旁的乾糧袋裡抓出一條羊肉乾，他狠狠地咬了一大口，借此緩解心中的緊張。一股鹹中帶苦的滋味，迅速衝進了他的腦海，讓他忍不住想要流眼淚。然而，當苦味兒散去，身體上的疲憊，卻緊跟著一掃而空。

「咕咕咕……」遠處草叢中，呼啦啦飛出了一大群野鴿子，嘴裡發出驚恐的鳴叫。緊跟著，又有兩隻早起的老鷹，從高空中撲了下來，直奔鴿群。

「噘……」鷹鳴尖銳，刺激得人頭皮發乍。羽毛和鮮血繽紛而下，兩隻體型肥胖的野鴿子躲避不及，被老鷹在半空之中格殺。其餘野鴿子四散逃命，淒厲的鳴叫聲不絕於耳。

「噘……」「噘……」半空中又傳來了兩聲鷹鳴，如同勝利者的宣告。兩隻長空之王拎著獵物扶搖而上，轉眼間，就在朝霞與藍天之間，變成了兩個小黑點兒。

太陽猛然從東南方的丘陵後越出，將萬道金光灑滿草原。姜簡感覺自己的視線變得更加清晰，叼著肉乾極目遠眺。在西北方接近視線盡頭，一片發藍的山脈突兀地出現。東西走向，靠南處，卻隱約朝內凹進去了一個塊，彷彿一根樹枝，被鳥給啄出了一個缺口。

白狼谷終於到了，天光也完全大亮。他不知道，這場夜襲，到底是成功了，還是白忙活一場？

兩道金光，緊跟著從草叢中出現。閃了閃，又迅速消失。「是咱們的斥候。」姜簡迅速意識到，金光因何而來，心臟瞬間又提到了嗓子眼兒。隨即，將目光快速轉向吳良才。

斥候是用銅鏡子，迎著太陽給大夥發暗號。所以，不用擔心被山谷裡的大食人看到。然而，天光大亮，這麼多人騎著馬靠近山谷，裡邊的大食人不可能始終毫無察覺。

「繼續向前推進，在閃光位置停下，然後檢查甲胄，更換坐騎！」吳良才仍舊不慌不忙，舉起長槊，向己方斥候藏身處指了指，沉聲吩咐。

仍舊是他自己打頭，以正常行軍的速度，走向目的地。才走了一大半兒，兩名大食哨兵已經騎著戰馬，從藍色的山脈的缺口處衝出。看到了這邊的隊伍規模，先是一愣，隨即揮舞著兵器衝過來，嘴裡發出一連串憤怒的咆哮。三十幾名騎兵按常理沒膽子主動向他們發起進攻。所以，他們習慣性地衝過來，威脅眾人不要自尋死路。

吳良才對於咆哮聲充耳不聞，繼續帶領大夥向前推進。雙方之間的距離迅速縮短，八百步，五百步，三百步，更近！

「敵襲……」兩名大食哨兵終於認出了吳良才身上的明光鎧，嘴裡的咆哮瞬間變成了驚呼。撥轉坐騎，瘋狂向山谷逃竄。草叢中，吳良謀和另外三名大唐健兒迅速站起身，張開角弓，迎面怒射。羽箭在初升的朝陽下化作四道閃電，將大食哨兵兩人帶馬放翻在草地上。

「嗚嗚嗚，嗚嗚嗚，嗚嗚嗚……」不遠處的白狼谷中，號角聲大作。更多的大食哨兵像受驚的螞蚱般衝了出來，隨即，又倉促折回。誰也不敢再輕易向吳良才靠近，以免落到跟自家同夥一樣的下場。

「繼續向前推進，到吳校尉那裡，檢查甲冑，更換坐騎！」既然已經驚動了敵軍，就不必再隱藏行蹤，吳良才扯開嗓子吩咐。

「諾！」姜簡與身邊袍澤們一道，高聲答應。隨即，跟在他身後，繼續策馬前行。直到走至吳良謀等人身側，才艱難地爬下了坐騎。

身穿五十多斤重的明光鎧，上下坐騎都極為費勁兒。如果這個節骨眼上，大食戈契希爾匪徒們衝出山谷，搶先向大夥發起進攻，姜簡很是懷疑，大夥會不會被打個措手不及？

然而，令他無比擔心的事情，卻始終都沒有發生。山谷裡的大食戈契希爾匪徒，被警號聲喚醒之後，也需要頂盔貫甲，整理坐騎。根本無法在第一時間，向他所在的這支隊伍發難。

「斥候歸建。」彷彿對敵軍的反應早有預料，吳良才四下看了看，繼續有條不紊地發號施令。「所有人，換好坐騎之後，向我靠攏。吳良謀，你在我左側落後三尺。姜簡，你在我右側，儘量與吳良謀齊平。等會兒無論遇到什麼情況，不准超過我的馬頭！」

「諾！」吳良謀肅立拱手，隨即邁步朝隊伍後的備用坐騎，找出屬於自己的那匹，翻身跳上去順手從另外一匹坐騎的背上，抽出長槊。

「諾！」姜簡學著吳良謀的模樣，端端正正地行了一個軍禮。策動菊花青，快速靠上吳良才的身側。

接下來可能會是一場惡戰，然而，他的心情，卻忽然變得一點兒都不緊張。通過一路上的觀察和總結，他現在堅信吳良才身經百戰，絕不會將自己帶入險境。

「所有人，聽我命令。」耐心地等待大夥全都重新爬上了坐騎，吳良才終於舉起長槊，指向七百步外的山谷，「楔形陣，跟上我，踏營！」

「諾！」眾人齊聲答應，策動坐騎緩緩加速。鑌鐵兜鍪和護肩倒映著日光，就像三十幾把燃燒的火炬，推向不遠處的白狼谷，無論裡邊藏著千軍還是萬馬。

第五十三章 踏

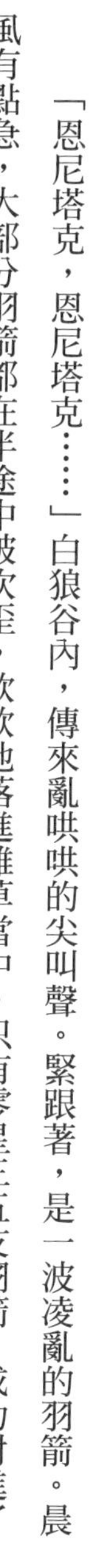

「恩尼塔克，恩尼塔克……」白狼谷內，傳來亂哄哄的尖叫聲。緊跟著，是一波凌亂的羽箭。晨風有點急，大部分羽箭都在半途中被吹歪，軟軟地落進雜草當中。只有零星三五支羽箭，成功射進了前衝的唐軍隊伍。卻要麼被長槊挑飛，要麼射在了明光鎧上，沒有給隊伍造成任何損傷。

「恩尼塔克，恩尼塔克……」來不及發射第二輪羽箭，二十幾名匪徒騎著戰馬，高舉長劍迎戰。馬蹄翻飛，雙方之間的距離眨眼間縮短到不足兩丈。吳良才手中長槊如蛟龍般前探，將一名匪徒的身體瞬間刺了個對穿。鮮血飛濺，姜簡來不及躲閃，被濺得滿身都是。沒等他顧得去想該不該擦，另一名匪徒已經咆哮著衝到他面前，手中長劍在朝陽下耀眼生寒。

憑著訓練時養成的本能反應，姜簡迅速平端長槊，刺向對方的胸口。敵我雙方戰馬仍在加速，對手根本來不及躲閃，彷彿主動將身體送上了槊鋒。銳利的槊鋒將皮甲、肌肉、內臟相繼刺透，從此人的背後露出了半尺餘，鮮血沿著槊鋒兩側，宛若泉水般噴湧。

「他沒顧上在皮甲的口袋裡放鐵板！」一個難以置信的結論，瞬間湧現在姜簡的心底。他曾經穿

著繳獲來的大食鎧甲作戰，深知這種鎧甲的構造巧妙之處，在路上還專門為此向吳良才發出過提醒。而現在敵人身上的鎧甲制式與二十幾天前他穿的那套毫無差別，最關鍵的鐵板卻消失不見。

震驚歸震驚，他手上的動作，卻沒有變慢分毫。連日來的艱苦訓練，彷彿把很多動作都刻進了他的肌肉。此時此刻，儘管他頭腦裡想的是大食匪徒為何忘記了把鐵板插入鎧甲的夾袋，他的左臂卻微微加力支撐槊桿，右手同時快速下壓。

「呼！」長槊借著槓桿之力，輕鬆將瀕死的匪徒挑上了半空。因為刺殺的反作用力而微微變形的槊桿，瞬間彈直。將屍體像麻袋一般甩了出去，沿途落下一道鮮紅色的血瀑。

「他的馬沒馬鞍，也沒馬鐙！」姜簡的兩隻眼睛，再度瞪了個滾圓，心中聲音宛若驚雷。沒有任何時間去確定自己的判斷是否精準，下一名匪徒已經出現在他必經之路上。姜簡的雙手憑著刻進肌肉裡的記憶，在電光石火之間再度將長槊端穩，四尺槊鋒借著戰馬的奔行速度，徑直刺向匪徒的小腹。

「啊……」那名匪徒尖叫著揮劍格擋，劍刃砍中槊鋒，迸出一串耀眼的火星。槊鋒被磕偏，貼著匪徒的身體急掠而過。姜簡的右手快速平推，左手回拉，胳膊的槊桿掃出一道狂風，「呼……」，避無可避，砸中了匪徒的肩膀。

「呀……」匪徒的嘴裡又發出一聲尖叫，如同麻袋般墜下了馬背。姜簡騎著菊花青從他身邊飛奔而過，根本沒時間再補上一擊。而跟上來的其他袍澤們，也無法控制坐騎繞路，馬蹄直接從匪徒的身體上踩了過去，眨眼間，就將此人踩得血肉模糊。

「這個也沒來得及給坐騎綁上馬鞍，掛上馬鐙！」姜簡心中，得出了更清晰結論。圓睜著雙眼看向下一名匪徒。後者發現自己的同夥，紛紛做了槊下之鬼，心中的勇氣迅速消失殆盡。嘴裡發出一連串絕望尖叫，「啊啊啊……」忽然撥轉坐騎，奪路而逃。

姜簡手中的長槊，卻比他撥馬逃命的動作快了一步。就在他轉過身的剎那，狠狠刺中了他的肋骨。長槊借著戰馬前衝之力，將此人挑上半空。槊桿再度彈開，將屍體甩出了兩丈之外。

「啊……」姜簡嘴裡，也發出了一聲咆哮。揮舞著長槊，尋找下一個匪徒。然而，他的眼前卻空空盪盪，再無任何敵軍。第一波衝上來堵路的匪徒，死的死，逃的逃，在短短十幾個彈指時間裡，便被清理殆盡。

「保持隊形，跟上我，不要超過我的馬頭！」吳良才的聲音及時地響起，令姜簡迅速意識到自己並非單打獨鬥。深吸一口氣，他壓下心中激盪的熱血。放緩馬速，避免衝得太快，打亂自家隊伍的攻擊節奏。同時，舉頭向山谷內部快速掃視。

入眼的，先是一堆冒著青煙的篝火。隨即，是掉落在地上的箭矢、兵器和數座被撞翻的帳篷。更遠處，則有更多的匪徒，在慌裡慌張地朝馬背上爬。有一半兒的人，戰馬沒有顧得上配鞍子。有一半兒的人，沒有顧得上戴頭盔。還有兩成以上的人，甚至連鎧甲都沒顧得穿。黑色的罩袍下，上半身完全赤裸，下半身只有一塊髒得已經看不出顏色的兜襠布！

「怪不得吳校尉從來不著急，匪徒即便被驚醒，也沒有足夠的時間。」下一個剎那，姜簡恍然大悟。白狼谷周圍方圓百里都荒無人煙，即便是夏季，夜風也硬得透骨。值夜的匪徒，忙著烤火，根本沒注意有一支隊伍已經趁著夜色掩護，摸到了山谷口。

當值夜的匪徒們，終於意識到了危險的臨近，向其同夥發出警訊。一切都為時已晚。戰馬不可能從早到晚都背著鞍子，人也不可能每天都穿著鎧甲睡覺。匪徒們從睡夢中被驚醒，頂盔貫甲需要時間，收拾坐騎需要時間，歸攏兵器給角弓上弦，也需要時間。

忽然出現在山谷外的唐軍，即便還沒開始發起進攻，就已經給戈契希爾匪徒們施加了巨大的壓力。讓他們根本不可能從容迎戰。

第一批衝出來的匪徒，目的不是反擊，而是拖延時間。通過自己的死亡，給其同夥爭取一個上馬備戰的機會。他們的選擇很勇敢，他們的策略，也不可謂不聰明。然而，他們倉促之中發揮出來的實力，卻只有平素的四成甚至更低，怎麼可能擋得住吳良才和他身邊的百戰老兵？

敵我雙方剛剛發生接觸，第一批衝出來的匪徒，就澈底碾壓。唐軍這邊的進攻速度非但沒有被拖慢，隊伍中的每個人，都愈發信心高漲。

「跟我來，滅了他們！」吳良才這一次，沒有故意放慢節奏。在看到匪徒大部隊的第一眼，就斷然下令。他策動坐騎，繼續加速。手中長槊遙遙指向土匪隊伍的中央。吳良謀、姜簡和其他百戰老兵們，高聲回應著跟上。隊伍在疾馳中，保持著銳利的楔形。馬蹄翻飛，踩過東倒西歪的帳篷。槊鋒閃爍，在朝陽的照耀下，倒映出滾動的火焰。

第五十四章　碎

「結陣，上馬結陣，真神在看著我們！」講經人阿里使出渾身解數組織麾下的匪徒迎戰，聲音裡帶著明顯的顫抖。

「結陣，結陣！真神許我們代治大地。」隊伍中的狂信徒扯開嗓子高聲附和。然而，卻因為緊張或者剛剛醒來的緣故，動作笨拙而僵硬。在遭到了阿波那的黑吃黑之後，他們為了避免再遭到唐軍的打擊，主動撤到了遠離受降城四百里之外的位置。

最近連續二十多天來，他們派出去的斥候，每天都能看到絲綢之路上有商隊經過。然而，他們卻只出動了一次，並且按照這邊馬賊規矩，逼迫商隊交出了一大筆買路錢和乾糧，就果斷停止了進攻。

他們沒敢再像以往那樣將商販們趕盡殺絕，也沒敢亮出戈契希爾那標誌性的地獄火旗。本以為，自己如此小心，總能熬到實力和士氣慢慢恢復，誰料到，唐軍仍舊這麼快就找上門來！

「放箭，放箭！唐軍只有三十幾個人，只有三十幾個人！他們只是一夥斥候！」眼看著對手越衝越近，講經人阿里腦海裡忽然靈光乍現，再度扯開嗓子高呼。

這一句，可比再扯什麼真神假神有效果得多。當即，就有五十幾個反應較快的匪徒，衝出隊伍，扯動角弓，將羽箭劈頭蓋臉地向衝過來的唐軍射去。

「俯身！握緊馬槊！」吳良才將匪徒們的動作看得真切，果斷高聲吩咐。同時，將自家身體探向戰馬的脖頸。「身體貼住馬頸，人只要能坐得住，就別離開馬背。」緊跟在他側後方的姜簡立刻按照提醒行事，其餘弟兄則憑著豐富的作戰經驗，紛紛將身體伏低，直到面孔能與馬脖子起伏的鬃毛發生接觸。

近距離射過來的羽箭，有一半兒落空，一半兒砸入了隊伍之中。箭鏃與頭盔、護背甲相撞，發出清脆的叮噹聲。有幾匹戰馬的身體飆出了一股血漿，傷勢卻不足以立刻致命。草食群居動物祖祖輩輩在對抗猛獸過程中養成的本能，促使牠們繼續緊跟隊伍，加速前進。騎在馬背上的大唐健兒也迅速將身體重新坐直，將手中長槊指向正對著自己的敵軍。

「嗖嗖嗖……」第二輪羽箭又至，卻因為過於倉促，力道和準頭都遠不如第一輪。明光鎧優秀的防禦性能，再度得到體現。射到人身體上的羽箭，盡數被胸甲和護心鏡擋住，沒起到任何效果，只徒勞地留下了七八聲噪音。有一匹戰馬再度中箭，支撐不住，悲鳴著摔倒。馬背上的健兒用長槊撐住地面，在坐騎與地面發生接觸之前脫離了馬鐙和馬鞍，將自己甩出隊伍的進攻路線之外。「砰！」穿著全套明光鎧的身體墜地，發出沉重的聲響。其餘健兒顧不上去看同伴的死活，繼續策馬加速，加速，槊鋒各自穩穩地鎖定一名敵軍的胸口。

來不及射第三輪，放箭的戈契希爾匪徒們丟下角弓，拎起兵器抵抗。吳良才壓低長槊，將其中一人挑起，狠狠砸向其背後的隊伍。吳良謀用槊鋒追上一名掉頭逃命者，從背後將其戳了個對穿。姜簡的動作比二人稍慢，卻更為膽大靈活，竟然趁著兩名匪徒手忙腳亂更換兵器之際，使出了一招二分刺。銳利的槊鋒在兩名敵軍身體上各自一戳即收，造成了兩處致命的傷口。

鮮血如噴泉般湧出，兩名匪徒的生命力迅速被抽乾，慘叫著倒地。戈契希爾匪幫倉促布下的軍陣，立刻被撕開出一道缺口。吳良才策動坐騎，帶領吳良謀和姜簡兩個長驅直入。身背後，三十餘名弟兄策馬持槊，緊緊跟上，將缺口撕得越來越寬，越來越寬。

「啊啊啊啊……」戈契希爾匪幫之中，六十幾名穿好了鎧甲的狂信徒尖叫著策動坐騎，試圖上前封堵缺口。他們手中的長矛比馬槊還長了四尺餘，矛頭與矛桿的相接處，繫著黑色的長纓。晨風吹過，長纓紛紛而起，就像刺蝟撐開了尖刺。

吳良才反腕側撥，搶先一步將刺向自己的長矛撥歪。戰馬對衝，雙方之間的距離迅速縮短。他俐落地將馬槊收回，當空來了一記毒蛇吐信。雪亮的槊鋒狠狠扎在對手身體上，擠開兩片插在夾袋中的鐵板繼續推進，將持矛的匪徒直接挑離了馬背。

吳良謀揮槊砸歪了對手的長矛，緊跟著就是一記直刺。他的對手經驗豐富，果斷棄了長矛，側身閃避。槊鋒貼著對手的胸甲掠過，帶起兩片牛皮。對手快速從馬鞍下抽出長劍，奮力橫掃。

「噹啷！」吳良謀的右手之中，忽然多出來一根鐵鞭，在千鈞一髮之際，砸中了掃向自己的大食長劍。火星四射，長劍脫手，飛得不知去向。吳良謀左手持槊，右手奮力揮鞭下砸，在戰馬錯身而過的瞬間，狠狠砸中了對手的後腦勺。

「噗！」大食頭盔被砸扁，發出沉悶的聲響。對手嘴裡的尖叫戛然而止，身體晃了晃，直接墜落於塵埃。

第三個與狂信徒交戰的人是姜簡。他作戰經驗遠不如吳氏兄弟，但身高和臂力，卻遠在二人之上。發現匪徒手中的騎矛又重又長，並且需要將長矛尾部夾在腋下才能保持矛鋒穩定。他果斷改刺為撩，雙臂發力，以迅雷不及掩耳之勢，將槊桿撩在了矛鋒的前端。

「當！」巨響聲宛若洪鐘大呂，槊桿在反作用力下微微彎曲，又迅速彈直。戈契希爾匪徒手中的騎矛，桿部卻是硬木打造，無法為自家主人提供任何緩衝。巨大衝擊力沿著矛桿盡數傳到握矛的雙手，然後又在槓桿的作用下放大了至少兩倍。

長矛脫手，打著鏇子飛走。戈契希爾匪徒失去了兵器，慌張地側身低頭，試圖拔劍而戰。姜簡毫不猶豫地一槊戳去，正中此人的脖頸。銳利的槊鋒在速度的加持下，直接將脖頸豁開了半邊。血落如瀑，戈契希爾匪徒哼都來不及哼，側著身體墜下了馬背。

一桿長矛緊跟著向姜簡刺來，又快又急。姜簡迅速擰身閃避，同時將槊桿斜著豎起，奮力平推。長矛被推偏，敵我雙方快速靠近，很快就能清楚地看見彼此藏在面甲後的眼睛。姜簡毫不猶豫將馬槊交給左手，右手拔出婆閨送給自己的長刀，奮力斜劈。敵將恰恰舉起藏在長矛下的大食長劍，向他砍來。刀刃與劍刃相撞，火星四射。

「噹啷！」金鐵交鳴聲清脆，長劍竟然在兩把兵器相擊處斷成了兩截。敵我雙方都愣了愣，戰馬交錯而過。姜簡搶先一步恢復了理智，揮刀掃向身後。敵將猛地俯身，藏頸縮頭。

刀鋒帶起一股寒風，最終卻徒勞無功。大食將領死裡逃生，尖叫著策動坐騎，拉開與姜簡之間的距離。跟上來的另外一名大唐健兒毫不客氣地端平馬槊，刺穿此人「主動」送上門來的胸口。

其他大唐健兒也紛紛持槊而刺，將各自的對手刺落於馬下。轉眼間，衝上來的戈契希爾狂信徒就少了一大半兒。另外一半兒沒想到唐軍的戰鬥力如此強悍，嘴裡發出的尖叫聲立刻變了調兒，然而他們卻已經來不及改變方向，只能繼續被坐騎帶著，與大唐健兒正面相撞。

「碰！」撞擊聲不高，卻令人心驚膽戰。擋在吳良才、吳良謀和姜簡三人面前的狂信徒率先落馬，血流滿地。三人面前，再度出現了空檔。整個狂信徒隊伍，從正中央斷裂。其餘大唐健兒策馬跟上，殺死距離各自最近的狂信徒，將缺口瞬間加大了數倍。

轉眼間，六十多名狂信徒，就只剩下了十幾個。他們不敢再阻擋大唐健兒的去路，尖叫著策馬逃向兩翼。將自家臨時首領，講經人阿里和其餘同夥，澈底暴露在了大唐健兒的長槊之下。

「擋住，擋住，咱們走一路殺一路，唐軍不會放過咱們任何人！」講經人阿里看得眼眶欲裂，揮舞著長劍，驅趕身邊的匪徒繼續上前封堵缺口。無論指揮能力，還是應變能力，他都遠不如匪幫的已故首領哈桑。唯一的長處，就在於蠱惑人心。四周圍的匪徒們，猛然想起自己在向東來的這一路上，所犯下的累累罪孽。自知若成了唐軍的俘虜，一定在劫難逃。於是乎，紛紛叫嚷著，策馬前撲，無論自己身上穿沒穿鎧甲，胯下的坐騎有沒有鞍子。如此倉促的反擊，注定是飛蛾撲火。姜簡手中的馬槊，很快就又開了張。對手被他挑得倒飛而起，慘叫著砸向同夥。

陸續衝過來的同夥，不得不側身閃避。動作頓時變形，手忙腳亂。姜簡趁機持槊直刺，將另外一名匪徒捅了一個透心涼。又一名匪徒擋在了他的必經之路上，手裡揮舞著長劍，口中發出尖利的叫嚷。姜簡聽不懂大食話，只管持槊刺去。匪徒手中的長劍，遠比馬槊短，只能招架，無法還擊。姜簡收回馬槊，又是一記橫掃。將匪徒連人帶兵器，一道砸得脫離了馬鞍，慘叫著摔成了滾地葫蘆。

沒時間分神去管落馬者的死活，他端平馬槊，刺向下一名匪徒。對方手裡拿著一桿兩丈多長的騎矛，戰馬卻沒有顧得上配備鞍子。沒有馬鞍，此人的身體就無法在馬背上保持穩定，手裡的騎矛也忽上忽下。

姜簡用長槊奮力一磕，就將騎矛砸得失去了平衡，刺向了自己身側的地面。持矛的匪徒果斷鬆開雙手，避免被兵器拖累。然而，他卻找不到第二件兵器替換。姜簡揮動長槊又來了一記橫推，將此人穩穩地推下了馬背。

前方不再有騎著戰馬的匪徒擋路，卻有一個大食人拎著盾牌和長劍，徒步衝向了他的馬腹。姜簡被嚇了一跳，趕緊壓低槊鋒挑刺。來人縱身避開，尖叫著撲向馬腿。姜簡快速俯身，揮動長槊下拍，搶在對方手中長劍傷害到菊花青之前，將此人的脖頸拍進了腔子當中。

又有四個匪徒紅著眼睛向他衝了過來，準備拚著一死，將他扯下坐騎，同歸於盡。姜簡深吸一口氣，揮舞長槊急挑，接連挑翻兩名匪徒。還沒等他選擇好第三個目標，身背後，忽然傳來一聲高亢的畫角，「嗚嗚嗚嗚，嗚嗚嗚……」緊跟著，另外兩名匪徒忽然轉身，落荒而逃。

「唐軍，唐軍！」大食語的尖叫聲，此起彼伏。所有戈契希爾匪徒，全都停止了抵抗，像受驚的蒼蠅一般，四散逃命。姜簡迅速扭頭回望，只見吳黑闥老將軍，帶著一百多名身穿皮甲的袍澤，呼嘯而至。身背後，戰旗高高地挑起，旗面上，有一個斗大的漢字隨風而動，「唐」。

「擋住，擋住，這次唐軍也只來了一百多人。」講經人阿里揮舞著長劍，奔走呼號。然而，四周圍卻沒有任何匪徒還肯回應。先前唐軍只來了三十幾個人，已經打得他們毫無還手之力。如今第二隊唐軍又策馬殺到，接下來還可能有第三隊，第四隊，甚至第五隊。他們現在還不逃走，與等死還有什麼區別？「別走，真神在看著咱們。戰死者的靈魂可以升上天堂，享受河水般豐富的美酒，四周美女環繞。」講經人阿里不甘心，追著幾名狂信徒高呼，聲音裡已經帶上了哭腔。換在平時，僅僅憑著這幾句話，他就可以讓狂信徒熱血沸騰。而現在，卻沒有起到任何效果。後者頭也不回地策馬逃向山谷深處，唯恐耽擱了時間，被唐軍團團包圍。

「別走，為了真神的榮耀。」講經人阿里又高喊著奔向另外一簇匪徒，仍舊得不到任何回應。緊跟著，第三，第四簇匪徒，也果斷拋棄了他。彷彿他是一隻傳播瘟疫的惡鬼。

「叛徒，膽小鬼！你們這群膽小鬼，叛徒。真神在天上看著你們！」連續數次呼喊祈求，都被拒絕之後，講經人阿里終於意識到了自己的處境。猛地撥轉馬頭，將面孔看向帶著弟兄們圍攏上前，試圖活捉自己的吳良才，雙手將長劍豎立在了胸前，「來，戰，真神會賜予我無上榮光！」

吳良才聽不懂他的大食話，卻從他的動作上，猜到他想體面的戰死。皺了皺眉頭，將目光看向了姜簡，「冤有頭，債有主，你去，給他一個痛快。」

「我？」姜簡不願意殺毫無抵抗力之人，本能地想要拒絕。然而，話剛到了嘴邊上，他眼前就迅速閃過了李日月、薛骨頭、大賀止骨等同伴的面孔。他們都跟戈契希爾無冤無仇，他們卻全都死在了戈契希爾匪徒的劍下，全都死不瞑目。

猛地雙腳一磕馬鐙，姜簡平端著長槊，衝向仍在叫囂挑戰的講經人阿里。後者臉上迅速閃過一絲惡毒，策馬加速前衝，試圖臨死之前多拉一個人為自己墊背。

槊鋒與劍刃在半空中相撞，碰出數點火星。姜簡毫不猶豫推槊橫掃，講經人阿里則果斷仰面，躲開了槊桿，隨即，借助戰馬的對衝速度，將手中長劍奮力前探，直刺姜簡的小腹。

「噹啷！」半空中忽然有一口鋼刀拍下，將長劍拍落於地。姜簡的右手，不知道什麼時候已經抽出了婆閏送給自己的刀，廢掉了講經人蓄謀已久的殺招。

「啊……」講經人阿里失去了兵器，兩手虎口冒血，厲聲尖叫，催促戰馬試圖脫離接觸。姜簡迅速反手回抽，鋼刀在半空中潑出一匹雪練，正中講經人阿里的脖頸。

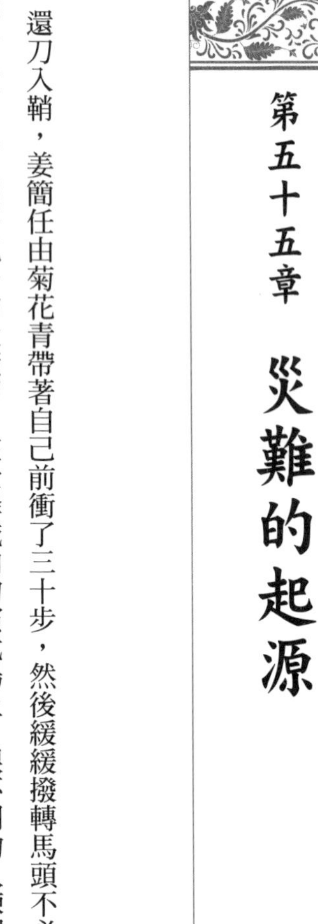

第五十五章 災難的起源

還刀入鞘，姜簡任由菊花青帶著自己前衝了三十步，然後緩緩撥轉馬頭不必去看這一刀的結果，類似的招數，他用裹著氈子的大橫刀，在受降城內的演武場上，跟不同的人練習過上百次，已經熟到憑藉刀柄處傳回來的反作用力，就能判斷出自己砍到了什麼位置。也沒有太多的激動與喜悅，類似的復仇場景，在他的夢裡也出現了很多次。這一刻，只是將夢想的一部分變成了現實。「好刀法！」吳良才掛槊於馬鞍之下，用力撫掌。四周圍的大唐健兒們，也毫不吝嗇的將讚譽送了出來，「精彩！」「好刀法！」「好一個快馬金刀姜少郎！」

姜簡被誇得臉色微紅，笑著向大夥拱手。剛剛隨吳黑闥一道抵達戰場的輕甲騎兵們，策馬從他們身邊疾衝而過，向逃往山谷深處的戈契希爾匪徒殘部展開了追殺，力爭不放走其中任何一個。

這群匪徒不是真正的馬賊，而是大食軍隊中的精銳斥候。哪怕相隔數千里，無法將這邊大唐的虛實送回其母國，流落在草原上，他們肯定也不會找個願意收留自己的部落自食其力。他們只要緩過元氣來，要麼會利用所掌握的殺人本事，繼續為非作歹。要麼會被某些野心勃勃的傢伙所用，成為對方麾下的得力爪牙。所以儘快送他們去見他的神，才是正理。

「前鋒隊，全部停下來，向我靠攏！」策馬上前拍了拍姜簡的肩膀，吳良才從背後拔出一根角旗，舉在半空中奮力搖擺，「追殺殘匪的事情，交給其他弟兄。」

「知道了！」所有身披明光鎧的弟兄，齊聲答應，隨即紛紛帶住了坐騎。明光鎧的優點和缺點都非常突出。能為穿戴者提供強悍的防護力，卻在同時也極大地增加了穿戴者和戰馬的負擔。剛才的戰鬥雖然只持續了一炷香時間，卻已經讓大部分戰馬的身上都見了汗。前鋒隊繼續去追殺殘敵，速度未必趕得上後者的逃竄速度不說，對戰馬的身體也會有不利影響。

「向我靠攏，然後跟我一起等待侯爺的調遣。」吳良才又揮一下令旗，然後放下手臂，左顧右盼。發現弟兄們重新集合起來，還需要一點兒時間，他快速將目光轉向姜簡，比畫著詢問：「剛才那一招擰身反腕揮刀後掃，是你家傳的本事嗎？以前看你使過很多次，卻沒想到殺敵的效果這麼好！」

「不是，我父親只教過我一些打熬身體的基本招數。」姜簡心中微微一痛，然後笑著回應，「沒等我長大，他就陣亡在遼東了。」

「抱歉，我忘記了這個茬兒。」吳良才頓時深感愧疚，拱起手賠罪。

「吳世叔不必對我如此客氣。」姜簡知道對方不是故意戳自己的傷疤，側了下身體，笑著還禮，「我這一招，是跟胡大叔學的。就是受雇於我姐姐，到塞外來接我回家的那位胡大叔。前幾天，你還在客棧裡見到過他。」

「哦，原來是他。」吳良才恍然大悟，皺著眉輕輕點頭，「怪不得只帶著二三十名刀客，就敢到草原上尋你，原來是個縱橫沙場多年的老行伍。」

胡子曰的來歷肯定不簡單，這一點，他在初次見到胡子曰的那一瞬間，就有所察覺。但是，他卻毫不猶豫地選擇了睜一隻眼閉一隻眼。

原因很簡單，在大唐立國之前，各地烽煙四起，光是兵力超過十萬人的義軍隊伍，就有二十七八路。這些義軍中的豪傑，不可能全都投靠了大唐，或者戰死沙場。後來發現大局已定，選擇隱姓埋名做普通人的，數不勝數。對於這些人，大唐朝廷都選擇了網開一面。雙方無冤無仇，他又何必對胡子曰的來歷刨根究底？

而現在，他心中卻對胡子曰的來歷，湧起了濃厚的興趣。馬背上擰身反腕揮刀後掃，看起來只有簡簡單單的三個動作，能掌握其中精髓，並且還能將其精髓傳授給別人的，其自己肯定得到過名師指點，或者身經百戰。

無論是前者還是後者，此人在隋末唐初那個大亂世裡頭，都不該是籍籍無名之輩。至少，報出其以前的江湖諢號，大夥不會感覺陌生。甚至，在某場稀里糊塗的戰鬥中，彼此曾經是袍澤或者仇敵。

「胡大叔以前應該是在英國公帳下，我聽他說過當年追隨上司，雪夜奇襲頡利可汗老巢的故事。」見吳良才好像對胡子曰的身份起了疑心，姜簡趕緊向對方解釋，「後來他好像因為跟上司不合，或者厭倦了廝殺，才選擇了退出軍隊，到長安城裡做了酒樓東家、大廚兼掌櫃。」

他不解釋還好，一解釋，吳良才心中的困惑更濃。皺著眉，輕輕搖頭，「英國公的帳下，大部分都來自瓦崗軍。特別是瓦崗軍內營。而我家侯爺，當年正是瓦崗軍內營的副統領。」

「啊？」姜簡驚詫的嘴巴大張，簡直可以塞進一隻雞蛋。然而，很快，他卻又搖著頭替胡子曰分辯，「那，那他可能是另外一小部分吧。反正，胡大叔不是壞人。至少，我們都沒見他做過壞事。在快活樓吃酒的人，也都叫他胡大俠。」

「你別擔心，我不是懷疑他。我只是有點兒好奇他的刀法，究竟學自誰？」意識到自己引起了誤會，吳良才也趕緊笑著解釋。「算了，不想這些，左右與我沒什麼關係。他願意做一個酒樓大廚，開心就好。我肯定不會去打擾他。」說罷，再度扭頭四顧，看著弟兄們都集合得差不多了。策馬奔向笑著走過來的吳黑闥，肅立拱手，「稟侯爺，前鋒隊不辱使命！」

「好，你做得很好，老夫都看到了！」吳黑闥手捋鬍鬚，笑著點頭。隨即，又輕輕搖頭，「不過，你還忘記了一件重要的事情。這麼多帳篷，為何不仔細搜檢一番？戰場上最忌諱掉以輕心，萬一裡邊藏著幾個陰狠狡詐之輩，突然暴起發難，你豈不是要樂極生悲？」

「這……」吳良才的臉，立刻紅得幾乎滴血。喃喃嘟囔了幾句，果斷拱手認錯，「侯爺教訓的是，在下久不上戰場，本事都生疏了。」說罷，迅速將身體轉向同樣臉色發窘的弟兄們，用力揮手，「來人，列一字橫隊，給我踏平了所有帳篷。如果藏著活物，當場格殺！」

「得令！」所有身披明光鎧的弟兄，答應著迅速整隊。隨即槊挑馬踏，對戈契希爾巢穴中的帳篷，逐個展開了清理。還甭說，真被吳黑闥給料了個正著。才清理了一小半，在匪徒宿營地深處的角落裡，就忽然鑽出一個矮矮肥肥的身影。沒有選擇徒步逃命，而是聰明地匍匐於地，朝著吳黑闥所在位置納頭便拜，「饒命，大唐將軍饒命。在下是被他們掠來的商販，不是他們的同夥。在下往來波斯和大唐多年，在洛陽那邊有很多熟客。他們都可以為在下作證……」

「蘇涼？」沒等此人聲音落下，姜簡已經緊緊地皺起了眉頭，「你還沒死？」

「是我，是我，我是蘇涼，老實商人蘇涼！」矮胖子喜出望外，連聲答應著抬頭。待發現問話者是姜簡，頓時又嚇得以頭搶地，「姜少郎饒命！姜少郎饒命。小的當時中了別人的蠱，神志不清楚，根本意識不到自己在做什麼？小的……」

「師父，此人就是勾結馬賊，掠我大唐兒女，販賣去大食國謀取暴利的惡棍蘇涼。」姜簡恨得牙根都癢癢，不理會矮胖子說什麼，將頭迅速轉向吳黑闥，高聲彙報。「當日被他掠進商隊的大唐兒女，不下百人。最後跟我一道返回受降城的，卻只有三十出頭。」

「那還留著他作什！」吳黑闥在二十幾天之前，就聽姜簡說過被商隊拐賣的經歷。此刻得知地上矮胖子就是商隊大當家，也迅速皺起了眉頭，「處置了他，省得他繼續害人。」

「多謝師父！」姜簡感激地拱手，撥轉坐騎，緩緩走向蘇涼，迅速抽出長刀。

如果不是蘇涼貪財，那些同伴就不會被馬賊掠走，更不會死於非命。所以在他心裡對蘇涼的恨，還遠在對阿波那之上。

「饒命，姜少郎饒命！小的願意恕罪，小的願意拿十萬吊錢來贖罪。」蘇涼被嚇得四肢發軟，爬著連連後退，「我有錢，我在波斯那邊有很多很多錢，只要你肯放小的一條生路……」眼看著姜簡高高地舉起了刀，他心中忽然靈光乍現，「饒命，我知道一個秘密。我有一個重要敵情，要向大唐將軍彙報。大食人來了不止這一夥，他們還有一夥去了金微山北的突厥別部！」

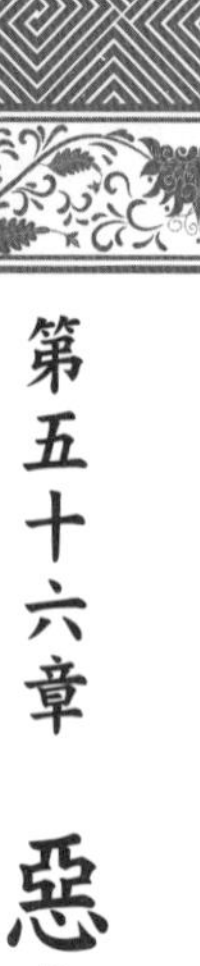

第五十六章　惡意

「你說什麼?」高高舉起的刀，立刻僵在了半空之中。姜簡的眼睛盯著蘇涼眼睛，心中剎那間宛若有閃電交織。他心中始終有一個疑問，為何車鼻可汗前腳剛剛把自家小兒子史笸籮送到長安讀書，後腳就做出屠戮大唐使團這等惡行?如果車鼻可汗單純是認為皇帝老邁才決定造反，此人根本沒必要讓自家小兒子去長安冒險。而當眾屠戮整個使團這種行為，除了讓大唐將其視為優先剿滅的目標之外，也沒有任何實際意義。

剛剛蘇涼的話，卻給所有不合理的行為，一個合理解釋。車鼻可汗最初，的確是想來長安朝覲大唐皇帝。他並非處心積慮想要造反，至少在他將自家小兒子阿史那沙缽羅送往長安那一刻，他並沒有反意。然而，潛伏在突厥別部的大食國細作，卻通過許諾各種支持，成功點燃了車鼻可汗的野心。並且需要他拿出實際行動，來證明他不是腳踏兩隻船。

於是乎，阿史那沙缽羅、自家姐夫韓華和整個大唐使團，就成了犧牲品。畢竟，兒子死了可以再生，強大到能輕鬆滅掉波斯國的盟友，錯過之後卻很難找到第二個。而屠戮了大唐使團，剛好可以讓

大食國那邊看到車鼻可汗造反的決心。

「還有一夥大食人，由講經人歐麥爾帶著，很早很早之前，就去了突厥別部，並且在那邊扎下了根！戈契希爾這邊的講經人阿里，已經跟那邊接上了頭。原本準備這幾天就帶著隊伍去投奔歐麥爾，順便幫助車鼻可汗練兵，卻沒先到你們來得這麼快！」見自己的話好像起了效果，蘇涼趕緊高聲補充。「具體是怎麼回事，請帶我去見大唐將軍，我跟他老人家慢慢彙報。大食人就是通過類似的方式，毀掉了我的故國波斯！」

「你還有臉稱波斯為故國？」姜簡聞聽，氣兒又不打一處來。調轉刀背，朝著蘇涼的大腿抽了過去，「把自己的同族當做奴隸糟蹋，抱著仇人的大腿認賊作父。若是波斯男人一個個都像你，也難怪會亡國滅種！」

「饒命，饒命，我也是沒辦法，沒辦法啊！」蘇涼疼得栽倒於地，翻滾求饒，「我就是個小小的商販，國王都棄城逃跑了，我還能做什麼？我雖然買下了珊珈做女奴，但是我畢竟也給了她一條生路。如果任由她繼續留在大食人手裡，她早就被折磨死了，根本不可能活到現在。」

他不提珊珈還好，一提，姜簡愈發恨得牙根發癢。上前一腳踩住此人的後背，揮舞著長刀亂拍。「你個無恥的王八蛋！你折磨她，和大食人折磨她有什麼分別？她到現在，幾乎每個晚上都做噩夢。尖叫聲，整個客棧都能聽得見！」

「饒命，饒命！」蘇涼沒他力氣大，掙脫不了他的控制，只能將面孔轉向吳黑闥，苦苦哀求：「大唐將軍老爺，饒命，饒命啊！求您讓他饒了小的一命。小的如果被他打死了，秘密就全都帶到地獄裡去了。您老人家的戰果，相當於損失了一大半兒！」然而，吳黑闥卻絲毫不為他的話語所動，笑呵呵地看著姜簡繼續用刀背抽此人的屁股。直到此人的哀求聲，變得有氣無力了，才擺擺手，笑著吩咐：「行了，這種人，殺了他，反倒壞了你的名聲！」

姜簡自打蘇涼喊出「重要情報」這四個字時起，就已經知道自己今日不能殺了此人。此刻聽吳黑闥發話，立刻答應著收起了長刀，「是，師父！」

隨即，又抬腳朝著蘇涼身上肥肉最多的位置踹了兩下，咬著牙威脅，「滾過去，把你知道的，全都向我師父彙報。如果你敢撒謊，我就把你身上的肥肉一塊塊片下來，掛到樹枝上去餵夜貓子！」

「不敢，不敢，小的絕對不敢隱瞞！」蘇涼如蒙大赦，翻滾著向吳黑闥靠近。待來到吳黑闥腳下，又掙扎著跪好，朝著後者重重叩頭：「多謝將軍饒我小命，多謝將軍饒我小命……」

「打住。你如果說的東西毫無價值，或者拿謊話來欺騙老夫，老夫便不在乎出爾反爾。」吳黑闥皺著眉頭，輕輕擺手。

「不敢，小人借一百二十個膽子也不敢欺騙您。那大食人滅亡了小人的故國。還毀了小人的商隊，小人早就恨他們入骨。為了復仇，這些天來，才忍辱負重跟他們混在一起。」蘇涼又磕了個頭，連聲保證。

「嗤！」吳黑闥才不信蘇涼這些瞎話，撇著嘴冷笑，「老夫的耐心有限。你再囉嗦，就不用說了！」

「饒命，大唐將軍老爺饒命！小人不囉嗦，不囉嗦。那大食國十多年前攻破了小人的故國波斯都城泰西封，發現絲綢、陶瓷、茶葉、紙張和漆器，都是來自大唐，就已經對大唐生出了歹心。但是那會兒，突騎施人還兵強馬壯，他們跟突騎施人打了幾場，都沒占到任何便宜，就只好先停了這個念頭。後來，突騎施被大唐給滅了。大食人就將進攻大唐的謀劃，又重新提了出來。但是，他們也擔心自己實力不濟，便使出了當初他們在滅亡小人的故國時，曾經使用過的那些陰招……」蘇涼被嚇得激靈靈打了個哆嗦，尖叫著求饒。隨即，竹筒倒豆子一般，將自己知道的情況，全都交代了個一乾二淨。

按照他的說法，大食國是在顛覆了波斯國之後，才發現絲綢，茶葉等奢侈品，都來自更遠的大唐，而不是波斯本地特產。於是乎，便揮師一路向東殺去。

然而，那會兒突騎施人所佔據的地盤，恰好隔在了大唐與波斯之間，大食國就只能先跟突騎施人分出勝負，打開前往大唐的用兵通道。

與此同時，大唐也在向西域用兵，給突騎施造成了數次致命打擊。導致突騎施在兩大帝國的夾擊之下，迅速覆滅。覆滅後的突騎施，大部分貴族都帶著土地，投靠了大唐。如此一來，原本彼此並不接壤的大唐與大食，就一下子變成了近鄰。而這會兒，通過各方面的瞭解，大食帝國的哈里發和總督們，也通過突騎施的滅亡過程認識到，大唐的實力並不比自己差。如果雙方貿然開戰，勝負很難預料。所以，就把當初覆滅波斯帝國所採用的舊伎倆，又施展在了大唐身上。

那就是，通過盜賊團夥在敵國境內製造混亂，刺探情報。同時，通過講經人和狂信徒，蠱惑敵國境內有野心和實力的地方豪強，讓他們發動叛亂。

前者與戈契希爾匪幫類似，都是由退役的老兵或者軍中的精銳斥侯假冒，走一路殺一路。而後者則以普通商販和百姓身份，進入敵國境內，通過散佈大食國的教義，來尋找機會。

當講經人和狂信徒，在敵國境內某處落了腳。他們並不會立刻露出獠牙。而是嘗試著跟當地有實力的人物接觸，勸說對方信奉自己的教義，或者通過賄賂，請對方利用手頭的權力，給予信教者一定程度上的照顧。

當講經人和狂信徒在某地，發展出一定數量的信眾。他們就會要求有專門的地盤，供奉他的神明。當地方官員或者實權人物，准許他們建立了自己的神廟。他們則又會提出更多的要求。

如此，一步步做大，直到尾大不掉。

此時，如果地方實權人物流露出了個人野心，他們就會趁虛而入，主動給對方提供各種好處和支持，並且代表大食國許下各種承諾，唆使此人發動叛亂。如果地方實權人物或者官員沒有任何野心，他們也會挾裹信眾，製造各種事端，令官員和實權人物們，不得不一再讓步，直到澈底被他們所控制。

波斯國與大食國交戰，最初幾場都大獲全勝，甚至差點打到了大食人的老家。然而，隨後，波斯國內便烽煙四起，叛亂頻發，導致國力一落千丈，最終被大食所滅。如今，大食國的黑手，又伸向了大唐。而大唐，卻像許多年前的波斯，對此毫無覺察！任由這種情況發展下去，其後果可想而知！

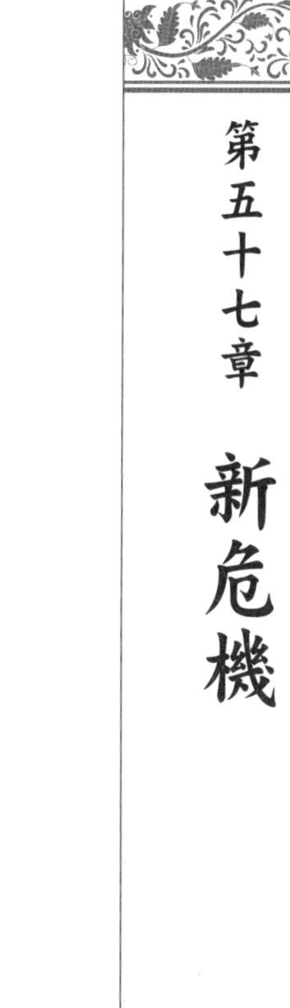

第五十七章 新危機

「該死……」吳良才等精銳，都是經歷過隋末那個大亂世的人，知道國破家亡是何等滋味，一個個氣得咬牙切齒。

「你這些話，可有依據？」老將軍吳黑闥臉色也非常難看。跳下坐騎，皺著眉頭在原地轉了個圈子，用鋼叉指著蘇涼追問。

「波斯還沒澈底覆滅，在犍陀羅那一帶，還有幾支隊伍在堅持抵抗。此外，很多波斯王族都逃到了大唐長安和洛陽，您老回去找他們問一問，就能驗證小人剛才所說的話。如果有關大食人對付波斯的招數，有一句是小人的捏造，小人寧願被五馬分屍。」蘇涼為了活命，也是豁了出去，抬起頭，信誓旦旦地回應。

「嗯……」吳黑闥看了一眼，沉吟著再度來回踱步。正如蘇涼自己所說，眼下大唐接納了成千上萬的波斯人，不難從他們口中，驗證大食國征服波斯之時，所採用的那些陰險伎倆。然而，要讓滿朝文武相信，大食人已經將黑手伸向了大唐，卻難比登天。畢竟，大食距離長安太遠了。並且，從陽關一路向西，連續四五千里遠都見不到一座繁華的城池。而前來長安做生意的大食商販，卻又一直以出手豪闊，待人謙和有禮著稱。

大食國的野心和威脅，長安人根本感受不到。除非能拿出大食國完整的出兵計畫，或者大食國內有足夠份量的大人物，親口在長安交代他們的陰謀。否則，任何對大食國的指控，都會被當成杞人憂天的笑話來聽。

「你還知道些什麼，趕緊一起說出來。」吳良才追隨吳黑闥多年，能清楚地感覺到自家侯爺此時的心情，上前用腳捅了捅蘇涼，低聲催促，「要有確鑿證據的，不能光是道聽塗說的東西。要知道眼下在長安城裡，光是你們波斯國的王公就有五六個，你剛才說的這些，他們應該早就說過。」

「這，這，小人，小人，小人只是個商販啊！哪裡能接觸到真憑實據？」蘇涼向旁邊躲了躲，咧著嘴強調。豪商在大食國的地位，遠遠高於普通百姓。然而，卻根本不可能參與到國家層面的決策當中，讓他拿出真憑實據，絕對是強人所難。但是，吳良才的話也沒錯。那麼多逃到長安避難的波斯王公貴族，不可能沒向大唐朝廷提醒過大食人的陰謀。然而，卻沒能引發大唐朝廷的絲毫警惕。原因恐怕就是，第一，缺乏真憑實據。第二，作為亡國之人，他們對大食帝國的揭發和指控，很容易被大唐朝廷中的那些肱骨重臣們認為是挑撥離間，甚至是打算借大唐之手為自己復國。

「你最好再努力想想。」熟知蘇涼的秉性，姜簡將剛剛收起的鋼刀抽出一小截，冷笑著提醒，「如果你想待價而沽，咱倆就算算彼此之間的總帳。」

「不敢，不敢，小的絕對不敢待價而沽，小人是真的地位太低，知道不了太多東西！」蘇涼被嚇得雙手抱頭，連聲解釋。

「那還留你何用！」姜簡抽刀出鞘，在半空中虛劈。

「饒命……」蘇涼嚇得向後打了個滾，厲聲尖叫，「我真的不知道，真的不知道。饒命……，我想起來了，我想起來了。講經人阿里，就是剛剛被你殺了那個傢伙，他在帳篷裡有個皮箱子，裡邊藏著許多書信。說不定能找到有用的東西！」

「那就帶我們去找。」姜簡將刀停在半空，厲聲喝令。

「是，是，小人這就去，這就去。」蘇涼一個軲轆從地上爬起了，跌跌撞撞衝向營內中央某個已經被馬蹄踩扁的帳篷。

戈契希爾匪幫上下，沒有人比他更熟悉塞外的地形和道路。所以，臨時頭領阿里才把他留在了身邊。而蘇涼最擅長的就是察言觀色。憑藉一張能將石頭說開花的嘴巴，這些天來，已經漸漸成長為阿里的心腹。

他去搜查阿里的帳篷，可謂輕車熟路。不多時，就在帳篷地下的某處角落中，拖出了一個表面上包裹著牛皮，還掛著銅鎖的箱子。隨即，低頭撿了根樹枝，朝著鎖眼捅了捅，就打開了鎖，將箱子裡的所有東西都拿了出來。

一個水晶磨成的放大鏡，幾個不同材質的印章，剩下的，就全是寫滿了字的紙張，厚厚地摞起一尺多高。

「啟稟將軍，不全是信，還有他一路上畫的地圖。」蘇涼為了活命，將紙張捧到吳黑闥面前。一邊翻，一邊向後者彙報，「將軍您看，從怛羅斯一路到受降城，他把沿途所有能找到清水和適合大軍紮營的位置，全都標了出來。還有，您看這裡，他居然把當初遇到襲擊的那座山，取名叫清泉山，標注能駐紮三千兵馬，憑險據守……」

「嗯……」吳黑闥的眉頭越皺越緊，雙目之中寒光閃爍。

雖然不認識輿圖上的大食文字，作為一名百戰老將，他卻能清楚地看出這張輿圖的軍事價值。再聯繫到戈契希爾匪幫的真正身份，大食國對大唐的圖謀之心，在他眼裡已經昭然若揭。

然而，想說服朝堂上那些重臣，這些輿圖的份量，卻仍舊稍顯不足。總得找到大食講經人之間有關在大唐境內製造事端的通信或者紀錄，跟輿圖相互印證，才能讓朝堂上那些已經失去了當年銳氣的老傢伙們，澈底恢復清醒。

「這裡有幾封信，是阿里寫給他的上司的。不過，說得都是進入大唐之前的見聞，以及對突騎施人歸附大唐的看法。」蘇涼偷偷看了吳黑闥一眼，繼續翻動紙張。

自己的命，看來是保住了。如果能打動眼前這個大唐將軍，讓他成為自己的靠山。那麼，自己重建商隊的時機，就指日可待。畢竟行走於絲綢之路，本錢和人脈一樣重要。能得到一位大唐將軍的庇護，沿途關卡輕易不會為難不說，即便遇到馬賊，跟後者討價還價的底氣，也能高出三分。想到捲土重來的機會就在眼前，蘇涼翻看得更加認真。而功夫不負有心人，在最底下的幾頁寫滿了文字的紙張上，他終於如願以償。

「這封，將軍，這封是歐麥爾派人給阿里送來的手令。」將紙張抓在手裡，他興奮地晃動，「信中說，讓他帶著戈契希爾殘部，去突厥別部會合，幫助車鼻可汗訓練軍隊。信中還說，突厥人很英勇，但沒經過嚴格訓練，戰鬥力不成。如果按照大食國軍隊那邊的規矩整頓，則會令整個草原震驚。」

快速翻開下一頁，他繼續口譯，「信中還說，回紇十八部的可汗即將死去，有個叫做烏紇的忠實信徒，即將成為回紇十八部的新可汗。屆時，阿里要負責去那邊傳教，發展信眾。讓回紇與突厥別部聯手……」

「你說什麼？」姜簡大吃一驚，迫不及待地打斷，「回紇十八部的新可汗叫什麼？難道不是婆閏？」

「不是！這兩字聽起來差別很大。小人不會翻譯錯。」蘇涼向後躲了躲，小心翼翼地解釋，「新的可汗叫烏紇，烏郝或者吳合，無論如何，他的名字聽起來都不會是婆閏！」

第五十八章　父與子

「烏紇作為吐迷度可汗的親侄兒，卻勾引他的可敦（妃子）。父汗，你將阿姐嫁給這種人，阿姐成親之後怎麼可能過得開心？」就在姜簡感到無比困惑的同一時間，阿史那沙缽羅忽然站起身，望著自家父親車鼻可汗的眼睛提醒。「出去！」正在兒子和寵妃們陪伴下吃早餐的車鼻可汗先是一愣，隨即，毫不猶豫地抓起一塊羊骨頭，朝著婆閏的腦袋便砸，「滾出去！」

「父汗。你欲起兵爭奪天下，就應該廣招草原上的英才。就該展示你比李世民更英明，更懂得識別賢愚。」阿史那沙缽羅被嚇得側身躲閃，雙腳卻倔強地停在原地，一步不退，「如果明知道烏紇是個貪財好色，見利忘義的惡棍，還讓他做您的女婿。草原上其他豪傑得知，會怎麼看待您？他們又怎麼可能放心，與烏紇這種人並肩作戰？」

「滾出去！我叫你滾出去！」車鼻可汗大怒，雙手端起裝羊腸子的漆盤，連同裡邊的羊腸子一道，直接扣向阿史那沙缽羅的頭頂。羊腸子實在太多，這一次，阿史那沙缽羅終於避無可避，被砸了滿頭滿身。黏糊糊的羊油和冒著熱氣的肉汁，迅速從他臉上淌下。滴在他前胸上，又順著他外衣的前胸處，一股股淌向大腿，淌向地面。

「父汗……」沒想到向來英明睿智的父親，已經變得如此頑固蠻橫，阿史那史笸籮抬手抹著臉上的湯汁大叫，「你好好想想。烏紇的父親早死，吐迷度一直拿他當長子看待，他尚且為了一個女人背叛吐迷度。將來，你又怎麼保證他不會背叛您！」他的話，句句在理。然而，車鼻可汗卻一個字都聽不進去。跳起來，轉身就去抽掛在帳篷壁上的大食長劍。「滾，再敢多廢話，老子宰了你。」

「父汗……」阿史那沙缽羅的眼睛立刻開始發紅，屈膝跪地，就打算引頸就戮。車鼻可汗的長子阿史那羯曼陀見勢不妙，趕緊從座位上跳起來，雙手扯住他的胳膊，將其倒拖著向外走。一邊走，一邊高聲命令：「來人，幫我把沙缽羅拖出去。他昨晚喝酒喝得太多了。拖他出去丟進營地前的河裡，讓他清醒清醒！」

「是！」幾個平素與沙缽羅交好的侍衛，立刻高聲答應著衝入帳篷，抬胳膊的抬胳膊，抬大腿的抬大腿，以最快速度，將沙缽羅抬離了車鼻可汗的視線。

「氣死我了，氣死我了！」車鼻可汗餘怒未消，將大食長劍連同鑲嵌滿了寶石的劍鞘，一併丟在桌案旁，跺著腳怒吼，「小畜生，才去了中原幾天，就把漢人那些虛偽無用的東西全學會了。老子縱橫漠北三十多年，怎麼做大汗，還用得到他來教？」

「父汗，沙缽羅年紀還小。」羯曼陀性子寬厚，躬著身體低聲勸解，「有些道理，他不懂，但是，他剛才所說的那些話，卻出自對您的敬愛。否則，您怎麼決定，他只管聽從好了。何必專門惹您的不快？」

「老子不需要他瞎操心！」車鼻可汗將眼睛一瞪，喘著粗氣回應，「老子也不缺他的敬愛。老子的兒子，要做漠北的蒼狼。有誰不服，就撕碎了他。而不是像中原的漢人那樣，光懂得嘴巴上說大道理。」

「父汗這話沒錯。烏紇是真心歸附也好，貪圖小妹舍哲的美貌也罷，都不重要。重要的是，讓他帶著回紇十八部為咱們效力。」沒等羯曼陀再勸，車鼻可汗的二兒子阿史那陟苾已經笑著插嘴。「至於將來他會不會背叛，要看大哥和我，能不能幫父汗壓制得住他。如果大哥和我，也像沙鉢羅那樣沒用，烏紇即便對父汗再忠心，早晚也會打起別的主意。反之，如果大哥和我，始終能將他壓制得死死的，他即便不忠心，也沒膽子反抗，更沒膽子慢待了小妹舍哲。」「嗯……」車鼻可汗聽得耳順，心中火氣稍減，將嘉許的目光看向陟苾。他的三個兒子當中，老大羯曼陀驍勇善戰，卻不夠聰明。老三史笸籮聰明機變，卻男生女相，身上缺乏英雄氣概。唯獨老二陟苾，既繼承了阿史那家族男人的身手，又繼承了他的頭腦，並且心腸還足夠狠辣。讓他無論從哪個角度看都覺得順眼，甚至認為將來能繼承自己事業並將其光大的人，非陟苾莫屬。然而，當目光落在了陟苾身邊的拐杖上，車鼻可汗心臟又是一緊，目光裡的欣賞也迅速消失得無影無蹤。

自己的事業，不可能由一個兩腿斷折的殘廢來繼承。突厥人的性子，也注定了他們不會接受一個瘸子，來做自己的可汗！所以，眼下他對陟苾寄予的希望越高，將來出的亂子就會越大，反而不如現在就將陟苾排除在繼承人之外，讓他徹底遠離權力的同時，也遠離危險。

「烏紇送信來說，吐迷度已經活不了幾天了。陟苾，你今天上午，帶著飛鷹騎出發，前往瀚海那邊，以討論迎親的流程為名，暗中助烏紇一臂之力。」深深吸了口氣，車鼻可汗將目光從拐杖上挪開，沉聲命令。

「是！父汗！」陟苾雙手各自抓住一支拐杖，將自己撐起，彎腰向車鼻可汗行禮。

「吐迷度的弟弟俱羅勃，已經答應支持烏紇。所以，你在那邊，基本上不會遇到什麼對手。唯一需要做的，就是幫烏紇奪取了汗位之後，監督他早日拋棄大唐，帶著回紇十八部勇士，過來聽我調遣。」輕輕擺了擺手，車鼻可汗繼續吩咐。聲音中，充滿了對自家兒子的期許。

「明白！」陟苾不知道，車鼻可汗已經將自己排除在繼承人之外。還以為，父親是在故意給機會，讓自己立功，以便增加自己的聲望，感激地再度躬身。

「去吧！」心中猛然湧起一絲負疚，車鼻可汗輕輕揮手。

「是！」陟苾高聲答應，然而，拐杖卻沒有挪窩。直到車鼻可汗的目光開始變冷，才猶豫著補充，「父汗，有一件事情，我不知道該不該向您彙報。」

「說吧！」車鼻可汗有心給陟苾一些補償，笑著點頭，「無論什麼事情，哪怕你看上了歐麥爾長老送我的那輛黃金戰車，也不是沒得商量。」

「孩兒不要您的黃金戰車。」陟苾想都不想，果斷搖頭，「孩兒想告訴父汗一件事。我當初之所以上了小賊姜簡的當，跟他決鬥。就是沙缽羅一直反覆強調，那姜簡小賊本領非凡，我不是此人的對手。」

第五十九章　兄友弟恭

「陟苾，沙鉢羅救了你的命！」雖然跟沙鉢羅關係並不算和睦，羯曼陀仍舊被陟苾的行為，氣得臉色發黑，提醒的話脫口而出。沙鉢羅帶著飛鷹騎和重傷的陟苾回到突厥別部之後，他曾經不止向一人，詢問整個事情的經過。而哪怕是陟苾的親信侍衛也不得不承認，當日如果不是沙鉢羅特勤捨命相救，陟苾設肯定會死在姜簡的刀下。陟苾為了遮羞，把姜簡形容得如何奸詐狡猾都情有可原。把輕敵大意去跟姜簡單挑，又被對方打下坐騎的責任，硬推到沙鉢羅頭上，就實在過於惡毒了。

然而，陟苾卻絲毫不理會他的提醒，咬牙切齒地高聲反駁：「他是不想承擔見死不救的罪責！他跟那姓姜的小賊，原本好得幾乎穿一條褲子。他明明可以放箭，把姓姜的小賊射死。卻不發一矢，反倒提醒我去跳山溝！」

「胡說，我問過你的親兵，沙鉢羅當時射箭了，只是沒射中。」羯曼陀聽得忍無可忍，再度出言反駁，「如果不是他提醒得及時，你的腦袋已經被姓姜的給砍了下來！」

「他根本不知道山溝的深淺，我跳進去之後，就變成了這般模樣！」陟苾梗著脖子看向羯曼陀，

喘息著高聲補充，「而他，過後明明可以將那姓姜的剁成肉泥，卻藉口有大隊唐軍趕了過來，主動帶著飛鷹騎撤離，放了那姓姜的一條活路！」

「當時的確有一支隊伍趕了過來！」羯曼陀被氣得兩眼冒火，啞著嗓子回應，「這件事，我也早就調查過。」

「那唐軍為什麼不追殺他？你不會以為唐軍忽然全都變得不會打仗了，明知道飛鷹騎已經沒有了力氣，卻不敢追吧！」陟苾怎麼可能被他說服，繼續梗著脖子，咆哮不停，「我的好大哥，唐軍如果那麼膽小，父汗早就帶著咱們飲馬渭水河畔了，又何必準備了又準備，卻至今沒有向南用兵？」

這話，可是觸到了車鼻可汗的逆鱗。登時，後者就怒不可遏。抓起桌案上的銅碗、托盤，劈頭蓋臉朝著陟苾和羯曼陀砸了過去，「滾！我還沒死呢。你們兩個想要兄弟相殘，等我死了之後再說。」

陟苾立刻意識到自己說錯了話，不敢躲閃，老老實實站在原地挨砸。直到桌面上可以用來砸人的東西，已經被車鼻可汗清空。才彎下腰，頂著一腦袋茶湯謝罪，「父汗息怒，孩兒剛才口不擇言。孩兒知道錯了，還請父親寬恕！」

「滾！」見他沒了雙腿，還努力站立的模樣，車鼻可汗的心臟又是一軟，指著門口，喘息著呵斥，「滾出去，想明白了你錯在哪裡，再來跟我說話。我現在不想看到你。」

「是！」陟苾又躬了一下身，杵著拐杖，蹣跚而去。羯曼陀稀里糊塗吃了掛落，也覺得很沒意思，悻然向車鼻可汗躬身告退。

「我讓你滾了嗎？逆子！你要氣死我不成？」車鼻可汗狠狠拍了下桌案，厲聲斷喝。

「父汗，孩兒不敢！」羯曼陀嚇得激靈靈打了個哆嗦，趕緊停住了腳步，轉過頭，躬身賠罪。

「你們幾個，收拾了地上的東西，然後各自回各自的帳篷去。」車鼻可汗看誰都不順眼，用手在半空中劃拉了半個圈子，將所有妃子全都包括在內。幾個早就嚇得瑟瑟發抖的年輕妃子，如蒙大赦。連聲答應著去收拾地上的狼藉。不多時，便完成了車鼻可汗交代的任務，以最快速度退出了帳篷。

「陟苾剛才說的事情，你真的調查過了？」車鼻可汗餘怒未消，不待妃子們的腳步聲去遠，就沉聲詢問。此刻屋子裡只剩下了他和羯曼陀父子兩個。後者不用猜就知道問話的目標是自己。猶豫了一下，低聲回應：「稟父汗，我的確調查過了陟苾的指控純屬恩將仇報。」

「你確定？」車鼻可汗皺了皺眉，看著羯曼陀的眼睛追問。

「這……」羯曼陀頓時有些猶豫。想要給出一個肯定答案，卻沒有任何有力的憑證。想要違心地支持陟苾的指控，同樣，除了陟苾的一面之詞以外，拿不出其他證據。

「不必猶豫，有什麼說什麼？我不會因為你的話，就去責罰沙缽羅。也不會因為你替沙缽羅分辯，就去懲罰陟苾。」將自家兒子的表現看在眼裡，車鼻可汗撇了撇嘴，快速補充。

這就是他不喜歡羯曼陀的地方之一。明明陟苾已經失去了挑戰他地位的能力，沙缽羅成長起來之後，卻有可能向他發起挑戰。他卻總想著弄清楚事情背後的真相，而不考慮如何選擇才符合自己的利益。這樣的人，可以做一個合格的長老，合格的兄長，卻絕對不適合做可汗。特別是在漠北局勢越來越錯綜複雜的情況下，選擇他做突厥別部的可汗繼承人，絕對會埋下災難的種子。

「稟父汗，迄今為止，對沙缽羅的所有指控，除了他跟姓姜的小賊曾經同生共死之外，其他全都是陟苾的猜測。」被自家父親看得激靈靈又打了個冷戰，羯曼陀咬了咬牙，沉聲回應，「沙缽羅同樣沒有辦法，自證清白。但是，按照咱們突厥人的規矩，我選擇支持沙缽羅！」

「嗯？為何？」沒想到，向來表現得很木訥的大兒子，居然還有口舌如此伶俐的時候，車鼻可汗立刻被勾起了興趣，歪著頭詢問，嘴角含笑。

「如果陟苾的指控，句句為真，結果便是他輸給了沙缽羅。勇氣、心智、人望，全都輸了個精光。」儘管被車鼻可汗看得心中發毛，羯曼陀仍舊硬著頭皮解釋，「而按照咱們突厥人的規矩，輸了的人，沒資格指控勝利者，只能乖乖向對方臣服！」

「好，好！」車鼻可汗又是驚詫，又是欣慰，連連撫掌。這才是他想要的答案，而不是一味地考慮是非曲直。這也是他想要的繼承人，而不是光會逞匹夫之勇，或者光會耍弄陰謀詭計。

「如果沙缽羅真的像陟苾所指控的那樣歹毒，你又該怎麼做？」存心想要試試羯曼陀的上限在哪，車鼻可汗忽然停止了撫掌，笑呵呵地詢問。「實話實話，哪怕你答錯了，為父也絕不會怪你。」

「我會裝作不知道。」羯曼陀稍加斟酌，就給出了一個與自己粗獷外貌截然相反的答案，「我會努力做一個好兄長，將他帶在身邊，為他創造立功和成長的機會。如此，才能提醒我自己，不要懈怠。才能幫助父汗，實現咱們突厥人百年不易的夙願，飲馬中原！」

第六十章　陰影

「好，好！」車鼻可汗欣慰地撫掌。狼群不能沒有狼王，突厥人不能沒有大可汗，否則，就會像匈奴、柔然那樣，在草原上澈底銷聲匿跡。李世民老了，給了突厥重新崛起的機會。而他，總有一天也會老去。屆時，誰來繼承他的鐵冠和羊毛大纛？

三兒子沙缽羅首先要被排除在外，雖然他對沙缽羅的母親寵愛有加，但沙缽羅血脈，卻不夠純正，並且還讀了太多漢人的書籍。二兒子陟苾，原本被他視為最佳選擇。心夠狠，手夠辣，並且懂得審時度勢。然而，從這次挫折來看，陟苾卻是只一個驢糞蛋子，表面光。

正如羯曼陀所說，無論陟苾對沙缽羅指控是否為真，他都輸了。而狼群裡頭，戰敗者永遠都不會得到認可。

倒是大兒子羯曼陀，這次讓車鼻可汗刮目相看。目光夠毒，心胸夠寬闊，關鍵是隱藏得還足夠深，差點連他這個做父親的都騙過。將來如果繼承了他的鐵冠，即便不能帶著突厥別部飲馬中原，至少也能保證突厥別部不會落到柔然和匈奴那樣的結局！

車鼻可汗不在乎羯曼陀在自己前幾年明顯打算推陟苾為繼承人之時，裝迂腐欺騙自己。相反，他卻認為，偽裝乃是做大可汗的基本素質之一。

若干年前，他正是依靠偽裝，躲過了頡利可汗的一次次徵召，沒有跟阿史那家族的其他成員那樣，成為唐軍的俘虜。也正是依靠偽裝，他才騙取了大唐朝廷的信任，在突厥王庭覆滅之後，仍舊受大唐朝廷的委託，代替朝廷管理金微山北一直到冰海之南的廣袤土地。

如今，看到一個比自己更擅長偽裝，並且同樣野心勃勃的兒子，試問，他如何不感覺老懷大慰？

「咱們突厥和中原不一樣，我不會要求你們兄友弟恭。」片刻之後，車鼻可汗停止了撫掌，笑著補充，「如果連自家兄弟都鬥不過，怎麼可能鬥得過周邊的各大部族，怎麼可能重現咱們阿史那家族的輝煌？但是，別下死手，至少在我死之前，不希望看到你們兄弟之間舉著鋼刀互相砍殺。」

「孩兒明白。」羯曼陀悄悄鬆了一口氣，笑著點頭，「陟苾和沙缽羅他們兩個，也應該明白。」

「陟苾去襄助烏紇這件事，你不要暗中製造障礙。葛邏祿和室韋人，都在看著回紇。只要回紇與咱們一道出兵反抗大唐朝廷，無論帶頭的人是吐迷度，還是烏紇，他們都不會再猶豫不決。」車鼻可汗想了想，又低聲叮囑，「為父安排陟苾最做這件事，只是為了讓他有個拿得出手的功勞，將來做個合格的長老。」

「孩兒明白，國事為重，兄弟之爭先放在一邊。更何況，他已經沒有資格跟我再爭。」羯曼陀想了想，鄭重答應。

一個沒了雙腿的兄弟，已經對他構不成威脅。這個時候，他就需要展示作為兄長的寬厚與大度。

就像當初每逢陟苾與沙缽羅相爭，他即便再不喜歡沙缽羅，也會站在後者一邊。

原因無他，沙缽羅身上的一半漢人血脈，就注定了沙缽羅永遠無法成為突厥人的可汗，哪怕再努力，再優秀也不能！

對羯曼陀的表現甚為滿意，車鼻可汗想了想，繼續補充：「歐麥爾智者想在金微山腰建一座神廟，來傳播真神的旨意。這件事，由你負責。不必建得太大，卻必須讓歐麥爾智者滿意！」

「父汗！」這次，羯曼陀沒有立刻應承，而是先對著車鼻可汗行了個禮，然後用極低，極快的聲音提醒，「歐麥爾不愧智者之名，如今，咱們別部的長老，已經有一大半兒，將兒子送到他那邊接受教誨。如果您還……」

「這是為父早就跟他約好了的，包括長老的子侄接受他的教誨。」車鼻可汗嘴角上挑，笑容裡帶上了幾分陰冷，「最近這幾年，咱們別部的鎧甲、兵器、箭矢越來越充裕，為父手頭的錢財也越來越寬裕，都與歐麥爾智者的到來息息相關。他幫助為父實現夢想，為父支持他傳播真神的福音，天公地道！」

「可咱們都是金狼神的子孫。」羯曼陀當然知道部落裡的兵器和財富，來自何處，仍舊是壓低了聲音補充，「如果子侄們都成了真神的信徒……」

「這就看你我父子對部族的掌控力了。」車鼻可汗搖了搖頭，低聲打斷，「大食乃是萬乘之國，只用了短短二十幾年，就滅亡了波斯。而李世民雖然老了，大唐的實力，卻仍舊是咱們突厥別部的一百倍。你我父子想要恢復阿史那家族的榮光，不借助大食人的力量，難道還指望那些在長安城給李世民跳舞的叛徒？」彷彿自己戳中了自己心上的傷疤，頓了頓，他咬牙切齒地補充，「想借助別人的力量，就得付出代價。全力支持歐麥爾智者傳播真神的教誨，便是代價之一。如果需要，咱們甚至可以全族上下，都成為真神的信徒。但是你千萬在心裡記住，你是金狼神的子孫，神廟可以由你帶人親手建立，就可以由你帶人親手拆掉。」

「這……」沒想到自家父親想得如此長遠，羯曼陀在震驚之餘，佩服得無以復加。

就在此時，帳篷外又傳來了侍衛頭目骨托魯的聲音：「大汗，有一支從波斯那邊來的商隊，到了金微山下。歐麥爾智者說，商隊中有他為你專門訂購的貨物，想請你一起去把貨物接下，並對遠道而來的商隊首領表示慰問。」

「知道了，你告訴歐麥爾智者，我馬上就去。」車鼻可汗的目光立刻變得無比柔和，將臉轉向帳篷門口，笑著回應。扭過頭，又輕輕嘆了口氣，他用極小的聲音對羯曼陀叮囑：「我知道你對歐麥爾和他身邊那些人很不喜歡。但是，做大汗就不能按照自己喜歡不喜歡行事。大多數時候，你必須強迫自己，把不喜歡變成喜歡。等會兒，你也跟我一起去。歐麥爾執什麼禮節，你執什麼禮節，如果他背誦經文，你也跟著一起重複，只要能哄他高興。我的話，你可明白？」

「明白！」羯曼陀臉上的表情很不甘心，卻果斷點頭，「把經文放在嘴上，把狼神放在心裡。」

車鼻可汗微微一愣，旋即，笑著抬起拳頭，輕捶自家兒子肩膀。「對，把經文放在嘴上，把狼神放在心裡。直到有一天，你不再需要求著他們。」

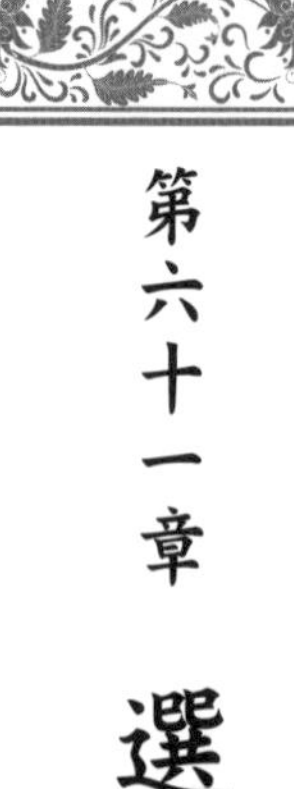

第六十一章 選擇

「婆閏、烏紇、俱羅勃，你們三個記住了，咱們回紇十八部總計才十萬人丁。做可汗和長老的，千萬別生出什麼與實力不相配的野心。否則，回紇十八部必將萬劫不復。」就在車鼻可汗向自家兒子羯曼陀交代該如何應對大食人的時候，回紇十八部的可汗，兼大唐瀚海都護吐迷度，也喘息著向自己的兒子，侄兒，弟弟三個交代。

在疾病和焦慮的雙重折磨下，他的臉已經變成了青灰色。一雙原本炯炯有神的眼睛，深陷進了眶子裡，不再帶有任何光澤。原本粗壯有力的手臂，瘦得像兩根麻秸稈。原本寬闊結實的胸膛，也變得乾癟虛弱，隨著喘息聲像風中荷葉般上下起伏。

「父汗，我記住了，我記住了。」婆閏看得心如刀割，跪在病榻旁，捧著吐迷度的手，高聲回應，「您好好休息，不要再為這些事操心了。我已經派人去太原那邊請郎中了。那邊有位姓王的郎中，據說是孫思邈的嫡傳弟子……」

「我已經休息得夠久了，不能再休息了。」吐迷度努力抬起手，輕輕摸了下婆閏的頭。自家兒子

的頭髮還是軟的呢，遠不像成年人頭髮那樣粗壯光滑。而長生天卻不肯給自己更多時間，來培養兒子長大，做一個合格的可汗。

「叔父，您放心。我們一定會牢記您的教誨。」吐迷度的侄兒烏紇向前走了半步，俯下身來承諾。他父親是吐迷度的親哥哥，可惜天不假年，沒等從他祖父那裡繼承汗位，就暴病身亡。按照回紇規矩，兄終弟及，他母親就帶著未成年的他，嫁給了吐迷度做側室。

雖然並不是喜歡他的母親，但是，吐迷度對他卻一直青眼有加。非但從小就手把手教他各種本事，還在兩年前，就讓他單獨領兵，做了一個名副其實的設[注七]。所以兩個月之前，聽聞車鼻可汗大軍壓境，他特地帶兵返回了瀚海都護府行轅來給自家叔父助陣。而那車鼻可汗看到回紇各部上下齊心，唯恐打起來損失太大，只是耀武揚威了一番就草草收場。

「你是個有本事的。」看到烏紇身體投下來的陰影，吐迷度迅速將目光轉向他，笑著點頭，「今後，好好輔佐婆閏，讓他做一個合格的可汗。回紇十八部不能分家，所以叔父不能讓婆閏把汗位分一半兒給你……」

「叔父您千萬別這麼說！」烏紇的心臟頓時打了個哆嗦，趕緊站直了身體連連擺手，「婆閏人聰明，學什麼都快。他做可汗，天經地義。我一定會好好輔佐他，不會辜負您的期待。」

注七、設，草原官職，地位低於可汗，相當於行軍總管。

「那就替我看著他，讓他別走錯路。」對烏紇的回答非常滿意，吐迷度喘息著點頭，「還有你，俱羅勃，你是婆閏的叔叔，好好教導他，帶著咱們回紇人走正路。千萬別貪心，被別人當做手中的刀。」

「放心，兄長，我一定教導他。但是，你也一定會好起來。」吐迷度的弟弟俱羅勃抬起手，輕輕捶打自己的胸口。

吐迷度笑了笑，又調整了一會兒呼吸，繼續低聲補充：「我有二十二位可敦，婆閏的母親已經去世多年。其餘二十一位，都還年輕，我蒙受長生天召喚之後，十位可敦歸烏紇，十一位可敦歸俱羅勃。婆閏年紀小，不需要繼承。」

「不可，兄長，你一定會好起來。千萬別說喪氣話。」俱羅勃大急，衝到床榻旁，雙手抱住吐迷度的肩膀輕輕搖晃。

「叔父，郎中很快就到，你可千萬堅持住。婆閏沒有兄弟，說不定，過些日子，您還能給他添一個。」烏紇抬手抹淚，高聲鼓勵。

「咱們回紇的規矩，向來是兄終弟及。這些可敦交給你們兩個，對她們來說也算個好歸宿。」吐迷度自知時日無多，堅決不肯收回成命。「不要爭，我的時間不多了。還有很多事情，需要安排清楚。」

「叔父……」

「兄長……」

烏紇和俱羅勃兩個聞聽，頓時哽咽落淚，拒絕的話再也說不出口。

「車鼻可汗上次無功而返，一定不會甘心。我走之後，婆閏儘快帶領各部，向受降城遷移。不要跟突厥人硬碰硬，咱們部落人丁少，也準備不足，硬碰硬一定吃虧。」吐迷度聲音忽然轉高，隱約還帶著幾分焦急。「記住，無論車鼻可汗威逼也好，利誘也罷，都別上他的當。」說著話，他的目光快速看向婆閏，隨即轉向烏紇和俱羅勃，充滿了擔憂，「婆閏，我是大唐的瀚海都護，車鼻可汗不會給你比這更高的封號。即便他許諾了，也不會兌現。並且，咳咳，咳咳咳……」話說得太急，他忽然開始連聲咳嗽，額頭鬢角等處，汗出如漿。婆閏見了，趕緊拿起毛巾替他擦拭，卻被他輕輕推開。「別怕，我，我只是喘不過氣來。一會兒，一會兒就好。」

閉上眼睛，努力憋住咳嗽，調整呼吸。足足過了半炷香時間，他終於又有了一些體力，將眼睛睜開，看了看已經哭成淚人的婆閏，又看了看烏紇與俱羅勃，低聲說道：「以前，突厥人是草原上的霸主，咱們回紇，每年要上交四成牲口給突厥王庭，還要被找各種藉口刁難。突厥每次跟別人開戰都要求咱們回紇出兵。每次打了敗仗，跟著去的回紇人，都有一半兒無法活著回家。」努力調整了一下呼吸，他聲音再度轉高，聽起來好像是在呼喊：「直到突厥被大唐擊敗之後，日子才一下子好了起來。大唐朝廷非但不收咱們一文錢，一隻羊腿，還讓我做了瀚海都護。回紇十八部，從此才能吃得飽飯，不再擔心冬天裡出現大批牧人凍死和餓死的慘禍，不再擔心出征後曝屍荒野。咱們回紇人即便不懂得感恩，至少也要分得清好歹。跟著大唐，有飯吃，有衣穿，十八部日漸繁榮。跟著突厥，卻除了災難，就是死亡！」

「叔父放心，我們知道好歹！」烏紇迅速看了一眼俱羅勃，高聲表態。作為大可汗的侄兒兼養子，他可從沒挨過餓。但吐迷度剛才所說的這些話，他也半句都聽不進去。

在他看來，大唐朝廷雖然不向回紇十八部徵稅，卻遏制了回紇十八部透過吞噬臨近的契丹、奚族等部落迅速壯大自己的可能。而突厥車鼻可汗卻曾公開許諾，只要回紇十八部跟著他幹，事成之後，受降城以東的所有草原，就盡歸回紇掌控。

「兄長放心，你說的這些，我都經歷過。」俱羅勃沒有回應烏紇的眼神，只管對著病榻上的吐迷度鄭重承諾。

「婆閏年紀太小，你這個做叔父的，多，多費心。」說了這麼多話，吐迷度的體力再度耗盡，聲音變得斷斷續續，「如果，如果他實在不爭氣，你，你就送他去長安，長安讀書。大可汗，大可汗的位置，由你來，來坐！」

「這怎麼可能！」俱羅勃大急，瞪圓了眼睛擺手，「兄長，你知道，你知道我沒這個本事。兄長……」

「婆閏，我剛才的話，你可聽到了。」吐迷度卻堅決不給他拒絕的機會，將目光艱難地轉向自家兒子婆閏，喘息著詢問。

「聽到了！」婆閏不知道自家父親為何要這樣做，只管流著淚點頭。在他眼裡，比起回紇十八部可汗的王冠，自家父親的性命要重要一萬倍。眼下，只要能讓父親放心，哪怕再難的要求，他都會毫不猶豫地答應。

「你發誓，如果你叔父要求你離開回紇去長安讀書，你立刻離開，絕不反抗。」吐迷度的聲音忽然變急，眼神也變得像刀光一樣凌厲。

「兄長，兄長，你這，你這是幹什麼啊！」俱羅勃又是感動，又是後悔，趴在地上淚流滿面。

「長生天在上，我，回紇十八部的特勤婆閏發誓，只要叔父俱羅勃認為我不是一個合格的大汗，我立刻離開回紇，前往長安讀書！」婆閏心思亂成了一團麻，只管順著自家父親的要求跪在地上，對天而拜。

「那，那我就放心了！」吐迷度長長吐出了一口氣，緩緩閉上了眼睛，「你們，你們三個記住。咱們，咱們回紇雖然，雖然人丁不旺盛，也，也不怎麼強壯，可只要你們三個，擰，擰成一股繩，回紇十八部，就不會變成任人宰割，宰割的羔羊。」

「兄長！」「叔父！」「父親！」俱羅勃、烏紇和婆閏三個同時撲上，抱著吐迷度的身體放聲嚎啕。

然而，吐迷度已經無法再做出任何回應。

這位在危急關頭接掌了回紇汗位，帶領回紇主動歸附大唐，並且在大唐的支持下，給回紇帶來了前所未有的輝煌和繁榮的草原傳奇人物，澈底魂歸長生天的懷抱。

沒想叔父將自己倉促從受降城接回，竟是為了見父親最後一面。婆閏撫屍痛哭，幾度昏厥。被吐迷度臨終托孤的俱羅勃長老，也是悲痛得幾乎失去了理智。唯獨烏紇，見自家叔父吐迷度終於咽了氣，心中的石頭徹底落地，裝模作樣地抹了幾滴眼淚，就找了個藉口，果斷退出了寢帳。

「怎麼樣？吐迷度那老東西的病情怎麼樣了？」還沒等他離開寢帳太遠，一名長老打扮的傢伙，已經快步迎了上來，用極低的聲音低聲詢問。

「終於死了！」烏紇迅速朝四周圍看了看，確信沒有外人偷聽，皺著眉頭答應。「臨死之前，還把他的女人分給了我十個。呵呵，好像我缺女人一般。」「老東西是想收買你，給婆閏賣命。」那名長老打扮的傢伙撇了撇嘴，回應聲裡頭也充滿了不屑，「卻不知道，你即將成為突厥第一美人的丈夫。」

「小聲，別得意忘形！」烏紇又四下看了看，低聲提醒，「賀魯長老，麻煩你趕緊派人去聯絡車鼻可汗，要他立刻派兵來支援。我叔父俱羅勃那邊，恐怕出了點麻煩。」

「俱羅勃，他不是答應得好好的嗎？怎地，他改主意了？」被稱作賀魯的長老眉頭緊皺，眼睛裡立刻露出了凶光，「早就該聽我的，安排他跟吐迷度一起上路。反正，大食人給的美人淚下到飯菜裡，根本嘗不出任何味道。」

「要是這麼簡單就好了！」烏紇眉頭緊鎖，不高興地搖頭，「吐迷度多疑，早就懷疑我對他不忠心了。如果俱羅勃也跟他一起病倒，他肯定會在自己死去之前，下手除掉我。另外，部落裡大多數長老和領兵的伯克都對吐迷度忠心耿耿。如果沒有俱羅勃幫襯，他們會在吐迷度死後，擁立婆閏，根本不會給我任何機會。」

「那俱羅勃為何要改主意？是你許給他的報酬太少，還是他也想過一過做可汗的癮？」知道烏紇說的乃是實話，賀魯長老又朝四周看了看，低聲詢問，「車鼻可汗那邊倒是好說，說不定兵馬已經到半路上了。問題是，如果俱羅勃反悔，婆閏跟他聯起手來，未必沒有一戰之力。」

烏紇撇了撇嘴，迅速給出答案，「俱羅勃的性子你還不清楚嗎，向來搖擺不定。今天他是聽了吐迷度臨終遺言，覺得跟著大唐比跟著突厥對咱們回紇更有好處，所以就後悔當初答應助我登上汗位。而如果突厥大兵壓境，他肯定又害怕與突厥交戰損失太大，立刻向我輸誠。」

「這，這倒也是！」賀魯的腦海裡迅速閃過俱羅勃平時的表現，笑著點頭。「我這就安排人去向車鼻可汗求援。不過……」頓了頓，他有些擔心地提醒，「如果真像你剛才說的那樣，俱羅勃反悔把咱們給吐迷度下毒的事情告訴婆閏。二人聯手對付你，援兵無論如何都趕不及。」

對此，烏紇倒是胸有成竹，「他明知咱們下毒，卻不阻止。這件事，他敢讓婆閏知道嗎？即便反悔，他頂多也是擁立婆閏做大汗，絕不敢出頭指控咱們給吐迷度下毒。所以，你只管去求援，這邊的事情，我自有辦法應付。」

「明白！我這就去安排。」賀魯點了點頭，迅速轉身離去。望著他的背影，烏紇的嘴角慢慢上翹，眼睛裡寒光閃爍。

有些秘密，當然是知道的人越少越好。等自己坐上了可汗之位，賀魯長老就該回歸長生天的懷抱了。正如他自己所提醒，反正大食人送的美人淚，下到飯菜裡嘗不出任何味道。

「大汗歸天了，大汗歸天了……」正在他於心裡悄悄發狠之際，耳畔卻又傳來了淒厲叫喊聲，緊跟著，號角聲以吐迷度的寢帳為中心，接連響起，迅速傳向四面八方。

「大汗歸天了，傳召回紇十八部吐屯，速來瀚海都護府行轅，為大汗送葬。」烏紇迅速高舉起雙手，用淒厲的聲音宣佈。」

「大汗歸天了，傳召回紇十八部吐屯，速來瀚海都護府行轅，為大汗送葬。」四周圍的侍衛不明所以，扯開嗓子將他的命令高聲重複。

「傳召西日阿鴻，戈里西斯，各帶本部人馬，立刻來給大汗護靈。」烏紇抖了抖袖子，繼續發號施令。

「傳召帕勒塔洪，尤里吐茲，帶領本部人馬，巡視都護府駐地，以防有歹人趁機作亂。」

「傳召柏格拉，阿滿……」

更多的命令迅速從他嘴裡發出，被不辨真偽且缺乏主見的侍衛們，接力重複。作為吐迷度可汗的侄兒兼養子，他早早就單獨領軍建衙，在回紇汗庭內的地位，僅次於吐迷度可汗和俱羅勃。因此，這當口只要俱羅勃不出面反駁，他的命令就會暢通無阻。

而吐迷度的弟弟俱羅勃，不知道是心中有鬼，還是悲傷過度，聽到烏紇在發號施令，只是愣了愣，旋即就繼續抱著自家兄長吐迷度的屍體，嚎啕不止。婆閏只有十六歲，驟然遭受喪父之痛，被打擊得精神恍惚，哪裡還能想得到，烏紇在暗中調兵遣將？

待他終於在聞訊趕來的其他幾名長老的勸說下，重新振作起了精神，瀚海都護府行轅內外，已經全被烏紇換成了自家嫡系。而原來的那些侍衛，則被烏紇以各種理由打發到了別處，再也無法為他提供任何保護。

「俱羅勃設，烏紇設，二位節哀。」在吐迷度去世之後的第二天下午，終於有長老感覺到情況不太對勁兒。借著大夥商量葬禮細節的機會，低聲提醒，「吐迷度可汗蒙受長生天的召喚，一去不回。而咱們回紇十八部，卻不能沒有領頭雁。還請兩位出示吐迷度可汗的遺命，擁立婆閏繼承汗位。」

「是啊，俱羅勃設，烏紇設，突厥別部一直對咱們回紇虎視眈眈。聽聞吐迷度汗去世，一定會趁機發兵來攻。還請你們兩個早日扶婆閏登位，以安十八部男女之心。」另一位名叫第里的長老也低聲催促。

有了二人帶頭，其餘長老們立刻出言回應。懇請俱羅勃和烏紇兩人行使職責，按照回紇傳統，擁立吐迷度可汗唯一的兒子婆閏繼承汗位。

「這個，卻也不急在一時。」烏紇站起身，用目光朝所有長老臉上掃了一圈兒，慢吞吞地回應，「大汗去得突然，根本沒有留下任何遺命。而婆閏年紀太小，又沒為咱們回紇立下過任何功勞。推他上位，怕是難以服眾。」

「烏紇設這話是什麼意思？」第里長老吃了一驚，果斷長身而起，「咱們回紇，傳統不就是可汗職位，由嫡子繼承嗎？婆閏現在年紀小，卻總有長大的那一天。在他年滿十八歲之前，由俱羅勃設和你幫著他，有我們這些長老輔佐他，又會出現什麼問題？」

「如果是平時，這話肯定都沒錯。」烏紇對此早有準備，擺擺手，不慌不忙地補充，「可剛才第里長老你自己也說過，突厥別部正對咱們回紇虎視眈眈。萬一車鼻可汗聽聞大汗的死訊，趁機向咱們發起進攻。以婆閏的年紀和本事，怎麼可能領兵迎擊？」

「咱們可以向燕然大都護府求援。瀚海都護府，原本就歸燕然大都護府所屬！」

「咱們的可汗，還是大唐的瀚海都護，大唐朝廷肯定不能眼睜睜地看著，車鼻可汗打上門來卻不發兵相救！」

「婆閏不必親自領兵，坐鎮行轅即可。烏紇設，難道吐迷度可汗蒙受了長生天的召喚，你就不願意為咱們回紇而戰了嗎？」眾長老聽他越說越離譜，紛紛站起身反駁。

烏紇再度搖頭，右手緩緩按在腰間刀柄上，「先前吐迷度大汗兩次寫信向燕然大都護府求救，婆閏冒死去了一趟燕然都護府，博碩長老還為此付出的性命。但是，諸位你們可曾看到燕然大都護李素立，派來一兵一卒？」

「這……」眾長老愣了愣，頓時無言以對。大唐對回紇各部不可謂不優厚，可眼下大唐燕然大都護李素立沒膽子帶領唐軍與突厥別部交戰，也是無法否認的事實。而沒有大唐的兵馬支援，一旦車鼻可汗領兵來攻，回紇十八部就要面臨滅頂之災！

見眾長老的思路成功被自己帶歪，烏紇用手扶胸口彎了一下腰，繼續補充：「如果婆閏肯發誓，在突厥與大唐之間，兩不想幫。我當然願意為他而戰。如果婆閏堅持帶領回紇十八部站在大唐那邊，諸位長老，請恕烏紇斗膽，烏紇絕不會帶著我回紇勇士，為別人做無謂的犧牲！」

「的確，咱們不能為了大唐，把自己給搭上。」

「大唐自己不爭氣，怪不得咱們。」

「烏紇說得對，於今之計，暫且兩不相幫，才是上策啊！」四下裡，立刻響起了一片竊竊私語。八成以上部族長老，都緊皺著眉頭，滿臉擔憂。

「婆閏，婆閏，你到底怎麼想的。你倒是說句話啊！」長老第里急得額頭冒汗，一邊朝婆閏眨巴眼睛，一邊高聲催促。作為部落裡少有的智者，他能清晰地看出來，烏紇已經成功地將何時推婆閏上位的議題，轉變成了在大唐與突厥之間的取捨問題。

然而，倉促之間，他卻想不出合適的應對之策。只能催促婆閏先站出來表態不會與突厥人為敵，以安撫一眾部落長老之心。

然而，不知道是因為年紀太小，還是被打擊嚇傻了的緣故。婆閏卻對他的暗示無動於衷。緩緩站起身，向著眾長老俯首：「我父親臨終之前，曾經留下遺言說：咱們回紇人即便不懂得感恩，至少也要分得清好歹。跟著大唐，有飯吃，有衣穿，十八部日漸繁榮。跟著突厥，卻除了災難，就是死亡！我相信，他的話肯定有道理。所以，我不能欺騙各位，說會帶著回紇十八部置身事外。事實上，咱們回紇十八部，也不可能置身事外。」

「所以，你就一定要帶著回紇十八部男女，為了大唐去死？」早就預料到婆閏會如此回應，烏紇立刻抓住他的話頭，厲聲質問。

「不是為了大唐去死，而是為了回紇十八部的未來而戰。當然，只要條件准許，我就不會跟車鼻可汗硬碰硬。」婆閏想了想，輕輕搖頭。

他年紀小，缺乏與人勾心鬥角的經驗，然而，他卻不傻。不用太費力氣，就發現烏紇今天的表現非常不對勁兒。與自家父親去世前，判若兩人！很明顯，先前烏紇在自家父親病榻前的表現，是裝出來的。而此刻，才是此人的真實面目。

「硬碰硬不硬碰硬，是你能說得算的？若是車鼻可汗帶兵打過來，你怎麼辦？」根本不在乎婆閏是否已經有了警覺，烏紇冷笑著質問。

「我會按照父親生前的吩咐，帶著全部落的人，退向受降城。」倉促之間，婆閏也來不及想其他對策，只能按照自家父親吐迷度的遺命回應。

「男女老幼都能說走就走？」烏紇看了他一眼，冷笑著撇嘴，「就算你能把所有人都帶上，牲畜呢，帳篷呢，草場呢，也能打包一起帶走？如果沒有自己的草場，我們去了受降城那邊，牲畜吃什麼，人吃什麼，李素立會好心管我們回紇十八部，近二十萬人丁的口糧？即便他肯，我們與那討飯的乞丐，還有什麼分別。突厥狼騎打到受降城下，我們還不是一樣要替大唐朝廷去拚命？」

一口氣問出了連珠箭般的問題，他卻不給婆閏逐個解答的機會，緊跟著就快速將身體轉向所有長老，手按著刀柄高聲強調：「這就是我最擔心的事情，各位長老，婆閏根本不懂，該如何做咱們回紇人的大汗。更不懂，該怎樣選擇，才最符合咱們回紇人的利益。貿然推他上位，只會給回紇帶來滅頂之災。所以，我提議，推我叔父，俱羅勃設為咱們回紇的新可汗！」

「這……」沒想到烏紇繞了這麼大一個圈子，竟然不是為了他自己，眾長老的腦袋跟不上節奏，瞪圓了眼睛沉吟。

自打吐迷度去世之後，就陷入了進退兩難狀態的俱羅勃，也被烏紇給「殺」了個猝不及防，趕緊揮舞著雙臂拒絕，「不可，不可，萬萬不可。烏紇，你別胡鬧。我做不了咱們回紇人的可汗。我沒那本事，並且，這不是繼承氈包和牲畜，兄終弟及。可汗去世，理應他的兒子即位，除非他本人有遺命。否則，沒有兄弟接替汗位的道理。」

「可不是嗎，汗位又不是氈包和牲畜，哪能兄終弟及？」長老第里瞬間鬆了一口氣，接著俱羅勃的話高聲附和。

「對，這不符合咱們回紇的規矩。」

「烏紇，你的擔憂不無道理。但是，傳汗位於兒子，卻是咱們回紇千百年來的傳統。豈能說改就改！」

「婆閏做什麼選擇，不是還有長老們一道幫忙參謀嗎。與他是否該繼承汗位沒關係。」幾個對吐迷度忠心耿耿的長老，互相看了看，也紛紛開口，否決俱羅勃接替吐迷度做可汗的正當性。

「諸位的話有道理，可汗之位，斷不可兄終弟及！」烏紇也不生氣，立刻接受了第里長老等人的觀點。「如此，我父親當年去世之時，就該由我來做大汗。為何大夥一致擁立我叔父吐迷度？」

「這……」眾長老們第三次無言以對，彼此以目互視，都在對方眼睛裡看到了深深的惶恐。

當年吐迷度繼承汗位時的情況，與眼下何其相似？都是突厥人大兵壓境？都是可汗之子尚未成年。大夥兒那時候為了回紇十八部的未來，一致擁立吐迷度為可汗？眼下為何就不能為了回紇十八部的未來，一致擁立俱羅勃？

反過來講，如果今天不能擁立俱羅勃，當初擁立吐迷度，就是一個錯誤。而當初真正應該繼承汗位的，就是烏紇！

將眾長老的窘態全看在眼裡，烏紇又一次將手按在腰間刀柄上，高聲宣告：「道理，掌握在諸位長老手中。咱們回紇十八部的未來，也掌握在諸位手中。我，回紇大可汗迭羅的長子，烏紇，認為自己同樣有繼承汗位的資格，並且不該排在婆閏之後。不知道諸位長老，意下如何？」

「烏紇，大汗屍骨未寒，你就做出如此大逆不道之事，你就不怕長生天的懲罰？」見烏紇已經不再掩飾自己的真實意圖，第里長老怒不可遏，瞪圓了眼睛厲聲質問。

「烏紇，你這樣做，咱們回紇十八部會陷入內亂啊！」長老詼賀痛心疾首，頓著腳提醒。

「烏紇，你父親去世之時，你才四歲。而婆閏今年已經十六歲了！」長老福奎驚慌失措，流著淚奉勸。

「烏紇剛才說的，其實也沒錯……」其他眾長老或沉默不語，或者低聲議論。對烏紇是否擁有汗位繼承權的問題，莫衷一是。

烏紇要的就是這種效果，笑了笑，高聲回應：「我叔父吐迷度汗是個英雄，給咱們回紇十八部帶來了前所未有的繁榮。所以，即便他違背了祖先的規矩，奪走了本該屬於我的汗位，長生天也沒有降罪於他。而我，今日不過是想拿回我自己的東西而已，長生天怎麼會懲罰我？況且，誰又敢保證，我不會比我叔父做得更好？」

「烏紇，你想篡位，就直說。別給自己臉上塗金粉！」聽烏紇一而再，再而三地拿自己的父親當擋箭牌，婆閏忍無可忍，衝上前指著對方的鼻子斷喝。「我不是篡位，你錯了！」烏紇後退半步，抬手撥開他的手指，「而是陳述一個事實。既然當年你父親接替了我父親做大汗，不是篡位。我現在與你爭，誰更適合帶領咱們回紇十八部，也不是！」

「你，你胡攪蠻纏。」婆閏氣得眼淚都流了下來，揮拳朝著烏紇的下巴砸去。

烏紇年紀比他大十多歲，身體也遠比他強壯，戰鬥經驗更是超過了他十倍。果斷側身閃避，讓開了他的拳頭，隨即，順勢拔出刀，架在了他的脖頸上，「小子，想找死嗎？我成全你！」

「住手，別殺他！」俱羅勃嚇得亡魂大冒，衝上前，伸手去抓烏紇的手臂，「大汗屍骨未寒，大汗對你如親生兒子一般。」

「放心！」搶在俱羅勃碰到自己手臂之前，烏紇迅速收刀入鞘，「我只是讓他清醒一下而已。」

隨即，又朝著被嚇呆了的眾長老擺手，「諸位也放心，不到萬不得已的地步，我不想在我叔父靈前流血。來人，扶婆閏特勤下去休息，他太累了。」

最後一句話，是朝著門外喊的。他預先安排好的武士們，立刻齊聲答應著，快速衝進帳篷之內。其中一隊不由分說架起了婆閏，轉身便走。另外兩隊，則手按刀柄，站在了眾長老面前。

「烏紇……」第里長老拔出腰刀，想要上前拚命。卻被武士們迅速將腰刀磕飛，然後踹翻在地，繩捆索綁。

「烏紇，不能這樣，不能這樣啊！咱們回紇內亂，只會便宜了外人啊！」長老福奎流著淚勸告，然而，他的話，卻已經沒有任何人肯聽。更多長老，則快速左顧右盼，待發現烏紇早有佈置，嘆息著選擇了聽之任之。

「諸位，我這樣做，絕不是肆意妄為。我叔父臨終前，曾經說過，如果婆閏沒本事帶領咱們回紇十八部，俱羅勃叔父可以廢掉他，另立新可汗。」已經獲得了絕對控制權的烏紇，卻不滿足，笑著給自己尋找更多的理由，「俱羅勃叔父，你來告訴諸位長老，是不是這樣？」

「這……，這……」俱羅勃氣得直哆嗦，卻沒勇氣反駁烏紇的話。

烏紇偷偷在給吐迷度治病的藥物中下毒，他早有察覺。然而，卻因為貪圖烏紇給出的好處，並且畏懼吐迷度繼續帶著回紇十八部與突厥為敵，選擇了睜一隻眼閉一隻眼。

如今，烏紇肆意篡改吐迷度留下的遺言。他如果不為之作證，過後勢必遭到烏紇的報復。而萬一烏紇倒台，吐迷度真正的死因被揭開，他作為包庇烏紇的從犯，也一樣落不到什麼好下場。

可如果順著烏紇的意思說，婆閏的汗位，一定會被烏紇所奪。並且，烏紇過後，一定會違背吐迷度的遺囑，澈底倒向突厥人。

正遲疑不定之際，帳篷門口，忽然有人急匆匆闖入。沒時間跟眾長老見禮，就高聲向他和烏紇二人彙報：「報，俱羅勃設、烏紇設，突厥二王子陟苾設帶領三千飛鷹騎，出現在草海子！」

「草海子？」俱羅勃立刻顧不上再回應烏紇的話，瞪圓了眼睛高聲質問，「他們來做什麼，可曾與咱們的人交手？」

再看其他長老，一個個也面面相覷。

草海子在瀚海都護府牙帳之西，距離大夥目前所在位置，只有四百里左右。而突厥飛鷹騎，一向以速度見長。四百里距離，如果其全力狂奔，只需要一天一夜就能走完！

「沒交手！」來人頂著一腦袋汗水，連連搖頭，「陟苾把兵馬停在了那邊，說要商議舍哲公主跟烏紇之間的婚期。得知大汗病故，請兩位設前去草海子，跟他相見。」

「啊……」眾長老你看看我，我看看你，全都明白，大局已定。

烏紇跟舍哲公主的婚約，是車鼻可汗造反之前，就定下來的。車鼻可汗斬殺大唐使者之後，吐迷度汗不肯跟他同流合污。這個明顯帶著政治聯姻味道的婚約，自然就作了廢。

如今，吐迷度可汗身故，車鼻可汗卻堅持要履行這個婚約。所代表的意思，不言而喻。

三千飛鷹騎，不足以推平回紇十八部。然而，誰知道飛鷹騎身後，跟沒跟著其他突厥大軍。

突厥大軍壓境，回紇內部還有烏紇這個吃裡扒外的傢伙，給突厥人做內應。回紇十八部，怎麼可能打得贏？

草原上的戰爭，可不講究什麼對百姓秋毫無犯。一旦回紇十八部戰敗，部落中所有身高超過車輪的男丁，都會被突厥人屠戮殆盡。

這個後果，回紇十八部絕對承受不起。

「俱羅勃叔父，你還沒回答我的問題？」烏紇的話再度響起，就像寒冬臘月的北風一樣冰冷。

「的，的確，吐迷度可汗有遺命。」眼前閃過戰敗之後，回紇百姓被屠戮的慘狀，俱羅勃澈底打消抵抗的念頭，低下頭，有氣無力地回應，「如果婆閏沒本事帶領回紇十八部，就准許我捨棄他，另立烏紇為可汗。但，但是，要求無論如何，都保全婆閏的性命，送他，送他前往長安讀書。」

「叔父！」沒想到向來對自己關愛有加的俱羅勃，竟然這麼快就倒向了烏紇，婆閏氣得兩眼發紅，淚流不止。

「你去長安讀書吧。學有所成之後再回來。」彷彿剎那間老了二十歲，俱羅勃佝僂著腰，低聲對婆閏吩咐，「草原上風雲變幻，你這個年齡，的確不適合做大汗。」

「叔父！我父親說你可以取代我，卻沒說讓我將汗位送給烏紇！」婆閏又驚又氣，揮舞著手臂抗議。隨即，他又將面孔迅速轉向眾長老，大聲疾呼：「各位長老，你們說話啊。難道你們就眼睜睜地看著，烏紇把整個部族帶向深淵？」沒有長老敢接他的話，眾人一個個低下頭，做泥塑木雕。烏紇麾下的武士們，則一擁而上，拉胳膊的拉胳膊，扯大腿的扯大腿，將他硬生生抬出了大帳。

「車鼻可汗知道咱們回紇不富裕，許諾給咱們十萬頭羊，五千匹馬。我這邊不要，各位長老拿去平分。」目送婆閏被抬出門外，烏紇邁動腳步，走向吐迷度汗平時處理公務的帥案之後，笑著宣佈。這下，眾長老更沒勇氣反對他繼承汗位，紛紛俯身稱謝。而烏紇為了安定人心，也沒有表現得過於強勢，當眾又宣佈各位長老的權力不會做任何變更，甚至連被捆翻在地的第里長老，都被他下令當場釋放，享受與其他長老同樣的待遇。

於是乎，帳篷內歡聲雷動。眾長老紛紛稱頌烏紇仁義、英明，繼承汗位乃是眾望所歸。至於婆閏被抬出帳外之後接下來被送去了哪，卻沒人再問。

烏紇聽得心花怒放，趁機又宣佈了一些新的施政舉措。每一條，都盡最大可能保證了在場長老和各部吐屯利益，愈發讓眾長老讚不絕口。

回紇十八部是一個緊密的聯盟，各部落彼此之間難免會有一些磕磕絆絆。吐迷度汗最近兩個多月，幾乎把全部精力都放在了對付突厥人的威脅上，根本顧不得處理內部糾紛，許多問題就積攢到了一處。

烏紇新官上任，自然不能讓問題繼續拖延下去。因此，趁著眾長老都在場，開始對糾紛進行逐條處理。

如此一來，消耗的時間可就長了。哪怕他再精力充沛，當把所有糾紛都處理完畢，時間也已經臨近了午夜。先將眾長老送走，然後拖著疲憊的身體返回自己寢帳。烏紇本打算美美睡上一覺，養足了精神也好去迎接前來幫自己壯大聲勢的陟苾和突厥飛鷹騎。卻不料，寢帳內，卻忽然多出了一個人。

「烏婭嬸嬸，妳怎麼在這裡？」烏紇被嚇了一跳，手按刀柄低聲追問。

「你居然還叫我嬸嬸？」藏在他帳篷裡的女子笑著迎上前，環珮叮噹，媚眼如絲，「烏婭命薄，還請可汗垂憐。」說著話，緩緩下拜。手腕、腳腕、胸口，脖頸等處的黃金珠玉與乳白色的皮膚相互映襯，勾魂奪魄。

「咕咚！」烏紇本能地吞了一下口水，然後才想起來，自家叔父吐迷度可汗臨終之前，把所有妃子分成了兩批，一批送給了俱羅勃，另外一批送給了自己。而以俱羅勃的精明，豈能看不出來自己早就跟烏婭有染？因此毫不猶豫地就將這個女人，給自己送了過來。

「起來，我的小心肝，快起來！」意識到終於不用再偷偷摸摸跟對方廝混，烏紇也是心情激盪，迅速伸出手，捉住烏婭的春蔥般的十指，將她緩緩拉起，「我今天太忙，差點忘了妳已經成了我的。」

「這回，咱們終於不用再偷偷摸摸！」彷彿跟他心有靈犀，烏婭紅著臉感慨。「你不知道，這一年多來，我有多害怕。」

「不用了，今後妳也不用再害怕了！」烏紇聽得心中發軟，張開雙臂，將烏婭緊緊攬入自己的懷抱。「這一年多來，辛苦妳了。」

「不苦，你比我更苦。」烏婭的眼中迅速湧出了淚水，將頭伏在烏紇的肩膀上，哽咽著搖頭，「我好歹不用為他做牛做馬，而你，除了擔驚受怕之外，還要領兵為他打仗。」

「想到我的小烏婭，我就不覺得苦！」感覺到肩膀上傳來的濕熱，烏紇索性彎下腰，將烏婭直接橫抱在懷中，然後快步走向了床榻，「並且，現在咱們苦盡甘來！」說著話，他將烏婭放在床上，然後，三下五除二，去掉了自己和對方身上的衣服。屋子裡，頓時響起了環珮聲陣陣，之間還夾雜著一聲聲吟哦，穿透帳篷壁，令夏夜的星光愈發嫵媚。

「我一直等著這一天。」當激情過去，烏婭抱著烏紇石雕一樣的胳膊，低聲呢喃，「我記得咱們在一起，說過的每一句話。烏紇。長生天保佑，吐迷度沒發現任何端倪，就去世了。感謝長生天，讓我終於可以做你的人，不必再對著一個老頭子。」

「長生天保佑！」烏紇笑著用另外一隻胳膊支撐起身體，借著燈光，認真欣賞床上的美人兒，彷彿欣賞一件無價之寶。促使他暗中給吐迷度下毒的原因，突厥車鼻可汗對他不惜代價的拉攏，只是其中之一。另外一個重要原因，便是眼前這具近乎完美的胴體。

如象牙般潔白，如絲綢般順滑，還充滿了活力。吐迷度那老東西，怎麼配佔有她？只有自己，回紇第一英雄烏紇，才配將她壓在身下，在每天夜裡予取予求。

「看什麼？」雖然不是第一次被烏紇這麼看，烏婭卻仍舊覺得有些害羞，閉著眼睛，低聲抱怨，

「人以後都是你的了，還看不夠啊！」

「妳真好看！」烏紇又狠狠咽了下吐沫，感覺心臟處再度湧起一股難言的濕熱。正當他準備梅開二度，閉著眼睛的烏婭，卻喃喃央求，「那就讓我做你的可敦。烏紇，我不介意你有多少可敦，只求在你心中，我是最重要的一個。」這本是一句情話，以往二人情到濃處，烏婭曾經說過不止一次。每一次，都能讓烏紇心生愛憐。而這次，烏紇的身體卻明顯僵了僵，隨即，全身上下的欲火盡數熄滅。

「怎麼了？」烏婭敏銳地感覺到心上人的僵硬，睜開桃花般的眼睛，柔聲詢問。「你是太累了嗎？」

「我還有點事兒，需要去處理一下。妳先回妳自己的寢帳。」烏紇翻身下床，光溜溜走到了燈光之下。「立妳做可敦的事情，不能急在一時。突厥的舍哲公主馬上就要嫁過來，我不能在這個時候，讓她父親車鼻可汗失望。」

「烏紇……」烏婭心中的火焰，也迅速變冷。卻強忍壓下心中的疑慮爬起來，從背後抱住了烏紇的腰。

眼淚不受控制地從她的眼眶中淌出，剎那間將烏紇的後背潤濕的一大片。然而，烏紇的身體，卻越來越硬，越來越冷，彷彿變成了一塊石雕。

「我不會辜負妳。」抬手拍了拍烏婭發青的手背，烏紇笑著安慰，「妳只需要耐心等待幾個月。我娶舍哲，完全是為了她父親。但是，她脾氣非常差，一旦發現我最喜歡的人是妳，肯定要找妳的麻煩。」

「嗯！」烏婭感覺自己的身體也在一點點變硬，卻努力將烏紇抱得更緊。為了懷裡這個男人，她親手將毒藥放進了自家丈夫吐迷度的酒裡。為了懷中這個男人，她不惜捨棄了尊嚴、良知，甚至準備隨時付出性命。而現在，這個男人如願當上了大汗，卻忘記了當初的承諾。

「乖，回去休息吧，我剛當上大汗，許多雙眼睛看著呢。」感覺到背後富有彈性且柔軟的壓力，烏紇笑了笑，再度輕拍烏婭的手背。那柔軟輕彈的感覺，曾經讓他無比迷醉。然而，眼下卻忽然變得缺乏誘惑力。他是大汗了，回紇十八部的大汗。將來還有可能統轄大半個草原，甚至取代自己的岳父車鼻。怎麼能夠，因為兒女之情就斷送了來之不易的大好局面？

不小心用力有點兒大，烏婭的手背吃痛，身體哆嗦了一下，緩緩鬆開了雙臂。悄悄地擦了一把眼淚，她轉過身，從床上抓起被烏紇脫下來的衣服，一件件穿好。然後朝著烏紇笑著行了個禮，緩緩從後門離去。

「妳別著急，我心裡自有計較。」望著烏婭不知不覺間佝僂下的腰，烏紇心中忽然覺得有些心疼，追了半步，低聲安慰。

然而，半步之後，他卻果斷將雙腿停在了原地。

女人啊，得了寸就會進尺。絕對不能慣著。如果現在不敲打她一下，將她恃寵而驕，與舍哲起了衝突，最後吃虧的還是她自己。

烏婭本以為，烏紇至少會追上來，送自己出門，所以故意將腳步放得很慢。結果，直到她走出了帳篷，也沒感覺到曾經的溫柔。剎那間，她彷彿聽見了自己心碎的聲音，脊背變得更駝，臉上的眼淚也隱約成河。然而，她的腳步卻沒有停下，變得越來越快，越來越快，最後幾乎變成了狂奔。

一路奔回了自己的帳篷，她將身體撲進床上，宛若死去。但是，在一個多時辰之後，她卻又掙扎著爬了起來，挑著燈籠出了門。

「烏婭可敦！」一名女奴被驚醒，趕緊上前幫忙。卻被她一把推了個跟頭，「老實睡覺，別礙手礙腳，否則，我扔妳去餵狼。」

「是！」女奴嚇得臉色慘白，倒退著離去。烏婭迅速朝周圍看了看，又用右手摸了摸腰間的刀柄，咬著牙加快腳步。

雖然號稱瀚海都護府行轅，回紇王庭占地的面積卻不大，方圓只有三四里。而作為烏紇的嬸母和情人，烏婭對於後者的習慣瞭若指掌。

先花了短短一刻鐘功夫，在周邊稍作佈置。她深吸一口氣，快步走向王庭東南角的一處帳篷。帳篷的四周圍臨時豎起了柵欄，還有二十幾名烏紇的親信在擔當守衛。然而，卻擋不住她的腳步。

「奉可汗之命，問婆閏一些事情。」從腰間摸出一塊金牌，在燈下晃了晃，她高聲向守衛們宣佈。說話時，故意高高地揚起了額頭，就像一隻驕傲的天鵝。

事關汗位爭奪，烏紇安排來看管帳篷的守衛，全是他最信任的嫡系。在這些人眼裡，烏紇與其嬸母烏婭私通，根本不是秘密。按照回紇規矩，舊汗去世，除了新可汗的嫡母之外，其餘妃子全都自動由新可汗繼承，烏婭也即將成為新汗烏紇最寵愛的可敦。

故而，守衛們絲毫不敢懷疑烏婭的話，乖乖地給她開了門，畢恭畢敬地將她送進了帳篷之內。但是，烏婭卻不領情，進了門之後，立刻扭頭質問：「有些話，你們確定要旁聽嗎？」

「不敢，不敢！」守衛們被烏婭囂張的氣焰逼得喘不過起來，躬著身體快速退了出去，然後儘量遠離帳篷。以免不小心聽到了不該聽的秘密，稀里糊塗地被滅了口。

「烏婭，妳是來替烏紇做說客嗎？」被關在帳篷裡的人正是吐迷度唯一的兒子婆閏，見來人是自家父親的妃子，立刻冷笑著質問。

「別廢話，脫衣服！」烏婭放下手中的燈籠，立刻開始寬衣解帶。

「妳，是我父親的可敦。我父親還沒下葬。」婆閏雖然年紀小，卻早已經通曉了男女之事，一邊躲閃，一邊紅著臉抗議。

「想得美，你如果是可汗，我倒是理應侍奉你。而你現在，不過是烏紇放在案板上的肥肉。」烏婭又是生氣，又是難過，咬著牙冷笑。「不想死，就快跟我交換衣服，然後溜走，趁著烏紇沒功夫殺你。否則，明年今天，你墳頭上就長滿了青草。」說話間，她已經將自己脫得只剩下一件裡衣。嬌美的身材在燈光下，暴露無遺。而婆閏，卻沒有勇氣去看，低著頭，一邊脫自己的衣服，一邊低聲追問：「妳，妳是來救我的？我如果走了，妳怎麼辦？」

「死，然後等你回來給我報仇！」烏婭抬手抹了一把淚，咬著牙回應。

她是火月而生，性子也如烈火。當初喜歡烏紇，也認為烏紇喜歡自己，便願意為烏紇付出一切，包括生命。而今夜當發現自己所有付出，都被烏紇視為草芥。她唯一想做的，就是把烏紇也拉入塵埃。為了達到這個目的，同樣不惜任何代價！

「妳穿好衣服，趕緊走。我不能讓妳拿自己的命，來換我的命。俱羅勃叔父跟烏紇有約定，他做了大汗，就送我去長安讀書。」

「你……」烏婭被嚇了一跳，正在穿衣服的手，本能地停了下來。

「你不想讓我死在你面前，就按照我說的去做。」烏婭毫不猶豫抓起刀，拔刀出鞘，刺向自己的小腹。「俱羅勃如果有擔當，就不會眼睜睜地看著你被趕下汗位。至於烏紇，他說的話，只能去哄死人。」

刀尖鋒利，頓時就刺破了她的皮膚。一行血跡，沿著白皙的小腹表面迤邐而下，嬌豔奪目。

婆閏的眼睛，立刻被血色燒紅。沒有勇氣多看，也沒有勇氣去奪下尖刀。低下頭，一邊快速給自己換上烏婭的衣服，一邊連聲祈求，「別，妳別死，我換，我換還不行嗎？烏婭，妳一會兒裝作被我打暈了。然後，保住自己的性命。我一定會回來救妳，一定。」

夏天時的衣服沒幾件，說話間，已經將衣服換完。仍舊不敢看已經放下了刀的烏婭，彷彿多看一眼，就是褻瀆。

「咱倆身材差不多，你用薄紗蒙住臉，出門之後別搭理守衛，一直向南走。靠近南門的柵欄上，有個很大的豁口。豁口外，我藏了兩匹馬，一張弓，一壺箭。」烏婭沒有穿衣服，緩緩坐在床榻上，低聲叮囑。

婆閏感動得無以復加，咬了咬牙，倒退著走向門口，「保全自己，如果我能活著回來，一定娶妳做可敦。相信我！」

烏婭笑了笑，沒有回應，兩行清淚，剎那間卻又淌了滿臉。

直到門外，已經沒有了婆閏的腳步聲。才搖搖頭，低聲罵了一句：「小屁孩！」隨即，起身抓起桌子上的牛油蠟燭，將火苗靠上了床頭的紗帳。

火苗迅速騰起，轉眼間，就由床頭竄上了帳篷頂，竄上了窗子，竄上了氈子做牆壁。將整個帳篷，變成了一團巨大的篝火。

無比明亮。

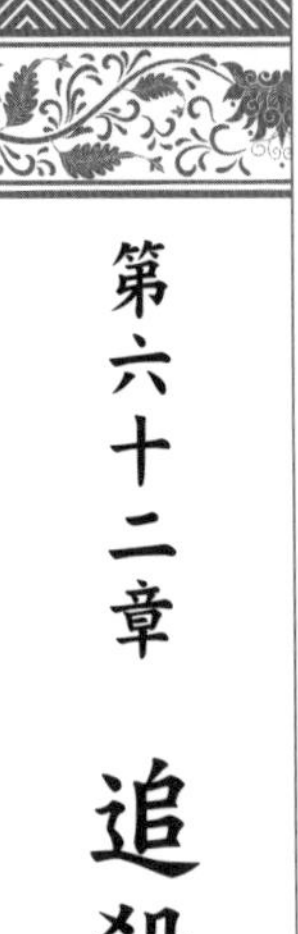

第六十二章 追殺

轉過頭，看到火焰從先前囚禁自己的帳篷上燃起，大唐瀚海都護吐迷度之子婆閏，剎那間淚如泉湧。他跟烏婭並不熟悉，彼此之間也沒太多好感。對方只是他父親的二十幾位可敦之一，既不受寵，身後也沒有任何強大的背景，平時更沒什麼接觸。如果不是在父親的病榻前曾經與對方相遇，他甚至都未必記得對方的名字。然而，這個女人卻為了救他，不惜犧牲了性命。從始至終，沒有提起任何回報！

婆閏想不出烏婭為什麼要這樣做，正如他想不出平素對自己關愛有加的叔父俱羅勃，為何等不及父親下葬，就跟烏紇沆瀣一氣？

但是，婆閏卻無法讓自己不心痛，也無法遏制自己的眼淚。

烏婭比他大了沒幾歲，按照他父親的遺囑和回紇人的傳統，很快就要成為烏紇的可敦。即便再不受寵，至少能衣食無憂地過完這一生。

「著火了，著火了！」

「救火，救火！」

數名部族男子被火光從睡夢中驚醒，赤精著上半身，衝出自家帳篷。然後抓起木桶、皮口袋、陶罐子，以及各種可以取水的工具，朝著起火的帳篷狂奔。

「婆閏特勤在裡邊！」「救婆閏特勤！」「老汗唯一的兒子在裡邊！」「救火！」四下裡，喊聲越來越高，更多的成年男女奔向火場，試圖趁著火勢沒有蔓延起了之前，將其撲滅。

沒有人注意到身穿女裝，用輕紗蒙著臉的婆閏。即便注意到了，也不會為他而分心。他的身體還沒完全長開，身高與烏婭的差別並不明顯。而烏婭即將成為烏紇的可敦，身份高貴，不會冒險去救前任可汗的兒子，無可厚非。

「我不能讓她白死！」猛地意識到自己還在瀚海都護府行轅之內，婆閏抬手抽了自己一個耳光，隨即，強迫自己加快腳步，朝著烏婭生前指引的方向狂奔。

烏婭是個細心的女子，哪怕是臨時起意，也準備得極為充分。遵從她生前的交代，婆閏沒費什麼力氣，就找到了營地柵欄上的豁口。趁著今晚當值的守衛們都跑去幫忙救火，他迅速翻過豁口，逃到了營地之外。又繼續向外跑了十幾步，就看到了被烏婭提前留下的兩匹戰馬。

弓箭、乾糧、水袋，應有盡有。其中一匹馬的鞍子旁，甚至還掛著回紇武士常用的橫刀。「我不會讓妳白死！」翻身跳上坐騎，婆閏再度扭頭，望著火光的方向在心中承諾。隨即，抖動韁繩，催促坐騎將自己帶向遠方。

「好像有人騎著馬朝南邊跑了！」瀚海都護府行轅正門，有一名當值的兵卒隱約聽到了馬蹄聲，皺著眉頭向隊正報告。

「別瞎說，我怎麼沒聽見？」隊正側著耳朵聽了聽，隨即，打著哈欠搖頭，「大半夜的策馬趕路，就不怕遇到狼群？」

「嗯！也對！」幾個兵卒互相看了看，紛紛點頭。

剛才聽到馬蹄聲的人，遠不止一個。然而，聯想到營地內突然而起的火光和今天詭異的汗位傳承，大多數兵卒，都懷上了和隊正一樣的心思。

這個節骨眼上逃離營地的，肯定與烏紇不是一路人。大夥都不是烏紇的嫡系，何必把事情做得太絕？

「都打起精神來，打起精神來。可汗有令，關閉寨門，不放任何人出入。以免有歹徒趁火打劫！」兩名烏紇的嫡系親信策馬狂奔而至，朝著門口當值的隊正和兵卒們高喊。

「我等謹遵汗命！」隊正帶頭，兵卒們齊齊躬身，回答得無比乾脆。然而，卻全都主動將剛才聽到的馬蹄聲，盡數遺忘。

婆閏的騎術甚佳，在當值將士有意或者無意的放水下，轉眼間就逃出了十里之外。扭頭看到身後的火光漸漸變弱，他抬手扯下臉上的輕紗。又拔出橫刀，將衣袖和褲腿等處多餘的布料盡數割去，很快，就將自己變回了一個身穿短衣短褲的少年郎。

不知道烏紇多久會發現死在火海當中的屍體不是自己，他沒膽子停下來休息。翻身跳上另外一匹坐騎，繼續向南狂奔。如此一路輪番更換坐騎，直到天邊出現了魚肚白，才在一條季節河旁，喘息著滾下馬背。

以最快速度補充了淡水，飲了馬，又拉著兩匹馬吃了一些青草。婆閏不敢多做耽擱，咬著乾糧再度跳上馬背，沿著河畔尋找過河的道路。

烏紇篡位之後，一定會與突厥結盟。草原之上，沒有任何其他勢力，能夠與這個聯盟為敵。無論是想要活命，還是想要奪回汗位，他都必須再去一趟受降城。如果燕然大都護仍舊沒勇氣發兵討伐車鼻可汗或者烏紇，接下來，他還要前往長安，請求大唐皇帝為自己主持公道！「希望大唐天可汗，真的像師父說的那樣英明神武！」一邊尋找道路，婆閏一邊在心裡默默祈禱。

他對大唐皇帝李世民的印象，全部來自師父韓華。最開始，覺得李世民像傳說中蓋世英雄一樣偉大，一樣睿智。然而，師父韓華去世之後的一系列遭遇，卻讓他心中漸漸產生了動搖。特別是向燕然大都護李素立求救，卻被後者用各種理由拒絕之後，他很是懷疑，師父因為崇拜，對天可汗的描述，過於塗脂抹粉。「如果天可汗真的像車鼻可汗說的那樣，已經是一頭行將就木的蒼狼，該怎麼辦？」猛然心中閃過一個想法，婆閏的雙眉迅速皺緊。英明神武的天可汗，不該放著吳黑闥這種豪傑不用，卻對李素立這等窩囊廢委以重任。反過來推，重用李素立這種窩囊廢，卻把吳黑闥丟在閒職上發黴的天可汗，肯定不夠英明神武。如果是那樣的，自己想要討還公道，可就難了。大唐朝廷會因為害怕遭到損失，拒絕出兵平叛。即便勉強出兵，由李素立這樣的人做主帥，也未必是突厥—回紇聯軍的對手。

人在遭受連番打擊之後，心思很容易走偏。婆閏的情況便是如此。越想，他覺得未來越是灰暗，越想，他覺得心情越是絕望。而老天爺，彷彿還嫌他遭受到的打擊不夠沉重。竟然讓季節河發起了洪水。結果，沿著河岸從清晨找到了正午，婆閏也沒找出可以過河的通道。北方的天空中，卻已經有一道黃綠色的煙塵，扶搖而上。

「追兵，烏紇帶人來追殺我了。」剎那間，婆閏覺得渾身上下一片冰涼。黃綠色的煙塵，是大隊戰馬狂奔時特有的標誌。在回紇人的地盤上，這個時間，數以百計的戰馬從北向南狂奔而來，唯一可能就是捉拿他的追兵。

婆閏自問沒有以一當百的本事，卻絕不甘心束手就擒。他是吐迷度汗的兒子，他即便陷入絕境，也會用血來捍衛自己最後的尊嚴。

「嗚，嗚嗚，嗚嗚…………」。眼看著煙塵距離他越來越近，身背後的大河上，卻傳來了一聲激越的號角。緊跟著，一個巨大的木筏，順著水流，直接衝向了他的身側

有幾個不太熟悉的身影，在木筏上用長槳做竹篙，奮力撐動。還有一個熟悉的身影，則在木筏上奮力揮手，「下馬，下馬，上木筏。別管馬，牠們自己會游。婆閏，你聾了嗎？剛才喊你那麼多聲，你竟然一句都沒聽見！」

「姜簡……」婆閏如聞天籟，一縱身跳下坐騎，蹚著水，深一腳，淺一腳地朝著木筏狂奔。剎那間，眼睛裡和頭頂上的陰雲盡數消散。

第六十三章　反擊

「小心別摔跤，拉住我的馬槊！」儘管惱火婆閏想做自己的姐夫，看到對方平安無事，姜簡仍舊由衷地感到高興。抓起一根馬槊，單手遞了過去，招呼對方借力。

「哎，哎！」婆閏連聲答應著，撲向長槊，單手抓住槊桿，借著姜簡的拉扯，加快速度向木筏靠攏。還沒等他踏上木筏，耳畔已經又響起了一個天籟般的聲音，「小心！不用著急，追兵距離河岸還遠！」

「阿姐！」婆閏剎那間如遭電擊，停住腳步，僵立在了水中，瞪圓雙眼向聲音來源處凝望。只見一個灰頭土臉，全身穿著男子裝束的人，正朝著自己點頭，目光之中，充滿了鼓勵和關切。

不是姜蓉，又是哪個？

「你到底要不要上木筏啊！」姜簡大急，用力扯了下馬槊柄部，高聲催促。見過好色的，沒見過如此好色的。竟然不顧追兵臨近，站在河水裡對著自家姐姐發起了呆。早知道這樣，自己當初就不該來救他。無論他是姐夫的弟子，還是自己的朋友。

「上，上，我靴子進了水，有點沉！」婆閏如夢初醒，訕訕地答應。隨即，繼續努力邁動腳步。

借著姜簡的拉扯，他終於趕在追兵抵達河岸之前，爬上了木筏。卻不待雙腳站穩，就躬身相謝：「阿姐、姜簡，多謝你們來救我。我父親過世了，被我兄長烏紇篡了位。今天如果不是你們來得及時，我一定會被他的爪牙殺死在河畔。」

「我們才不是專程前來救你，是送阿茹回家，路過而已。」姜簡撇了撇嘴，沒好氣地強調。「站穩，站不穩就坐下，別給大夥添麻煩。這裡距離河岸太近，咱們得趕緊把木筏撐遠。」

說罷，他立刻彎下腰，將馬槊插向水底，去撐木筏。一雙耳朵卻不由自主地支稜了起來，傾聽自家姐姐如何回應。

「不必謝，你是亡夫的關門弟子，照理，該稱我一聲師母。」姜蓉的聲音仍舊像以前一樣平靜，彷彿在陳述一個與自己無關的事實，「發覺你可能會遭難，我不可能置之不理。別聽姜簡的，我們就是為了你而來。你兄長烏紇早就跟車鼻可汗勾結在了一處，準備在車鼻可汗的支持下謀奪回紇十八部的汗位。我們正是發現了這個秘密，才趕緊追了過來！」短短幾句話，她就將自己到來的緣由，以及所發現的陰謀，都介紹了個清清楚楚。順帶著，還不動聲色地拉開了自己與婆閏之間的距離。

然而，婆閏彷彿只聽見了後面幾句話，對「師母」那一句充耳不聞。「阿姐從哪裡發現的烏紇與車鼻可汗早有勾結？如果他，他早就圖謀篡位，我，我父親……」

話說了一半兒，他忽然愣住了。兩隻眼睛再度瞪了個滾圓，眼角處，也瞬間泛起了淚光。

「是從大食講經人彼此之間的通信上發現的。車鼻可汗身邊，也有一個大食講經人，名叫歐麥爾。

車鼻可汗之所以敢殺害你師父，便是由於此人的煽動。」不忍心看婆閏始終被蒙在鼓裡，姜蓉想了想，低聲回應，「你走之後，吳老將軍帶領姜簡，襲擊了戈契希爾馬賊的營地。在歐麥爾招攬馬賊當中講經人阿里過去幫忙的信裡，還發現了有關你父親即將去世，烏紇一定會奪取汗位，然後跟車鼻可汗聯合的內容。」

「我，我父親是被烏紇謀殺的！」心中的猜測，剎那間得到了印證，婆閏再度淚流滿面，「我，我還一直奇怪，父親怎麼一下子就病得這麼厲害，甚至，甚至連我給他請郎中都來不及。原來，原來是烏紇謀殺了他！原來是烏紇謀殺了他。」

最後一句，他幾乎是哭喊而出。話音落下，整個人忽然感覺天旋地轉，一個跟頭就栽向了木筏。好在姜簡手疾眼快，橫起長槳，攔腰擋了他一下，才避免了他被摔得頭破血流。

「小心！」姜蓉的動作比姜簡稍慢了半拍，卻用手架在了婆閏的腋窩上，「有關烏紇謀殺你父親的事情，目前只是我們根據大食講經人的書信做出的推測，並沒有掌握真憑實據。而如果你想為你父親報仇，就不能在這個時候倒下。」

「我，我知道！」眼前陣陣發黑，婆閏卻狠狠咬了幾下自己的嘴唇，強迫自己恢復清醒，「謝謝，謝謝阿姐師母。」

血，順著他的嘴角淋漓而下。然而，他卻沒有去擦拭。雙手扶著姜簡遞過來的槳桿，令自己重新站穩。隨即，蹣跚著走向木筏尾部，蹲下身，向跟著木筏游過來的兩匹戰馬，伸出了右手。

一匹戰馬的鞍子旁，掛著他的角弓。另外一匹戰馬的鞍子旁，則掛著他的橫刀。他是回紇可汗吐迷度的兒子，他還是大唐秀才韓華的關門弟子，父親和師父的大仇都還未報，他沒有資格倒下。

兩匹戰馬略通人性，加快速度向木筏靠攏。婆閏先抓起角弓和箭壺，放到了木筏之上。再伸手去抓橫刀。還沒等他將橫刀從馬鞍上的掛鉤處解下，季節河的北岸，已經傳來了追兵的威脅聲，「停下，快把木筏停下。交出婆閏，否則，抓到後一個不留！」

「胡里改？」婆閏分辯出喊話者的聲音，直接拔刀出鞘，迅速站起身，將面孔轉向河岸，「你是？你來抓我回去獻給烏紇？你忘記了你受傷之後，我父親怎麼對你嗎？」

後半句話，他的聲音裡已經沒有了任何哭腔。代之則是，無盡的憤怒與輕蔑。

河畔處，正在揮舞著兵器高聲發出威脅的一名回紇將領，頓時氣焰矮了半截，側轉頭，堅決不讓自己的目光與他相接。跟在此人身後的三十餘名回紇武士，也紛紛側頭。誰也不願意再帶頭發出威脅的叫囂。

回紇人的習俗，雖然受突厥人影響，仰慕強者，鄙視弱者。可吐迷度大汗生前，深受大夥愛戴。如今他屍骨未寒，大夥卻來追殺他的兒子，無論從哪個角度，怎麼洗白，都變不成一件光彩的事情。

「少廢話，你強姦不成，謀殺烏婭可敦，然後畏罪潛逃。我們必須抓你回去接受懲罰。」另一名帶隊的回紇校尉也敦乃是烏紇的親信，見狀大怒，一邊策馬沿著河岸繼續追趕，一邊高聲宣佈。

「也敦，烏婭因何而死，你應該比我心裡頭更清楚！」婆閏的心中又是一痛，卻強迫自己保持冷靜。他是吐迷度大汗唯一的兒子，他不能讓自己父親，因為自己而蒙羞。他必須拿出所有本事，證明自己的清白。

不給對方繼續潑污水的機會，扯開嗓子，他繼續高聲斷喝：「也敦，烏紇勾結車鼻可汗，謀害我父汗。我怎麼可能跟你回去送死？想抓我，你就拿出些真本事來，休要在這裡朝我身上潑髒水。否則，別怪我將烏紇所做的那些齷齪事，公之於眾！」

他本是情急之下，心生一計。佯裝自己掌握了烏紇謀害自己父親的證據，以免對方繼續製造謠言，敗壞自己的名聲。卻不料，話語落在校尉也敦耳朵裡，意思立刻無限延伸。

當即，校尉也敦氣急敗壞，從馬鞍上解下騎弓，開弓便射，「來人，放箭，放箭！不准他侮辱大汗！」

「嗖……」羽箭離弦，直奔婆閏的胸口。然而，卻因為距離稍遠，河面上的風大，沒抵達木筏，就偏離了方向。

「嗖嗖嗖……」其他五十幾名烏紇的嫡系，也紛紛張開角弓，策馬向木筏展開攢射。登時，在河面上下了一片箭雨。

「注意防箭，加速向河對岸撐，遠離北岸。」一直在木筏尾部控制方向的胡子曰，扯開嗓子，向所有人發出提醒。隨即，將竹篙交給身邊的杜七藝，快步走向婆閏。

羽箭紛紛落下，大部分都落入了水中。零星也有一兩支，追上了木筏，卻已經失去了力道。被胡子曰和木筏上的人，稍稍挪動了一下腳步，就輕鬆避過。

轉眼間，胡子曰已經來到了婆閏身側。彎腰撿起對方的角弓，在衣服上快速擦了幾下，又慢條斯理地找了一支狼牙箭，搭在了弓臂上，隨即，奮力將弓臂拉了個半滿。

「蠢貨，讓爺爺教你如何射箭！」口中發出一聲輕蔑的咆哮，他鬆開捏著箭尾的手指。「嗖……」地一聲，狼牙箭脫弦而出。掠過足足一百餘步的距離，正中校尉也敦的左眼！

第六十四章 棋局

「啊……」那校尉也敦哪裡想到，看上去就像個飯館掌勺模樣的胡子曰，竟然擁有一身高明的射技，連躲都沒有躲，被羽箭自左眼貫腦，慘叫著墜於馬下。

「校尉中箭了，校尉中箭了！」

「救校尉，救校尉！」

跟在也敦身後的回紇武士們，全都被嚇得魂飛天外。顧不上再朝木筏放箭，叫喊著跳下坐騎，去營救自家校尉。

哪裡還來得及？校尉也敦在地上痛苦地打了幾個滾兒，氣絕身亡。眾武士又慌慌張張地彎弓搭箭，試圖給也敦報仇。卻看到胡子曰再度拉滿了角弓，朝著大夥迎頭便射。

「啊……」眾武士不想做第二個也敦，紛紛蹲身縮頭。然而，卻遲遲沒聽見羽箭的破空之聲。待定神細看，才發現胡子曰只是虛張聲勢，弓弦上根本沒有搭箭。

眾回紇武士大怒，又紛紛跳將起來，朝著木筏攢射。然而，卻因為雙方之間的距離越拉越遠，所有箭矢都落在了河水裡，沒有一支命中目標。

「行了，別現眼了。人家已經對咱們手下留了情！否則，死掉的就不止是也敦一個。」校尉胡里改實在看不下去，策馬衝到眾武士身旁，高聲呵斥。

也敦已經死去，在場所有人當中，以他的官職最高。眾武士不能違抗他的命令，只好快快地收起了弓箭。但是，一雙雙眼睛裡，卻充滿了不服。

「那人能隔著上百步遠，一箭射中也敦校尉的眼睛。剛才為何不趁著你們去救也敦之時，放第二箭？」將眾武士的表現都看在眼裡，胡里改嘆了口氣，高聲解釋，「無非是念在咱們現在身上穿的，還是大唐燕然軍所發的鎧甲而已。」

眾武士聞聽，頓時心裡也是一黯。陸續低下頭，小聲嘆氣。他們都長著腦子，即便對烏紇再忠心，也知道自家主公，最近做的這些事情不怎麼厚道。篡了婆閏的位不說，還即將帶領十八部回紇人倒向曾經的仇敵突厥。

而回紇十八部以前之所以能擺脫突厥人的壓榨，全依靠大唐朝廷的照顧。十八部大可汗吐迷度，受封為大唐瀚海都督。十八部武士的軍制和職務，也完全照搬於唐軍。甚至十八部武士身上的頭盔、鎧甲，腳上的戰靴，也跟大唐燕然軍一模一樣。

穿著大唐的盔甲，拿著大唐的弓箭，掉過頭去與大唐兵馬以死相拚。這種情形，是個正常人都會覺得彆扭。偏偏大夥人微言輕，誰也左右不了烏紇可汗的決定。

「走吧，回去向可汗彙報，說大河擋路，有人用木筏接走了婆閏。」朝著河水中順流而下的木筏看了兩眼，胡里改再度高聲吩咐。

「是！」眾武士低聲回應，一個個爬上馬背，轉身而去。即便是烏紇的鐵桿嫡系，也堅決不再提「追殺」兩個字。大夥左右不了烏紇的決策，至少左右得了自己的雙手和雙腳。明知道繼續追下去，有可能送死，何必平白搭上自家性命？

「順著水流，斜向對岸撐，這樣會快一些。」木筏上，手握角弓的胡子曰，將追兵的反應看得一清二楚，扯開嗓子，調整命令。「上岸之後，大夥朝上游走，找回坐騎，向受降城撤離。追兵不可能只有這一波，咱們得隨時做好拚命準備。」

「好！」「明白！」木筏上的人，都唯他馬首是瞻，紛紛低聲回應。

有他這樣一個老江湖領路，大夥做事順利得多。很快，就在季節河南側登了岸。胡子曰根據周圍的地形，迅速判斷了一下方位，帶著大夥沿著河畔逆流而上，又用了短短半個時辰，便找回了當初藏在南岸的坐騎。加上婆閏，一共只有七個人，卻帶了二十四匹馬，一人分三匹還有富餘。大夥採取每一刻鐘換一次坐騎的方式，策馬遠遁，一口氣跑出了足足六十里，才停下來休息。

「你那邊究竟發生了什麼變故？回紇十八部，不可能每個吐屯，都成了烏紇的人吧？」明知道刨根究底，會讓婆閏心裡難過，但是，當大夥都緩過了一口氣之後，姜簡仍舊向婆閏詢問。

「說清楚一些，大夥才能幫你。否則，即便到了受降城，你也說不動李素立。」杜七藝比胡子曰心細，在旁邊柔聲解釋緣由。

「我，我父親被他們害死了！」接連遭受背叛的婆閏，總算見到了自己人，一開口，就帶上了哭腔，「我父親臨終之前，拜託我叔父俱羅勃照顧我。並且許諾，如果他發現我不適合做可汗，就送我去長安讀書，由他來做……」一邊哭，他一邊講述。姜簡、姜蓉、胡子曰、杜七藝、阿茹等人，則一邊聽，一邊與先前從戈契希爾匪幫那裡得到了密信內容互相對照，很快，就弄清楚了整個事情的來龍去脈。

大唐瀚海都護府兼回紇十八部的可汗吐迷度，極有可能，是中了某種慢性毒物而死。在臨死之前，他已經隱約感覺到了身邊的人對自己不忠。然而，他卻無法確定不忠的人是一個，還是一群。所以，為了保住自家唯一兒子的性命，才在遺囑上留了個活扣。

無論不忠的人是烏紇，還是烏紇、俱羅勃等許多人，吐迷度知道，婆閏都保不住可汗位置。而與其讓婆閏像自己一樣，在可汗的位置上，被人謀殺，還不如讓俱羅勃將婆閏從可汗位置上推下去。以他對自家弟弟俱羅勃的瞭解，此人奪取了可汗之位後，有可能會留婆閏一條小命。如果按照他的遺囑，將婆閏送去長安讀書，將來婆閏成年之後，就可以通過向大唐皇帝喊冤的方式，奪回可汗之位。

即便俱羅勃不肯送婆閏去長安，隨著時間推移，對婆閏的看管也會鬆懈。屆時，婆閏自己也能尋到機會，逃到燕然都護府，向大唐朝廷請求庇護。那樣，即使無法成功奪回汗位，也能在大唐的支持下，保住性命，拿回一部分權力。

此外，給了俱羅勃取代婆閏的機會，瀚海都護府內其他窺探可汗之位的人，如烏紇，就難免會受到俱羅勃的牽制。萬一他們彼此不服，婆閏反而有機會將汗位坐穩。

不得不說，這位在危急關頭接掌回紇十八部汗位，並且通過大唐支持，帶領回紇十八部走向繁榮的吐迷度可汗，老謀深算。即便在垂死之際，也給身邊的敵人，挖了一個大坑。

然而，他千算萬算，卻沒算到烏紇竟然早就勾結了車鼻可汗，並且從對方那裡討來了援軍。而他的弟弟俱羅勃，性子又如此軟弱，被烏紇狐假虎威一嚇，就乖乖地將汗位交到了對方手上。

至於烏婭捨命救助婆閏，則屬於意外中的意外了。恐怕吐迷度、烏紇、俱羅勃三方，都沒有料到她這個變數。

無論她是出於對吐迷度的忠誠，還是出於婆閏的同情，才做出了捨命相救的選擇。最終的結果，都是婆閏成功逃出了生天。而有關她的秘密，也隨著那一把大火，煙消雲散。

「按你的說法，其他十六部吐屯注八，跟烏紇未必是一條心。烏紇只是打了他們一個措手不及。」張開手臂，抱了抱婆閏的肩膀表示安慰，姜簡皺著眉頭剖析。

「我不清楚！」在熟悉的人面前大哭的一場，婆閏心中的痛苦減輕了許多。抽了抽鼻子，帶著幾分慚愧搖頭，「當時我完全被打懵了，在場的大部分長老也是一樣。我叔父，我叔父俱羅勃害怕突厥

注八、吐屯，即小可汗，位置在大可汗之下，有一定獨立性。

人大兵壓境，倒向了烏紇。唯一支持我的長老，被烏紇提前埋伏的親信給打倒在地……」

「也就是十八部吐屯，除了烏紇、俱羅勃之外，其他人都不在場對吧。」姜簡嫌婆閏囉嗦，皺著眉頭打斷。哪怕沒有婆閏是自家姐夫關門弟子這一層因素，他也不能坐視回紇十八部成為突厥別部的附庸。

否則，其他舉棋不定的草原部落，肯定會紛紛倒向車鼻可汗。屆時，非但燕然大都護府無力再掌控草原。甚至突厥狼騎，會帶著各部兵馬，拿下受降城，沿著黃河左岸一路南下。

所以，必須說服李素立出兵，搶在突厥人完全控制了回紇之前，解決掉烏紇。而摸清回紇十八部中大多數吐屯的真實態度，對於接下來能否說服李素立出兵，十分重要。

「都不在場。我們回紇十八部吐屯平時分散在各自的部落裡。每個部落只派一名長老，到大可汗這邊參與議事。我父親有什麼決策，都會徵詢長老的意見。長老們不反對了，才會執行。而一旦長老們達成了一致，通常就會將決策通知給各部吐屯。」婆閏知道，目前能幫自己的，只有姜簡和胡子曰等人，想了想，認真地回應。

「能不能說服其中幾名吐屯，支援你跟烏紇分庭抗禮？」杜七藝皺了皺眉頭，低聲提議。

「這……」婆閏愣了愣，然後猶豫著回應，「不清楚，我可以試試。但是，任何一個回紇別部，實力都遠遠不如烏紇，並且烏紇身邊最近還有突厥人派來的援軍。此外，烏紇也不會眼睜睜地看著我，去說服各吐屯。他會派遣親信，提前去跟各吐屯聯絡，威逼利誘，並且派人在半路上截殺我。」

「該死！」杜七藝眉頭緊皺，懊惱地揮拳。雖然號稱長了一顆七竅玲瓏心，他也拿不出任何解決辦法。婆閏失去的不僅僅是可汗之位，也失去了調動瀚海都護府中各項物資的權力。烏紇能許給下面各部的好處，他一樣都給不起。烏紇為瀚海都護府征戰多年，自身實力就非常強大，再帶上車鼻可汗專門派來的援兵，足以將任何一個回紇別部碾成齏粉。沒有好處，實力也遠遠不如對手，是問，哪個回紇別部的吐屯，又肯冒著全部落男女盡數被屠戮的風險，去支持婆閏？

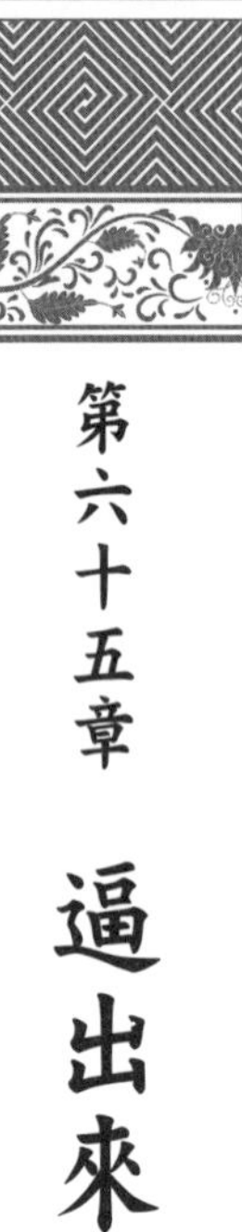

第六十五章 逼出來的殺招

「你好歹也是一個特勤，就沒幾個靠得住的親信？」就在杜七藝準備放棄之際，姜簡卻又扯了婆閏一把，不甘心地追問。

「按規矩，我有兩百名侍衛。可我父親去世之時，我精神恍惚，忘記了招呼他們。結果昨天烏紇突然發難，把我給關了起來。那些侍衛緊跟著也被我叔父俱羅勃調去了兩百里外的小沙河，去防止室韋人南下爭奪草場。」

「小沙河，在什麼位置？你能不能帶我們過去？俱羅勃會派很多人看管他們嗎？」姜簡的目光頓時一亮，拉著婆閏的胳膊繼續追問。

「在西北方，從這裡過去倒是容易，這當口，俱羅勃對他們應該以安撫為主，也不會派太多人看管他們！」婆閏眨巴了幾下眼睛，皺著眉頭回應，「但是，小沙河向東不到五十里，就是俱羅勃的地盤。而據斥候彙報，陟苾帶領三千飛鷹騎，已經到了草海子，從昨天下午算起，距離小沙河頂多還有三天的路程。」

「帶我們去小沙河，把你的侍衛拿回來！否則，去了受降城，你如果仍舊是孤身一人。李素立肯定不會為你出頭。」明白婆閏想表達什麼意思，姜簡仍舊長身而起，順手拉住了戰馬的韁繩。

「你瘋了！」杜七藝被嚇了一跳，趕緊出言勸阻，「咱們只有七個人，即便能幫婆閏拿回他的兩旅侍衛，接下來也會面對陟苾和俱羅勃兩人的前後夾擊。」

姜簡看了他一眼，笑著搖頭，「我沒瘋，俱羅勃原來就是回紇人的設，地位僅次於吐迷度之後。烏紇篡位，他仍舊是設，根本沒機會再做可汗。一點兒好處都沒有的事情，他憑什麼全力幫助烏紇？況且，最近這段時間，他也不在自己的地盤上。」

「那咱們光帶著兩百名親兵，也很難擺脫三千飛鷹騎的追殺！」杜七藝向來謹慎，繼續皺著眉頭提醒。

「在回紇人的地盤上，婆閏為什麼要逃？」姜簡笑了笑，繼續搖頭，然後再度將目光轉向婆閏，「另外，婆閏、陟苾會帶著他麾下的飛鷹騎，進駐瀚海都護府嗎？烏紇跟突厥人之間，還沒好到不分彼此的地步吧？」

「不會！」婆閏不明白姜簡為何會有此一問，想了想，如實回應，「我父親去世前，才帶著回紇男兒打退了突厥別部的一次進攻。眼下雙方彼此刀刃上的血跡還沒乾涸，怎麼可能放心地住在一起？即便烏紇本人願意，他也得考慮考慮各部武士的感受。另外，如果放突厥飛鷹騎進駐，萬一陟苾沒安好心，他烏紇就是第一個被斬殺的目標！」

「這就是了！」姜簡接過話頭，笑著撫掌，「陟苾與烏紇，不會合兵一處。並且彼此互相戒備，只要咱們能奪取那兩個旅的侍衛控制權，接下來未必沒有機會可乘？」

「你要帶著他們去襲擊陟苾！」杜七藝恍然大悟，剎那間驚呼出聲，「飛鷹騎可是有三千多人！」

「姜簡，這也太冒險。」

「狗蛋，報仇不急在一時。」

胡子曰、姜蓉兩個也被姜簡大膽的想法，給嚇了一跳，雙雙走過來，準備制止他的計畫。

「兩百人打三千人，如果運籌得當，未必打不贏！」姜簡擺了擺手，示意眾人稍安勿躁，「胡大叔，你曾經跟我講過，當年班超帶著三十六騎，就橫掃了西域。咱們兩百零七人，是班超當年五倍還多。更何況，剛才你們也看到了，回紇將士身穿大唐甲冑，手持大唐橫刀，腰挎大唐弓箭。不把面甲摘下來看，誰能分辨出他們到底是不是大唐燕然軍？」

不待眾人反駁，頓了頓，他繼續補充：「如果咱們驟然發難，帶領婆閏的侍衛向飛鷹騎發起偷襲。即便不能成功將陟苾斬殺，也會讓飛鷹騎誤以為是遭到了大唐燕然軍的攻擊。而屆時，俱羅勃麾下的將領，無論領兵前去相救還是做壁上觀，都是麻煩。救，他無法向飛鷹騎證明，他不是咱們的同夥。做壁上觀，過後突厥人緩過神來，一定會懷疑咱們是受俱羅勃指派，讓他跳進黃河裡頭也洗不清！而雙方之間的誤會就越深，咱們將來報仇的機會就越多！」

「這……」杜七藝聽得熱血沸騰，勸阻的話再也說不出口。

姜蓉雖然驚詫自家弟弟膽大包天，卻隱約覺得，弟弟的計策的確有很大的可行性。猶豫著將頭轉向胡子曰，用目光徵詢此人的意見。

「此計，確實有幾分可行。但是，風險極大！」胡子曰皺著眉頭，猶豫再三，才慢吞吞地給出了答案，「弄不好，就得把所有人都陷進去。我當初答應妳，把姜簡從塞外找回來。如今委託已經完成，按道理，就該儘早回長安去擺弄我的葫蘆頭了。畢竟，夥計們做出來的，味道和我親手做出來，相差太遠！我再不回去，愛吃這一口兒的老客就走光了！」

「胡大叔，婆閏好歹也是回紇人的特勤，吐迷度可汗的唯一兒子。」對胡子曰的脾氣秉性瞭解甚深，姜簡搶在自家姐姐做出決定之前，笑著補充，「此事若成，他可以拿出二十兩黃金相謝。」

胡子曰的眼神立刻閃閃發亮，卻撇著嘴搖頭，「我一個人幫你，二十兩倒是好買賣。可再加上七藝……」

「舅父！」杜七藝窘得面紅耳赤，扯開嗓子抗議。

「三十兩，他本事不如您，他的身價只能給您的一半兒。」姜簡想都不想，當場加價。

「你雖然是婆閏的師兄，卻不能替他做主。」胡子曰連連擺手，眼睛卻盯著婆閏，閃閃發光。

「師兄答應的事情，我全都照辦。如果一時半會兒拿不出黃金，我用侍衛們的坐騎頂帳。」婆閏只求能為父親報仇，根本不考慮代價，立刻沒口子承諾。

「成交！」胡子曰心滿意足，立刻伸出了大手。

姜簡帶著婆閏，相繼與他擊掌。三擊過後，雙方就算確立了雇傭關係。雖然價格高得有些離譜，但有這麼一個在草原上打仗的行家帶著，成功的可能性卻又增加了兩成。

搞定了胡子曰這個老江湖，姜簡立刻把目光轉向了自家姐姐和契丹少女阿茹，「阿姐，師父臨行前曾經跟我說過，他會派斥候在距離受降城八十里左右的龍牙山那邊，等我的消息。妳帶著阿茹過去，把這邊的情況彙報給他，請他老人家盡可能地派兵出來接應。」

「你……？」姜蓉眉頭輕皺，本能地想出言反對。而姜簡卻搶先一步，低聲補充，「師父他老人家有一句說得很對。求人不如求己，自己如果不展現出點本事來，別人憑什麼幫咱們？」

「你，你自己小心！」已經到了嘴邊上的反對話語，瞬間變成了叮囑。姜蓉看了一眼弟弟，用力點頭，剎那間，發現弟弟已經長得比自己高出了一大截。

「嗯！」姜簡朝著姐姐笑了笑，柔聲答應。然後又將目光轉向契丹少女，「阿茹，抱歉，還得讓妳多等幾天，才能送妳回家。」

「知道了，我去受降城等你。」阿茹的臉上，迅速浮起一抹紅暈。卻仰著頭，一眼不眨地跟他目光相對。

眼前的少年郎，豪氣干雲。

她是契丹人，不懂那麼多甜言蜜語。但是，她卻會用自己的方式讓他知道，這輩子，無論他走到哪裡，都有一個人，在靜靜地等待他的歸來！

日出日落，時間過得飛快。三天之後的傍晚，距離瀚海都護府兩百五十里的一座小山旁，出現了一支規模在兩百人上下的隊伍。這支隊伍打著回紇部的旗幟，趕著八十多頭牛，四百多頭羊，緩緩向西而行。一路上，無論遇到各族牧民，還是往來的商販，都與對方擦肩而過，既不掩飾自己的行藏，也不向對方做出任何威脅或者冒犯之舉。

「回紇兵馬隸屬於大唐瀚海都護府，在草原上，是除了大唐燕然軍之外，軍紀最好的一支。」有帶隊的商販頭目是內行，驚魂稍定之後，望著遠去的旗幟說道。

「原來如此！怪不得他們既不索要買路錢，也不收您送過去的孝敬，原來是受了天朝的軍紀約束。」有小夥計恍然大悟，抹著頭上被嚇出來的冷汗附和。

「可惜啊，以後咱們就未必還有這種好運氣嘍！」老商販頭目收回目光，搖頭感慨。他的話立刻勾起了眾夥計和同行的好奇心，紛紛圍攏過來，請求他解釋其中緣由。老商販頭目原本不願多說，卻礙不住大夥的央求，只好壓低了聲音，快速補充：「你們難道在路上沒聽說嗎，回紇人的大可汗吐迷度死了。他侄兒烏紇篡了位。烏紇曾經跟突厥可汗車鼻的女兒有過婚約，而那車鼻可汗卻已經造了大唐的反。接下來，那烏紇肯定要倒向自家老丈人。那突厥兵馬的德行，你們又不是沒見識過。俗話說，學壞容易學好難。等回紇各部兵馬，也打起了突厥人的狼頭旗，再遇到咱們，哪有不吃乾抹淨的道理？」

「啊……」眾人驚詫地張大嘴巴，面面相覷。很快，就在彼此的臉上，看到了清楚地驚恐和無奈。

這條商路，才安穩了幾年？從上一任突厥可汗頡利被大唐將士抓到長安給聖天子跳舞那時起，滿打滿算，也就十九年而已。

如果草原重新落入突厥人的魔掌，首當其衝的受害者，恐怕就是他們這些行商。而偏偏大夥根本沒有能力阻止，只能眼睜睜地看著，苦難和黑暗一寸寸籠罩向大夥的頭頂。

同一時間，發現了這支趕著牛羊行軍隊伍的，不止是商販和牧民。天色快擦黑之時，一夥突厥飛鷹騎的斥候，也與這支隊伍不期而遇。

「你們什麼人？趕著牛羊去哪裡？」斥候隊正阿普正百無聊賴，不顧自己已經到了回紇人的傳統勢力範圍，策馬擋在了隊伍的正前方，搖晃著橫刀發問。與他一道出來執行任務的其他七八名嘍囉，則策動戰馬，彼此拉開了二十多步距離。或手挽騎弓，或緊握號角，隨時準備支援和向大隊人馬發出警訊。「前面可是遠道而來的突厥貴客，在下胡里吉，受我家賢設俱羅勃之命，特地送來牛羊和美酒，慰勞陟苾設和他麾下的飛鷹騎。」趕著牛羊的隊伍中，立刻有一名回紇青年旅帥策馬而出。先在馬背上畢恭畢敬地施禮，然後用流利的突厥語回應。

「可有信物？」雖然對方身上穿的是大唐制式輕甲，但一看其長相，飛鷹騎斥候隊正阿普就對他的話相信了七分。將手中橫刀輕輕擺了擺，習慣性地詢問。

「有，有，這是我家俱羅勃設的象牙腰牌，這是他的手令。」自稱為胡里吉的旅帥，連聲答應。隨即，策馬繞過牛羊，雙手將象牙腰牌和手令，交到阿普面前。

象牙腰牌乃是大唐皇帝所賜，周邊包著金，奢華無比，阿普以前在自家頂頭上司陟苾那邊也見過同樣的信物。然而，象牙腰牌上的漢字，他卻一個都不認識。至於手令，倒是習慣性地使用了突厥文，將此行的目的，牛羊的數量，以及對陟苾的恭順之意，寫得一清二楚。

「你們慢慢朝著西北方趕，我拿這些回去向陟苾設彙報。」不願承認自己不認識漢字的事實，飛鷹騎斥候隊正阿普將象牙腰牌和手令，朝自己懷裡一揣，氣焰囂張地吩咐。

「您請，您自管請。」自稱名叫胡里吉的回紇旅帥，連連躬身，「如果方便的話，麻煩您給我們留一個兄弟帶路。我們出來的時候，陟苾汗的營地還在草海子。」說著話，又從懷中掏出了一把柄上鑲嵌著松石和珊瑚的匕首，連鞘捧到了阿普面前。

有道是，伸手不打送禮人。見胡里吉如此「上道」，飛鷹騎旅帥阿普，愈發相信他所言非虛。想都不想，就一把抓過了匕首，「好，我留個人給你們領路。今晚的營地，距離這邊其實沒多遠。若不是怕嚇著你們，我家設早就帶著弟兄們，趕到烏紇可汗的汗庭了。」

「那是，那是，飛鷹騎來去如風，草原上誰不知曉！」旅帥胡里吉不光突厥話說得熟練，連拍馬屁的詞彙，都無比豐富。「臨來之前，我家俱羅勃設還特地吩咐在下呢，遇到飛鷹騎，一定要恭敬一些。將來我們回紇部能不能發展壯大，全靠貴方扶持。」

「嗯，你家俱羅勃設倒是懂事。」飛鷹騎斥候旅帥阿普被誇得飄飄欲仙，丟下一句讚許的話，撥轉坐騎快速離去。從頭到尾，都沒發現，在羊群身後的許多回紇將士，已經將手按在了刀柄上。

即便急著回去向陟苾表功，他仍舊沒忘記留下一個斥候，給「胡里吉」帶路。而那旅帥「胡里吉」，也著實是個人精，走上前，又是送禮，又是拍馬屁，三下五除二，就將帶路的斥候，哄得忘記了自己身在何處。

草原上缺乏遮擋，太陽落得晚，天黑的速度卻極快。當斥候旅帥阿普返回了突厥飛鷹騎的臨時營盤，夜幕已經籠罩了整個大地。

借著營地內的燈光，他策馬直奔帥帳。隨即，跳下坐騎，恭恭敬敬地將獲得的信物和手令，舉過頭頂，「報告，東南方十里，發現了一夥回紇人。趕著牛羊，說是奉了回紇俱羅勃設的命令，前來犒勞遠道而來的貴客！」

「你在這裡等著，我去向陟苾設彙報。」當值的突厥校尉不敢耽擱，一把抓過信物和手令，匆忙走入帥帳。

然而，陟苾卻正忙著跟麾下幾個心腹將領飲酒作樂。聽了校尉的彙報，連看一眼信物的興趣都沒有，就不耐煩地揮手，「知道了，把信物放門口的籃子裡就是。然後去通知小伯克[注九]巴爾，讓他派些人接收牛羊和酒漿。」

「是！」校尉躬身領命，卻不願意離去。猶豫了一下，用極低的聲音提醒，「設，俱羅勃是個老狐狸，他大老遠派人前來犒師……」

「他不甘心被烏紇騎在了頭上，向我示好呢！」陟苾撇撇嘴，滿臉不屑地揮手，「不用理他。這老狐狸，膽子比兔子還小。絕對翻不起什麼風浪來。」

「是！」那校尉不敢再勸，倒退著走出帳篷，然後按照陟苾的要求，去通知掌管軍資的小伯克巴爾，準備接受回紇人的孝敬。後者正愁，出發之前所攜帶的酒水，已經被陟苾等高級將領快喝乾了。聞聽回紇人主動送來佳釀，頓時喜出望外。趕緊命人在營地裡騰出了專門的帳篷，以免佳釀受日曬變質，影響了口感。只可惜，那夥奉命前來送禮的回紇人，卻很不識抬舉。小伯克巴爾等了足足大半個時辰，也沒見到他們的身影。眼看著夜色越來越深，他不免覺得心焦。順手拉過一名隊正，沒好氣地吩咐：「你，帶人去外邊看看，那群回紇蠢貨到哪裡了。做事情磨磨蹭蹭，難道還讓老子等到下半夜不成？」

話音剛落，耳畔已經傳來了一連串淒厲悲鳴，「咴，咴，咴……」。緊跟著，黑漆漆的曠野裡，忽然閃起了數十顆流星。貼著距離地面半人高處，狠狠砸向了飛鷹騎營地四敞大開的正門。

注九、小伯克，突厥官職，相當於將軍。

第六十六章 這個招數我在書裡學過

「敵襲，敵襲，上當了。回紇人前來劫營，弟兄們，趕快封堵營門！」小伯克巴爾寒毛倒豎，扯開嗓子高聲示警。來的不是流星，而是有人利用火把驅趕著牛群，向飛鷹騎的營地發起了衝擊。如果不想辦法將牛群擋在大門之外，任由牠們長驅直入，今晚飛鷹騎就要遭受滅頂之災。

「敵襲，敵襲！」機靈人不止是小伯克巴爾一個，靠近營門口，也有一隊當值的突厥飛鷹騎將士，發覺情況不對，尖叫著擺開陣勢，用長矛和橫刀堵住牛群的去路。牛性子溫順，見到利器，本能地會選擇躲閃。從小就幫助家人放牧的他們，深知牛的秉性。也堅信自己的辦法，能夠奏效。

然而，今天，他的經驗卻失去了作用。儘管長矛橫刀都明晃晃地擋在了牛群的去路上，那些身材壯碩的犍牛，前衝速度卻絲毫沒有減緩。一頭頭像瘋了般悲鳴著前衝，撞斷長矛，撞開橫刀，屍體借著慣性，將長矛和橫刀的主人撞得筋斷骨折。

陣破，結陣的人死傷遍地。第一波衝進來的犍牛，丟下五六具屍體，從軍陣的缺口處直衝而過。身背後，留下一串串耀眼的火星。

「火，牛尾巴上有火。該死的回紇人，在牛尾巴上點火把！」有僥倖沒被撞翻的飛鷹騎士卒發現了問題所在，尖叫著發出提醒。

然而，一切為時已晚。

衝在第一排的犍牛，與一部分攔路的飛鷹騎將士同歸於盡。第二排犍牛，瞪著通紅的眼睛，踩著同伴的屍體，繼續邁開四蹄前突。速度不能算快，力量卻超過千斤。

又有十幾名飛鷹騎衝過來試圖阻擋犍牛，被牛角直接挑飛，變成了一具具屍體。尾巴上帶著火把的犍牛，疼得完全發了瘋，只管悲鳴著一路前衝，把死亡和火焰，從軍營大門向中央處肆意傳播。

「牛瘋了！」「啊……」「攔不住！」營門口附近的其餘飛鷹騎將士，親眼目睹同伴被挑飛，被踩爛的慘狀，不敢再上前送死，尖叫著讓開道路。

更多的犍牛，一排接一排衝進營地。尾巴上帶著燃燒的火把，頭上頂著利角，所向披靡。

「怎麼回事？怎麼回事？長生天！啊……」靠近大營的幾處帳篷內，有飛鷹騎士卒在睡夢中被驚醒，赤裸著上身衝出來，一邊叫嚷，一邊東張西望。

還沒等他弄清楚到底發生了什麼事情，數頭犍牛已經狂奔而至，銳利的牛角宛若兩把尖刀，將他們一個接一個挑翻在地。隨即，更多的犍牛踩過他們的屍體，將他們踩得血肉模糊。

「啊……」「救命！」「妖怪，妖怪！」營地內，更多的飛鷹騎將士被驚醒，或者赤身裸體，或者披著一件外袍，衝出帳篷。倉促之間，他們根本弄不清楚到底發生了什麼事情，當看見同伴在不遠處接二連三被挑飛，本能地厲聲尖叫。轉眼間，淒厲的尖叫聲就交織起來，匯成了一曲來自十八層地獄的哀歌。

而那些頭上長著犄角，尾巴上帶著火焰的怪獸，彷彿無窮無盡。一排接一排向前猛衝，四蹄敲打在地面上，宛若悶雷。凡是雷聲過處，全都血肉橫飛。緊跟著，一座座帳篷被撞翻，被點燃。數以十計，甚至數以百計的飛鷹騎將士，在睡夢中就被踩得筋斷骨折。

而災難，卻遠遠沒有結束。「怪獸」剛剛疾馳而過，僥倖沒被挑飛和踩死的飛鷹騎將士，還沒來得及從倒塌的帳篷裡撿起衣服，馬蹄聲已經傳進了他們的耳朵。緊跟著，數百名身穿大唐甲冑，手持橫刀的騎兵，踩著怪獸衝出來的道路，旋風般衝進了營帳，沿途凡是遇到躲閃不及的突厥飛鷹騎，皆揮刀抹翻在地。

「回紇人背叛了！回紇人背叛了！」尖叫聲此起彼伏，更多的突厥飛鷹騎將士衝出了寢帳，空著雙手，衣不蔽體。顧不上判斷來了多少敵軍，他們出於人類的本能，向營寨更深處逃去。在營寨更深處休息的將士，也亂哄哄鑽出被窩，幾乎沒經過任何思考，就被挾裹著加入了逃命隊伍。

在恐懼和火焰的雙重暴擊之下，所有突厥人都忘記了思考，只管逃竄，逃竄，誰都沒有勇氣回頭。

這裡是回紇人的傳統勢力範圍。回紇雖然弱小，十八部武士全部加起來，數量也有兩三萬。烏紇謀殺吐迷度奪位這件事，做得肯定不得人心。如果回紇人背盟，三千飛鷹騎在別人的地盤上，就是網中之魚，砧上之肉。

「站住，站住，不要慌，不要慌！牛群已經散了，敵軍也沒幾個人，大夥合力把他們殺出去！」

一片混亂之中，小伯克巴爾揮舞著橫刀叫嚷。作為最早發現敵軍放牛衝擊軍營，又恰好沒站在營地大門附近的幸運兒，他從慌亂之中恢復了理智之後，立刻發現了敵軍的短處。牛其實不多，絕對沒超過兩百頭。衝著，衝著，牛尾巴上的火把就被顛散了架，墜地熄滅。而牛群的隊伍，也無法保持最初的齊整。很快，就變成了東幾頭，西幾頭，威力大不如前。跟在牛群身後殺進營地裡的敵軍規模也不大，小伯克巴爾可以肯定，全部敵軍加起來，也沒超過五百人。而回紇十八部中任何一部如果背叛，都不會只拿出這麼一點兵力！

「站住，回頭迎擊。從兩側夾擊。他們不是回紇人。回紇人沒有背盟！」最新的發現，令小伯克巴爾勇氣倍增，揮舞著橫刀，放聲高呼。一群群突厥將士，從他身邊跑過。對他的呼聲充耳不聞。恐懼，已經讓大多數突厥將士忘記了思考，而先前鑽出帳篷逃命之時，他們當中的絕大多數，也沒顧上帶兵器，一個個兩手空空。

「站住，回頭迎擊。他們只有幾百人，只有幾百人！」小伯克巴爾氣急敗壞，揮刀朝著身邊的逃命者亂剁。兩名逃命者倒地而死，其餘十幾名逃命者在鮮血和死亡面前，被迫停住了腳步。「結陣，跟我攔下更多的人，然後反擊！」揮了揮滴血的刀，小伯克巴爾聲色俱厲地高呼。

「嗖……」還沒等周圍的飛鷹騎將士做出回應，斜刺裡，忽然有羽箭破空而至。不偏不倚，正中他的喉嚨！

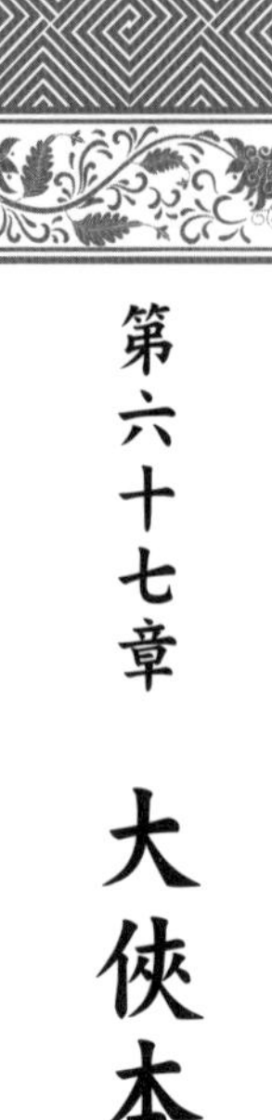

第六十七章　大俠本色

「別分神，砸爛突厥人的中軍！讓陟苾無法聚兵！」胡子曰收起弓，高聲吩咐。隨即，又用突厥語快速重複。

「弟兄們別分神，跟我去殺陟苾！」婆閏在旁邊聽得真切，立刻高聲用回紇語補充。

「別分神，跟上特勤，去殺陟苾！」

「被分神，跟上特勤！」

「殺陟苾，殺陟苾！」

緊跟在婆閏身側的兩名旅帥和十多名侍衛，扯開嗓子，將命令一遍遍重複。其餘侍衛先將胡子曰那一箭之威看在眼裡，又聽到了婆閏的命令，一個個士氣高漲。策動坐騎調整方向，朝著挑在婆閏身後的帥旗靠攏。原本變得有些散亂的隊伍，在前衝過程中，重新變得整齊有序。

侍衛們都是吐迷度可汗在生前，為了婆閏精挑細選出來的。平均年齡不超過二十二歲，父輩要麼是基層將佐，要麼在回紇王庭擔任管庫、司倉一類的小官兒。入選之後，吐迷度非但會為他們提供鎧甲、兵器、戰馬和糧餉，還會為他們聘請教習，指點他們讀書識字和領兵作戰。

如果婆閏將來繼承了可汗之位，他們就順理成章地升格為可汗的親兵。而當他們表現出色，或者年齡超過二十七歲，就會被外派到軍中擔任校尉、郎將這些級別較高的軍職，加強可汗對軍隊的掌控力，並且將學到的本事應用於實踐。

換句話說，在被選中做特勤侍衛那一刻起，他們的前程，就牢牢地跟婆閏綁定到了一處。在注重血脈，底層牧民缺乏上升管道的回紇，效忠婆閏，確保婆閏順利繼承汗位，是他們出人頭地的唯一途徑。

因為侍衛們的父輩是基層小官，且人數眾多。烏紇登上可汗之位後，短時間內，不敢輕易把這支隊伍怎麼樣。否則，必將傷害他的統治根基。

而俱羅勃因為事不關己或者內心愧疚，對這支隊伍的監視，也非常敷衍。調動他們離開回紇王庭之後，便置之不理。於是乎，姜簡歪打正著。帶著婆閏衝到衛隊的臨時駐地之後，非常順利的，就幫婆閏奪回了衛隊的指揮權，將俱羅勃臨時安插進來的軍官盡數拿下。

隨即，根據侍衛們提供的最新情況，重新完善計策。假裝是俱羅勃派來勞軍的兵卒，趕著從周圍牧民手裡收集起來的一大批牛羊，緩緩貼向了已經距離自己不到五十里遠的突厥飛鷹騎。

這一仗，最初侍衛們對戰果並沒抱太大希望。只是為了回報吐迷度和婆閏父子先前的相待之恩，想幫婆閏出一口惡氣而已。反正大夥騎術精良，對周圍地形道路也非常熟悉。一擊不中，立刻帶著婆闥遠遁。人生地不熟外加黑燈瞎火，量那陟苾也不敢追。

而現在，發現火牛陣戰果顯赫，且婆閏特勤不知道從哪請來的幾位朋友，個個本領超群。眾侍衛們就立刻又有了新的想法。既然飛鷹騎毫無還手之力，大夥何不趁機擴大戰果。萬一能將飛鷹騎打垮，接下來因為畏懼飛鷹騎的實力，而不得不投靠烏紇的那些部落長老和吐屯們，必然會有新的想法。

這樣的部落吐屯不用太多，有兩個以上，大夥就能擁戴著婆閏另起爐灶。屆時，烏紇的可汗之位就搖搖欲墜。大夥的前程，便又會像吐迷度汗在世之時那樣光明。

「加速，放棄兩翼，直撲中軍帥帳！」胡子曰左右開弓，將兩名試圖阻止反擊的突厥染干[注十]射殺，隨即再度高聲呼籲。動作之俐落，讓人根本看不出來，他已經年近半百。雖說當初是為了婆閏許下的高額賞金才答應幫忙，可在策馬向突厥飛鷹騎的營地發起進攻的那一瞬間，他好像就變成了另外一個人。

射箭的準頭，超過吳黑闥身邊的百戰老兵。騎術之精良，讓婆閏身邊的親兵們也望塵莫及。更難得的是，他的目光還非常毒辣，在策馬前突的同時，總能及時地發現最大的威脅，然後果斷將其消滅在萌芽狀態。

「加速，放棄兩翼，直撲中軍帥帳！殺一百個飛鷹騎，都比不上一個陟苾！」將胡子曰的呼籲全都聽在耳朵裡，婆閏毫不猶豫地用回紇語轉述。

「跟上特勤，別掉隊！殺一百個飛鷹騎，都比不上一個陟苾！」

「跟上特勤，別掉隊……」旅帥陌顏與移地建一左一右，緊跟在婆閏身側。同時帶領十幾個大嗓門侍衛，將命令轉化成弟兄們都能理解的內容。

牛尾巴上的火焰已經熄滅，牛群分崩離析。平靜下來的犍牛們停止了亂衝亂撞，在營地內四處尋找黑暗處躲避。然而，營地內的火勢，卻絲毫沒有變弱。

姜簡、杜七藝、陳元敬和李思邈，各自帶著十幾名回紇遊騎兵，在攻擊隊伍的兩側，不停地用兵器挑起著火的木頭、衣服、氈子，將其甩向臨近的帳篷。更多的帳篷被點燃，紅色的火星伴著濃煙四下飛濺。

與婆閏所在的主力任務不同，他們這四隊遊騎兵的任務，是盡可能地製造混亂。而烈火，無疑是製造混亂的最佳武器。由毛氈、木條和麻布搭建的帳篷，平時沾上一點火星就會冒起青煙。此刻被帶著火苗的易燃物砸中，頓時紅光亂跳。

火光很快就燒紅了半邊夜空，也將突厥飛鷹騎的臨時營地，照得亮如白晝。酒宴進行了一半兒就被打斷興致的突厥別部設陟苾氣急敗壞坐在一輛四輪小車上，不停地開弓放箭。

幾名潰逃的兵卒從他身邊路過，被他一箭一個，射倒在地。一名染干慌慌張張前來示警，也被他迎頭一箭，將脖頸射了個對穿

「整隊，在我的羊毛大纛下整隊，敵人沒幾個兒，合力把他們殺出去！」揮舞著角弓，陟苾厲聲

注十、染干，突厥官職，相當於百夫長。

咆哮，就像一頭被逼入絕境的瘋狗。

敵軍兵力單薄，陟苾坐在四輪車上，能夠清楚地看到這一短處。而只要他身邊能夠集結起五百名左右的飛鷹騎，就可能迎頭遏制住敵軍的攻勢，甚至發起反擊。

「整隊，整隊，在陟苾設的旗幟下整隊，敵軍沒幾個人！」幾名與陟苾一道吃酒的伯克，也各自帶著親信，揮刀截殺潰退過來的殘兵。強迫他們停下腳步，在陟苾的帥旗下重新集結。

隨著被射殺和砍翻的人數不斷增加，威懾終於起了效果。有潰兵哭泣著停住腳步，左右觀望。有軍官從地上撿起兵器，轉頭與陟苾一起阻攔潰兵。還有一些膽子大的飛鷹騎將士，開始在陟苾的羊毛大纛後結陣。盾牌和長矛在前，弓箭在後，並且將軍陣的寬度和厚度不斷擴大。

眼看著一座方形軍陣，就要大功告成。一支雕翎羽箭，卻呼嘯著直奔陟苾胸口。「保護陟苾設！」兩名侍衛被嚇得寒毛倒豎，尖叫著豎起盾牌。剛剛擋住羽箭，頭頂上卻傳來「砰」的一聲巨響，拉扯羊毛大纛的繩索，被破甲錐一分為二。巨大的旗面如烏雲般，從半空中直墜而下，剎那間，將陟苾和他身後正在結陣的一部分飛鷹騎，蓋了個結結實實。

第六十八章　魂飛膽喪

「殺陟苾！」胡子曰棄弓，抽刀，咆哮著策馬加速，直撲羊毛大纛，一連串動作宛若行雲流水。很多年沒有上戰場廝殺，他原本以為自己的技藝早已生疏。今天重操舊業，他才赫然發現，年輕時掌握的一些東西，早就深深地刻進了自己的肌肉和骨頭中，根本不用回憶就能重新施展出來，並且越施展越是靈活。

「保護陟苾設！」「保護陟苾設！」數名突厥侍衛顧不上替陟苾掀開羊毛大纛，咆哮著擋在胡子曰的必經之路上。站在最前方的兩名染干揮舞鋼刀，快速蹲身，一左一右，直奔胡子曰身下坐騎的前腿。他們的表現不可謂不忠勇，他們所採用的戰術也不可謂不正確。然而，在經驗豐富的胡子曰面前，卻毫無作用。

後者猛地一磕馬鐙，身下的坐騎立刻明白了他的意思，咆哮著騰空而起。越過兩名突厥侍衛的頭頂，令砍向馬腿的兩把鋼刀全部落在了空處，徒勞無功。

「殺陟苾！」「殺陟苾！」兩名旅帥策馬護住婆閏的左右，一百三十多名回紇勇士列隊緊跟其後。

橫刀揮舞，將被胡子曰拋在身後的兩名突厥侍衛砍翻在地。

「殺陟苾！」胡子曰根本沒興趣回頭，咆哮著俯身，揮刀。在戰馬落地的瞬間，將另外一名衝上來擋路的侍衛，齊著肩膀砍去了小半截。隨即，挺身，前撩，將一把刺向戰馬脖頸的長矛撩上了天空。

失去了兵器的突厥侍衛尖叫著後退，胡子曰如甩鞭子一般揮臂斜抽，在此人胸前抽出一條兩尺長的傷口。鮮血如瀑布般噴出，突厥侍衛的生命力隨著血漿迅速被抽乾，身體僵了僵，仰面朝天栽倒。

第五名上前擋路的突厥侍衛，手裡拎著一把長柄大斧。這種兵器非常笨重，但近距離對付戰馬，卻往往能收到奇效。

只見此人，嘴裡猛地發出一聲大喝：「殺！」雙臂、雙腿和腰桿同時發力，將斧頭揮得如同車輪般，橫著掃向戰馬的脖頸。雪亮的斧刃，甚至帶起了一股狂風！再度起跳根本來不及，胡子曰猛地一拉韁繩，口中發出一聲命令，「吁……」。他身下的坐騎猛地停住腳步，前蹄高高地抬起，四下亂踢。

鋒利的斧刃貼著馬蹄鐵掠過，持斧的突厥侍衛招數走空，被閃得踉踉蹌蹌。下一個瞬間，胡子曰在馬鞍上迅速俯身，借著馬蹄下落的速度，一刀砍斷了此人的雙臂。

兩條半截胳膊和大斧相繼落地，持斧的突厥侍衛疼得淒聲慘叫，身體如同喝醉了酒般搖搖晃晃。胡子曰策動坐騎重新加速，將他甩在了身後。婆閏一刀砍下結束了此人的痛苦。

突厥侍衛倉促組成的攔截隊伍，澈底崩潰。胡子曰策馬撲到羊毛大纛前，揮刀便剁。刀光過處，血肉橫飛。慘叫聲從羊毛大纛下響起，緊跟著，羊毛大纛被利刃從下向上，割成了碎片。兩具鮮血淋濺的屍體失去羊毛大纛的羈絆，迅速倒在了胡子曰的馬蹄下。皮盔，皮甲，盔上沒有任何裝飾，雙腿也完好無損。

「不是陟苾！」胡子曰的目光迅速凝聚成針，向周圍掃視。只見十幾步之外，兩名突厥侍衛雙手架起一名跛子，撒腿狂奔。數十名擺脫了羊毛大纛的突厥侍衛，死死護在了此人身後。

「別跑，你可是車鼻可汗的兒子，別給你阿爺丟人！」胡子曰朝著跛子的背影高聲斷喝，同時揮刀開路。四周圍的突厥侍衛，卻拚命湧向他的戰馬，用鋼刀和血肉之軀，擋住他的去路。

胡子曰左劈右砍，接連放翻數名侍衛。然而，戰馬的速度卻不增反降。攔路的突厥侍衛們，前仆後繼，甚至主動倒地，冒著被踩成肉醬風險，去砍他的馬蹄。

「讓開，直殺陟苾，餘者不問！」婆閏在兩名旅帥的保護下，迅速趕到，將更多的突厥侍衛砍倒。卻仍舊無法衝破侍衛們的阻攔。轉眼間，眾回紇勇士也策馬衝至，揮刀加入了戰團。這一次，終於將攔路的突厥侍衛斬殺殆盡。然而，不遠處，已經有數百名飛鷹騎著戰馬衝至，將陟苾撈在一匹空著鞍子的坐騎上，掉頭就走。

「拿弓箭來！」胡子曰大急，一邊策馬追向敵軍，一邊伸開左手向後招呼。陟苾還沒逃到百步之外，這個距離，他有九成把握將此人射落於馬下。

令人非常鬱悶的是，沒有任何弓箭送上。跟在他身後的是回紇特勤婆閏的親兵，不是他當年的袍澤。沒有人跟他配合默契，也看不懂他的手勢。

「該死！」胡子曰微微一愣，強行壓下心中的酸澀，繼續策馬加速。卻終是慢了半拍。幾乎眼睜睜地看著陟苾，逃出了自己發箭的命中距離之外。

「胡大叔，給你角弓。」婆閏終於反應過來，胡子曰剛才喊的是什麼。從自己的馬鞍後解下騎弓，快速遞向對方。

「放箭，放箭射死他們！」兩名旅帥追悔莫及，扯開嗓子高聲命令。眾回紇勇士紛紛張弓搭箭，在策馬飛奔的同時，將羽箭從背後射向逃命的突厥飛鷹騎。一輪羽箭過後，十多名飛鷹騎落馬。但是，陟苾卻逃得越來越遠。

「不必追了，今後有的是機會！」姜簡帶著十幾名遊騎兵從後面追上來，朝著胡子曰和婆閏等人高聲建議。「他身邊的人會越來越多，咱們的戰馬已經沒了力氣。」

不待胡子曰和婆閏兩人回應，換了一口氣，他繼續補充：「與其逼得他狗急跳牆，不如繼續擴大戰果。把飛鷹騎的膽子徹底殺落，將來在戰場上，讓他們看到大唐的旗號就瑟瑟發抖！」

「回頭，反覆蹚營，別給其他突厥人紮堆的機會！」胡子曰的眼神迅速一亮，果斷採納了姜簡的建議。

「回頭，殺突厥狗，一個別留！」婆閏想了想，用身邊親兵能聽懂的語言，補充命令。整個隊伍，迅速轉身，與來路錯開一個角度，衝向營地的左側。沿途遇到來不及逃走，或者試圖頑抗的突厥飛鷹騎，全都亂刀砍倒。沿途看到尚未起火的營帳，則從地上挑起燃燒的碎氈子、爛木頭，將其快速點燃。

杜七藝、陳元敬、李思邈也各自帶著十幾名回紇勇士，跟了上來。三人隔著老遠，與姜簡以目光互相打了個招呼，隨即，默契地拉開一個扇面，將隊伍的破壞力加到了最大。

沒有任何飛鷹騎能夠阻止他們，雖然眼下遺留在營地內的突厥飛鷹騎人數，仍舊遠遠超過婆閏身邊的回紇勇士。但是，隨著羊毛大纛的墜落和陟苾的逃走，飛鷹騎已經徹底失去了指揮。

戰場上，失去了指揮的將士，又怎麼可能是成建制兒郎的對手。看到胡子曰和婆閏帶著上百名身穿大唐鎧甲，手持大唐橫刀的弟兄，向自己衝了過來。被陟苾丟在營地內的大多數飛鷹騎，都本能地選擇了讓開道路，四散奔逃。對於主動逃命者，婆閏在胡子曰的建議下，果斷放棄了追殺。只管帶著隊伍，在營地內縱橫往來。

而姜簡、杜七藝、陳元敬和李思邈四個，則帶領著四小股遊騎兵，如同鐵耙一樣拖在大隊人馬之後。不斷點起新的火頭，將災難擴散到整個營地。

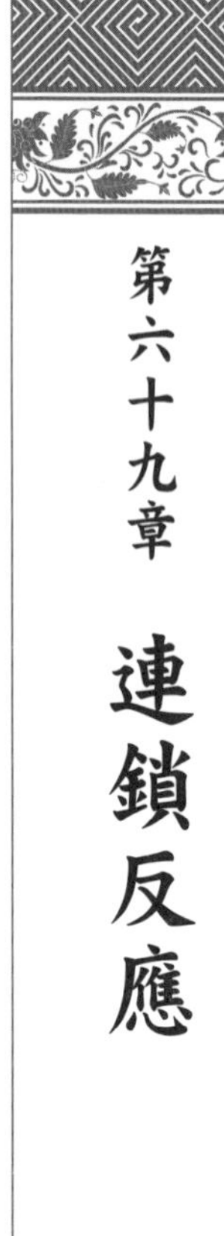

第六十九章 連鎖反應

「緊急軍情，緊急……」第二天傍晚，一行斥候風塵僕僕地衝向大唐瀚海都護府行轅議事堂。

「站住，站住，大汗正在處理公務！」議事堂大門口，幾名侍衛狐假虎威，用長槍架起一道柵欄，擋住斥候們的去路。

「閃開，閃開，緊急軍情。突厥飛鷹騎，突厥飛鷹騎出事了。」斥候旅帥氣急敗壞，翻身跳下坐騎，一把將當值的侍衛隊正推出了半丈遠，「別擋路，我必須立刻面見大汗。都什麼時候了，你還亂耍花樣？」

那侍衛隊正小人得志，哪裡受得了斥候旅帥的慢待？一邊踉蹌著努力站穩身體，一邊高聲命令：「把他給我攔下，大汗有令，任何人不經通報，不得入內！」

「是！」眾侍衛聞聽，立刻來了勁，揮舞著長槍橫刀，將斥候們團體包圍。眼看著雙方就要發生衝突，長老福奎的身影，忽然出現在了行轅門口，手按刀柄，朝著所有人橫眉怒目，「什麼事？在議事堂門前亂喊亂叫，成何體統？」這下，斥候和侍衛都消停了。紛紛閉上了嘴巴，像鬥雞一樣互相瞪眼睛。那長老福奎見狀，愈發感覺憤怒，指了指侍衛隊正，低聲呵斥：「你沒看見他身後背著的傳訊旗嗎？十萬火急的軍情，你竟然也攔著他不准入內？」

「大汗，大汗昨天，剛剛廢除了唐制。」那隊正地位遠低於長老，卻不服氣，垂下頭，用極小的聲音回應，「另外，他是生面孔，我以前從沒見過他。」「嗯……」長老福奎皺著眉頭沉吟，不知道接下來該如何評判。為了向突厥別部可汗車鼻表示忠心，同時也為了儘快洗掉大唐對回紇的影響，烏紇登上汗位之後，除了安撫各部可汗之外，將大部分精力都放在了「改制」上。而軍隊中的各項制度條令，恰好是他「改制」的優先目標。其中就包括斥候傳信時身後背負的旗幟數量、樣式和顏色。

此外，為了防止忠於吐迷度父子的「餘孽」行刺，烏紇也特別強調過，禁止任何人不經過通報，就進入他的「汗宮」。斥候旅帥距離回紇王庭太遠，出發之前可能沒有接到「改制」的命令。他以前也非烏紇的嫡系，侍衛們不認識他，不放他直接去面見烏紇，理所當然。

「行了，讓斥候進來吧！」正當長老福奎左右為難之際，屋子內，已經傳出了烏紇的命令。「勃勃，以後執行命令別那麼死性。新制剛剛發佈，很多人都不熟悉。」

「是！」侍衛隊正勃勃立刻有了台階下，答應一聲，帶領身邊的同夥讓開了道路。

那斥候旅帥不敢耽擱，將佩刀解下丟在台階上，快步入內。見了烏紇的面兒，不待對方發問，從懷中取出一片燒焦了旗幟，雙手捧過了頭頂，「啟稟大汗，緊急軍情，突厥飛鷹騎昨天夜裡遭到偷襲，全軍覆沒……」

「你說什麼？怎麼可能？」沒等他把話說完，端坐帥案之後架勢十足的烏紇已經跳了起來，繞過帥案，伸手去抓他的衣領。斥候旅帥不敢躲閃，加快速度補充，「卑職是昨天清晨接到消息，立刻親自趕去突厥飛鷹騎的營地，然後就快馬加鞭前來報告。沿途經過……」

又一次不待他說完，烏紇雙手抓住他的胸甲打斷，「誰下的手？那邊不是俱羅勃的本部所在嗎？他麾下的兵將為何不去營救？」

「敵軍身份不明，夜裡，夜裡驟然發起襲擊。俱羅勃設在汗庭這邊，本部那邊是他兒子安吉做主。安吉怕，怕引起突厥人的誤會，不敢發兵。」斥候旅帥被勒得喘不過來氣兒，斷斷續續地補充。

「陟苾呢，陟苾怎樣了？快說，陟苾在哪？是生是死？」烏紇眼前陣陣發黑，雙手上的力氣愈發不受控制，問出來的話，也毫無條理可言。

「卑職，卑職路過，路過俱羅勃設的本部，安吉給卑職提供了二十匹快馬。卑職，卑職快被您勒死了。大汗，勒死卑職，下波斥候一天之後才能……」

「該死！」看到斥候旅帥臉色已經發黑，烏紇悻然鬆開雙手。卻不知道該死的人，到底是俱羅勃的兒子安吉，還是偷襲突厥飛鷹騎的那支敵軍。

「陟苾怎麼樣了，被對方俘虜了，還是戰死了。現場可有他的屍體？」這當口，長老福奎倒是旁觀者清，向前湊了兩步，用顫抖的聲音詢問。

「咳咳，咳咳，咳咳……」斥候旅帥拚命咳嗽，總算緩過一口氣，沒被烏紇給活活勒死。不敢抱怨新大汗下手沒輕沒重，他向後退了四五步，躬身回應：「稟長老，陟苾沒死。在他的親兵保護之下，趁亂逃出了營地。卑職過來彙報之時，安吉正派得力屬下帶著獵犬，四處尋找他。卑職在現場確認過了，沒有他的屍體。」

「到底是誰下的手？現場就沒留下任何痕跡嗎？」長老福奎悄悄鬆了一口氣，繼續低聲追問。

「稟長老，偷襲者身穿唐軍鎧甲，損失很輕，帶走了所有他們自己人的屍體和傷號。現場只留下了二十幾頭死牛。另外……」偷偷看了看烏紇的位置，確信自己躲在對方的攻擊範圍之外，斥候旅帥才繼續補充，「另外，據被偷襲者俘虜後放過的突厥傷兵說，他們帶走了大量的輜重、兵器和戰馬，將帶不走的，全部燒了個精光。」

「唐軍？」長老福奎倒吸一口冷氣，臉色剎那間變得雪白。草原各部將士性情剽悍，在作戰獲勝之後，很少會放過俘虜。對於受傷的敵軍，通常當場補刀了事。唯獨紀律嚴明的大唐官兵會給受傷的敵人留一條活路。也只有所向披靡的大唐官兵，才會有這份自信。認定敵軍的傷兵即便痊癒之後歸隊，仍舊不是自己的對手，所以才不願意趕盡殺絕。

再綜合將三千飛鷹騎乾淨俐落擊潰這一輝煌戰績，下手者的身份，幾乎可以確定是大唐官兵無疑。而如此實力強大的一支大唐官兵，來到了距離回紇王庭只有兩百多里遠的位置，王庭這邊卻毫無察覺，萬一他們向王庭發起進攻，新可汗烏紇和眾位長老，又將落到怎樣一個下場？

「稟長老，不能確定是唐軍。據突厥傷兵報告，說下手之人說的，說的是咱們回紇話。並且人數沒超過一千。」斥候旅帥頗為老到，見福奎臉色不對，趕緊又快速回應。

聽聞不一定是唐軍，福奎長老的心情頓時就是一鬆。然而，緊跟著眉頭又迅速皺緊，「說的是回紇話，突厥飛鷹騎什麼時候變得如此不經打了？那邊除了俱羅勃，又有誰能夠神不知鬼不覺出動上千精兵？」還沒等他將謎團理出一個頭緒，烏紇忽然低聲吩咐：「來人，去喊俱羅勃設與和賀魯長老到議事堂議事。」

「是！」門外當值的親兵隊正勃勃答應一聲，立刻去執行命令。自封的回紇可汗的烏紇眉頭緊皺，呼吸聲沉重得宛若有人在拉風箱，「唐軍，這件事必須是唐軍所為，無論如何，都不該是咱們回紇十八部當中任何一部下的手。福奎長老，麻煩你立刻帶些人過去，把突厥傷兵都帶回來，好好安置。如果有人胡言亂語，就悄悄處置掉，千萬不要手軟。」

「這……」福奎長老性子軟，猶豫再三，最終還是拱手領命，「是，大汗。」

「來人，去傳小伯克沙哥，讓他點起麾下兵馬，巡視各地。如果有陟苾設的消息，立刻趕過去，保護陟苾設來王庭。」烏紇鐵青著臉在屋子裡走了幾步，繼續發號施令。現場沒發現陟苾的屍體，這是不幸中的萬幸。否則，哪怕他找出一萬個證據來，偷襲並非回紇人所為。發了瘋的車鼻可汗，也會將回紇王庭給盪為平地。

「是！」議事堂外，有人高聲回應。然而，緊跟著，就傳來一陣凌亂的腳步聲。一名當值的將領，頂著滿頭大汗匆忙趕至，人沒等進門，聲音已經傳到了烏紇的耳朵，「報，大汗，俱羅勃設走了。帶著他的親信不告而別。同時走的，還有第里、朮里、故合等七名長老。外邊紛紛謠傳，是婆閏從大唐搬來的精兵，殺了陟苾，給他撐腰！」

第七十章 站隊

「胡說，婆閏上次去受降城求援，求了那麼久，李素立都沒派出一兵一卒！」先前還要求眾人一口咬定突襲飛鷹騎乃是大唐官兵所為的烏紇可汗，揮舞著手臂反駁。「來人，傳我的命令。誰要是再傳播謠言，我砍他的腦袋！」

「是！」議事堂外，有親兵繼續回應，聲音卻還沒先前的一半兒響亮。

「怎麼可能是唐軍，怎麼可能是唐軍。」烏紇卻沒精力跟底下人計較，像一頭掉進陷阱裡的公狼般，在議事堂內不停地轉圈兒。仍舊「不小心」在場的幾位長老，誰也不敢接他的話茬。一個個眼觀鼻，鼻觀心，做泥塑木雕狀。

烏紇先前下令大夥一口咬定是唐軍偷襲了飛鷹騎，原因大夥很清楚。只有這樣，才能將回紇十八部都從事件中摘出來，進而避免車鼻可汗對回紇十八部的報復，或者對烏紇本人過於失望。而眼下，麻煩卻走向了另外一面。如果真的是大唐出兵幹掉了突厥飛鷹騎，接下來，大唐就不會坐視回紇十八部倒向突厥。回紇十八部，任何一部單獨拉出來，實力都不如突厥飛鷹騎。唐軍能一夜之間將突厥飛鷹騎打得

全軍覆沒，接下來無論盯上回紇十八部當中的哪一部，後者都不會有好下場！所以，火速離開王庭，各回各家，對十八部吐屯和長老來說，乃是最正確的選擇。大夥兒沒勇氣明著跟烏紇作對，至少，可以先觀望一段時間動靜。

如果烏紇能帶領其本部嫡系，頂住唐軍的報復或者車鼻可汗可以派一支實力遠超過飛鷹騎的隊伍過來，幫烏紇擋住唐軍的征討，大夥過後自然還會唯烏紇馬首是瞻。如果烏紇本部精銳，頂不住唐軍，而車鼻可汗又不果斷派精銳過來替烏紇出頭，大夥兒接下來，當然要考慮考慮，是否還承認烏紇這個大汗！「婆閏的那兩個親兵百人隊呢，他們被安置去了哪裡？」就在眾長老也於心裡暗自做盤算之際，烏紇忽然停住了腳步，瞪圓了眼睛向其中一個名為裴羅的長老詢問。

「回大汗，俱羅勃設將他們打發去了小沙河。由他的兒子安吉就近監視！」裴羅長老的心臟打了個哆嗦，趕緊停止思考今後的出路，彎著腰回應。「俱羅勃……」烏紇的兩隻眼睛迅速變紅，從牙縫裡發出一串咆哮聲。

在他看來，答案已經昭然若揭。肯定是俱羅勃，採用明防暗縱的模式，偷偷放走了婆閏的親衛，任由他們跟婆閏去會合。而婆閏會合原本隸屬於他的那兩個旅親兵之後，又暗中與俱羅勃的兒子安吉勾結，向恰好在附近紮營的突厥飛鷹騎，發起了夜襲！那俱羅勃做了多年的瀚海都護府副都護，所掌控的力量，在回紇這邊數一數二。他的兒子安吉，帶領整個部落的兵馬驟然發起夜襲，突厥飛鷹騎卻毫無防備，結果當然可想而知！

「怎麼可能？」「不應該吧！」「俱羅勃如果有膽子跟突厥人交戰，先前就不會……」在場的幾個長老以目互視，皺著眉頭竊竊私語。

烏紇雖然還沒發出對俱羅勃的指控，但他的表情和聲音已經將他的猜測告訴了在場所有人。

而這個猜測，卻跟事實基本對得上號。

陟苾所部的突厥飛鷹騎，遇襲地點離俱羅勃的本部牧場很近。光憑著婆閏麾下那兩百親兵，絕對不可能將三千飛鷹騎打得全軍覆沒。算算回紇王庭與受降城之間的距離，婆閏也沒那麼快就搬來救兵。那樣的話，想幹掉飛鷹騎，俱羅勃的兒子安吉帶著其麾下嫡系精銳暗中出手，就幾乎成了唯一的答案！

「大汗，大汗，必須將俱羅勃他們幾個追回來。哪怕動用武力！」彷彿唯恐天下不亂，長老賀魯恰好在這個時候走進了議事堂，不待腳步站穩，就拱著手高聲提議。這個建議，對烏紇而言，來得正是時候。當即，他就抓起一根令箭，直接塞到了賀魯手裡，「賀魯長老說得對，你去傳令給小伯克烏骨力，讓他點起本部兵馬，跟你一起去追俱羅勃等人。如果俱羅勃等人不肯回來，你們兩個就便宜行事！」

「大汗，三思！」長老裴羅大急，趕緊上前阻止，「如果殺了俱羅勃，咱們回紇非爆發內亂不可。屆時，無論是車鼻可汗派人來問罪，還是燕然都護府派人來問罪，咱們都無力抵擋！」

「是啊，大汗三思。俱羅勃雖然不告而別，將來卻未必不會回頭。」

「大汗，一旦兵戎相見，死的可都是咱們回紇人啊。」

「大汗……」其餘幾個在場的長老，也紛紛開口勸告。以免烏紇殺紅了眼睛，下一次將刀砍向自己和自己所在部落。

「三思，三思！我不討伐俱羅勃，日後車鼻可汗問起來，我怎麼給車鼻可汗交代？用你們的腦袋嗎？」烏紇哪裡肯聽，瞪著通紅的眼睛向眾長老咆哮。「可以，可以推到大唐頭上。就像，就像大汗最初想做的那樣！」長老裴羅低下頭，用很小的聲音回應。然而，他卻沒有勇氣看烏紇的眼睛。

哪怕將偷襲突厥飛鷹騎的罪責，全都推到唐軍身上。也無法挽回俱羅勃等人的心。相反，還有可能讓其他別部的吐屯們，信以為真，進而主動跟烏紇這邊劃清界線。所以，以迅雷不及掩耳之勢，拿下俱羅勃和其他幾個不告而別的長老，看似野蠻粗暴，對眼下的回紇王庭來說，卻是最佳選擇。比其他任何選擇，都快速有效得多！

「賀魯長老，你也要勸阻我嗎？」幾句話鎮住了提反對意見的長老，烏紇將目光轉向尚在猶豫的賀魯，沉聲質問。

「不敢，在下這就去與小伯克烏骨力一道領兵，追趕俱羅勃！」被烏紇目光裡的殺氣嚇了一大跳，長老賀魯拱下身體，鄭重領命。說罷，他轉身就走。先前奉命去請他的親兵隊勃勃，卻慌慌張張地衝了進來，差一點兒就將他撞了個四腳朝天。

「報，大汗，婆閏在白鹿谷豎起了可汗旗和大唐瀚海都護旗。」根本沒功夫去扶賀魯起身，親兵隊正勃勃朝著烏紇行了個禮，氣喘吁吁地彙報，「他，他還派人發請柬，邀請各部吐屯，去他那邊共同商議回紇十八部的前途！」

第七十一章　新與舊

「什麼？小兔崽子找死！」烏紇又氣又急，三步兩步衝回帥案後，抓起令箭就準備調兵「平叛」。

「勃勃，婆閏那邊有多少兵馬？到目前為止，有幾個吐屯回應了他？」關鍵時刻，賀魯長老倒比烏紇更沉得住氣，坐在地上，連聲追問。

「回長老的話，目前還沒探聽清楚，婆閏身邊到底有多少兵馬。他的請柬剛剛發出，各部吐屯這會兒應該還來不及做出回應。」勃勃這才注意到賀魯長老被自己撞翻在地，一邊伸手攙扶對方起身，一邊快速補充。

「俱羅勃的兒子，是不是跟他在一起？昨天夜裡偷襲了突厥飛鷹騎，是不是他？」賀魯長老沒得到滿意的答案，問話聲變得更加急促。

「不，不清楚。斥候剛剛派出去。偷襲了飛鷹騎的，肯定是他。他在請柬上，大肆宣揚了此事，說，說突厥別部外強中乾。三千飛鷹騎，被他只帶了兩百親兵，就打了個落花流水，將來，將來車鼻可汗怎麼可能，怎麼可能打得過大唐天兵……」侍衛隊正勃勃想了想，再度做出回應，但是聲音卻越來越低。「胡吹大氣，二百親衛打敗了三千飛鷹騎。他怎麼不說，自己孤身一人殺了陟苾？」烏紇氣到了極點，大聲冷笑。

「吹牛，絕對是吹牛。即便是大唐府兵，也不可能做得到！」賀魯長老也不相信勃勃的彙報，撇著嘴連連搖頭。這二人地位顯赫，親兵隊正勃勃當然不敢跟他們爭辯。然而，內心深處，卻有一個聲音清晰地告訴勃勃，婆閏的話，應該不完全是吹牛。

昨天夜裡，突厥飛鷹騎被打得潰不成軍。哪怕婆閏那邊，當時真的有俱羅勃麾下的嫡系精銳幫忙，他所掌握的兵馬總數，都不會超過三千。而飛鷹騎在突厥別部那邊，卻是如假包換的精銳部隊，絕非由尋常牧民拼湊起來的烏合之眾。三千突厥精銳，連數量低於自己的回紇人都打不過。車鼻可汗，憑什麼去跟大唐爭鋒？

「婆閏那邊，到底有多少人？」

「俱羅勃的兒子安吉，真的沒幫忙嗎？」

「飛鷹騎也太不經打了。即便俱羅勃的兒子安吉出兵幫忙，三千飛鷹騎……」

議事堂內，其他長老們則開始交頭接耳。不願相信婆閏的宣告，同時，也對車鼻可汗的實力，深表懷疑。

「不能任由那小兔崽子繼續妖言惑眾。來人，傳我的汗令，給各部吐屯。十天之後，齊聚白鹿谷，剿滅背叛祖宗的小賊婆閏。誤期不到者，以叛賊同謀論處！」將眾長老的表現，全看在了眼裡，烏紇不敢再耽擱，手扶桌案高聲宣佈。

「大汗，敵軍實力不明……」賀魯長老本能地想要勸阻，然而，話剛剛說出口，就被烏紇用目光給逼了回去。

曾經追隨在大唐的旗幟下征戰多年，他們多少都學到了一些中原兵法精髓。也曾經聽說過「知己知彼，百戰不殆」這句至理名言。然而，眼下烏紇卻已經沒有時間，去考慮婆閏那邊實力的強弱。

自從婆閏豎起回紇可汗和大唐瀚海都護府兩面旗幟那一刻起，烏紇跟他之間的戰爭，就已經徹底變了性質。不光涉及到誰應該是汗位的正統，還涉及到了回紇十八部對今後道路的選擇。選擇支持烏紇，意味著回紇十八部即將與突厥別部並肩對抗大唐，事成，就有機會平分漠北草原。選擇婆閏，則意味著回紇十八部希望維持現狀，永遠做大唐的爪牙和附庸。

各部吐屯大多數都與吐迷度汗同齡，經歷過投靠大唐之前，在突厥頡利可汗壓榨下朝不保夕的日子。並且跟老糊塗吐迷度汗一樣，認為是大唐給草原帶來了和平與繁榮。

烏紇如果不儘快帶兵將婆閏挫骨揚灰，耽擱的時間越久，心志動搖的各部吐屯越多。甚至不排除，會有一部分吐屯會結束觀望，重新選擇婆閏為新一代回紇可汗！

「各位長老，還煩勞你等給各自所在別部的吐屯寫一封信，提醒他們不要中了婆閏的奸計。」用眼神鎮住了賀魯，烏紇又將目光轉向在場的幾個長老，沉聲要求，「李世民已經老了，大亂將至。咱們回紇十八部，如果不抱成團來應對，而是自相殘殺，將來就會成為第二個匈奴！」

「自相殘殺還不是你先挑起來的？」在場的長老們心中悄悄嘀咕，嘴巴上，卻紛紛表態，一定會要求各自所在部落的吐屯，認清大局。

知道光憑嘴巴，無法讓眾長老和吐屯們真心為自己效力，烏紇想了想，又許下各種好處。甚至將原本直屬於回紇汗庭的數百里牧場，直接分成了十八塊，作為對各部吐屯追隨自己討伐婆閏的嘉獎。

在場的一眾長老，頓時眉開眼笑，拍著胸脯代表各自所在部落，承諾會跟大汗共同進退。然而，待從議事堂裡退出之後，卻一個個審時度勢，悄悄地做出了自己的選擇。

時間過得飛快，一眨眼功夫就過去了四天。小伯克沙哥仍舊沒找到陟苾的蹤影，奉命去追回俱羅勃的長老賀魯和小伯克烏骨力，卻帶回來一個令人震驚的消息。俱羅勃在三日前甩脫了追兵，成功逃回了本部。隨即，立刻帶領整個部落的男女老幼向南遷徙，如今已經走出了五百餘里，看方向，最終目的地黃河岸邊的勝州。

「這老狐狸，無恥，下賤，臭不要臉！」正在整頓兵馬準備出征的烏紇聞聽，氣得拔出橫刀朝著帥案亂剁。

俱羅勃率部南遷，明擺著是不打算在他和婆閏兩人之間站隊了。同時，也澈底斷掉了他要拿俱羅勃父子兩個的腦袋向車鼻可汗謝罪的可能。而如果他這節骨眼上派兵去追殺，就無暇再去征剿婆閏。如果繼續去征剿婆閏，他就只能眼睜睜地看著俱羅勃進入勝州。

以俱羅勃的長袖善舞，估計用不了多久，就能跟黃河南岸的大唐官員搭上關係。屆時，此人就可以隨時帶領所部牧民渡過黃河，躲開草原上的所有紛爭。

「大汗，眼下俱羅勃兩不相幫，未必是一件壞事。」小伯克烏骨力素有智將之名，見烏紇被氣得已經失去了方寸，忍不住低聲提醒，「至少，比他倒向婆閏要好。而其他別部吐屯，跟婆閏關係不會比他更近。看到他兩不相幫，就會掂量掂量，這當口倒向婆閏是不是明智之舉！」

「老東西這次算他走得快！我就不信，他永遠不回到草原上來！」知道小伯克烏骨力的話在理，烏紇咬著牙回應。「你們還聽說了什麼消息，其他不告而別長老呢，他們所在部落也遷走了嗎？」

「那倒是沒有！」小伯克烏骨力想了想，低聲回應。「他們捨不得遷走，也沒膽子明著抗命。一個個都裝著生起了大病。屬下和賀魯長老商量之後，沒有拆穿他們。只是提醒他們所在別部的吐屯，十天之約已經過去了一半兒。」

「提醒得好！提醒得好！」烏紇聞聽，冷笑著撫掌。「你既然回來了，就別再出去了。好好下去休息，明日一早，率領本部兵馬，跟我一道去白鹿谷。咱們在那裡等各部吐屯，誰敢逾期不至，老子剿滅了婆閏之後，就第一個拿他開刀！」

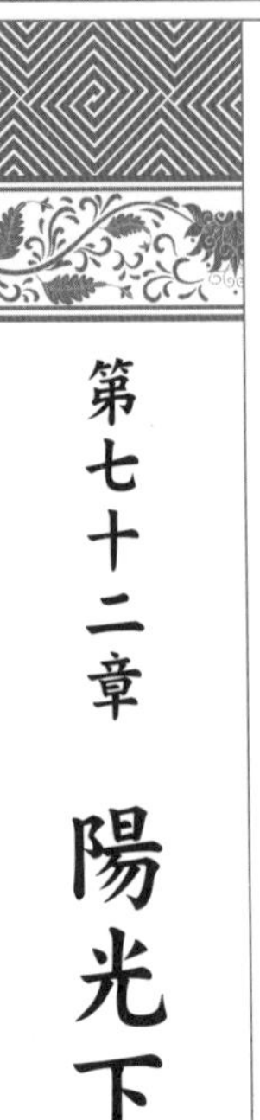

第七十二章 陽光下沒新鮮事

白鹿谷，一座聯營蔓延五六里，營地正中央處，嶄新的回紇十八部大可汗旗和大唐瀚海都護旗並肩而立，迎風招展。兩名斥候匆匆忙忙策馬衝至，跳下坐騎，直奔旗幟下的中軍帳，人未進門，聲音先至，「報，可汗，軍師，沙木吐屯之子瓦斯，背著他父親，帶著兩百親兵前來效力。」

「來人，打開營門，吹歡迎號角。請通知瓦斯特勤稍待，我親自去迎接他和他麾下的弟兄們入營。」坐在帥案後的婆閏長身而起，扯開嗓子高聲吩咐。「是！」中軍帳內，有親兵高聲答應。隨即，迅速分成兩隊，分頭去執行婆閏的命令。類似的流程，他們這些天來，每天都做過不止一次。所以，全都變得輕車熟路。

婆閏目送親兵們離開，卻沒有立刻動身。而是將目光轉向自己「私聘」的軍師姜簡，苦笑著搖頭，「第十三支，還是背著他父親，人數跟前面那十二支，也幾乎一模一樣……」

「沒事，咱們從飛鷹騎手裡繳獲的糧草輜重，還足夠用上一陣子。並且，瓦斯特勤能帶著親兵過來，就說明他父親沙木吐屯，跟烏紇並不完全是一條心。」姜簡卻彷彿早已見怪不怪，笑了笑，柔聲安慰。

「有瓦斯特勤在，沙木吐屯帶著本部兵馬即便與烏紇一到前來征剿咱們，也不會盡全力。」杜七藝的表現，與姜簡一樣平靜，接過話頭，笑著補充。

「除了烏紇的本人之外，十七位別部吐屯，到目前為止，只有距離咱們最遠的塔依，正式答應願意奉我為可汗，但是，卻被其他別部隔開，無法帶兵過來助戰。」婆閏不甘心，繼續嘆息著搖頭。

在正式決定豎起回紇可汗和大唐瀚海都護兩面旗幟的那一刻，他曾經憧憬，各部吐屯接到自己的請柬之後，至少有一大半兒，會毅然起兵回應。誰料到，時間已經過去了整整七天，正式給出回應的吐屯，只有距離最遠的塔依一個。其餘各部吐屯，全都假裝沒有收到請柬。

要是所有族人，擺明了要跟烏紇一條路走到黑也罷，婆閏就會立刻死了心，帶著自己的親兵快馬加鞭逃到受降城，請求大唐天兵庇護。偏偏許多吐屯的家裡頭，陸續「冒出」了一個不聽話的兒子，帶著他自己的親兵，趁著吐屯沒注意，星夜趕到了白鹿谷。

「這不是糊弄鬼嗎？」婆閏不愧為韓華的關門弟子，很快就察覺出事情不對味兒。表面上對前來投奔自己的少年特勤們都熱情相迎，內心深處，卻失望至極。而姜簡、杜七藝、陳元敬和李思邈小哥四個，卻絲毫不覺得各部吐屯和特勤們的表現有什麼奇怪。反倒輪番出言勸慰婆閏，吐屯們的選擇乃是人之常情。並且還例舉出了數十年前在中原發生一段掌故，作為佐證。

據姜簡等人說，三十多年之前，當時中原朝廷還名為大隋。有個叫楊玄感的豪傑，趁著朝廷出兵討伐高句麗，內部空虛，就起兵造了反。而中原皇帝楊廣麾下的宰相，大將軍們家裡，也像現在這樣，忽然冒出了許多「不聽話」的兒子，帶著家丁，紛紛趕去給楊玄感助威。

「這，這，萬一父子兩個在戰場上相遇，可怎麼辦？」婆閏初次聽聞這個掌故之時，根本無法相信自己的耳朵，結結巴巴地詢問。

「怎麼辦，互相裝作不認識，擦肩而過唄！」姜簡吐了口氣，笑著搖頭。「這就是兩頭下注，無論哪一邊贏了，家族都不會失去現有的榮華富貴！」

「可萬一，萬一互相躲不開呢？比如將來咱們跟烏紇作戰，提拉和他父親鐵木克吐屯相遇。他還能殺了他父親？」婆閏腦門上迅速冒出了汗珠，瞪圓了一雙無辜的眼睛，繼續刨根究底。

「應該遇不到吧，雙方事先肯定要約好了如何彼此回避。」姜簡被問住了，將目光轉向胡子曰，低聲回應，「這段掌故，是胡大叔講給我聽的。具體你可以再問問他。」

「對，你可以問胡大叔！」陳元敬和李思邈兩個，立刻笑著附和。

以前在快活樓聽胡掌櫃講古，講到上述這段掌故，他們只覺得有趣。而現在，跟眼前發生的事實相對照，卻於有趣之外，又看出了許多東西。

「遇不到。因為雙方主帥，也知道各家族在兩頭下注。咱們將來跟烏紇交手，你可能放心的派提拉特勤去防備他的父親鐵木克吐屯嗎？」第一次聽到這個問題，胡子曰作為親身經歷者，想都不想就給出了解答。

婆閏雖然聰明，閱歷卻有限。在草原上能接觸到的書籍，也遠不如中原多。身邊更沒有像胡子曰這樣的老江湖，將半輩子的閱歷，當做故事講給他聽。因此，眨巴了好半天眼睛，才澈底理解了胡子曰的答案，心情卻變得好生沉重。

而隨著「背叛」父親，帶領親兵前來投靠他的少年特勤不斷增多，婆閏的心情就越發沉重。彷彿那些少年特勤全都變成了鉛塊，一塊接一塊，壓在了他的心臟上。

今天，第十三位特勤的到來，他已經感受不到半點喜悅。甚至連例行公事出門去迎接，都提不起精神。只希望瓦斯特勤因為自己的怠慢，主動掉頭而去，免得雙方見了面之後，彼此都覺得尷尬。

「還是出去迎接一下吧，你覺得不舒服，一會兒就儘量少說話，我替你招呼他好了！」作為婆閏的師兄，姜簡迅速察覺到了婆閏的狀態，想了想，低聲催促。

「凡事多往好處想，即便這些特勤不會出全力幫你的忙，至少讓咱們這邊看起來，聲勢大了許多。也比當初咱們只帶著區區兩百親兵強。」杜七藝心細，也低聲在旁邊開解，「更何況了，按照我舅舅所說的故事，如果咱們打敗了烏紇，這些特勤們，就會成為你最忠心的部屬。」

「當初在中原，就是這樣。」胡子曰接過話頭，一邊回憶，一邊笑著搖頭，「李大將軍帶著雄武營弟兄，在黎陽城下，擊潰了叛軍當中最驍勇的一路。然後其他各位大隋將軍們，就澈底放棄了兩頭下注的心思，一鼓作氣將叛軍給打了個落花流水。」話說到這兒，他忽然又想起了一件事，看了看姜簡，壓低了聲音補充：「當時，姜簡的師父就在叛軍隊伍中當先鋒官。如果你們不怕他生氣，今後可以找機會問問他！我只是道聽塗說，他是親身經歷，所知道的細節，肯定比我多。」

第七十三章　果實

「吳老將軍居然還吃過這種敗仗？」眾人聽得納罕，本能地向胡子曰尋求確認。然而，對找吳黑闥詢問的建議，卻全都充耳不聞。那位老將軍對姜簡著實不錯，但脾氣卻無論如何都算不上好。嘴裡說出來的話，還經常帶著刺兒。大夥又不嫌皮癢，何必去碰他老人家的逆鱗？

「天底下，哪有沒吃過敗仗的將軍？」胡子曰卻好像被觸動了心事，嘆息著搖頭。「哪怕是百戰名將，也有陰溝翻船的時候。無非是輸得起，並且輸的時候能夠儘量讓自己損失別那麼慘，以便日後還能重新積聚起實力，再戰下一場。所以啊，年輕人不要怕輸。一邊輸一邊記住教訓，只要不死，總有讓對手連本帶利還回來的時候。」說罷，又搖了搖頭，站起身，逕自下去休息了。

眾少年起身相送，待他的背影出了中軍帳，又趕緊提醒婆閏，不要再耽擱時間。而婆閏，聽了大夥兒剛才的話，心情已經好了許多。振作精神，擺開排場，去迎接前來投奔自己的第十三位特勤。待將瓦斯特勤及其麾下的親兵安頓停當，幾個少年又聚在一起，商議接下來的戰術和對策。雖然局勢仍舊錯綜複雜，但是，大夥在隱約之間，卻已經看到了一條明路。

正所謂，太陽底下沒新鮮事，今天草原上正在發生的，三十多年前，在中原就曾發生過。草原上消息閉塞，書籍匱乏，是以知道黎陽之戰的人不多。而喜歡講古的胡子曰，卻早就在快活樓裡，將那一仗的起因、過程和最終結果，講得活靈活現。

按胡子曰的說法，當時各路剿匪大軍，都走得慢慢吞吞。領軍的主將，幾乎都有兒子在楊玄感那邊，所以誰都不想第一個跟楊玄感的人馬交手。唯獨雄武營郎將李旭這個愣頭青，拚著把麾下一半戰馬和弟兄丟在路上的代價，星夜兼程從遼東殺了回來，以迅雷不及掩耳之勢拿下了黎陽倉。

楊玄感派他麾下大將韓世諤和軍師李密，帶著數萬精銳前來爭奪黎陽。結果，卻被麾下兵馬不到其十分之一的李旭，殺了個大敗虧輸。其他各路隋軍主將一看，立刻明白楊玄感成不了氣候，果斷放棄了兩頭下注，圍攻楊玄感。在短短兩個月之內，就澈底盪平了叛軍，並且將楊玄感的腦袋割下來獻給了糊塗蛋皇帝楊廣。有道是，它山之石可以攻玉。眼下的回紇各別部吐屯，就相當於楊玄感叛亂時的各路隋軍主帥。而婆閏和姜簡就像當年的楊玄感和李密。

當年，如果李密沒有輸給李旭，而是成功拿下了黎陽。各路隋軍主帥即便不臨陣倒戈，也會繼續在路上磨磨蹭蹭。眼下，如果婆閏和姜簡，能夠帶著手頭這兩千七八百烏合之眾，展示出足夠強大的戰鬥力，那麼，無論烏紇調集了多少路兵馬前來相爭，已經把兒子送過來的這些別部吐屯，一定會想盡各種辦法「偷懶耍猾」，延誤戰機。

「關鍵得先找到，哪家吐屯的兵馬，最適合咱們用來展示實力？」杜七藝多謀，很快就從黎陽之戰中得到啟發，皺著眉頭說道。

「肯定得找沒把兒子送過來的那家，並且此人還是鐵了心追隨烏紇。如此，擊潰了他，也能讓其餘吐屯心生畏懼。」陳元敬想了想，低聲回應。

「此人還不能跟其他各路兵馬距離太近，否則，咱們沒等將他擊潰，就很容易被其餘吐屯的兵馬纏上。」李思邈反應也不慢，皺著眉頭在旁邊補充。

「如果另外一路兵馬的吐屯已經把兒子送了過來，距離近了倒也不怕。」「可以派幾支疑兵，吸引臨近其他吐屯的注意力。」

小哥幾個，都在學堂裡讀了一肚子書，平時難得有施展機會。眼下，剛好可以將書本上的東西，應用於實際當中。而胡子曰平素給大家講的那些故事，雖然最初目的，只是吸引食客。但是在無意間，卻讓小哥幾個的腦海裡，多了一份特殊的知識傳承。

從始至終，小哥幾個，都沒有懷疑自己這邊的實力，能不能夠擊敗所選目標。數日前的那場戰鬥，極大增添了眾人的信心。而身為唐人的驕傲，也不允許他們有任何畏懼。

倒是姜簡，比同伴們經歷的戰事稍多，也見識過戈契希爾和阿波那兩支匪徒的強悍，不敢輕視任何對手。趁著眾人議論的間隙，低聲說道：「上次咱們之所以能打垮飛鷹騎，完全靠的是出其不意。接下來各路吐屯都有了防備，肯定不會再輕易給咱們下手偷襲的機會。面對面硬撼，婆閏的親兵實力不足，人數也太少了些。至於各別部特勤及其麾下的親兵，從沒在一起配合過，絕對不能拿來跟敵軍硬撼。」

「那怎麼辦？咱們眼下就這點人馬，短時間內，不可能拉起更多隊伍。」陳元敬認為姜簡說得有道理，卻希望聽到他的破局之策。

「當初之所以選擇白鹿谷做營地，是因為它東西貫通。南北兩側的山丘不僅能擋風，而且能阻擋斥候的窺探。」姜簡也的確不辜負他的期待，提起竹籤，在臨時趕製的米盤上，勾勾畫畫。「據斥候彙報，烏紇已經給各部吐屯傳令，要求他們帶著各自麾下的精銳齊聚白鹿谷，烏紇本人也會帶著大軍趕過來。而只要婆閏的旗號還在這裡，此地就是烏紇的最終攻擊目標。如果咱們留少量弟兄，在這裡吸引烏紇的注意力，其他人從山谷的另外一端悄悄溜出去……」

「埋伏在半路上，截殺某支趕來與烏紇相聚的隊伍，讓其他各部吐屯，知道咱們的實力不可小瞧。」婆閏的眼神立刻開始發亮，晃著拳頭大喊。

「不如直接埋伏烏紇本部，像前幾天襲擊突厥飛鷹騎那樣，殺他個措手不及！」陳元敬膽子更大，啞著嗓子提議。

「不，都不夠穩妥。眼下，咱們更需要時間整合隊伍，而不是跟人拚命。」姜簡搖了搖頭，以與年齡不相稱的沉穩回應，「咱們避開烏紇的嫡系，直接去這裡，他肯定想都想不到！」說著話，將竹籤插進米盤中，深入盈寸！

這不是胡子曰的傳承，也不是吳黑闥的教導。而是他根據二位長者的教誨、自己親身體驗和當前的實際情況，做出的決斷。也許簡單幼稚，卻切實可行。

第七十四章 虎嘯

四天之後，夜色漆黑如墨。

姜簡、婆閏和杜七藝等人，帶著十三名來自不同別部的少年特勤，悄悄地出現在了回紇王庭附近。包括婆閏的侍衛在內，兩千六百餘名騎兵，則黑壓壓地跟在了少年們的身後。每個人的臉上，都興奮與迷茫交織。

興奮的是，目的地近在咫尺。而敵軍到現在為止，都沒任何察覺。接下來，只要婆閏一聲令下，大夥就能策馬掄刀前衝，一舉鎖定勝局。

迷茫的是，大夥接下來進攻的，乃是曾經發誓要守衛的回紇王庭！這一次衝進去，將來就永遠不能回頭。

「婆閏，你跟他們，說一下，如果後悔了，現在退出，不怪！」姜簡忽然拉住坐騎，用半生不熟的突厥語，對婆閏說道。周圍的少年特勤們，頓時一個個全都漲紅了臉，手按刀柄，對他怒目而視。

大夥前來幫助婆閏的動機，彼此心照不宣。但當著這麼多人的面兒，公開勸他們退出，卻是極大

的羞辱。如果不是大戰在即，有幾個少年特勤真的想拔出刀來，用姜簡脖頸裡的血，來捍衛自己的尊嚴。

「各位兄弟，我師兄也是一片好心。畢竟，端掉了王庭之後，烏紇肯定會發瘋。」婆閏好歹也是韓華的關門弟子，豈能猜不出姜簡在故意激將？果斷搶在眾少年特勤們發作之前，笑著打起了圓場。

然而，不待眾人臉上的怒氣消散，他卻又用回紇語快速補充：「我只問一次，前路兇險，各位願不願意跟我一道，為咱們回紇人搏一條光明的出路？三十個呼吸時間，我閉上眼睛，你們當中無論誰走，我都看不見！」

說罷，抬手將護面甲合攏，順勢閉上了雙眼，緩緩吸氣吐氣。

「你……」眾少年特勤們再度火冒三丈，隨即，以目互視。都在彼此眼睛裡，看到了明顯的遲疑和掙扎，然而，卻誰也不願意帶頭轉身離去。

「近衛左旅，整隊，檢查戰馬、套索和鐵爪！」姜簡故意不看眾少年特勤，在婆閏閉上眼睛默默計算呼吸次數的時間裡，做臨戰前的最後準備。

「是！」婆閏的近衛旅帥阿斯蘭低聲答應，隨即將麾下的弟兄盡數拉到了姜簡身後。一百個人，三百匹馬，每一匹沒人乘坐的戰馬背上，都馱著一捲粗大的麻繩。麻繩末端，則是一個巨大的鐵爪。

回紇王庭沒有城牆，營地周邊是兩層一人高，木頭打造，下端插進泥土裡的鹿砦。鹿砦的頂部削得很尖，可以威懾戰馬，令其無法跨越而入。鹿砦後每隔五十餘步，還有數座高聳的箭樓，也是由實木打造，弓箭手站在裡邊，可以射殺任意方向的敵軍。

因為烏紇將其麾下主力全都帶去「平叛」的緣故，留守在王庭的兵力十分單薄。而受大唐的庇護所賜，回紇王庭已經有二十多年，沒遭到過敵軍的直接進攻。是以，奉烏紇之命留守王庭的將士們，早早地就進入了夢鄉。包括箭樓中當值的弓箭手，一個個也都抱著兵器，背靠著箭樓的木頭牆壁，鼾聲如雷。姜簡帶人在距離鹿砦兩百步遠位置整隊，不可能不發出聲響。然而，睡夢中的守軍，大多數卻只是不安地翻了個身，就將聲響徹底忽略。少數幾個「覺淺」的老卒，掙扎地站起身，向鹿砦外看了幾眼，除了黑漆漆的夜幕之外，卻什麼都沒看見。

三十個呼吸時間，說長不長，說短不短。「呼……」當婆閏吐著長氣睜開了雙眼，帶著幾分忐忑扭頭四顧，十三位少年特勤已經做出了最後的抉擇。

「不用試探了，我們跟你一條路走到黑就是。我父親也說過，哪怕失敗了退入大唐做個馬倌兒，都比跟著突厥人有前途！」瓦斯特勤前來投靠婆閏的時間最晚，態度卻最堅決，帶頭低聲表態。

「婆閏，我父親他們也是沒辦法。畢竟，單打獨鬥，他們誰的實力都比不上烏紇。」

「是啊，婆閏，你就別寒磣大夥了。既然來了，我們就將性命交給你！」「打吧，打贏了，咱們跟著你吃香喝辣。打輸了，就一起去大唐放馬。」其餘眾少年特勤們，也紛紛開口。將各自心中的打算，如實托出。

「那等會兒就看我的令旗。」婆閏心中的石頭，澈底落地。笑著揮了揮手，低聲叮囑，「記住，破了鹿砦之後，直取烏紇的可汗大帳。凡是放棄抵抗者，無論男女，都別搶別殺。畢竟，都是咱們的族人，血脈相連。」

「得令！」眾少年特勤心中一凜，答應聲音雖然低，卻格外整齊。

「師兄！」婆閏朝著眾人點了點頭，迅速將目光轉向姜簡。

姜簡笑了笑，持槊在手，緩緩指向回紇王庭，「胡大叔，你帶弓箭手周邊掩護。近衛左旅，跟我來！」

雙腿輕輕磕打馬腹，他策動坐騎緩緩加速。

身背後，眾回紇親衛策馬緊緊跟上，每個人都不做絲毫猶豫。雖然姜簡的長相，明顯與他們不一樣。然而，數日之前那場奇襲突厥飛鷹騎的戰鬥，姜簡憑藉出色表現，已經乾淨俐落地贏得了他們的信任和尊重。

「弓箭手，跟我來！」胡子曰微微一笑，手挽騎弓，錯開一個角度超過姜簡。陳元敬和李思邈互相看了看，果斷策動坐騎跟上胡子曰的腳步。二人身後，五十幾名精挑細選出來的回紇射手，齊齊加速，馬蹄敲打地面的聲音宛若冰雹。

三百五十多匹戰馬，分兩批衝向鹿砦。即便馬蹄上綁了葛布，動靜也大得驚人。鹿砦後，那些正在東張西望的老卒們，瞬間意識到大難臨頭，抬腳朝著身邊的年輕同伴亂踢，「有情況，有情況，趕緊起來，趕緊起來迎戰……」

「敵襲，敵襲……」箭樓中，當值的哨兵也終於被驚醒，一邊扯開嗓子尖叫，一邊從護欄後探出身體，朝馬蹄聲最響亮處張望。他們需要看清到底有多少敵軍。他們需要看清楚敵軍的旗幟、長相，然後才能發出更準確的警訊。他們需要看清楚某個敵軍的身影，才能放箭阻截，他們需要……。

然而，他們卻將自己的身體，暴露在箭樓上的燈籠照射範圍。

黑暗中策馬貼著鹿砦奔馳的胡子曰，穩穩地張開騎弓，一箭，正中某個哨兵的眼眶。

「啊……」中箭哨兵慘叫著從半空中墜落，拉開了血戰的帷幕。

箭樓中其他哨兵，仍舊看不清胡子曰在哪，只能瞄著馬蹄聲最清晰的位置拚命攢射。羽箭呼嘯而至，胡子曰卻不躲不閃，在疾馳中第二次拉滿騎弓，鬆開箭尾。

「嗖……」羽箭脫弦而出，將第二名哨兵的脖頸射了個對穿。

「嗖嗖嗖……」跟在鬍子身後的回紇弓箭手們，也紛紛引弓攢射，轉眼間，就將一座箭樓中的敵軍，射得不敢露頭。

而胡子曰，則穩穩地將第三支箭搭上了弓弦。這一次，他瞄準的是挑在箭樓上的氣死風燈。

「砰……」下一個瞬間，氣死風燈的錫製外殼，被射出了一個窟窿。儲存在內部的酥油淅淅瀝瀝落下，轉眼，就將小半邊箭樓染得閃閃發亮。燈芯晃動，飛濺的火星迅速與被染了油的木板相撞，轉眼間變成了一團團火苗。十幾個火苗迅速彙聚，化作一道道火舌，沿著木製的箭樓外壁扶搖而上。

臨近的鹿砦迅速被火光照亮，同時照亮的，還有鹿砦之後亂哄哄的守軍。事發突然，他們根本弄不清到底發生了什麼事情，也得不到有效指揮，射出來的羽箭，稀疏且無力。

「下一座！」胡子曰對守軍不屑一顧，大叫著策動坐騎，從這些人面前疾馳而過，引領身後的弓箭手們，撲向下一座箭樓。

「婆閏可汗歸來，不想死的速速退避！」姜簡帶著一百名親兵緊跟著胡子曰的腳步，出現在燃燒的箭樓下，將昨天才練熟的一句回紇話高聲喊出。

「婆閏可汗歸來，不想死的速速退避！」

「婆閏可汗歸來，不想死的……」

跟在他身後的那些親兵，全都是如假包換的回紇人。扯開嗓子，將他的話一遍遍重複。鹿砦後，原本就亂作一團的守軍，頓時愈發六神無主。有人乾脆響應號召，掉轉身，逃之夭夭。當值的旅帥和隊正，慌忙出手阻攔。卻攔得住這個，攔不住那個，焦頭爛額。

「看準了，擲！」趁著守軍陷入混亂之際，姜簡單手從身邊備用坐騎的鞍子後，解下一個鐵飛抓，狠狠向距離自己最近的鹿砦擲了過去，隨即，撥轉馬頭，沿著鹿砦的邊緣加速遠離。

「嗖嗖嗖……」親兵們也從各自身邊的備用坐騎上解下鐵抓，按照前幾天在路上練熟了的姿勢，將鐵飛抓一個接一個向鹿砦擲去。

大部分鐵飛抓都落到了空地上，然而，卻仍有三十幾個鐵飛抓，成功勾住了鹿砦。隨著戰馬的遠去，拉在馬鞍和飛抓尾部之間的繩索，迅速繃直。

「砰！」一根繩索崩斷，徒勞無功。隨即，又是一根。然而，隨著更多的繩索繃成了直線，五六隻鹿砦先後被數倍於其的繩索直接從地上拔了出來，一路拖著遠離營地。

「放箭，放箭，阻止他們破壞鹿砦。婆閏身邊沒幾個人，肯定不是烏紇可汗的對手！」鹿砦內的守軍旅帥如夢初醒，扯開嗓子大喊大叫。

更多的守軍從他身邊溜走，最終，卻仍舊有三十多名守軍，決定留下來履行職責。他們慌裡慌張地張開角弓，朝著姜簡等人的背影射出羽箭，只可惜，效果乏善可陳。

「大唐天兵，扶婆閏可汗登位，開門有功，投降免死！」還沒等守軍判斷出姜簡等人為何要拖了鹿砦就跑，胡子曰已經解決完了臨近的另外一座箭樓，撥馬而回。隔著老遠，就扯開嗓子高喊。

「大唐天兵，扶婆閏可汗登位，開門有功，投降免死！」跟在胡子曰身後的弓箭手們，齊聲重複，年輕的身軀，在馬背上挺得筆直。

四輪策馬攢射，就解決掉了兩座箭樓。如此乾淨俐落的戰鬥，他們以前甭說打，聽都沒聽說過。而年過半百的胡大俠，卻帶領他們，親手創造了這個奇蹟。讓他如何不熱血沸騰。

「別聽他們胡說，大唐皇帝已經快老死了！」當值的守軍旅帥被嚇得心驚膽戰，一邊小步後退，一邊高聲反駁。「射死他，射死他，他們總計也沒幾個……」

一支羽箭凌空而至，將他的後半句話卡在了喉嚨裡。胡子曰收起騎弓，撥轉戰馬，貼著鹿砦的邊緣再度從容而去。更多的羽箭落下，將另外七八名守軍射倒於地。緊跟在胡子曰身後的弓箭手們，射過一輪之後，不肯戀戰，追隨他的身影遠離鹿砦。

中箭的旅帥手捂喉嚨，倒下血泊裡翻滾掙扎。挺過了新一輪打擊的守軍士卒，卻誰也沒功夫蹲下來，結束他的痛苦。

「天兵，他們是天兵！」一名老卒，忽然從胡子曰策馬持弓的身影上，聯想到了靈魂深處的某段記憶，丟下角弓，撒腿就跑。

「天兵，天兵來扶婆閏即位了……」周圍的士卒們，頓時信以為真，一個接一個尖叫著掉轉身

「回去，回去，哪來的天兵？受降城那麼遠，唐軍根本趕不過來！」今晚當值校尉，終於帶著上百名親信，匆忙趕至。堵住潰兵們的去路，大喊大叫。幾個跑得最慢的潰兵遲疑著停住腳步，扭頭回望。卻看到，先前離去的那支馬比人還多的隊伍，竟然又掉頭撲至。

馬背上的騎兵們，手臂齊齊前揮。數十支鐵飛抓拖著繩索從半空中落下，掠過先前破壞出來的缺口，抓住內層鹿砦，將其一支接一支從泥土中拔出來，拖曳著遠去！

「咯咯咯……」兩座被胡子曰點燃的箭樓，發出巨大的聲響。烈焰在樓頂跳動，將其徹底變成了火把。而一支規模龐大的騎兵，卻在火光的照耀下，列隊衝向了鹿砦被扒開的缺口處。整個隊伍的正前方，一杆羊毛大纛隨風招展。大纛下，前任可汗吐迷度之子婆閏手持長纓，身體也挺得如槍桿般筆直。

「豎長矛，豎長矛封堵缺口！」剛剛趕至的守軍校尉，被馬蹄聲嚇得頭皮發乍，揮舞著橫刀大喊大叫。缺口不寬，充其量只能容四匹馬並肩通過。而他身邊，好歹還有一百多名弟兄。只要鼓起勇氣拚命，不難攔住對手的去路。

然而，他卻高估了自己這邊的軍心。

看到婆閏帶領上千名騎兵，衝向鹿砦的缺口。守軍原本就低到了極點的士氣，瞬間雪崩。

「天兵，天兵扶婆閏來繼承汗位了。」幾個剛剛停住腳步的潰兵，嘴裡再度發出尖叫，撒開雙腿，帶頭逃命。

「婆閏回來了！」

「天兵來了！」

「天兵來扶婆閏可汗登位了！」

四下裡，叫聲此起彼伏。原本就對烏紇篡位不滿的回紇將士，和原本對婆閏心存愧疚的回紇將士，果斷加入了逃命隊伍，任誰阻攔都阻攔不住。

「站住，別跑。受降城距離這裡遠著呢，天兵不可能這麼快殺過來！」眼看著敵我雙方還沒正式發生接觸，身邊的弟兄就已經崩潰，守軍校尉氣急敗壞，揮刀朝著潰兵亂砍。

他原本是烏紇身邊的一個親兵，因為烏紇成功篡位，才雞犬升天，成了領軍校尉。如果像身邊士卒一樣轉身就跑，實在愧對烏紇的提拔之恩。此外，如果婆閏成功奪回了汗位，即便再大度，不追究他「從賊」之罪。他也不可能得到任何重用。與其作為尋常牧民庸碌半生，還不如現在放手一搏。

兩名潰兵接連被他砍倒在血泊之中，第三、第四名潰兵見狀，果斷繞了半個圈子，避開他的攻擊範圍，迂迴逃命。其餘潰兵也紛紛改變方向，如同遇到岩石的溪流般，一分為二。繞過校尉和他身邊所剩無幾的親信，繼續朝著營地深處撒腿狂奔。

「豎矛，豎矛，烏紇可汗隨時都能殺回來！」接連改換方向攔截的四五次，最後都以失敗告終。守軍校尉徹底絕望，大叫著俯身，從地上抄起一根不知道是誰丟下的長矛，將矛鋒指向了正在從缺口處洶湧而入的騎兵。兩名親信遲疑了一下，抓著長矛跟他並肩站成了一排。其餘還沒有逃走的親信們，看看越來越近的騎兵，再看看身後越逃越遠的袍澤。猛地一咬牙，掉轉頭，毅然加入了逃命隊伍。

「迎戰！」發現加上自己總共才三個人留下來阻截婆閏，校尉剎那間心如死灰。流著淚大吼了一嗓子，旋即，邁開雙腿，向騎兵發起了逆衝。

他知道自己不可能傷到婆閏一根寒毛，但是，他卻相信，自己至少能夠讓婆閏大吃一驚，進而明白，烏紇可汗麾下，也有視死如歸的勇士。至於讓婆閏大吃一驚的意義何在，以及烏紇可汗會不會記得他的名字，這一刻，他根本不在考慮範圍之內！

一根馬槊，忽然從婆閏身邊刺了出來，正中校尉的胸口。槊桿彎曲，巨大的推力，將此人提離地面。杜七藝右手下壓，左手快速斜推，槊桿在擺動中迅速彈直，將校尉的屍體甩進了身邊的鹿砦之中。兩名追隨校尉的親信，也大吼著衝至。隨即，被戰馬撞翻，被馬蹄踩成了肉泥。

在已經衝起了速度的騎兵面前，未能結陣而戰的步卒，無論多勇猛，都發揮不出任何作用。留下的，只能是飛蛾撲火般的悲壯。

「別管身側和身後，繼續衝。哪裡人多，就衝向哪裡，別給守軍結陣阻攔的機會。」迅速收回染血的長槊，杜七藝扯開嗓子，向婆閏發出提醒。

馬蹄聲如雷，他必須大吼，才能讓對方聽見自己在說什麼。而姜簡讓他留在婆閏身邊的意義，也絕不止是貼身保護對方。

跟在婆閏身後的弟兄，來自不同的回紇別部。彼此之間並不熟悉，也缺乏協調配合方面的訓練。想要最大程度地發揮出他們的戰鬥力，辦法只有一個，那就是，帶領他們不停地前衝，前衝，憑藉銳氣和數量，壓垮沿途遇到的所有敵人。而一旦攻擊受阻，或者跟敵軍形成膠著。這支隊伍的缺陷，就會暴露無遺。

「明白！」婆閏想都不想，就用同樣響亮的聲音回應。隨即，帶領隊伍，衝向下一波剛剛趕過來的守軍。

他不知道，烏紇到底留了多少兵馬守衛回紇王庭。他也不知道，守將是誰，能力如何？此刻，他唯一能做的就是，以快打快，讓守軍無法正常集結，讓守將的本事無法正常發揮。

這是突襲發起之前，姜簡跟他、杜七藝等人，反覆商討之後，拿出來的戰術。還從大俠胡子曰那裡，找到了以往的成功戰例。

表面上看起來簡單粗暴，卻切實可行。並且，很快就在第二支倉促衝過來攔路的守軍身上，得到了驗證。

那是一支規模在兩百人出頭的隊伍。領軍的小伯克名叫闊茲，去年冬天，婆閏還跟他一起外出打過黃羊。當時，彼此都留下了不錯的印象。

然而，好印象卻敵不過榮華富貴。

對婆閏身邊親信勸自己讓路的叫喊充耳不聞，小伯克闊茲果斷下令，開弓攢射。上百支羽箭騰空而起，呼嘯著落向騎兵們的頭頂。

「俯身！快俯身。」杜七藝高聲叫喊。同時，騰出一隻手抱緊了戰馬的脖頸。

「俯身！」「俯身！」隊伍中，幾個年輕的特勤，不約而同地齊聲重複。

羊毛大纛被羽箭穿過，留下三四個透明的窟窿。「叮叮噹噹」的金屬撞擊聲，不絕於耳。因為戰馬奔行得太快，大部分羽箭，都落在了空處。少數羽箭則射在了騎兵們的頭盔和護背甲上，只留下了一連串清脆的聲響。

個別倒楣蛋被羽箭所傷，傷勢卻不致命。他們使出全身解數，努力控制自己不從馬背上跌落。而戰馬，則憑藉群居動物的本能，緊跟著大隊，繼續向前狂奔。

「嗖嗖嗖……」第二波箭雨又從天空中墜落。這一次，終於有七八名騎兵，被射落於馬下。後面衝過來的其他弟兄，來不及改變方向，也不敢拉住坐騎。任由馬蹄從落地者的身體上直接踩了過去，濺起一團團紅色的血霧。

整個騎兵隊伍，卻沒做絲毫停滯。繼續高速向前，拖著黃色的煙塵。一轉眼，與守軍之間的距離已經拉近到不足五十步。

小伯克闊茲和他身邊的親信，都感覺到了地面的顫動，呼嘯而來馬蹄的聲音壓住雙方的吶喊聲，震得人手腳發麻。守軍隊伍中，有人的臉色變得煞白，挽弓的手開始不住顫抖。有人則低低的彎下了腰，大小腿不住打戰。他們當中的大多數人都想逃走，卻畏懼小伯克闊茲及此人身邊的親信。後者手裡拿的不是角弓，而是橫刀。刀刃始終朝著自己人的方向，只要有人逃走，就毫不猶豫一刀劈翻在地。

「嗖！」一支凌空而至的羽箭，澈底解決了這個問題。小伯克闊茲喉嚨中箭，仰面朝天栽倒。「讓路，這是我跟烏紇之間事情，與旁人無關。」婆閏揮舞著角弓，含著淚大叫。

馬蹄聲太響亮，他的話，根本不可能被人聽見。但是，攔路的守軍卻全都明白了他的意思，掉轉頭，一哄而散。

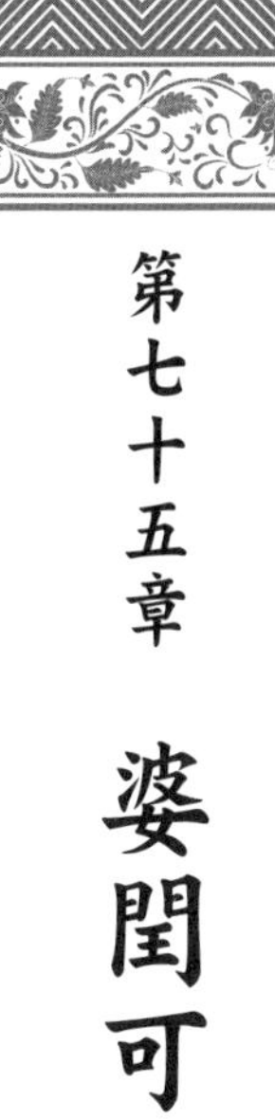

第七十五章 婆閏可汗

「這是我跟烏紇之間的事情，跟你們無關。讓開，讓開！」婆閏策馬前衝，繼續高聲叫嚷，根本不管對手能否聽得見自己的聲音。

小伯克闊茲是一個勇敢的戰士，也是他父親吐迷度生前最欣賞的年輕將領之一。如果烏紇沒有篡位，闊茲就會成為他的左膀右臂。然後追隨他，將他父親未竟的事業繼續發揚光大。而剛才，他卻親手放箭射穿了闊茲的喉嚨！

這是最快，也是代價最小的破敵之策。婆閏清醒地知道。他身後的追隨者未經過嚴格整訓，並且各懷肚腸，根本打不了逆風仗。如果任由小伯克闊茲放手施為，今晚的奇襲戰就可能功虧一簣。然而，越是清醒，他卻越感覺心裡痛如刀割。

小伯克闊茲，今夜肯定不是唯一一個死在他手裡的回紇人，也肯定不是最後一個。他想奪回汗位，他想避免回紇十八部成為車鼻可汗的棋子，他想讓自己的同族有個光明的未來，就必須不惜代價地去獲取勝利。而代價，就是阻擋了他道路的這些同族。無論對方跟他是否相識，無論是死心塌地跟烏紇

一條路走到黑，還是在別無選擇的情況下，被捲入歧途。

「去汗帳，去瀚海都護行轅。去把汗帳奪回來！只要不擋在路上的，就先不用管他們！」敏銳地察覺到婆閏的狀態不對勁兒，杜七藝策馬追上前，用嘴巴對著他的耳朵高喊。

「去奪汗帳！去奪汗帳。」婆閏愣了愣，機械地重複。隨即，再度扯開嗓子大叫，「我是特勤婆閏，我回來取我的汗位。無關人等讓開！」

「去奪汗帳。」「去奪汗帳！」

「特勤婆閏在此，無關人等讓開！」

「特勤婆閏來拿他的可汗之位，不關其他人的事！」緊跟在婆閏身後的幾個回紇別部特勤，也不希望更多的同族倒在自己刀下，使出全身力氣，將婆閏的命令與呼籲一遍遍重複。已經衝進營地內的騎兵們，跟在婆閏身後調整方向，直撲高聳於營地中央的回紇可汗銀帳。正在通過缺口的騎兵們，則緊緊追隨。

斜刺裡，忽然又有一名忠於烏紇的將領，帶著兩百餘名親信衝出來試圖擋路。還沒等他擺開陣勢，聽到婆閏等人的呼叫，他身後的親信們，已經逃掉了一大半兒。剩下的一小半兒，敷衍地向騎兵頭頂放出一輪羽箭，沒勇氣停留在原地觀察戰果，也迅速掉轉身，落荒而逃。

「回去，回去擋住他們。烏紇可汗有突厥人支持，不會輸給婆閏。」那名將領又氣又急，揮舞著橫刀反復宣揚。這句話，放在數日之前還能多少起到一些效果。而現在，幾乎所有回紇將士都知道了，三千突厥飛鷹騎，被婆閏帶著很少的回紇人就打得全軍覆沒。如此算來，突厥人的支持，對烏紇還有什麼意義？

眾親信憐憫地看了他一眼，加快腳步逃向營地內黑暗處。堅決不肯留下來墊騎兵的馬蹄。

「特勤婆閏回來取自己的汗位，不關其他的事情。」叫喊聲再度傳來，宛若洪鐘大呂。將領的臉上明顯出現了掙扎之色，丟下橫刀，踉蹌著閃向一旁，給騎兵讓開了道路。

「阿得勒，謝謝你！」婆閏策馬疾馳而過，啞著嗓子向將領致謝。馬蹄聲急，他的感謝，根本不可能傳到將領耳朵裡。但是，他自己的心臟，刹那間卻輕鬆了許多。

「特勤婆閏在此，無關人等讓開！」

「特勤婆閏來拿他的可汗之位，不關其他人的事！」來自各回紇別部的騎兵們，發現喊聲似乎有效果。陸續加入進來，將其一遍遍重複。

一支匆忙組織起來的攔路隊伍，沒等跟騎兵交手，就分崩離析。帶隊的將領試圖以死明志，卻被身邊親兵用刀柄敲暈，扛在肩膀上帶進了黑暗當中。緊跟著，另一支隊伍也被騎兵衝散。攔路的將士無心戀戰，爭相逃命。

更多支守軍相繼出現，相繼崩潰。此戰，是烏紇與婆閏的汗位之爭，無關回紇各部的生死存亡。根本不值得大夥為之付出性命。更何況，在大多數人眼裡，烏紇帶領回紇各部，走的並非正道。

騎兵勢如破竹，轉眼間，回紇可汗的銀帳，即大唐瀚海都護行轅，已經近在咫尺。最後兩百餘名守軍，在一名將領的逼迫下，背靠著銀帳周邊的柵欄列陣，隊伍中，每個人都臉色慘白，舉著兵器的手臂也哆哆嗦嗦。

他們是烏紇的鐵桿嫡系，別人可以逃走，他們卻即便逃走，將來也未必能落下一個好結果。

「我是婆閏。來康，你忘記我父親如何待你了嗎？」婆閏策馬超過所有騎兵，扯開嗓子向帶隊的守軍將領斷喝。

這次，他的聲音沒有被馬蹄聲淹沒。

被他點到名字的守軍將領來康愣了愣，忽然調轉橫刀搭在自己脖頸上，放聲大哭。

下一個瞬間，更多的哭聲響起。留守可汗銀帳的回紇將士們，知道負隅頑抗毫無價值，卻不知道接下來等待自己的命運是什麼，淚落如雨。

「各位弟兄，莫哭，莫哭，我知道不怪你們。」婆閏心中，頓時也又酸又疼，拉住坐騎，結結巴巴地說道。

勝利來得太突然，最後這批守軍的身份也太複雜。即便聰明如他，短時間內，也不知道該怎麼處理才好。

「請他們幫忙，去通知營地裡的其他弟兄，只要大夥誠心來投奔，你保證既往不咎，並且官職地位一概不變。」姜簡匆匆策馬追來，看到可汗銀帳外的情況，迅速用漢語向婆閏建議，「另外，如果有人捨不得烏紇，自管離開前去投奔。你保證不會追殺，並且不會傷害他們的家人，等著他們將來迷途知返。」這一系列建議，都不符合草原上任何部族的傳統。特別是後面幾條，按照草原上的戰爭標準，簡直是縱虎為患。

婆閏本能地想要拒絕，然而，稍作猶豫，卻又果斷用回紇語，把姜簡建議，原封不動轉換成了自己的命令，對著可汗銀帳周圍的全體守軍將士，高聲宣佈。

「各位莫哭，我有一事相求。幫我去通知營地裡的其他弟兄，只要大夥……」姜簡是他的師兄，救過他兩次命，肯定不會害他。打從認識以來，姜簡的謀劃，很少出錯。這次，他相信也是一樣。

「噹啷！」守軍將領來康的刀，掉落於地，發出一聲脆響。

「噹啷，噹啷，噹啷……」金屬落地聲不絕於耳，守軍將士們相繼丟下了兵器，朝著婆閏深深俯首。

「我發誓，今生追隨大汗，永不背棄。如果口不對心，必遭天誅！」來康的聲音響起，帶著明顯的哽咽。

「我等發誓，今生追隨大汗，永不背棄。如果口不對心，必遭天誅！」眾將士陸續重複，雖然紛亂，卻帶著發自內心的虔誠。

第七十六章 瀚海都護

「各位，請起，快快請起。你們……你們不背棄我，我也，我也絕不會辜負你們。」沒想到師兄的建議，效果立竿見影。婆閏慌慌張張地跳下坐騎，朝著守軍眾將士還禮。「除了來康之外，我記不住大夥的名字。不過，還請各位幫忙，趕緊把我剛才的話，轉告給營地裡的其他弟兄，咱們回紇部原本就沒多少人，勇士絕不該死於自相殘殺。」

無論動作還是語言，都透著一股子生澀。然而，此時此刻，卻讓守軍眾將士們，更覺得他誠實可信。當即，小伯克來康就帶頭表態，願意聽從婆閏可汗的號令。隨即，帶領麾下的弟兄們，分頭去營地各處，傳達婆閏的善意。

瓦斯、艾克班、牙庫等別部少年特勤，擔心營地內的守軍趁機集結起來反撲，各自帶著嫡系準備陪同監督，卻被姜簡果斷給攔了下來。

「哪怕營地裡還有烏紇的死黨在，這種情況下也不可能翻盤。你們跟著，反而顯得婆閏小氣。不如各自約束隊伍，就在可汗大帳周圍休整，也好讓那些猶豫不決之輩，見識一下年輕一代回紇豪傑威風。」姜簡不會說回紇話，但是跟史笸籮在一起那會兒，卻把突厥話學得半生不熟，用手比劃著，向少年特勤們解釋。大部分少年特勤，立刻聽懂了他的意思。少數幾個聽不懂突厥話，被同伴翻譯轉述之後，也立刻拉住了坐騎。

「點一些手腳麻利的弟兄，保護你接管可汗大帳。連夜清點印信、典籍文書、帳冊和各類財物。把這片帳篷裡的所有蠟燭都點起來，在這片帳篷外，再點起一圈兒火把，讓營地內的所有人都知道，你已經奪回了汗位！」唯恐少年們沒事情幹，幫倒忙，姜簡迅速將頭轉向婆閏，低聲建議。

婆閏虛歲才十六，以前也沒什麼執政經驗，此刻根本不知道自己該怎麼做。聽到姜簡的建議，哪顧得上管正確與否，立刻全盤接納。

「派你的親兵出去巡視營地，維持秩序，以防有宵小之徒趁火打劫，敗壞你的名聲。另外，營地內能點起火把的地方，儘量都點起火把。人在光亮處，歪心思就會少許多。」杜七藝想了想，也根據故事裡銘州好漢打下一座城池後的措施，照葫蘆畫瓢。

「理應如此，多虧師兄和你在。否則，我都不知道該怎辦才好。」婆閏聽了，連連點頭。隨即，用回紇語將杜七藝的建議變成命令，安排得力人手去落實執行。見他沒被勝利衝昏頭腦，姜簡和杜七藝兩個想了想，又陸續補充。

「烏紇的妻子兒女肯定都不會帶在身邊，善待他們，以安撫民心。」

「營地裡的長老和官員，無論原來是幫你的，還是幫烏紇的，你都派人去請來，好言相待。」

「約束所有追隨者，別傷害百姓。天亮之後，你會從官庫裡拿出錢財，酬謝他們。」他們兩個，也沒什麼攻城掠地經驗。好在胡子曰以往講的故事中，總能找到一些例子做參考。於是乎，三兄弟一邊摸索一邊調整，將命令一道接一道傳下去，把營地內各種可能出現的亂象，盡數撲滅在萌芽狀態。

從後半夜起，就有長老和官員，被陸續請進了可汗銀帳。按照姜簡和杜七藝兩人的建議，婆閏強壓下心中的不滿，請眾人落座，溫言軟語撫慰。長老和官員們，原本以為大難臨頭。見婆閏如此仁厚，心思立刻活泛了起來。紛紛開口控訴，自己是被烏紇逼迫，才不得不與其虛與委蛇。婆閏明知道他們當中絕大多數是在撒謊，卻不戳破，反而表示全怪自己先前年少缺乏經驗，著了烏紇的道，才拖累眾人受了如此大的委屈。

長老和官員們聽了，頓時更加覺得心安。又紛紛開頭，建議婆閏如何接管汗庭，安撫民眾，收服各方勢力為自己所用。婆閏聽了，先對提出建議的長老和官員們表示感謝。隨即，卻將建議拿出來跟姜簡、杜七藝、在場的少年特勤以及其他長老探討，待確定其切實可行，才變成命令頒佈落實。

如此一來，眾長老和官員也明白，婆閏雖然年紀小，卻不是可以輕易糊弄之輩。對婆閏的未來，更加看好。而眾位少年特勤，也初次嘗到了權力的滋味，愈發不打算回過頭去，跟自家父親一道伺候烏紇那個「廢柴」。

時間在忙碌中過得飛快，轉眼到了第二天早晨，回紇王庭徹底恢復了秩序。留守王庭的兩千多名將士，除了兩百餘名戰死者和五十幾名烏紇的鐵桿親信選擇了離開之外，其餘一千七百餘眾，都選擇了向婆閏效忠。令婆閏手中的兵力，迅速膨脹到了接近五千人，規模已經與烏紇的嫡系兵馬相當。

對於選擇繼續追隨烏紇者，婆閏信守承諾，勒令不准傷害他們的家人。對於選擇投靠者，婆閏敞開懷抱，熱情接納。並且從王庭的公庫裡，拿出一部分錢財，給予賞賜。鼓勵他們迷途知返，棄暗投明。對於追隨自己的十多位別部特勤和特勤們的嫡系，婆閏給予的賞賜更重。所有特勤，都直接晉升為伯克。他們的嫡系，則每人賜予三匹駿馬，五十匹絹布或者等值的牛羊。

一連串賞賜發出去之後，回紇王庭的公庫，頓時空了一大半兒。但整個王庭，卻像過節一般熱鬧了起來。戰爭的傷痛，迅速被忘記。王庭內和王庭周圍的所有官員、兵卒和百姓，眾口一詞地稱頌婆閏可汗英明、仁厚、慷慨。而提起烏紇可汗，連原本心中最傾向他的人，都忍不住嘆息著搖頭。

轉眼間又過了兩日，斥候送來警訊，說偽可汗烏紇得知王庭被光復，氣急敗壞。放棄了對白鹿谷的攻打，帶領其麾下嫡系精銳和距離王庭較近的六個回紇別部的吐屯和勇士，共一萬七千餘眾，掉頭殺了過來。其前鋒已經到了青羊山，距離王庭只剩下一天半路程。

婆閏聞聽，不敢做絲毫耽擱，立刻命人將胡子曰、姜簡、杜七藝和眾位少年特勤、長老請到可汗大帳，商議如何應對。

眾長老聞聽敵軍的數量，立刻變了臉色，紛紛提議婆閏帶著王庭遷徙，暫避烏紇鋒芒。

「反正王庭的財貨都在你手裡。烏紇拿不出任何東西來酬謝各部。用不了多久，那六部吐屯就得各回各家去籌措補給。屆時，你麾下的兵馬，也整合完畢，剛好給烏紇致命一擊！」長老裴羅的話，最具代表性，也最有條理。說出來之後，讓大多數少年別部特勤，都連連點頭。

「嗯？」婆閏心裡頭不贊同裴羅長老的主意，卻想不出任何理由反對，沉吟著用目光向姜簡求助。

「何必拖那麼久？烏紇既然來了，咱們整軍迎戰便是！他那邊人困馬乏，且丟了老巢，還能有多少戰鬥力在？」姜簡立刻心領神會，手按刀柄，長身而起。「至於六部吐屯，可汗不妨先以大唐瀚海都護的身份，下一道檄文給他們，問問他們在大唐和突厥之間，到底準備做如何選擇？」

第七十七章　老吐屯與少特勤

傍晚，距離回紇王庭七十里外的白馬湖畔，炊煙嫋嫋。密密麻麻的帳篷圍著湖畔綿延數里。營地內，不停地有士卒往來穿梭。每個人都行色匆匆，滿臉疲憊。

「的的，的的，的的……」馬蹄聲由遠而近，一行斥候迅速切向湖畔東北角。幾個當值的兵卒本能地抬起頭，向馬蹄聲響起處張望。然而，卻很快就又將頭低了下去，無精打采地繼續在營地裡逡巡。

一萬七千餘將士，只有五千是烏紇可汗的嫡系，其餘一萬一千多人都來自不同的別部。大夥平時彼此很少往來，他們即便湊到斥候近前，也辨別不出對方是誰。更何況，斥候還跟他們隔著老大一段距離。

「報，西北方三十里，發現叛軍動靜！」轉眼間，斥候們已經進入了回紇兀日烈別部營地，大聲叫喊著，衝向了吐屯兀剌的軍議帳。沿途的別部將士聞聽，迅速讓出一條通道。斥候們馬不停蹄，轉眼間來到軍議帳外。飛身跳下坐騎，頂著滿頭汗水邁動腳步衝向門口。

「站住！」在門口負責保護兀剌安全的親兵隊正心中立刻生了疑，果斷上前阻攔。待看到第一名斥候忽然轉向自己的面孔，又迅速閃身，任由對方攜帶著兵器進入了軍議帳。

「慌什麼慌？即便是婆閏的主力，三十里遠趕過來，也至少需要半個時辰。而夜襲這種勾當，只適合用在別人毫無防備的時候！」吐屯兀剌早就聽到了斥候的叫嚷，皺著眉頭向門口橫了一眼，低聲呵斥。

下一個瞬間，他卻雙手扶著桌案長身而起，兩隻眼睛瞪了個滾圓，「瓦，瓦斯，怎麼是你？你不要命了？」

「我如果不來，明日兩軍交了手，岳父的命就沒了！」斥候隊伍中，別部特勤瓦斯快步走到前列，朝著兀剌躬身行禮，「岳父安好，我奉大唐瀚海都護婆閏之命，特地前來拜見岳父。」

「婆閏？他一個小毛孩子，有什麼資格做回紇十八部的可汗？」兀剌臉上的驚詫，頓時變成了輕蔑，撇著嘴連聲反問。話音落下，卻又深深皺眉，目光朝著瓦斯上上下下掃視。

特勤瓦斯，被自家岳父兀剌看得心裡頭直發毛。卻按照臨行之前姜簡的叮囑，微笑撫胸行禮，「回紇十八部的可汗，婆閏到底有沒有資格做，女婿我不跟岳父您爭論。可大唐瀚海都護，卻不需要由長老和吐屯們來公推。岳父，突厥飛鷹騎的下場如何，想必你已經知道了。接下來選擇大唐，還是突厥，還請岳父您仔細考慮之後，再做決定！」聽到突厥飛鷹騎五個字，兀剌吐屯的心臟就是一抽。然而，卻仍舊強行裝出一副鎮定模樣，繼續冷笑著反問：「即便是大唐瀚海都護，也需要大唐天可汗的冊封吧？使者什麼時候到的？婆閏又是在什麼時候接受的冊封？至於突厥飛鷹騎被婆閏打敗，乃是因為陟苾設無能，並非突厥的實力不夠。」

他自認為問得足夠犀利，卻不知道自己的反應，早就在姜簡、杜七藝、胡子曰等人的預料之中。

因此，瓦斯特勤聽了他的反問，心神大定。按照眾人商量好的方式，笑著回應：「敢問岳父，如果你是天可汗，會冊封烏紇做瀚海都護，還是冊封婆閏？如果你是天可汗，得知車鼻可汗要拉攏回紇各部叛亂，會不會永遠坐視不理？而突厥的實力，比大唐又如何？陟苾這樣的廢物，為何要被車鼻可汗派到咱們回紇這邊來？咱們回紇十八部如果歸順了突厥，車鼻可汗又會派誰來統率？」

「這……」湖畔的天氣很涼爽，吐屯兀刺的額頭上，卻有汗水，一顆接一顆冒了出來。明知道烏紇已經做了車鼻可汗的女婿，大唐自然不可能再冊封此人為瀚海都護。接下來，婆閏繼承他父親的瀚海都護職位，順理成章。而大唐天朝，早年間付出了無數將士的性命，才平定了草原。當然不可能永遠對車鼻可汗的叛亂行為聽之任之。只要大唐騰出手，就是雙方決戰之日。

車鼻可汗的實力，原本讓他以為，能跟大唐爭一爭高下。可輾轉得知三千飛鷹騎被婆閏帶著兩百親兵打了個全軍覆滅之後，吐屯兀刺對整個突厥別部的實力，都開始重新評估。如果真的像他自己說的那樣，飛鷹騎的覆滅，全怪陟苾無能，的確也能說得通。問題是，陟苾是車鼻可汗最喜歡的兒子。先前之所以帶著飛鷹騎趕過來支持烏紇，明顯是為了其今後統率回紇十八部力量做鋪墊。回紇十八部如果歸順了車鼻可汗，就要接受此人指揮，屆時，各部將士再驍勇善戰，恐怕禁不起此人的糟蹋！

「岳父，回頭吧！我父親為何沒帶著部眾追隨烏紇過來征討婆閏，不就是看出烏紇走的是一條絕路嗎？而我，也不敢想像，在戰場上，跟您面對面舉刀！」將兀刺的表現全都看在眼裡，瓦斯特勤心中更有把握，深吸了一口氣，苦口婆心地勸說。

「你父親一直像狐狸般狡猾，先前自己追隨烏紇，卻把你送去追隨婆閏。但是，我不是他！」明明心裡頭非常發虛，吐屯兀剌卻仍舊硬著頭皮搖頭，「你走吧，趁著我還沒想把你交給烏紇。至於咱們兩個明日戰場上見面，你不用想那麼多，我肯定不讓你有機會殺到我的馬前。」

「我怕胡婭傷心！」瓦斯笑了笑，念著自家妻子的名字回應，「即便我沒機會殺到您的戰馬前，烏紇也必輸無疑。而您，卻即將死得稀里糊塗。」

「你倒是自信！就憑你們，臨時拼湊起來的那點兒兵馬？」兀剌被自家女婿的態度激怒，斜著眼上下打量瓦斯，彷彿一個屠夫，在考慮從牛羊身上哪個位置下刀。

瓦斯絲毫不感覺害怕，笑了笑，慢條斯理地回應：「不是我自信，而是板上釘釘的事情。我們的確是臨時拼湊起來的，可烏紇這邊，比我們能強哪裡去？他的物資、軍糧，還能用幾天？他的錢財，還剩下多少？整個回紇王庭都重新回到婆閏可汗手中，烏紇身邊的那些嫡系，多少人的父母妻兒，都遺落在王庭，受到了婆閏可汗的善待？沒錢，沒糧食，還跟妻兒失散，那些人的忠心，能堅持幾天？」

「你們根本守不住王庭！三天之內，烏紇就能將它奪回來！不信，你等著瞧？」兀剌聽到心臟不停地抽搐，卻咬著牙發狠。

「守不住我們可以走啊，反正有的是戰馬和牲畜。」瓦斯笑著聳肩，「走得時候，能帶走的糧食物資，都帶走。帶不走的，放一把火，燒掉就是。到時候，肯定不會給烏紇留著！」

「你，你……」兀剌氣得直哆嗦，卻知道瓦斯說的是實情。

兩軍交鋒，各種手段都可以使出來。婆閏倚靠夜襲迅速拿下王庭，物資糧草和財貨，才會盡數落到他手裡。而烏紇想要收復王庭，卻得一路打過去，婆閏有的時間，將所有補給燒個精光！

沒有足夠的糧食補給，兵馬再多，遲早也得做鳥獸散。婆閏根本不需要跟烏紇硬碰硬，見勢不妙撒腿就跑。只要能跑上十天半個月不被烏紇抓到，便勝券在握！

「岳父，您年紀比我大，經歷的事情比我多。」知道兀剌已經被自己說動，瓦斯嘆了口氣，換了另一個角度補充。「咱們今天不說烏紇該不該奪位，單說看得見摸得到的好處。跟了大唐之後，咱們回紇人的日子，是不是一天比一天興旺？而跟了突厥，咱們又能落下什麼？」

「哼！」兀剌看了他一眼，拒絕回應。內心深處，卻有一個清晰的答案。然而，烏紇的相待之恩，卻讓他不忍辜負。他所在的別部，實力於回紇十八部裡頭，一直是倒著數。他在回紇汗庭中的地位和說話份量，也一直排不上號。是烏紇，一直在吐迷度面前，維護他的利益和顏面。也是烏紇，奪取了可汗之位後，不停地擴大他的地盤，增加他的實力，給予他諸多好處和信任。

「我們不要求您背叛烏紇，只請您明天交戰之時，稍稍觀望一下兩軍的動靜，再決定是否出馬為烏紇而戰。」正為難之際，卻聽到瓦斯繼續補充，聲音很平淡，就像在說一件很簡單的事情，「今晚來跟各位別部吐屯聯繫的，不止我一個。另外，婆閏可汗最近這段時間，之所以無往不利，是因為他身邊藏著一隊唐軍。這隊唐軍規模不大，卻答應婆閏，明天烏紇這邊哪路兵馬先動，他們就先給哪一路迎頭痛擊！」

說罷，又向吐屯兀剌行了禮，轉身快速離去！

第七十八章　傳說中的唐軍

「婆閏身邊藏著一隊唐軍，所以他才打垮了飛鷹騎！」

「婆閏之所以能那麼順利地奪回汗庭，全靠了唐軍幫忙！」

「大唐沒有放棄漠北草原，一直在幫著婆閏！」

「在婆閏和烏紇之間，大唐肯定選擇婆閏！」

同一個傍晚，其他五名追隨烏紇一道前來「平叛」的別部吐屯，也都收到了類似的消息。各部吐屯之間向來有通婚的傳統，彼此聯絡有親。追隨婆閏的十多位少年特勤裡頭，不難找出與六位別部吐屯關係親近的晚輩。他們悄然到訪，六位吐屯看在他們的父親，或者自家兒女的面子上，肯定不會命人將他們拿下，送往烏紇的中軍帳。而他們離去之後，無論那六位吐屯選擇將他們帶來的消息，如實向烏紇彙報，還是選擇裝作若無其事，跟烏紇之間的懷疑種子都已經被種下，發芽的時間只在早晚。

「這小狼崽子，跟唐人學了一肚子壞水！」得知婆閏派遣使者秘密聯絡自己身邊的吐屯，烏紇氣得火冒三丈，大罵著抓起面前的越白瓷茶盞，摜在地上摔了個粉碎。

越白瓷茶盞是地道的中原貨，在長安城市面上都剛剛出現沒幾個月。運到漠北草原上來，每一隻都能換五頭羊。在場的侍衛看得好生心疼，卻無人敢勸。被人抄了老窩的野獸，最殘暴易怒，在草原上乃是常識。眼下的烏紇可汗，丟了整個汗庭，老婆孩子也全都落入了婆閏之手，誰敢輕易去觸他的霉頭？

「怎麼不說話，都啞巴了？你們是不是也想去投奔婆閏？要去就去，別站在這裡裝模作樣！」見侍衛們都不說話，烏紇越發感覺憤怒，扯開嗓子厲聲咆哮。

「可汗息怒！」眾侍衛心裡感覺委屈，卻不能表現出來。紛紛躬下身體，高聲表態，「長生天為證，我等願意誓死追隨可汗！」

「哼！」烏紇嘴裡發出一聲冷哼，用刀子般的目光掃向眾人，彷彿隨時準備揪出一個口不對心的人來，就地正法。

然而，左左右右掃視了幾圈之後，他又忽然放棄了找身邊人洩憤的念頭。擺擺手，喘息著吩咐：「好了，我知道你們對我忠心耿耿。全都下去吧，剛才發火，也不是衝著你們。」

「是，可汗！」眾侍衛答應著快速退出中軍帳，每個人的心臟處都好像壓了一塊鉛，又涼又沉。

「來人，幫本汗傳令給眾位吐屯！明日一早進兵汗庭，打敗婆閏之後，汗庭內所有積蓄，本汗跟他們六家平分！」片刻之後，中軍帳內再度傳出烏紇的聲音，平靜中透著決絕。

「是！」當值的親兵旅帥答應一聲，就準備去傳令。還沒等邁開腳步，烏紇的聲音卻又從帳篷裡追了出來，「還有，告訴他們，如果想走，儘管走。本汗不會怪他們，也不會派兵追殺他們！」

「是，可汗！」親兵旅帥躬身回應，心中的感覺卻愈發沉重。

烏紇可汗心神亂了，作為整日陪伴在此人身邊的親信，他們能清晰地感覺得到。而主帥在臨戰之前心神大亂，乃是兵家大忌。這種狀態下的烏紇可汗，還怎麼有可能帶領將士們去贏取勝利？

「不好，烏紇可汗中了婆閏的詭計！」不止親兵們覺察到了烏紇狀態不對，幾位與烏紇關係近的吐屯，聽了親兵們傳達了命令之後，也在心裡頭悄悄嘀咕。使者傍晚時的勸說，並未澈底動搖他們當中大多數人對烏紇的忠心。而烏紇此刻的表現，卻讓他們當中的大多數人，都對烏紇的前途憂心忡忡。

結果當天後半夜，就有三位吐屯帶領麾下部眾悄然拔營離去。烏紇得知後，氣得暴跳如雷。然而前半夜時親口許下的承諾仍迴盪在耳畔，馬上又要面臨跟婆閏的決戰，他拉不下臉，也不敢分兵對離去的三個別部展開追殺。

第二天早晨，烏紇吃罷朝食，立刻帶領本部嫡系兵馬和剩下的六千別部勇士，浩浩盪盪撲向回紇汗庭，堅決不再給婆閏更多的時間去施展陰謀詭計。本打算一鼓作氣將汗庭奪回，卻不料，才走了不到二十里遠，前方就煙塵大起，一支數量不明的騎兵從樹林裡殺出，直撲他的帥旗。

「艾牙，帶領前營，上前攔住他們！」烏紇也是領兵多年的老行伍，作戰經驗豐富，果斷命令心腹將領率部迎擊。回紇兵馬模仿唐制，五十人為一隊，百人為旅，兩到三個旅為一團。團之上則為營。

受部落裡成年人口數量的限制，營的規模則遠小於大唐正規軍，每營兵力只有一千出頭。

前營奉命出戰，很快，就跟來歷不明的騎兵交上了手。雙方在空曠的草原上你來我往，一時間，竟然殺了個勢均力敵。

「各別部兵馬原地待命，左營、右營和中軍兩個營，跟我一起壓上去，迅速解決戰鬥！」烏紇急於獲取一場勝仗來穩定軍心，見周圍並無其他婆閏的人馬出現，立刻將自己的嫡系全部投入了戰場。這下，雙方的兵力數量，就達到了五比一。對面的領軍將領瓦斯特勤見狀，毫不猶豫地命人敲響了銅鑼，發出了撤退的資訊。

臨時調撥到瓦斯特勤麾下的眾騎兵正感覺壓力巨大，聽到鑼聲，撥馬就走。堅決不給烏紇鎖定勝局的機會。那烏紇一拳打到了空處，怎麼可能善罷甘休？果斷再次調整戰術，帶領本部嫡系咬住瓦斯特勤的人馬不放。

雙方一追一逃，轉眼就跑出了二十餘里路。眼看著就要將瓦斯特勤追上，斜刺裡，忽然響起了雄渾的號角聲，「嗚嗚，嗚嗚，嗚嗚嗚……」，緊跟著，一支規模大約在三千人左右的生力軍，就從臨近的一座山丘後殺了出來。

這支隊伍的正前方，兩杆羊毛大纛迎風飄舞。左側那杆大纛的旗面上畫著一隻頭戴金冠的白天鵝。右側的那杆大纛，則繡著金光閃閃的七個大字，大唐瀚海都護府！

「前營止步，監督瓦斯小狗崽子。其他各營，向左轉，跟我去生撕了婆閏！」雖然遭遇到了伏擊，烏紇卻絲毫不覺得緊張，扯開嗓子高聲吩咐。他在來汗庭的半路上，就已經打探得一清二楚。婆閏麾下，兵馬總計也就五千出頭。其中最有戰鬥力的，是謠傳中那夥唐軍，數量最多兩三百人。其次，則為腳踏兩隻船的各部特勤及這些人所帶領的親信，總數量為兩千六到三千。再次，是周圍婆閏自己的親兵，人數在兩百上下。最後，還有一千七八百人左右，則是婆閏攻取回紇汗庭之後，臨時搜羅起來的牧民和俘虜。扣除那支唐軍和婆閏的嫡系親信，剩餘大部分人馬，是貨真價實的烏合之眾。正面交戰，根本不可能是他本部精銳的對手。接下來的戰局走向，也正如他預料。那三千從山丘後殺出來的生力軍，根本擋不住他麾下勇士的攻擊。很快，就現出了敗相，挾裹著婆閏一道，亂哄哄地向東方的山丘後撤去。

「前營留下警戒，其他各營，尾隨追殺。吹角，通知三路別部兵馬，迅速過來參戰，圍殺婆閏於此！」烏紇殺得興起，扯開嗓子再度高聲命令。

「嗚嗚嗚，嗚嗚嗚，嗚嗚嗚……」號角聲響徹天地，他麾下五千多嫡系，除了前營一千人留在了原地，剩餘的四個營，跟在他的可汗旗後，咬住婆閏的人馬緊追不捨。眼看著，就要勝券在握。正西方，忽然又響起了雄渾的號角聲，「嗚…………嗚…………嗚……」。如龍吟虎嘯，聽得人脊背處寒氣亂冒。

烏紇在馬背上，愕然回頭。只見又一支生力軍，從西方的樹林中衝出，直撲自己的身後。整個隊伍的正前方，挑著一面猩紅色的戰旗，旗面上，龍飛鳳舞繡著一個斗大的漢字，「唐」。

「唐軍！真的是唐軍！」剎那間，烏紇本部隊伍中，尖叫聲四起。許多將士的眼神裡，驚慌與內疚交織。與突厥不同，回紇與中原關係一直比較融洽。吐迷度可汗決定內附之後，大唐更是將回紇視為自己的兄弟。不僅不從回紇收取任何賦稅，每逢草原受災，還會極力調遣糧草前來接濟。而回紇將士身上的鎧甲、手裡的兵器，也完全為大唐所調撥，形制與大唐邊軍沒有任何差別。

草原上各部落的生存之道，雖然是追隨強者。可在眾回紇將士心裡，卻或多或少，對大唐存在一種歸屬感。烏紇帶領眾人倒向突厥別部，將士們雖然不能公開反對，卻或多或少，覺得有些對不起大唐多年來的善待。而事實如今已經證明了，突厥別部的實力，遠不如其宣稱的那樣強大。眼下忽然有一支打著大唐旗號的隊伍，出現在戰場上，眾回紇將士，怎麼可能從容應對？

「慌什麼？唐軍又怎麼樣？不過是區區幾百人而已！」此時此刻，烏紇本人，也覺得心裡發毛。卻強裝出一副鎮定模樣，扯開嗓子厲聲呵斥。隨即，他又揮舞起大唐配發的橫刀，迅速調整戰術，「吹角，給前營，命令他們頂住來犯之敵。吹角，催別部將士速速趕過來作戰！吹角，命令左營繼續追殺婆閏，中營和右營，向我靠攏，準備回頭迎擊唐軍！」

不愧為吐迷度可汗帳下的頭號悍將，一連串命令下達得果斷、準確又及時。然而，角聲響起之後，他麾下的嫡系各營，反應卻比平時慢了不止一拍。特別是右營和中營將士，先騎著馬跑了二十多里路追殺瓦斯特勤，又轉換方向與婆閏作戰，擊敗了婆閏之後再尾隨緊追不捨，一連串戰術動作執行下來，沒得到過任何休息。猛然間聽到命令，要求大夥拉住坐騎，掉頭向中軍靠攏，很多人都感覺體力有點跟不上趟。而前營將士，雖然剛剛做過休息，雖然人數是剛剛出現那支「唐軍」的三、四倍，在勇氣、士氣和銳氣三個方面，卻差了不止一點半點兒。

兩軍剛一接觸，擋在「唐軍」正前方的五十幾名回紇前營將士，就紛紛被砍下了坐騎。整個隊伍瞬間被撕開了一條缺口。而帶隊衝殺的大唐將領，速度卻毫無停滯，持槊前衝，將前營隊伍上的缺口，撕得越來越深，越來越深。

「擋住，擋住他們！」前營第三校尉布花又驚又急，尖叫著帶領自家親信上前阻擋「唐軍」去路。雙方距離迅速拉近，帶隊的大唐將領和他身邊的侍衛，都沒有覆蓋面甲，布花能清楚地分辨出，他們當中的每一個，都不再年輕。然而，年齡優勢，卻沒為布花增添任何自信。對面的將領的確來自大唐，絕對不是婆閏派人假扮。包括將領身邊的親衛，也都是標準的中原面孔。

長著這樣面孔的大唐將士，二十年前曾經直搗突厥頡利可汗的王庭。沿途突厥將士數量是大唐將士的二十倍，卻無法阻擋他們的去路。今天回紇各部的實力，遠不如當年全盛時期的突厥！

說時遲，那時快，正在校尉布花猶豫自己是應該繼續舉刀迎戰，還是趕緊撥轉馬頭讓開的時候，那領軍的唐將忽然騰出右手，先在自己後背上拉了一下，隨即奮力前揮。

「嗚……」一把兩尺長的斧頭，帶著風聲，盤旋著砸向布花的腦門。雙方之間的距離已經不足三丈，校尉布花根本來不及閃避，慌忙舉起橫刀遮擋。只聽「噹啷」一聲脆響，刀刃正中斧頭木柄，砍得木屑飛濺。下一個剎那，那斧頭繞著刀身打了個鏇子，呼嘯著繼續砸向布花的鼻樑。

「噗！」雖然被刀身化解掉了大部分力氣，斧頭仍舊將布花的鼻子，砸得直接塌下去了。鮮血和門牙一道從嘴裡噴出，前營第三校尉布花哼都沒哼，像裝滿了泥土的痲袋一樣，墜於馬下。

「布花死了！」「布花被唐軍殺了！」「布花……」布花的親兵們厲聲尖叫，卻不上前去搶回他的「屍體」，而是撥轉坐騎，四散奔逃。

「曲二、韓五，護住我的左右。朱四、王六，給我放箭開路！」一飛斧砸暈了攔路的回紇校尉，胡子曰策馬從此人的身體旁衝過，同時扯開嗓子高聲吩咐，「自己丟了臉皮，自己撿回來，別讓晚輩看了笑話！」

「儘管衝你的，哪那麼多廢話！」曲彬、韓弘基等長安「大俠」，異口同聲地回應。每一張不再年輕的面孔上，都泛起了微紅。

當初他們五個，結束了跟姜蓉之間的合約之後，無事可做。便接受了婆閏的重金禮聘，護送後者返回回紇汗庭，並且答應給婆閏的嫡系兵馬充當教頭。結果，才到回紇王庭，連營地裡的東南西北都沒分清楚。婆閏就被烏紇給關了起來。他們五個，也被烏紇派遣重兵包圍，稀里糊塗的就成了階下囚。之後烏紇一直忙著安撫各部吐屯和長老，沒顧得上考慮如何處置他們。他們就一直被套著鐐銬，關在王庭的牲口棚裡。直到姜簡和婆閏奇襲回紇王庭，才終於脫離了苦海。

對於習慣在晚輩面前吹噓自己當年如何驍勇善戰的五人來說，這番經歷，絕對是奇恥大辱。不儘快洗刷掉，這輩子都沒臉回家。所以，姜簡乾脆就給婆閏出了個主意，從趕來追隨的各位特勤麾下，抽調了三百多名身強力壯的勇士，與婆閏的親兵一道，組成了一個團。由胡子曰臨時擔任校尉，由五人分別擔任旅帥，對外則宣稱，是大唐燕然大都護府派來支持婆閏的援軍。

回紇各部勇士的甲冑，原本都是大唐配發。樣式與大唐邊軍沒任何差別。草原上作戰，為了遮擋風沙和流箭，還習慣性地給頭盔配上護面甲。如此，只要隊伍裡的回紇勇士不把護面扯下來，外人根本分辨不出他們到底是不是來自燕然都護府。而胡子曰和曲彬等人，則被姜簡要求盡可能不要佩戴面甲，以迷惑敵軍，混淆視聽。這一招，到目前為止，效果好得出乎意料。看到一支「唐軍」忽然出現在戰場上，烏紇麾下的嫡系將士，全都又愧又驚。

當發現帶隊的「大唐將領」，果然是貨真價實的中原模樣，烏紇麾下的爪牙們，心中最後的懷疑也煙消雲散。士氣和勇氣，節節下降，很多人沒等胡子曰衝到近前，就主動策馬向兩旁閃避，不敢也不願，與他正面交鋒。

「跟我一道，斬將奪旗！」胡子曰在戰場上，可不會講究什麼「溫良恭儉讓」，發現大多數敵軍都無心戀戰，立刻將長槊指向了前營主將艾牙的認旗。

「好！」朱韻和王達、趙雄三人答應著放箭開路，曲彬和韓弘基則一左一右，護住了他的兩翼。六個老傢伙，年齡加在一起超過了三百歲，卻像初次下山的乳虎一樣，咆哮著撲向目標，無視沿途任何阻擋。

一名回紇旅帥上前攔路，被胡子曰用長槊直接挑上了半空。兩名回紇勇士揮動橫刀聯手向胡子曰發起進攻，卻被曲彬和韓弘基兩人舉刀攔下，雙雙砍落於地。數名回紇弓箭手一邊策馬拉開跟胡子曰之間的距離，一邊回頭施放冷箭。朱韻、王達和趙雄三人彎弓搭箭，轉眼間，連射五名弓箭手落馬。剩下的弓箭手勇氣頓失，尖叫一聲抱著馬脖頸逃之夭夭。

「保持隊形，注意保持隊形，投降者不殺，逃走者不殺，驅趕他們去衝擊自家主將的認旗！」姜簡帶著五百名回紇勇士，隔著二十步遠，一邊緊隨胡子曰等人的腳步。一邊放箭射殺沿途堅持抵抗的敵軍。

「保持隊形……」兩名通曉唐言的特勤，扯開嗓子，將他的命令翻譯成回紇語，不停地重複。六名傳令兵，則舉起號角，吹得宛若虎嘯龍吟。他們排出的軍陣很怪異，不是傳統騎兵進攻時的楔形，而是前窄後寬，如同孔雀開屏。擋在軍陣前進路上的回紇將士，要麼被直接殺死，要麼被驅趕著轉身逃命。

這樣的軍陣維持起來遠比傳統楔形陣費力。特別是帶領一群沒怎麼經過針對性訓練，又聽不太懂唐言的回紇勇士。好在敵軍戰鬥意志極差，而胡子曰等「大俠」又在頭前開出了足夠寬的通道，才讓姜簡能夠始終約束住身後的弟兄，保持陣型不會在很短時間內就嚴重走樣。

「當！」一支冷箭忽然飛至，正中姜簡的兜鍪。鑌鐵打造的兜鍪上濺起幾點火星，姜簡被嚇了一大跳，強忍著耳鳴的痛苦，迅速扭頭張望。一名回紇夥長的身影，迅速出現在他視線之內。只見此人隔著至少一百步遠，再度鬆開弓弦，第二支冷箭流星般，射向他胯下的坐騎。

「駕！」姜簡果斷夾緊馬腹，同時高聲下令。吳黑闥贈送給他的菊花青頗通靈性，前後腿同時發力，四蹄騰空而起。剎那間掠過兩丈遠的距離，又嘶鳴著穩穩穩穩下落。

第二支冷箭貼著菊花青的前蹄飛過，不知去向。那回紇弓箭手仍不甘心，仗著自己距離姜簡足夠遠，又將第三支羽箭搭上了弓背。沒等他將手裡的騎弓重新拉滿，四十幾支羽箭，已經從姜簡身後呼嘯而至，將他連人帶馬射成了刺蝟。

「保持隊形，驅趕敵軍去衝擊其主將的認旗！」姜簡長出一口氣，再度高聲強調。彷彿陣型的重要性，已經超過了自己的小命兒。這個陣型，連同今天的戰術，都是吳黑闥傳授給他的。有個極為響亮的名字，喚做倒捲珠簾，最為適合輕甲騎兵。按照吳黑闥的描述，只要能以迅雷不及掩耳之勢，將一部分敵軍擊潰，驅趕著他們去衝擊自家的本陣。接下來，就可以無視敵我雙方的兵力差距，達到以寡凌眾。

吳黑闥在傳授戰術之時，講了好幾個經典戰例。失敗一方的兵力，每次都在發起進攻方的三倍以上，甚至高達五倍。姜簡感覺難以置信，過後還曾經偷偷找胡子曰求證。結果，在胡大俠那裡，得到的答案卻更誇張。

所以，姜簡今天無論如何，都要嘗試一下，有沒有倒捲珠簾的可能。婆閏麾下是一群烏合之眾，最有戰鬥力的，就是他身後這五百精銳。而戰場上，即便是李衛公那樣的主帥，帶著玄甲軍，也做不到詐敗之後立刻掉頭回撲。瓦斯特勤和婆閏兩個，更不可能。

換句話說，他想要迅速鎖定勝局，最佳的對策，就是將烏紇留下來坐鎮的這兩千兵馬擊潰，然後趁著烏紇倉促掉頭回援，立足未穩之機，驅趕著潰兵去衝擊烏紇的本陣。

「保持隊形……」跟在姜簡身後的兩名特勤，毫不猶豫地用回紇語重複。回紇人作戰，很少講究排兵佈陣，他們也看不懂，軍陣的優勢何在。但是，他們卻相信姜簡這樣做肯定有道理。因為上次奇襲汗庭，他們一樣沒看懂姜簡在做什麼，卻跟姜簡一道分享了勝利的喜悅和果實！在叫喊聲和號角聲的提醒下，眾勇士們一邊殺敵，一邊儘量保持隊形的齊整。效果不如吳黑闥和胡子曰兩人描述的那樣好，但是的確能起到驅趕潰兵衝擊自身隊伍的作用。並且隨著隊伍突入的深度，效果還在不斷加強。

兩隊奉命從側翼撲上來的敵軍，沒等站穩腳跟，就被其自己人衝散。一名校尉好不容易才組織起了一隊弓箭手，試圖放箭攔截。卻被自家潰兵擋住了視線。而作戰經驗豐富的胡子曰，也不給敵軍太多的反應時間，高聲咆哮著策馬前衝，轉眼功夫，就將自己與敵軍將領之間的距離，拉近到了七十步之內。

七十步的距離，戰馬跑完只需要短短幾個彈指。烏紇麾下前軍主將艾牙嚇得頭皮發乍，扯開嗓子，不停地招呼親兵上前封堵胡子曰的去路。他麾下的眾親兵對他甚為忠心，一個捨命而戰，前仆後繼。

然而，卻無法阻止胡子曰等人朝著自家主將繼續逼近。雙方在戰鬥經驗方面，差得太多，遠非體力和勇氣所能彌補。曲彬和韓弘基兩人，呼喝酣戰，寧可受傷，也堅決不讓胡子曰馬前的對手超過兩個。朱韻和王達、趙雄三人，則箭若連珠，提前射殺敵軍，替胡子曰開闢道路。

「唐軍，唐軍！」數百名潰兵尖叫著從兩側超過胡子曰，將艾牙麾下的親兵們，衝得立足不穩。

「小子，放馬過來一戰！」揮槊將又一名對手掃於馬下，胡子曰將槊鋒指向三十步外的艾牙，高聲發出邀請。「別讓你麾下的弟兄替你送死！」他說的是標準的長安話，艾牙與他身邊僅剩下的數名親兵，誰都聽不懂。然而，卻從他的動作上，完全看明白了他的意思。

眾親兵本能地扭頭看向自家主將艾牙，後者的臉上，則明顯露出了退縮之意。剎那間，親兵們心中充滿了屈辱，咆哮著結伴衝向胡子曰的馬頭。幾支羽箭迅速從胡子曰身後飛來，將他們當中三人射落於馬下。曲彬和韓弘基兩個超過胡子曰，擋住另外四人的衝擊。

胡子曰揮槊前刺，挑飛一名親兵。緊跟著，右手抽出板斧，將另外一人的胳膊齊著手肘砍斷。眼前迅速變空，再沒人阻擋他的去路。「孬種！」他不屑地吐了口吐沫，策動坐騎，徑直撲向前營主將艾牙。

「啊……」艾牙嘴裡發出一聲絕望的尖叫，調偏馬頭，落荒而逃。

「有種別逃……」胡子曰大吼著追了過去，手裡的槊鋒卻始終跟艾牙的後心窩差著一大截。朱韻挽弓欲射，卻被王達用吼聲喝止，「別殺他，讓他逃，胡老大是故意的。」

羽箭脫弦而出，擦著艾牙的頭盔掠過，不知去向。後者嚇得汗流浹背，不顧一切加速逃命。兩側趕過來保護他的數名回紇兵卒見主將如此窩囊，心中所剩無幾的鬥志迅速歸零，也紛紛撥轉坐騎，加入了潰兵的行列。

「別逃，別逃！」胡子曰大吼著從艾牙的認旗旁衝過，揮動斧頭將旗杆攔腰砍斷。大旗轟然而倒，周圍的回紇將士爭相閃避，再也沒人敢阻擋他的馬頭。

前方失去了阻擋，胡子曰的衝殺速度不增反降。收起短斧，揮舞著長槊左挑右刺，將攻擊面迅速擴大。曲彬和韓弘基兩人身上已經被血染紅，分不清哪些血來自敵人，哪些血來自自己，也喘息著放緩馬速，與胡子曰隔著三匹馬的寬度，拉成一條直線，齊頭並進。

朱韻和王達、趙雄繼續挽弓而射，頻率卻比先前放慢了許多。六個平均年齡超過五十歲的老傢伙分成前後兩排，始終與敵軍前營主將艾牙保持十四五步的距離，令此人不敢回頭，也不敢放慢逃命腳步。

姜簡帶著五百名「唐軍」快速跟上，陣型在前進中不斷拉寬，驅趕著更多的回紇將士加入逃命隊伍，亂哄哄宛若一群受驚的黃羊。

烏紇留下來坐鎮的前營兵馬，徹底崩潰。所有將士都放棄了戰鬥，被驅趕著倉惶遠遁。明明他們的兵力，還有「唐軍」的三倍還多，明明他們當中的絕大多數，還有一戰之力，卻再也沒人停住腳步，轉身抵抗。

人在精神高度緊張之時，往往會喪失思考能力，一味地選擇從眾。在胡子曰和姜簡兩個有意識的逼迫之下，逃命的回紇將士雖然潰不成軍，大方向卻始終保持一致，正對烏紇與其身邊的主力。

「不要慌，不要慌，分開撤，分開！」在戰場周邊遊盪的回紇斥候，因為沒參加戰鬥，將局勢看得很清楚。發現潰兵的撤退方向，與自家主帥烏紇率部回援的方向，剛好正面相對。趕緊扯開嗓子，高聲提醒。一片混亂哭喊聲和馬蹄聲中，他們的提醒根本不可能起到任何作用。即便有潰兵聽見，也顧不上考慮他們喊得是否正確。

唐軍高舉兵器，緊緊跟在潰兵身後。潰兵們停下來就可能被兵器殺死，或者被馬蹄踩成肉泥，而前方卻是一片空曠。

「整隊，準備變陣，鋒矢！」胡子曰的戰馬速度越來越慢，直到被姜簡背後追上。迅速側轉頭，他根據自己的經驗發出提醒。

「整隊，所有人整隊，變陣，變鋒矢陣！」姜簡稍作猶豫，立刻明白了胡子曰的意思，扯開嗓子將提醒變成了命令。敵方的前軍已經徹底被放了羊，尾部寬闊的孔雀陣就失去了意義。而接下來，還有一場硬仗要打，楔形或者鋒矢陣才能發揮出騎兵的最大攻擊力。

「整隊……」「……鋒矢陣！」身邊的少年特勤無論懂不懂，都果斷將命令用回紇語轉述，緊跟著，號角聲響起，傳令兵舉起令旗，左右揮舞，將命令伴著號角聲迅速傳遞給每一名己方將士。

「唐軍」的隊伍迅速收窄，在高速追擊中，漸漸收成了一個巨大的「弩箭」。雖然動作有些凌亂，外形也不怎麼整齊，殺氣卻於「弩箭」的頂端不斷凝聚。

「分開，分開，別擋了大汗的路，大汗馬上就能趕回來！」分散在戰場周邊的回紇斥候，急得額頭冒汗，策馬衝入潰兵隊伍，一邊揮刀亂砍，一邊高聲提醒。

數支羽箭，迅速找上了他們，將他們當中最活躍的三個射下了馬背。胡子曰帶著曲彬等「老夥計」，脫離「唐軍」本陣，開始充當己方遊騎，解決潛在的隱患。畢竟都不再年輕，剛才作為前鋒衝擊敵陣，已經將他們的體力耗掉了一大半兒。他們的經驗告訴自己，繼續帶領隊伍前進，體力肯定難以為繼。所以，果斷從隊伍中離開，去尋找適合自己的位置。

下一輪策馬衝陣，需要姜簡、李思邈和陳元敬等體力充沛的年輕人來完成。他們期待且相信，年輕人們不會做得太差。而姜簡等年輕人，也的確如他們所期待。努力掌控著推進速度，驅趕著潰兵壓向烏紇的本隊。

這活絕對是個挑戰，雖然姜簡被吳黑闥手把手地教過很多次。但聽師父教是一回事，自己實際指揮則是另外一回事，二者難度不可同日而語。不過，到目前為止，姜簡本人和他身後的「唐軍」，表現還都基本符合預期。這一方面得益於姜簡憑藉先前那兩場戰績，已經在隊伍中確立了自己的威信。另一方面，則是因為他身後的「唐軍」和潰兵乃是同族，彼此之間並無深仇大恨。雙方在戰場上相互舉刀，是因為支持不同的可汗。當一方戰敗逃走，另一方就想再做更多殺傷。敵我雙方一逃一追，不多時，就跑出了四五里遠。前方的曠野不再空曠，黑壓壓地一大片兵馬，挑著烏紇的可汗旗迎了上來。

「保持隊形，跟上我！」姜簡深吸一口氣，準備趁著潰兵與烏紇的本部兵馬撞在一起的當口，直取烏紇的帥旗。他身後的「唐軍」雖然是十裡挑一的精銳，但是整個隊伍組建時間太短，將士配合並不嫻熟。這樣的隊伍不適合打逆風仗，也不適合與敵軍僵持，速戰速決才是最佳選擇。

「赤心，帶領我的親兵頂上去，鋒矢陣，先用羽箭開路！」眼看著潰兵洶湧而來，終於收攏起隊伍轉身迎戰的烏紇，果斷下達了命令。

「可汗！」小伯克赤心的臉色，瞬間變得雪白，啞著嗓子向烏紇求肯，「可以命人吹響號角，讓退下來的弟兄繞向兩翼。他們都騎著馬……」

一句話沒等說完，烏紇已經咆哮著打斷，「來不及！速去，不想死就執行命令！唐軍兇殘。一旦讓潰兵衝亂咱們的陣腳，咱們所有人都得死在這兒！」

「是，可汗！」小伯克赤心後背一寒，扯開嗓子高聲答應。隨即，帶起對烏紇最忠心，也是烏紇麾下最精銳的兩個團侍衛，衝出本陣，正面頂向那面繡著「大唐瀚海都護府」字樣的戰旗。

「來人，傳令給咯莫斯，讓他帶著本部三個團做第二陣，不惜代價拖住敵軍。」

「來人，傳令給莫榭，讓他帶領本部三個團，做第三陣，除非他戰死，否則，不准唐軍突破他的認旗！」

「來人，傳令給烏信，讓他率領本部勇士，從側翼迂迴，斜插唐軍身後。沿途遇到阻擋，殺無赦！」

「來人……」對遠處哭喊著逃過來的潰兵看都不看，烏紇繼續發號施令。想要成大事，就不能仁慈。他始終堅信著一點。他的叔父吐迷度做不到，所以，稀里糊塗就死在了他手裡。到死，都不知道自己被下了毒。他不是吐迷度，所以他不會准許任何人阻擋自己的道路。哪怕那些潰兵，一刻鐘之前還為了他浴血奮戰。

「嗚嗚嗚，嗚嗚嗚……」號角聲在他背後響起，宛若冬天吹過冰湖上的寒風，淒厲且陰冷。伴著號角聲，小伯克赤心帶領六百精銳騎兵，在衝刺途中排成鋒矢形，狠狠刺向潰退下來的自己人。

「讓開，向兩側讓開，快讓路！」一邊策馬前衝，小伯克赤心一邊擺動著橫刀大叫，希望自己的聲音和動作，能被潰退下來的袍澤們注意到。

鋒矢陣是最銳利的進攻隊形，雙方只要發生接觸，擋在鋒矢形正面的潰兵，根本沒有任何人能夠活下來。而羽箭開路，對於身穿輕甲的騎兵也極為狠辣。步卒中箭後，十有七八還能活著離開戰場。騎兵萬一被射下了坐騎，無論受傷輕重，五成以上都會被自己人的戰馬，或者被敵軍的坐騎踩成肉泥。讓他無比絕望的是，沒有任何一名潰兵聽到他的話，也沒有任何一名潰兵注意到他的手勢。雖有潰逃下來的袍澤，根本不管前方有多少人，擺出什麼陣型，只管騎著馬繼續狂奔，狂奔，宛若成百上千隻撲火的飛蛾。

不能讓潰兵將自己的隊伍相撞，否則，擋在隊伍前頭的潰兵固然難逃一死，自己的隊伍，也在劫難逃。眼看著潰兵距離自己已經不足三十步，小伯克赤心閉著眼睛舉起刀，奮力向前揮落？「放箭！」他的命令聲非常低，比起先前要求潰兵讓路的聲音，至少低了七成。然而，弓弦回彈聲，卻從他背後迅速響起，宛若狂風暴雨。

五百多支羽箭，騰空而起，蝗蟲般飛過他的頭頂，讓陽光都瞬間變暗。下一個瞬間，羽箭落入退下來的袍澤隊伍之中，將隊伍從正中央撕開一條血淋淋的缺口。紅色的煙霧升騰，數十名潰兵在血泊中翻滾掙扎，試圖避開同伴的馬蹄，最終，卻逃不過死神的魔爪，被踩得血肉模糊。

還有十幾名潰兵，僥倖中箭後沒有立刻落馬，卻已經沒有力氣控制坐騎的方向，被坐騎帶著，繼續向前飛奔，直到又被第二輪羽箭射中，仍舊不敢相信是自己人放的箭，一個接一個圓睜著雙眼落馬，死不瞑目！

「讓路……」小伯克赤心嘴裡發出瘋狂的咆哮，睜開眼睛，舉刀策馬前衝。三十步，駿馬對衝不過兩三個彈指。他麾下的親兵已經沒有時間實施第三次羽箭攢射，紛紛鬆開手，讓掛著繩子的騎弓自行墜落於馬鞍之側。同時拔出大唐統一配發的橫刀，砍向最後幾名擋在自己面前的潰兵。

潰兵們的隊伍中間部位，已經澈底消失。最後幾名僥倖沒有中箭者，尖叫著向兩側閃避。而位於兩側的潰兵，則本能地拉偏馬頭，朝左右兩個方向逃離。所有人，剎那間都明白了一件事，自家可汗，遠比唐軍殘忍。

小伯克赤心帶著六百親衛，沒受到任何阻擋，就從潰兵隊伍的中間區域直穿而過，每一匹戰馬的四蹄上，都沾滿了鮮血。姜簡帶著五百「唐軍」，迅速出現在他眼前，沒想到烏紇殺起自己人來如此果斷，年輕的面孔上寫滿了難以置信。

「殺光他們！」小伯克赤心用回紇語高聲呼籲，彷彿剛才那些潰退下來的袍澤，是死於「唐軍」之手。「殺光他們，給弟兄們報仇！」他一遍又一遍重複，彷彿這樣做，就可以把謊言變成事實。

「殺光他們！」「給弟兄們報仇！」「殺光他們，然後去殺婆閏！」「殺……」跟在小伯克赤心背後的親衛們，嘴裡也發出一片鬼哭狼嚎。彷彿這樣喊了，就能減少他們心中對屠戮同族的負疚。

交戰雙方之間再無潰兵阻擋，距離在彈指之間，縮短為零。兩支高速奔行的隊伍，迎頭相撞，「轟！」地一聲，各自的最前方四分五裂。

「瘋子！」姜簡在隊伍相撞之前，大聲叫罵。果斷壓平長槊，刺向小伯克赤心的脖頸。

對方身上也穿著一套大唐明光鎧，除了臨時將顏色染成了赭紅之外，其餘特徵跟他身上穿的明光鎧幾乎沒任何差別。而明光鎧的前胸和小腹，都有專門的鐵板加固，長槊即便刺中，也很難做到一擊致命。唯獨脖頸，為了保證頭部轉動靈活，護甲用的是雙層牛皮，肯定擋不住銳利的槊鋒。

只是這樣選擇，難度比刺向軀幹增加了十倍。小伯克只要稍稍歪一下脖子，就能將槊鋒讓過。而後者雖然兩眼通紅，卻並未失去理智。看到姜簡用長槊刺來，立刻將脖頸和身體一道向內傾斜了了六十度，非但成功讓開了槊鋒，還順勢用橫刀來了一招反抽，刀刃狠狠抽向了姜簡的馬頭。

雙方的坐騎都加到了全速，時間太短，姜簡根本來不及收槊遮擋。眼看著刀刃就要抽中菊花青的脖頸，忽然間，一支短斧出現在刀刃之下，「噹啷」一聲，將刀刃崩得火星四濺。

「上當了！」小伯克赤心立刻明白，姜簡刺向自己脖頸那一記，乃是虛招！否則，不可能單手持槊，騰出右手抄短斧。尖叫著將身體坐穩，他迅速掄刀繞著自己的頭頂和身體另一側橫掃，用直覺控制刀身尋找姜簡左手中那根長槊。「叮」，刀身與槊桿成功相撞，發出清脆的交鳴。

兩匹戰馬錯身，姜簡和赤心之間的距離，縮短至五尺。一丈八尺長的馬槊被磕歪，很難再正常發揮威力。他毫不猶豫丟棄馬槊，用右手舉起短斧，劈向赤心的腦門。後者熟練地收回橫刀，擋住斧刃。

「噹啷！」又是一聲金鐵交鳴，橫刀被短斧劈得快速下沉。小伯克赤心不得不將身體後仰，以免被壓下來的斧刃劃中。姜簡忽然將斧頭撤開半尺，反手剁向了他的大腿。

「砰！」護腿甲應聲而裂，血漿宛若噴泉。血管被砍斷的小伯克赤心迅速失去了抵抗力，伏在馬背上，被坐騎帶著與姜簡重新拉開距離。姜簡恨他殘忍好殺，迅速轉身揮斧橫掃，正中他的後頸。頭顱高高地飛起，血落如瀑。根本沒時間檢查戰果，姜簡迅速將身體坐正。一名敵軍已經衝到他身前五尺之內，手中橫刀帶著風，抹向他的脖頸。

「噹啷！」姜簡奮力揮斧，將橫刀直接砸飛。反手又一斧，將對方劈於馬下。菊花青咆哮著繼續前衝，將他與第三名敵軍之間的距離拉近。沒等對手出招，姜簡猛地將手臂前揮，短斧脫手而出，結結實實砸中了對方的面門。

「啊！」第三名敵軍嘴裡發出一聲短促的尖叫，轟然落下了馬背。趁著兩匹戰馬交錯，第四名敵軍暫且還沒衝上來的機會，姜簡從腰間拔出橫刀，刀尖迅速前指，「禽獸，上來領死！」

第四名敵軍，眼睛裡明顯出現了驚恐，卻無法躲避，硬著頭皮舉刀迎戰。姜簡揮刀力劈、斜剁、橫掃、回抽，在雙方坐騎相互接近到錯身而過的短短兩個彈指時間裡，連發四招。對手招架、躲閃、遮擋、尖叫，身背後被刀刃抽開了一條兩尺長血口子，趴在馬背上抽搐著死去。

「擋住他，擋住他！」兩名回紇勇士無法容忍姜簡勢如破竹般突進，大叫著從左右兩側撲上來，試圖聯手封堵他的去路。緊跟在姜簡身後的李思邈和陳元敬兩個，毫不猶豫，分頭迎上，堅決不准二人向姜簡繼續靠近。

他們兩個的身手照著姜簡差了一大截，但勇氣卻半分不輸。同為五陵少年，姜簡身先士卒，策馬直衝敵陣，他們哪有臉面躲在己方兒郎們的身後？

兩名回紇勇士立刻顧不上再阻截姜簡，與陳元敬和李思邈戰在了一處。得到支援的姜簡則繼續呼喝衝殺，宛若虎入羊群。

第五名對手跟他交換了兩招，被他砍中了肩膀，落荒而走。第六名對手身材高大，招數嫻熟，跟他殺了個不分勝負，然後被各自的坐騎帶著重新拉開距離。兩軍交戰，基本沒有轉身廝殺第二輪的機會。姜簡策動菊花青繼續前衝，那名對手則騎在馬背上，衝向跟在姜簡身後的一名小伯克，從此與姜簡再不相見。

「啊……」第七名對手看到姜簡一路暢通無阻的殺到自己面前，膽氣先寒了三分，尖叫著將橫刀亂揮。這個舉動，直接要了他的命。姜簡幾乎沒費任何力氣，就找到了破綻，一刀砍在了他的鎖骨之上，將他的鎖骨連同小半邊脖頸同時砍為兩段。

第八名……，沒有第八名對手。眼前忽然變空，姜簡愕然地舉著滿是豁口的橫刀四顧。發現自己已經殺穿了這路敵軍，而下一路敵軍，已經來到了百步之外。速扭頭，他向來路張望。看到李思邈、陳元敬和數十名帶著面甲冒充唐軍的回紇將士，也從敵軍中央穿了過來。而先前那支毫不留情射殺潰兵的敵軍，此刻也變成了潰兵。策動戰馬，向左右兩個方向亂哄哄逃走。

「整隊，全體向我靠攏，鋒矢陣！」剎那間，姜簡心中喜憂參半，揮舞著鋸子般的橫刀，高聲招呼。喜的是，自己這次沒有依靠偷襲，正面對決一樣殺穿了敵陣。憂的則是，潰兵逃散一空，倒捲珠簾做成了夾生飯，接下來，即將面對一場前所未有的硬仗，並且敵軍的數量，是自己這邊的五倍之上。

「靠攏，向姜簡設靠攏，排鋒矢陣！快……」兩名少年特勤帶領傳令兵扯開嗓子，用回紇語把姜簡的命令一遍遍重複。

陳元敬和李思邈兩個率先靠過來，在落後姜簡一個馬頭的位置，護住他的兩翼。兩名特勤、五名副旅帥、六名夥長和一百餘名婆閏的親兵咬著牙跟上，撐起鋒矢陣的前半部分的輪廓。陸續有另外三百多名回紇戰士策馬加入，動作卻慢了不止一個節拍。

連續兩場戰鬥，時間雖然都不長，卻已經讓大多數回紇戰士的體力瀕臨乾涸。缺乏訓練的他們，哪怕士氣再高漲，也無法將陣形站得像第二場戰鬥開始前同樣齊整。而老謀深算的烏紇，根本不肯給姜簡時間繼續整理隊形。發現驅散潰兵的目的已經達到，立刻命人吹響了號角，催促其他安排好的幾支隊伍，加速前撲。剎那間，姜簡的正前方和左右兩側，都出現了大批烏紇的爪牙。而更遠處，隱約還有一支生力軍在快速殺向戰場。

「走，見好就收。後隊變前軍，趁著敵軍還沒合圍，從斜後方殺出去，讓烏紇跟在咱們後面吃屁！」胡子曰將戰場上的形勢看得很清楚，策馬衝過來，替姜簡做出決定。

既然倒捲珠簾戰術被破，大夥就沒必要繼續跟烏紇糾纏。及時抽身而退，才是王道。至於丟沒丟面子，面子哪有性命重要？

「第一旅，跟我一道斷後。其他各旅，撤離！」姜簡向來聽得進去勸，確定發現先機已經徹底失去，咬著牙更改命令。即便撤離，也要有先有後，保持秩序。否則，撤離就變成了逃命，萬一被敵軍追上，後果不堪設想。

「吹角，傳令給莫榭，加速上前纏住唐軍，不惜任何代價！」

「吹角，傳令給烏信，率部直插唐軍背後！」

「吹角，通知其他各部，一起上前，困死這支唐軍，澈底斷了婆閏的念想！」百步之外的烏紇，反應也不慢。沒等姜簡這邊開始撤退，就已經發出了總攻命令。

婆閏之所以「死兔子蹦高」，原因就是得到了「唐軍」的支持。而回紇各別部之所以離心，也是這支「唐軍」導致。只要今日將這支唐軍全殲，接下來婆閏必將面臨眾叛親離的局面，屆時，消滅他易如反掌。

「嗚嗚嗚，嗚嗚嗚，嗚嗚嗚…………」龍吟般的號角聲響起，卻不是來自烏紇的身側。戰場之外，數名負責警戒的回紇斥候騎著馬倉惶奔回，朝著烏紇拚命揮舞示警的旗幟。在他們身後，則有數十名身穿黑色鎧甲的騎兵緊追不捨，一邊追，一邊挽弓放箭，將斥候們一個接一個射下馬背。

「嗚嗚嗚，嗚嗚嗚……」號角聲越來越近，越來越宏亮。遠方殺來的那支生力軍，終於露出了真面目。

不是烏紇丟在身後的那三路回紇別部將士，別部將士當中的任何一路跟他們相比，都是黃羊比獅子，野鴨比天鵝。只見他們，身穿清一色的黑色鎧甲，頭頂黑色兜鍪。盔頂有纓猩紅如火，隨著馬背的起伏上下跳動。

「呃……」烏紇的嗓子眼裡，不由自主發出怪異的聲音。渾身上下，寒毛根根倒豎而起。是唐軍，傳說中的唐軍。他們真的來了。雖然總計也就兩千出頭，卻宛若噴發的岩漿，所過之處，回紇將士積雪般崩潰。

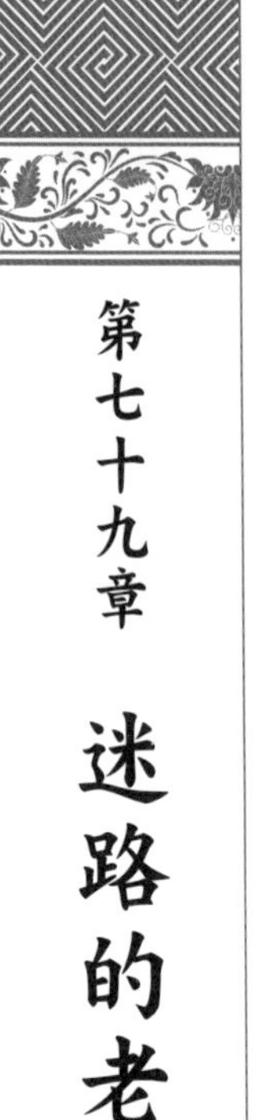

第七十九章　迷路的老將軍

「大汗，快走，來的是玄甲軍！天可汗身邊的玄甲軍！咱們打不過，留住弓箭才能獵得到野鹿……」梅祿勒勒闊年紀大，多年之前，曾經親眼看到過玄甲軍列隊衝陣的盛況，慘白著臉向烏紇發出提醒。

「退，向東退，吹角，通知所有人向東退！」烏紇如夢初醒，聲嘶力竭地命令。隨即，率先撥轉坐騎，落荒而逃。

「嗚嗚嗚……」角聲有氣無力，隱約之間還帶著幾分委屈。無論聽沒聽到撤退的命令，所有追隨烏紇的將士，全都調轉馬頭，以最快速度逃離戰場，不管方向對不對，也不管接下來是否還能找到自家可汗。

玄甲軍，傳說中的大唐玄甲軍。天可汗李世民的嫡系親衛，從中原到塞外，打遍天下，未曾一敗。

他們來了，三支回紇別部隊伍，就不可能再出現。而自家可汗麾下的嫡系兵馬所剩不過三千，怎麼可能擋得住大唐玄甲軍全力一擊？

逃，沒命地逃，只要來得及撥轉坐騎就趕緊逃。數千烏紇的嫡系部眾，沒一個鼓得起勇氣與玄甲軍正面一戰。而那些先前迂迴得太快，此刻已經來不及拔馬逃走的將士，則趁著沒被玄甲軍殺死之前，紛紛丟下了兵器，跳下馬背，伏地請降！

因為要保持陣型的緣故，玄甲軍推進的速度並不算快。如此一來，就給了更多人逃命或者投降的機會。而領軍的大唐主帥，顯然對割首級也不感興趣，見到烏紇的兵馬不戰而潰，只帶著弟兄們又向前推進了百十步遠，便停止了攻勢，緩緩收住了陣腳。

「師父……」姜簡早就將援軍的認旗，看了個清清楚楚，只是礙於軍紀，不敢貿然上前相認。此刻，看到援軍終於停下了腳步，立刻冒著被潰兵撞到的風險，策馬直奔援軍隊伍的正前方。

來的是師父吳老將軍，將他親自從李素立的軍營中保下，又手把手傳授他本事的吳老將軍！

他請姐姐和阿茹返回受降城彙報之時，就相信師父不會不管他，任他只帶著區區五六個同伴在草原上冒險。今天，師父果然來了，在他最需要幫助的時候，果然從天而降！

沒等衝到隊伍跟前，眼淚已經不受控制地流了他滿臉，彷彿在外邊受了委屈的孩子，忽然看到了家長。那菊花青頗通人性，見到老主人的身影，立刻張開嘴巴，發出一連串激動的嘶鳴，「唏吁吁吁……」

「你這個冒失鬼，手頭就幾百烏合之眾，打不過走掉便是，何必跟敵人硬拚？」見到徒弟平安無事，吳黑闥心中也很高興，不待姜簡衝到自己跟前，就板起臉，大聲呵斥。

「師父！」姜簡一翻身從馬背上滾下，哽咽著跪倒在地，「師父，您怎麼來了？我，我今天差一點兒就看不到您。」

「呸，盡說喪氣話，打不贏，你不會跑嗎。草原天空地闊，你把明光鎧棄了，烏紇身邊有幾匹馬，能追得上老夫的菊花青？」吳黑闥嫌他說得晦氣，向地上啐了一口，也翻身下馬，雙手扶住他的肩膀。一邊攙扶姜簡起身，一邊上上下下快速掃視，待確認那一身血都不是來自姜簡本人，老將軍又啐了一口，沒好氣地補充：「你是老夫的弟子，真的被人殺了，老夫總得把你的屍體搶回來。否則，別人把你的腦袋掛在高桿上誇功，豈不是等於打老夫的臉？」這話，就又是熟悉的味道了。姜簡心中的感激與委屈迅速平息，順著吳黑闥的攙扶站起身，抬手抹了把眼淚，笑著謝罪：「徒兒讓師父操心了。今日本想顯一顯本事，替師父揚名來著，沒想到，烏紇這麼狠，殺起自己人來眼都不眨！」

「揚名，就憑你手頭這點兵馬？」吳黑闥剛才沒看到姜簡帶隊殺散烏紇的前軍，驅趕潰兵衝擊敵陣的英姿，一邊皺著眉頭向戰場掃視，一邊詢問，「揚我這個老莽夫，教出一個小莽夫嗎？虧你剛才沒來得及顯本事，否則，我絕不會承認是你是我的弟子！」

「師父，徒兒剛才差點兒就給烏紇來了一個倒捲珠簾！」饒是姜簡已經習慣了吳黑闥的說話方式，也被說得臉色微紅，用手比劃著低聲解釋。「沒想到他派了一隊精銳頂上來，先放箭亂射一通，把自家潰兵殺散了。然後……」

吳黑闥目光老辣，只看了三兩眼，就通過戰場上橫七豎八的屍體，就能推測出先前戰鬥的大致過程，笑了笑，柔聲打斷。「我的傻徒弟噢，別人倒捲珠簾，是拿自己麾下的百戰精銳，去卷對手的烏合之眾，你這全都倒過來了。麾下總計幾百雜魚，還卷個屁！沒被別人卷了，就燒高香吧！」說罷，又擔心自家徒弟不汲取教訓。把眼睛一瞪，高聲怒叱：「以後打仗，老老實實地先比較雙方實力。打得過就打，打不過就避。別玩這種花樣！想倒捲珠簾，等你麾下有了三千肯捨命相隨的老兄弟再說！」

「是！」姜簡知道師父是為了自己著想，心中雖然不太服氣，卻果斷拱手。

熟知自家徒弟的秉性，吳黑闥嘆了口氣，又低聲補充：「為將者不怕打敗仗，每次戰敗，都能最大程度保存實力，然後以最快速度恢復，才是真本事。群雄爭奪天下那會兒，唐軍沒少吃敗仗，但是每次被人打趴下了，都能重新站起來。倒是你師父我所在的瓦崗軍，實力最強的時候見誰滅誰，結果洛陽城下一場慘敗，就被打散了架子！」

瓦崗群雄的故事，姜簡可沒少從胡子曰那裡聽說。除了幾個還在世的國公郡公，如程知節、牛進達，胡子曰不敢胡亂編排，其餘的瓦崗豪傑，都被他說得活靈活現。但是，關於瓦崗軍煙消雲散的緣由和經過，胡子曰卻很少提起。碰到有食客抬槓，也只會回應一句「時運和天命皆不在了」。所以，今日忽然聽吳黑闥說道瓦崗軍於洛陽城下被打散了架，姜簡頓時心癢難搔。

然而，哪怕心裡頭再癢，他也知道此刻不是纏著師父講故事的時候。先用力晃了晃頭，按捺下刨根究底的衝動，然後躬身行禮，「師父教訓的是，徒兒一定牢記於心。」

「記住就好！」見姜簡孺子可教，吳黑闥的臉色又迅速變得柔和。抬手向姜簡麾下那些假冒唐軍的回紇勇士指了指，笑著誇讚，「就帶著這麼點兵馬，能在戰場上留下上千具敵軍的屍體，你也稱得上是一員悍將了。行了，咱們爺倆不忙著敘舊，你先安排你麾下的弟兄，打掃戰場，收容俘虜，把正事兒幹了再說。」

「有胡大俠他們在，我不用親力親為！」姜簡哪裡捨得把師父丟在一旁？笑著回應了一句，然後快速轉身，「師父稍等，我去安排一下就回來。婆閏和另外一路兵馬負責誘敵，烏紇被師父嚇跑了，我也得趕緊派人通知他們！」

說罷，小跑著衝向胡子曰，將善後的任務全盤託付。

「我欠了你的啊？」胡子曰翻了翻眼皮，沒好氣地回應。然而，看在吳黑闥不遠千里前來支援的份上，又無奈地點頭，「算了，你去陪你師父吧，我再幫你一次。過後……」沒等他把話說完，姜簡已經明白了他的意思，毫不猶豫地低聲打斷，「我知道，讓婆閏給您老加錢。至少二十匹馬起步！」

「小兔崽子，聰明的你！」胡子曰心滿意足，笑著罵了一句，果斷接受了姜簡慷他人之慨。

「多謝胡大叔！」姜簡笑著行了個禮，轉頭又折回吳黑闥身邊。這次，他才終於看清楚了，師父所部兵馬的真實情況。

哪裡是什麼玄甲軍？前面幾隊，分明是師父的那兩個團嫡系親兵。從校尉、旅帥到隊正，幾乎所有軍官取下面甲之後，他都能叫出名字。

在那兩個團嫡系親兵之後，則是一千三四百名輕騎兵。身上穿的根本不是鐵甲，而是將皮甲表面染黑，掩人耳目。

這一招，倒是跟自己拿回紇勇士冒充大唐官兵，異曲同工。姜簡看得心中大樂，笑呵呵地朝著吳黑闥挑起拇指，「師父，好一支玄甲鐵騎。今日差點兒把烏紇給活活嚇死！」

「就知道瞞不過你這個小子！」吳黑闥的伎倆被自家徒弟看破，絲毫不覺得尷尬，反而很高興地誇獎。「老夫距離長安那麼遠，短短幾天功夫，怎麼可能，把陛下的玄甲軍給借過來！臨時弄了點染料，狐假虎威罷了！」

「師父高明！」姜簡佩服地拱手。隨即，心中又忍不住有些擔憂，「師父您帶著兵馬出來救我，李素立那邊……」

「老夫不歸他管了，況且，老夫也不是專程過來救你。朝廷下旨，調老夫去坐鎮龜茲。老夫的嚮導迷了路，碰巧聽到這邊有廝殺聲，就趕過來看看究竟！」吳黑闥笑了笑，早已不再年輕的臉上，忽然寫滿了調皮。

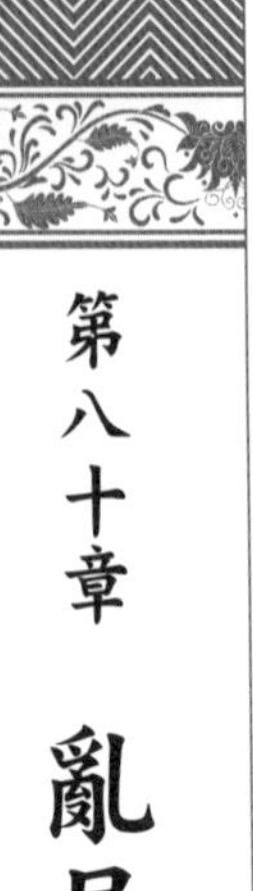
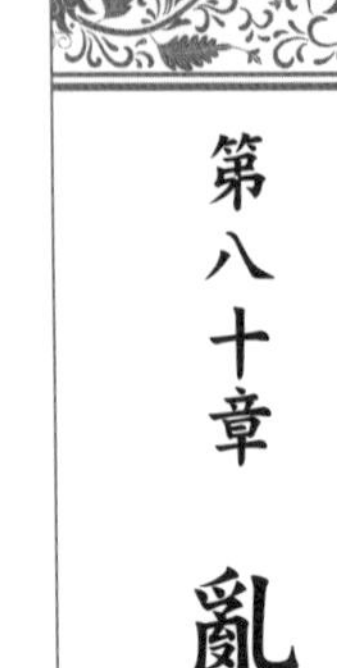

第八十章　亂局

這路，迷得可是有點遠！姜簡朝著吳黑闥拱了拱手，沒有說話，感激之情卻寫了滿臉。龜茲位於受降城西三千多里，而回紇王庭在受降城東偏北一千多里處。嚮導再糊塗，也不可能連東南西北都分不清楚。

吳黑闥有關迷路的說法，根本就是在掩耳盜鈴，如果朝廷認真追究，他老人家即便不丟官罷職，也會落一身麻煩。

「別婆婆媽媽，老夫還巴不得早日解甲歸田，頤養天年呢！」吳黑闥卻不需要姜簡的感激，把大手擺了擺，笑著說道。

「師父哪裡老了？比起廉頗、黃忠，您還正當壯年呢。我估計聖上也是這麼想，所以捨不得讓師父閒著！」有些恩情，沒法掛在嘴邊上，姜簡又拱了下手，笑著回應。

這話，聽在耳朵裡可是太受用了。吳黑闥手捋白鬚，笑著數落，「小兔崽子，打仗的本事沒見漲，誇獎人的本事，倒是日益精進了。讓老夫都有些懷疑，你究竟是不是老夫的弟子！」

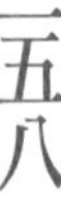

話音落下，歪頭看了看姜簡，又快速轉換話題：「說吧，你今天到底是怎麼顯本事來著？我看這戰場的屍體橫七豎八，好像打了不止一仗。另外，你剛才說還有婆閏和另外一路兵馬，到底是怎麼回事？」

「師父容稟……」知道師父是想趁熱打鐵，指點自己用兵之道，姜簡也不矯情，將自己昨夜和今日對戰局的佈置，原原本本地描述給吳黑闥聽。

當聽到瓦斯特勤連夜去拜會幾個別部吐屯，曉以利害，順便在烏紇與吐屯們之間灑下懷疑的種子，老將軍吳黑闥滿意地輕輕撫掌。聽到姜簡用婆閏的親兵和幾百回紇精銳，拉下面甲冒充大唐邊軍，老將軍迅速扭頭看向自己身後這支冒牌兒玄甲軍，剎那間覺得姜簡絕對得了自己的真傳，日後定然會光耀門楣。

當聽聞婆閏親自帶領數千兵馬詐敗，吸引走烏紇和此人麾下的主力，老將軍則忍不住搖頭，數落姜簡用兵冒失，萬一婆閏逃得不夠快，或者中了冷箭，豈不要前功盡棄？當聽到姜簡帶領五百假冒的「唐軍」，擊潰了烏紇留下來的一營兵馬，並且成功驅趕潰兵去衝擊烏紇的本陣，老將軍欣慰地連連點頭：「好，好，不愧是我的弟子。咱們爺倆，做事情的手段都一模一樣。可惜你手頭兵力太少，並且缺乏訓練，否則，說不定今日就能陣斬烏紇，一勞永逸！」

「只是沒想到烏紇如此殺伐果斷。」姜簡笑了笑，有些慚愧地補充，「發現勢頭不對，立刻用羽箭朝潰兵頭上招呼。沒費多少力氣，就把局面又扳了回去！」

「那不是殺伐果斷，那是心黑！」吳黑闥撇了撇嘴，毫不客氣地反駁。「表面上是把局勢扳了回去，實際上，卻會失了軍心。那回紇將士，誰人不是爺娘生養的，還能一直分不清好歹？替烏紇賣命，烏紇卻把他們當草芥，接下來，誰還肯甘心為烏紇效死？不信你看著吧，從今天往後，烏紇那邊的人，一定會越來越少。而婆閏這邊，勢必不斷有人來投！」

師徒倆說得投機，不知不覺，就忘記了時間。彷彿一眨眼功夫，胡子曰那邊就已經帶人打掃完了戰場，派人過來請示下一步行動。姜簡扭頭看了看，發現天色還早，便笑著向吳黑闥發出邀請，「師父既然迷路了，不妨去瀚海都護府小住幾日。那邊背靠高山，夜晚的時候，風比這邊小許多！」

「那可不成，老夫是不小心迷路，才跟你遇上。如果真的去了瀚海都護府，就成了未奉聖旨，就私自出兵給婆閏撐腰了，與朝廷規矩不符！」吳黑闥想都不想，就笑著拒絕，「該做的樣子，還是要做的。老夫暫且在這附近，紮營休息幾天，等將士們養足的精神，就繼續趕往龜茲。」

「師父這麼急著走，龜茲那邊有戰事嗎？」姜簡頓時心裡有些捨不得，眼巴巴地看著吳黑闥發問。

「別老指望老夫一直替你撐腰，打鐵還得自身硬！那烏紇今天吃了一場大虧，即便老夫不在，短時間內，他也沒力氣跟婆閏再打第二場了。接下來，就看是你們整軍速度更快，還是他的實力恢復得更快。如果老夫一直不走，反而會嚇得他逃之夭夭。一旦他逃去了車鼻可汗那邊，對你和婆閏來說，反而是個大麻煩。」

「嗯！」姜簡知道吳黑闥說得有道理，帶著幾分不甘心點頭：「那，那一會兒就讓婆閏帶著兵馬回去，我在這裡陪師父幾天！」

吳黑闥看了他一眼，果斷拒絕：「胡鬧，婆閏剛剛奪回汗位，正需要人幫忙的時候，你陪著老夫做什麼？另外，老夫臨出發之前，聽說燕然大都護府副大都護元禮臣正奉了李素立的命令往這邊趕，如果讓他看到你跟老夫在一起，反倒不美。」

「元都護，他來這邊做什麼？」姜簡聽得心中一驚，趕緊低聲打聽。

擔心姜簡和婆閏兩個缺乏準備，吳黑闥壓低了聲音，如實透露：「吐迷度生前是大唐的瀚海都護，他去世了，無論誰接任回紇十八部的可汗，作為上司，燕然大都護李素立都得派個人過來弔唁一番。」

「那，那李素立可知，吐迷度可能是被人害死。而烏紇囚禁了婆閏，奪取了回紇十八部的可汗之位？」心中忽然湧起一個不好的預感，姜簡滿臉緊張地詢問。

「咱們繳獲的信件，以及蘇涼這個證人，我帶回受降城之後，都交給他了。」吳黑闥非常欣賞姜簡這份敏銳，想了想，聲音壓得更低，「烏紇奪位之事，也傳到了受降城那邊。但是，對於李素立來說，能拉攏住新的回紇十八部可汗，不倒向車鼻，就是一樁大功。至於烏紇與婆閏誰來做這個可汗，並不重要。」

「他……」早就見識過李素立的齷齪，卻沒想到此人竟然齷齪到如此無底限，姜簡頓時怒火中燒。

而吳黑闥卻早已見怪不怪，笑了笑，抬手輕拍他的肩膀，「這不正常嗎？他這個燕然大都護，根本不懂得打仗。對他來說，在朝廷正式發兵征討車鼻之前，能穩住局勢，才是首要任務。至於誰忠誰奸，哪個又害死了哪個，與穩住局勢相比較起來，都毫無意義。」

「咯咯，咯咯……」姜簡心中又是失望，又是憤怒，拳頭攥得咯咯作響。「沒必要生氣，沒本事的人，才喜歡生氣！」知道自家弟子缺乏相關方面的閱歷，吳黑闥又笑了笑，繼續安慰，「既然你知道了，有生氣的功夫，不如去想想，該如何因勢利導。好了，老夫得去找地方紮營了，具體該怎麼做，你和你身邊的人去商量。」說罷，又重重地拍了姜簡一下，笑著跳上馬背。彷彿一點兒都不擔心，自家弟子會應付不了接下來的複雜局面。

「多謝師父！」姜簡熟悉自家師父的脾氣秉性，明白再問下去，也不會得到更多指點。深吸一口氣，躬身行禮。

「忙你的去吧，咱們師徒之間不必這麼客氣！」吳黑闥擺擺手，笑著撥轉了坐騎。然而，才轉到一半兒，卻又忽然抬手拍了下自己的腦袋，笑著將臉轉了回來，「看老夫這記性，差點兒忘了。你的兩個媳婦和你姐姐，都跟老夫一起來了。既然你們已經奪回了瀚海都護府行轅，她們剛好跟著你一起住到那邊去！」

「媳婦？師父說笑了，我什麼時候有了媳婦？」姜簡頓時被弄得滿頭霧水，訕訕地詢問。

話音剛落，左胳膊上，卻傳來一股柔柔的拉扯。快速扭頭看去，只見阿茹不知道什麼時候已經來到了自己身邊，頭上的兜鍪和身上的鎧甲都又肥又大，將她本人襯托得愈發嬌小玲瓏。

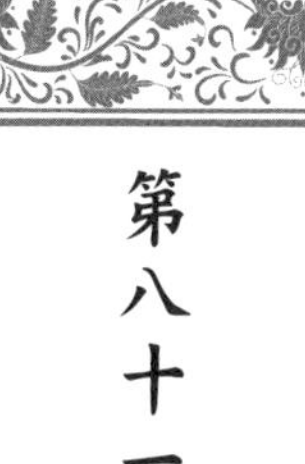

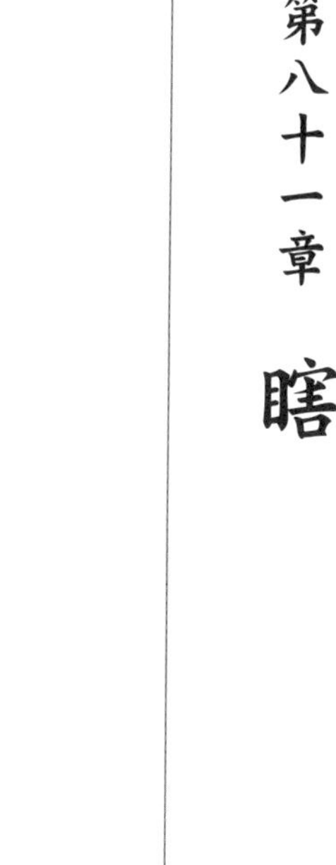

第八十一章 瞎

「妳怎麼來了？不是讓妳在受降城裡等我嗎？」一股被人依戀的驕傲迅速湧遍姜簡的全身，低頭看著阿茹，他柔聲責備，目光裡的關心卻清晰可見。「這邊距離我家，距離我家更近。你，你身邊沒幾個幫手，我可以求我父親派些人來幫你。」阿茹被他問得不敢抬頭，像犯了錯誤的孩子般，小心翼翼地解釋。

「師父要離開了，我們在受降城沒有其他熟悉的人。怕你為我們擔心，就乾脆求師父把我們送了過來。」另一個熟悉的聲音，在他身體右側響起。緊跟著，右側手臂處的束甲絲絛，也被人輕輕拉動。

姜簡立刻扭頭，恰看到珊珈那嬌美的面孔。一身大唐邊軍的鎧甲，非但沒有掩蓋住她的身材，反而為她平添了幾分英氣，看上去如夏日裡的芍藥花般光彩奪目。

迅速想起在受降城那邊，某些人不問青紅皂白，就把自己扣押起來審問的過往，姜簡立刻就明白了珊珈為何害怕自己為她們擔心。頓時，責備的話，再也說不出來。

向左向右分頭看了看，他對阿茹和珊珈柔聲說道：「瀚海都護府雖然也是個都護府，卻既沒有城

牆，也沒有客棧和店鋪，每天半夜都能聽到狼嚎。妳們倆來了，每天都得睡帳篷，吃的也只有肉乾，炒米、蘑菇和奶豆腐。到時候嘴唇裂了口子，可別哭。」

「我以前在自己家裡，每天就住帳篷，吃的也只有肉乾、炒米和蘑菇。」聽出姜簡話語裡濃濃的關心，阿茹抬頭看了他一眼，又迅速低下頭，小聲提醒。

「妾身在商隊裡，常年都是風餐露宿。能有帳篷棲身，已經很滿足。」珊珈說話的方式與阿茹不一樣，態度卻是相同的堅定。

「嗯，嗯！」斜對面忽然傳來了姐姐姜蓉和杜紅線兩個的咳嗽聲，令姜簡的面孔再次泛紅。趕緊掙脫開阿茹和珊珈的羈絆，循著聲音上前兩步，他拱手行禮，「阿姐、紅線，妳們也來了。多虧妳們兩個把師父他老人家給請了過來，否則，今天我肯定只有落荒而逃的份……」

「小狗蛋，少拍馬屁！」姜蓉笑著瞪了他一眼，沒好氣地打斷，「你不嫌我礙事，我已經很知足了！」

「不是我，我才不會幫你搬救兵。我一直陪著姐姐！」幾日不見，杜紅線忽然變得溫柔了許多，擺擺手，笑著回應。

「我也在，子明，你又沒看到我！」一個委屈的聲音，緊跟著在杜紅線身邊響起，「我就知道會是這樣！」

「小駱，你怎麼又回來了。你不是要回長安嗎？」姜簡的臉色更紅，上前幾步，拉住說話人的胳膊，用熱情的寒暄來掩飾尷尬。

「吳老將軍說，光會讀書，沒什麼大出息。身為大唐男兒，功名應在馬上取。」駱履元早就習慣了被人忽略，聽到姜簡的詢問，立刻笑著回應，「他還說，與其回長安死讀書，不如跟你一道，在草原上建功立業。我想了又想，覺得他老人家說的每一句話，都很有道理，所以乾脆就折了回來。」

「他是擔心，如果自己一個人回長安。你們幾個，以後都會看不起他，把他當成膽小鬼，以後，連朋友都沒的做。」杜紅線上前半步，替駱履元補充完整另一部分理由。

「怎麼可能，他冒險來到塞外，只為了救我回去。我怎麼可能跟他做不了朋友！」姜簡想都不想，就搖頭否認。話音落下，又覺得這樣說，很容易被誤解為趕駱履元回家，立刻笑著補充：「不過，我師父的話的確沒錯。你在府學裡讀書，哪如在草原上縱橫來去痛快？咱們兄弟幾個當初在長安城裡是一道，如今來到漠北，也理應一道才好。」

「那我就留下幫你了。我雖然力氣小，也沒怎麼練過武，但是我可以幫你和婆閏管帳本。論算帳，整個府學裡頭，都沒人算得過我！」聽姜簡的確沒有覺得自己是個累贅的意思，駱履元全身上下的疲憊一掃而空，眉飛色舞地請纓。

這倒不是吹牛，他父親就因為精通數術而被從地方上徵召到長安為官，他從小耳濡目染，自然也學了一身算數的本事，對算學掌握的深度和廣度，都遠遠超過同齡人。

而瀚海都護府這邊，接連經歷了兩場權力更迭，很多帳目都變成了一團糟。也的確需要一個懂數術的高手，幫忙儘快整理清楚。

當即，姜簡就爽快地答應，讓駱履元先兼起瀚海都護府的司倉和司戶參軍兩職，幫助處理都護府的所有帳目和錢糧。至於兼任的時間，自然是到婆閏坐穩位置，兄弟幾個結伴返回中原那天為止。

駱履元聽了，眼神愈發明亮，滿臉躍躍欲試。

「阿姐，上馬，我安排人送你們回瀚海都護府！」姜簡不敢把自家姐姐扔在一邊太久，安排好了駱履元，立刻涎著臉又往前走了兩步，伸手扯住姜蓉的戰馬韁繩，「我看那邊已經有煙塵過來了，應該是婆閏收到了消息，正快馬加鞭趕過來拜見我師父。一來二去，估計又得耗費不少時間。妳和阿茹、珊珈旅途勞頓，我先派人送妳們回瀚海都護行轅去歇歇。不用等我，否則不知道要等到什麼時候。」

「你是心疼阿茹和珊珈，要我陪著她們兩個去歇息吧！」姜蓉又翻了個白眼，笑著數落。然而，卻話音未落，人已經跳上馬鞍。

姜簡拉著韁繩走了幾步，回到阿茹和珊珈身邊，邀請二人也上了馬，隨即，點手叫來一名會說唐言的親兵隊正，安排他們帶領各自的嫡系，護送姐姐、珊珈、阿茹和杜紅線四女，去回紇汗庭休息。

他先前帶領婆閏的親兵連戰連捷，幫婆閏奪回了汗庭。今天又帶領大夥打垮了烏紇麾下的前營和兩團親衛，所以在親兵們眼裡，威望絲毫不亞於婆閏本人。聽聞能為他效力，親兵隊正感覺非常榮耀，拍著胸脯保證，一定會將姜簡設的姐姐和女人安排好，絕不會讓她們在路上出現半點兒閃失。

「別亂說，我還沒成親呢。眼下，她們都只是我的朋友！」姜簡知道杜紅線有點小心眼兒，趕緊錘了親兵隊正胸口一拳，笑著糾正。

「是，不說，不說！」親兵隊正彎下腰，笑嘻嘻地答應。然而，心中卻悄悄嘀咕，「姜簡設仗打得好，身手也高強，就是眼神不怎麼樣？三個女娃看著他的時候，眼睛裡分明都快流出水來了，他可好，居然還以為人家只是想跟他做朋友！」

第八十二章　這事兒以前有人幹過

「大汗，清點過了。各營總計歸隊三千一百五十七人。其中輕傷四百二十五人。戰馬七千六百七十二匹。」梅祿勒勒闊佝僂著腰，走到烏紇面前，氣喘吁吁地彙報。彷彿自己肩膀上，挑著千斤重擔。

「這麼少？」烏紇不敢相信自己的耳朵，皺著眉頭在馬背上舉目四望。只見漸漸黑下來的曠野中，弟兄們東一簇，西一簇，站得稀稀落落。每一個人，看上去都筋疲力竭，搖搖欲墜。

「該死！」他低聲罵了一句，卻不知道罵的是那些離他而去的弟兄，還是白天在戰場上忽然出現的那支大唐玄甲軍。

實話實說，白天在戰場的出現的那支大唐玄甲軍，給他麾下兵馬所造成的殺傷，遠不及姜簡所率領的那支「唐軍」沉重。然而，那支大唐玄甲軍，卻在出現的一瞬間，就壓垮了他麾下兵馬的士氣。直到現在，他已經退到了距離戰場一百里之外，麾下的將士們，看上去仍舊失魂落魄。

這樣下去，還跟婆閏爭什麼可汗之位？恐怕草原上稍微強大一點兒勢力殺過來，都能將他和他麾下的弟兄們殺得屍橫遍野。

「馬拉，邠禿和伯牙他們三個呢，他們的兵馬趕到哪裡了？」想到接下來可能遭遇的攻擊，烏紇就激靈靈打了個哆嗦，趕緊壓低了聲音向梅祿勒勒闊催促，「派幾個人催一下，讓他們趕緊帶著人馬靠過來。白天他們沒來得及趕到戰場的事情，本可汗不會責怪他們。」

「可汗，馬拉，馬拉吐屯說，吐迷度昔日對他恩情很重，他無法忘記。」梅祿勒勒闊的臉色一暗，脊背瞬間變得更駝。「邠禿和伯牙，說各自別部那邊遭到了馬賊的襲擊，必須星夜趕回去。待趕走了馬賊，再來為大汗效力！」

「該死，無恥的混蛋，他們怎麼不去死！」烏紇聞聽，頓時暴跳如雷。

馬拉，邠禿和伯牙，是經歷了婆閏的離間計之後，仍舊選擇站在他這邊的最後三個吐屯。如今，這三個吐屯，也相繼棄他而去，他就成了真正的孤家寡人。接下來，哪怕沒有唐軍的撐腰，婆閏只要聯合其餘十六個回紇別部當中一到兩個，就能穩穩地將他拿下。而據他所知，當初十六家別部，至少有十家派了兒子去婆閏那邊，兩頭下注。此刻發現婆閏已經佔據了上風，恐怕很快就會主動找上門去，向婆閏宣誓效忠。

「大汗，現在關鍵是車鼻可汗那邊，什麼時候能派兵過來支援。」見烏紇只顧著罵罵咧咧，卻拿不出一個解決問題的主意，梅祿勒勒闊知道他方寸已亂，嘆了口氣，用極低的聲音獻策。「那兩支唐軍人數都不多，靠得是大唐的聲威。而漠北這邊，能跟大唐聲威一較高下的，只有突厥。」

「來人，喊賀魯長老過來，賀魯長老呢，他在哪？趕緊請他過來見我！」剎那間，烏紇宛若醍醐灌頂，瞪圓了通紅的眼睛高聲吩咐。

「是！」身邊的親信們答應著離開，不多時，就將長老賀魯給請了過來。後者受到的心理打擊，絲毫不比烏紇本人輕。聽了烏紇的話，一改以前那種狐假虎威的作派，低著頭，有氣無力地回應：「飛鷹騎覆滅的事情，咱們一直沒給陟苾一個交代。他是車鼻可汗最喜歡的兒子，回去之後，肯定不會說咱們的好話……」

烏紇聽得心臟一沉，立刻啞著嗓子打斷：「不可能！我岳父不會聽他的！我岳父志在跟大唐爭奪天下，如果我這邊有難，他不派兵前來相救。今後草原上哪位可汗還敢信任他，供他驅策？」

「那要看陟苾怎麼說，他如果說你根本沒掌控回紇十八部呢？」賀魯長老嘆了口氣，幽幽地提醒。

「這……」烏紇的額頭上，立刻冒出大顆大顆的汗珠。車鼻可汗之所以看中他，答應將女兒下嫁，是因為他有機會掌握回紇十八部，回應車鼻可汗，一道反叛大唐。

如果他沒能成功掌控回紇十八部，對車鼻可汗來說，就失去了利用價值。站在車鼻可汗的角度，將女兒嫁給她，還有什麼意義？而派兵前來相助，和派兵前來鎮壓，是完全兩回事。前者並不需要準備充足的糧草輜重，也不需要考慮後勤補給。後者，卻方方面面準備充足了，才能動身！

「無論如何，都趕緊聯絡車鼻可汗才是正經。至於派不派兵，由他來決定！」梅祿勒勒闊終究還是經歷的風浪多，即便被打擊得佝僂著腰，頭腦也比賀魯和烏紇兩個人清醒。跺了跺腳，低聲催促。

「對，賀魯長老，你儘管派人去向我岳父求救。然後，我這邊就散布消息出去，說援兵已經在路上！」烏紇的眼神瞬間又是一亮，紅著眼睛連聲吩咐。「是！」賀魯長老強行振作起精神回應，然後迅速轉身而去。

「大汗，恐怕，恐怕，還得想想別的辦法。否則，一旦車鼻可汗那邊的援兵，沒能及時趕過來，後果很難預料。」目送賀魯長老的身影走遠，勒勒闊長老想了想，用極低的聲音建議。

「有什麼辦法，您老就直說吧，我聽您的！」烏紇長長地嘆了口氣，苦笑著回應，「這個時候，無論什麼辦法，都值得一試。」

車鼻可汗即便仍舊相信他的實力，派兵過來相助。從賀魯這邊派出信使，到突厥別部的大軍趕過來，最快也得花費半個多月時間。而婆閏整合一兩家回紇別部的兵馬聯手打上門來，卻只需要三到四天。所以，他必須想辦法拖延時間，保證在援軍到來之前，自己還沒被婆閏幹掉。否者，到頭來還是一場空。

「吐迷度汗在世之時，跟我抱怨過，說燕然大都護李素立目光短淺且貪財無度，根本不配做大都護。」得到了烏紇的肯定，勒勒闊的眼珠子在眼眶裡滴溜溜轉了幾圈，用極低的聲音提醒。

「你是說，讓我向李素立尋求庇護？怎麼可能，他可是大唐的燕然大都護？」烏紇聽得一愣，反駁的話脫口而出。

「他是文官出身，最喜歡不靠打仗，就能說服別人歸降。」勒勒闊笑了笑，皺紋交錯的老臉上，忽然湧起了幾分自信，「眼睜睜地看著婆閏把您幹掉，對他來說，有什麼好處？而說服您重新歸降大唐，功勞卻會落在他頭上。另外，他喜歡縱容屬下斂財，您把手頭上所有的錢財都給他就是。並且，您還可以像俱羅勃那樣，主動請求內附。一邊率領部下往南走，一邊把消息散佈出去，只要李素立沒拒絕你，婆閏和他身邊的那兩支唐軍，就不能把咱們趕盡殺絕。」

「這……」烏紇的腦子跟不上趟，耳朵裡，彷彿也有幾百隻蟋蟀，在吱吱亂叫。然而，思前想後，他卻越想，越覺得勒勒闊的謀劃有道理。咬了咬牙，低聲吩咐，「好，就按照您老的辦法做。我現在手頭有的您都可以調用，如果不夠，就拿駿馬來湊。幾千匹駿馬送過去，換他李素立一句話，他總不會拒絕！」

「可汗今日忍下一口氣，以後才能雄視整個草原。」勒勒闊長老認真地誇讚了一句，然後立刻開始執行。

說來也巧，他這邊剛剛把禮物和戰馬送出去不到兩天，大唐燕然大都護府副大都護元禮臣的車駕，就到了白馬湖畔。聽聞他率領麾下殘兵南遷，並且打算內附的消息，立刻分頭派出信使給他和婆閏，命令二人到自己面前來，接受調停。

「車鼻可汗虎視在側，吐迷度屍骨未寒，你們兄弟倆卻禍起蕭牆，實屬不智。是以，元副大都護特地前來，請你們兩個罷兵，合力應對叛軍。至於可汗之位，可以一分為二，一南一北。瀚海都護之外，也可以再設一個潰水都護，草原這麼大，絕對能容得下兩位英豪。」信使態度非常傲慢，硬邦邦丟下元禮臣給出的條件，轉身就走。

若是換做半個多月之前，剛剛奪取汗位那會兒。烏紇肯定立刻命令親信將他拉下馬來，狠狠教訓。

而現在，他卻不得不忍氣吞聲，躬身相送。

南可汗就南可汗，潰水都護就潰水都護，能保住性命和麾下這點兒弟兄，就有機會重新恢復實力。況且，既然罷兵言和了，自己當著元禮臣的面，向婆閏索要本部弟兄被俘虜的家眷、奴隸和牲畜，婆閏多少也得返還一部分。而只要度過眼前這關，待車鼻可汗的援軍殺至。自己就可以反戈一擊，將回紇十八部重新納入掌控，將婆閏和他身邊那幾個唐人碎屍萬段！

他心中盤算得精明，所以才沒口子答應，與婆閏握手言和。誰料想，婆閏那邊，第二天卻親自帶兵直撲他的臨時巢穴。烏紇倉促迎戰，自然又吃了一個不小的虧。好在這次婆閏身邊沒有唐軍幫忙，他憑藉作戰經驗豐富，且戰且退，一路退到了五十里外的紅石山下，最終憑藉地利扳回了一局，才逼得婆閏不得不抱憾而返。車鼻可汗的援兵還沒有來，烏紇當然不能任由婆閏繼續追著自己打。當晚，就親筆寫了一封告狀信，派人送到了元禮臣手上，控訴婆閏不遵大唐朝廷號令。

而婆閏恰好也寫了一封信，控訴烏紇下毒謀殺自己的父親大唐瀚海都護吐迷度，發誓與烏紇不共戴天。燕然大都護府副大都護元禮臣接到信之後大怒，勒令婆閏立刻罷兵，在事情沒調查清楚之前，再敢攻打烏紇的營地，以叛逆罪論處。然後要求婆閏和烏紇二人，在本月二十六日上午，到自己在白馬湖畔的臨時營地，接受調停。

「這個姓元的老傢伙，處事倒還算公道。」烏紇正愁婆閏下次帶更多的兵馬殺上門來，自己該如何應對。接到元禮臣的命令，並聽說了元禮臣對婆閏的威脅，笑呵呵地說道。

「大都護李素立貪婪無度，元禮臣能跟李素立搭夥這麼多年，卻沒有發生任何衝突，恐怕也不是清廉之輩。大汗不妨再想辦法籌集一份厚禮給他，讓他幫大汗您說話。」賀魯長老想得「長遠」，小聲在旁邊提醒。

「禮物我倒是捨得，但婆閏告我謀殺了吐迷度。萬一元禮臣偏聽偏信，命人把我當場拿下，我豈不是自投羅網？」烏紇眉頭皺了皺，收起笑容，帶著幾分擔心諮詢。

「烏婭已經死了，婆閏那邊要人證沒人證，要物證沒物證，元禮臣憑什麼聽他一面之詞？另外，大汗還可以控告婆閏不待他父親下葬，就逼姦小母，未遂後惱羞成怒殺人，把水徹底攪渾！」賀魯撇了撇嘴，陰惻惻地回應。

烏紇聞聽，眼神頓時一亮，但是，很快又黯淡下去。嘆息了口氣，輕輕搖頭。烏婭為何要放走婆閏，然後自焚而死，到現在他也沒想明白。但是，烏婭的死，卻如同一根刺，深深地扎在了他的心窩上，讓他每次想起來，就隱隱作痛。如果聽從賀魯的建議，倒打婆閏一耙，的確能夠混淆視聽，也就罷了。既然他為了迎娶車鼻可汗的女兒，已經對不住了烏婭一次，就不在乎背叛第二次。

然而，按照草原上的習俗，吐迷度去世之後，婆閏作為他唯一的兒子，原本就有權力繼承除了其生母之外的所有原本屬於吐迷度的女人，逼姦一說，根本講不通。

「那大汗就多帶一些侍衛，以防萬一。特別是在路上，小心婆閏佈置埋伏。」清晰地看到烏紇臉上的痛楚，賀魯長老果斷換了個話題。

這個建議，非常符合烏紇的心思。登時，後者就重重點頭，「長老說得對，我帶上一千精銳過去。元禮臣既然說調停，總不能眼睜睜地看著婆閏跟我在半路上再打起來！」

「還要提防那兩支給婆閏幫忙的唐軍！」賀魯想了想，繼續低聲補充。

「有一支我已經調查清楚了，是婆閏用親兵假冒的。」烏紇聞聽，立刻用力點頭，「至於另外一支，我一直派細作悄悄在附近盯著。他們如果有異動，我立刻能收到警訊。」

「假冒的？」賀魯大吃一驚，追問的話脫口而出。

「假冒的！」烏紇快速點頭，咬牙切齒地回應，「我留在汗庭的人，冒死送出來消息。婆閏用自己的親兵和三百多名別部精銳，冒充大唐邊軍。實際上，除了領兵的一個姓姜的傢伙，和五個長安來的刀客之外，其他所有人都是來自咱們回紇！只可惜，這個消息送出來得太遲，仗打完了第二天，我才收到。」「這……」賀魯長老咬著牙吸氣，臉上的表情好生精彩。當日如果是被五百大唐官軍打得那麼慘，還有情可原。被五百臨時拼湊起來的烏合之眾，打垮了整個前營外加烏紇的所有親信侍衛，消息傳揚出去，誰還會對烏紇這邊正眼相看？

「主要是大唐威名太盛，而弟兄們穿的是大唐的鎧甲，用的是大唐的兵器，一個月之前，還自稱大唐瀚海軍。貿然跟唐軍作戰，底氣先輸了三分。」猜到賀魯為何而懊惱，勒勒闊想了想，低聲在旁邊解釋。

他不解釋還好，一解釋，賀魯長老的心情愈發沉重。又接連嘆了好幾口氣，才再度低聲詢問，「另外一支唐軍呢，穿著玄甲的那一支？大汗探聽清楚他們的來路沒有？不會是真的是大唐玄甲軍吧？他們先來給婆閏助威，然後元禮臣又過來調停，怎麼看都像是預先商量好了的伎倆。」

「另外一支唐軍，來歷還沒探查清楚。他們沒有去瀚海都護府駐紮，在戰場附近選了一處避風的山坳紮營。我派出去的斥候和細作，沒等靠近到距離營地三里之內，就全都被殺掉了。」烏紇嘆了口氣，低聲回應。「唯一能確定的是，這次婆閏打上門來，他們沒參戰。」

「那不能說明什麼？至少不能說明他們對咱們沒惡意。」賀魯的眉頭迅速皺起，聲音又快又低。

烏紇點了點頭，苦笑著嘆氣，「我知道，問題是我沒辦法。如果我拒絕去元禮臣那邊，下一次，玄甲軍就可能跟婆閏一道打上門來。」

這才是問題所在。那支玄甲軍雖然最近幾天按兵不動，可對烏紇這邊的壓力，卻絲毫沒有減少。如果烏紇不把握住元禮臣給的機會，去白馬湖畔接受調停。那支玄甲軍就更有理由，聯合婆閏向他發起攻擊。所以，無論是為了爭取時間也好，為了避免遭受滅頂之災也罷，兩天之後，烏紇都必須去白馬湖走一趟。能做的，只是加強戒備，防止婆閏半路對自己下手而已。

至於到了白馬湖畔之後，元禮臣身邊只有三百親兵，為了其自身安全，應該不會下令將烏紇當場拿下。更何況，大唐需要取信草原各部，請烏紇過去調停，又將他扣留，等於自毀名聲，做了之後非但得不償失，並且在大唐天可汗那邊，恐怕也不會得到任何獎賞。

三頭喪家之犬議論來，議論去，最終還是不敢拒絕接受元禮臣的邀請。只是將護送烏紇的兵馬，又加了倍，從原本一千變成了兩千。這等於把烏紇所有家底，全都帶上了。留在紅石山臨時營地的，還不到五百人，並且個個身上都帶著傷。

在赴約的途中，烏紇派出去的斥候和細作，不斷送回來消息。婆閏那邊，只帶了五百名親兵隨行。臨近白馬湖的幾個回紇別部，雖然紛紛倒向了婆閏，但是，事先都收到了元禮臣的警告，誰都沒敢輕舉妄動。

「又是五百人！」烏紇聽到某個數字就敏感，皺起眉頭，咬牙切齒地重複。隨即，卻又鬆了一口氣，迅速把注意力轉向另一個目標，「那支大唐玄甲軍呢，他們可出營了？他們在幹什麼？」

「他們，他們……，啟稟大汗，屬下的人仍舊沒法靠近玄甲軍的營地，但是他們的警戒範圍還是三里，沒有擴大的跡象。也沒有斥候出來活動。」報信的斥候頭目打了個哆嗦，硬著頭皮回應。

那支玄甲軍的軍營周圍三里，最近這幾天已經徹底成了禁地。甭說細作和斥候，就是一隻迷路的兔子闖了進去，都休想活著出來。所以，在連續折損了二十幾名得力屬下之後，斥候頭目再也不敢派人過去冒險。

然而，烏紇交給他的任務，他又不敢不做。反覆權衡，最終只好採取了一個折衷的辦法，在五里之外悄悄地觀察玄甲軍的斥候如何動作。通過玄甲軍斥候的活動範圍，再來推測後者下一步的動向。

「沒有斥候出來活動？那就好，那就好！」不知道是因為手頭已經沒幾個人了的緣故，還是忽然間有了自知之明，烏紇難得沒有對斥候頭目太苛責，想了想，笑著點頭。「多派些弟兄，繼續遠遠地給我盯緊了玄甲軍，發現他們有出動的跡象，不惜任何代價，也務必把消息送到我手上！」

「屬下明白！屬下這就去安排！」斥候頭目如釋重負，連聲答應。

「嗯！」烏紇向外擺了擺手，示意斥候頭目告退。然後手按刀柄，在馬背上坐直了身體，舉頭四下眺望。直覺告訴他，肯定在哪裡還存在著疏漏。然而，僅僅憑著手頭所掌握的資訊，他又無法推測出疏漏在何處，更甭提如何去彌補。有心再多找幾個人商量，群策群力，卻發現連續數場戰鬥之後，自己身邊的親信戰死的戰死，不告而別的不告而別，早已所剩無幾。並且剩下的這幾個，除了梅祿勒勒闊和長老賀魯之外，其餘全是頭腦簡單的莽夫，根本不可能幫自己出謀劃策。

正忐忑不安之際，遠處的天空下，忽然有一團黃綠色的煙霧扶搖而上。緊跟著，淒厲的號角聲就傳進了他的耳朵，「嗚嗚嗚，嗚嗚嗚，嗚嗚嗚……」

「婆閏……」烏紇全身上下的肌肉迅速繃緊，尖叫一聲，趕緊集結麾下弟兄迎戰，「結陣，以我為核心，結……」話音未落，數名佈置在隊伍周邊的斥候，已經慌慌張張地逃回，一邊策馬向他靠攏，一邊揮舞著角旗，高聲示警，「阿波那，阿波那，馬賊阿波那來了。他說要跟大汗做一筆生意！」

烏紇聞聽，心中的緊張迅速變成了憤怒，瞪圓了眼睛高聲咆哮：「前營，前營出擊，趕他走，老子跟他，沒任何生意可做！」阿波那是草原上最著名的馬賊頭子，行蹤飄忽不定。商販和牧民們，對他恨之入骨，卻又拿此人無可奈何。如果有哪個部落的可汗，在明面上跟他有了往來，立刻就會成為眾矢之的。即便不會遭到其他部落的聯合征討，名聲也會大壞，失去跟周邊其他部落合作的可能。

「嗚嗚嗚，嗚嗚嗚……」號角聲也在他身邊響起，將烏紇的命令，迅速傳遍全軍。所有隨行的騎兵快速調整方向，在他身邊結陣備戰。他麾下的前營五百弟兄，則脫離本陣，在主將艾牙的帶領下，迎頭堵向馬賊阿波那。

雙方距離迅速拉近，馬賊頭子阿波那立刻派親信上前，表明來意。並非為了落井下石，而是聽聞烏紇可汗最近遭到了仇家的攻擊，願意助他一臂之力。代價是五千匹駿馬和三年的錢糧供應。

甭說烏紇已經拿不出這麼多錢財，即便能拿得出來，這種時候，他也不敢往外拿。不待阿波那的人把話說完，前營主將艾牙就果斷表示拒絕。「多謝阿波那大當家好意，咱們狼有狼的道，烏有烏的群，彼此之間不敢有任何瓜葛！」本以為，話說得如此委婉，就能在不得罪對方的情況下，讓對方知難而退。誰料想，那阿波那聽了自家親信的彙報之後，竟然惱羞成怒，立刻招呼麾下眾馬賊，向艾牙所部的前營發起了攻擊。

那艾牙和他麾下的弟兄，前幾天剛剛被姜簡打崩潰過一次，士氣和軍心，都沒得到恢復。突然遭到馬賊的瘋狂進攻，怎麼可能招架得住？轉眼間，就又被趕了羊。

烏紇大急，趕緊帶領其他各營部眾一起上前救援。一通廝殺，憑著絕對的人數優勢，好不容易才止住了潰勢。而阿波那見占不到什麼便宜，也不戀戰，嘴裡發出一聲呼哨，拔馬就走。眾馬賊早有準備，聽到阿波那發出的暗號，紛紛互相提醒著脫離戰鬥，彈指間，就逃了個乾乾淨淨。

烏紇怕中了圈套，也不敢追殺，只管下令整隊嚴陣以待。直到馬賊們都逃得不見了蹤影，才鬆了一口氣，開始清點損失。結果發現，好不容易才湊出來的五百人前營，又只剩下了一半兒。而其他各營損失雖然小，士氣卻岌岌可危。

「婆閏，肯定是婆閏幹的。他勾結阿波那，故意耽擱大汗的行程。」賀魯長老氣得鬍鬚亂顫，聲嘶力竭地叫嚷。烏紇聞聽，靈機一動，果斷扯開嗓子宣佈：「婆閏品行不端，跟阿波那早有勾結。先前為了保護吐迷度大汗的顏面，我才沒有將此事公開。這次，既然他執迷不悟，我肯定要在元禮臣大都護面前，揭穿他的真面目！」

「他越不想讓大汗見到元大都護，咱們越要護著大汗前往白馬湖！」梅祿勒勒闊年紀雖然老了，反應速度卻不慢，立刻高聲附和。

「去見大都護，揭發婆閏的真面目，為大汗討還公道！」

「繼續走，護送大汗去見元禮臣，與馬賊勾結，替大汗討還公道！」其他幾個僅剩的小伯克，也紛紛扯開嗓子叫嚷，彷彿烏紇是受害者，而婆閏才是謀殺吐迷度，篡權奪位的逆賊一般。底下的士卒不明就裡，也跟著一起聲討婆閏。大夥亂哄哄地罵了一通，士氣終於稍稍漲回來了些許。烏紇擔心夜長夢多，趕緊帶領隊伍繼續前行，同時在隊伍周圍增派斥候，以免婆閏還有其他歪招。

還真不出他所料，隊伍才堪堪又走出三十里遠，正準備停下來稍作修整。側前方又是煙塵大作。擔任警戒任務的斥候們搶先一步趕回來彙報，前方三百步遠位置，出現了一支打著狼頭大纛旗的奚族人馬，規模四百上下，聲稱要找烏紇為他家兄弟婆閏討還公道。

「左營，右營，給我兩翼包抄，全殲了他。」烏紇大怒，毫不猶豫地下達了進攻命令。

奚族的聚居地在瀚海都護府以東一千五百里之遙。該族共有五大部落，男女都心靈手巧，擅長打造高車和各種首飾。但是，無論哪一部，都不以善戰聞名。而眼下烏紇的實力再遠不如前，也沒有被區區四百奚族工匠堵在路上的道理？因此，他乾脆下令，將這批奚人全部殲滅，以儆效尤。

左右兩營回紇將士，也向來瞧不起奚人的戰鬥力。接到命令之後，列隊策馬而出，短短十五六個彈指功夫，就與攔路的奚族武士，衝了個面對面。

那帶隊的奚族將領，正是圓臉小胖子蕭朮里，年齡也就十六七歲，心思卻極為靈活。見烏紇的人馬來勢洶洶，抬起手中弩弓，迎頭就是一箭。緊跟著，又大叫了一聲「走」，撥轉坐騎，撒腿就跑。

「嗖嗖嗖……」小胖子麾下的奚族戰士們，或者抬起弩弓，或者拉動角弓，向烏紇的人馬兜頭攢射。總計四百騎，竟然帶了二百多張弩，剎那間，就將衝在最前頭的回紇將士射了個人仰馬翻。

弩箭威力巨大，卻裝填不易。眾奚族戰士們射過一輪，趁著烏紇麾下的人馬被打懵了的時候，也果斷撥轉坐騎，跟在小胖子之後快速遠遁。

「給我追，追上去，一個都不要放過！」烏紇又是生氣，又是心疼，大叫著重新組織起人馬，對奚族戰士們展開銜尾追殺。然而，草原廣闊，一時半會兒，他又如何追得上。眼瞅著就偏離的方向，被小胖子帶著，距離預定目的地越來越遠。

「大汗，大汗，別再追了，奚人是故意在撩撥您。他們不想讓您去見元禮臣，好激怒唐軍來攻打您！」賀魯長老第一個發覺上當，拚著老命不要，衝到烏紇身側，氣喘吁吁地提醒。

「吹角，收兵，停住追殺！」烏紇迅速恢復了清醒，一邊拉緊戰馬的韁繩，一邊啞著嗓子下令。

「收兵，大汗有令，停止追殺！」

「收兵……」

「嗚嗚嗚……」叫喊聲和號角聲相繼響起，中間還夾雜著人和馬的沉重喘息。然而，一時半會兒，怎麼可能將隊伍收得回來。

烏紇無奈，只好一邊繼續下令收攏隊伍，一邊在原地等待。足足等了大半個時辰，才終於將隊伍整理完畢。再清點人數，除了最新戰死的六十多名弟兄之外，還跑丟了一百多人，總計減員將近二百，損失半點兒不比先前跟阿波那作戰來得小。

「一定又是婆閏，該死的傢伙，他就擅長勾結外敵來戕害自己的同族。」烏紇眼睛都氣藍了，啞著嗓子破口大罵。梅祿勒勒闊、長老賀魯等人，也跟著他高聲控訴婆閏的惡毒。直到罵累了，才又招呼麾下的弟兄們爬上坐騎，再度趕向白馬湖，赴元禮臣制約。

「婆閏從哪裡結識了這麼多人？先是馬賊阿波那，後是奚族騎兵？」冷靜下來之後，長老賀魯感覺情況不妙，用極低的聲音，向烏紇示警，「如果再來上幾波，光是耗，都能把弟兄們耗得筋疲力竭。」

「我聽俱羅勃說，那小兔崽子在半路上認了個便宜師兄，姓姜！非但從陟苾手裡救了他，還帶著他結識了一群從波斯奴隸商人手中逃出來的各部青年男女。」烏紇也覺得事態越來越超出自己的預料範圍，沉著臉，低聲回應。

「波斯奴隸商人？」賀魯的眉頭，迅速皺成了一個疙瘩。在他的印象裡，波斯已經被大食所滅。往西去的波斯商人，最終販賣貨物的主顧都是大食官員和貴族。最近兩年，草原各部有少男少女被擄走販賣的消息，他也早有耳聞。凡是被掠走者，通常都識文斷字，面容或英俊，或者嬌美。換句話說，被奴隸販子看上的，通常都是小部落的酋長、長老之子，很少出身於普通牧民之家。

婆閏認了這麼一個師兄，可是賺大了。那些獲救的少年少女們平安返回了各自的部落，聽聞姜簡和婆閏與烏紇作戰，少不得要給與一些支援。就算其中絕大多數都沒資格派兵，每人隨便給送來幾百斤糜子，也能確保婆閏和姜簡再無斷糧之憂。

「怎麼，賀魯長老也認識波斯商人？」見賀魯問了一句之後，就沒了下文。烏紇忍不住低聲詢問，「如果認識的話，不妨跟他們聯絡一下。聽說他們有辦法，從中原弄出兵器來！」

「沒有兵器的話，鐵料也可以。咱們這邊光靠撿礦石，可供不起打仗的消耗！」梅祿勒勒闊想了想，主動降低要求。

吐迷度可汗在世時，身兼大唐瀚海都護之職，麾下將士所需要的鎧甲、兵器和箭矢，大唐當然會敞開了供應。烏紇當時身在吐迷度帳下，也習慣了衣來伸手飯來張口，並不覺得這些物資供應有多珍貴。

而現在，他背叛了大唐，暗中倒向車鼻可汗，又跟婆閏接連打了幾仗，才忽然意識到，回紇各部的兵器，根本做不到自給自足。甚至草原上所有部落，都做不到這一點。

各部落甚至連能夠穩定供應鐵礦的源頭都沒有，全靠牧民們放羊時去撿露天鐵礦石和星星鐵。草原上的露天礦石和星星鐵，已經被撿了上千年，如今還能剩下幾塊？各部落甭說用這些鐵料來武裝軍隊，就是用來給可汗的親信衛士們每人配一把匕首都不夠！

既然將來仍舊準備追隨車鼻可汗，烏紇就不能再指望大唐會繼續給他提供武備。周邊部落手裡，他也不可能買到兵器和鐵礦。因此，他和梅祿勒勒闊兩個，就「目光長遠」地，看上了波斯商人手裡的走私管道。

「不，不熟。我只是，只是以前他們路過之時，從他們手裡買過幾桶葡萄酒！」賀魯長老被問得心中直嘆氣，臉上卻沒流露出半點兒失望情緒。

烏紇與車鼻可汗暗中勾結，是他幫忙穿針引線。吐迷度可汗被毒死，他也深深參與其中。本以為憑此，可以飛黃騰達。卻沒料到烏紇如此爛泥扶不上牆。如今，他想反悔，也晚了。只能在心中暗自企盼，長生天保佑烏紇能過了眼前這關。然後自己找個機會，悄悄離開烏紇，混到長城以南沒人認識自己的地方去做個富家翁，從此不再管草原和大漠上的是是非非。

「嗚嗚嗚……」正鬱悶地想著心事之際，耳畔又有號角聲傳來。隨即，斥候疲憊不堪地前來彙報，有一小股烏延陀人，即將向隊伍發起進攻。

這次人數更少，只有一百出頭。烏紇不用仔細琢磨，就知道又是婆閏那位便宜師兄姜簡找來的幫手。因此，果斷下令右營將士衝上去放箭攔截，阻止這股烏延陀人靠近，其他各營弟兄則繼續趕路，堅決不再做更多的耽擱。

這一招非常有效，烏延陀兵馬數量有限，衝不破右營的攔截。遠遠地放了幾輪箭，只能快快而去。烏紇見此，乾脆下令，沿途再遇到任何敵軍，只要其數量不超過五百，就避免交戰。由左右兩營輪番放箭轟走了事。如此一邊趕路，一邊趕人，整個下午的行程就順利了許多。到了傍晚，距離白馬湖已經不足百里。

看看麾下弟兄已經人困馬乏，烏紇乾脆下令，找了個夾在兩座丘陵間的避風處紮營休息。本以為，可以養足了精神，明天也好在元禮臣面前展示自己所部弟兄還有實力一戰。卻沒想到，吃完了飯剛剛睡下沒多久，營地外，就有淒厲的號角聲響了起來。

「嗚嗚嗚，嗚嗚嗚，嗚嗚嗚……」號角聲連綿不斷，中間夾雜著瘋狂的喊殺聲。很快，有當值的親信衝進烏紇的寢帳彙報，白天被趕走的烏延陀人、鐵勒人和室韋人，連袂前來襲營。

「傳我的命令，放箭，放箭擋住他們，不准他們衝入營地！如果他們撤離，誰也不准出去追殺！」烏紇的鼻子都被氣歪了，鐵青著臉厲聲咆哮。

那三支隊伍，都是白天時遇到過的。每一支不過百十號人，根本不可能對他的手下造成太大威脅。之所以趁著黑夜連袂來襲，就是為了讓他和他的手下們沒法好好睡覺，耽誤第二天繼續趕路。

所以，他堅決不上當。非但不上當，還暗自下定決心，哪怕丟掉一半弟兄，也要提前抵達元禮臣面前，將婆閏安排在路上的卑鄙陰謀，如實向對方揭露。

「是！」當值的親信答應著，快速去傳遞命令。眾將士強打精神，放箭迎敵，折騰了足足一個半時辰，總算把連袂前來夜襲的三路敵軍，全都耗得沒了力氣，一路接一路，灰溜溜地離去。烏紇麾下的將士們自己，也全都累得筋疲力竭。

好在下半夜，姜簡的那些朋友們，終於都消停了，沒再過來對營地展開偷襲。烏紇與他麾下的將士們，也終於能夠睡了半個安穩覺，不至於第二天連趕路的體力都沒有。

第二天早晨起來，所有人都頂著一個黑眼圈兒，卻難得的齊心。不需要烏紇多動員，胡亂就著冷水啃了幾口乾糧，便跳上馬背，拿出吃奶的力氣，趕向白馬湖畔。

所有人都相信，只要趕到元禮臣面前，敵人就得徹底消停下來。大夥也能安心地休息，不再沒完沒了地被姜簡和婆閏的朋友們折騰。

一路上，又有幾支小隊伍前來襲擊，都被烏紇麾下的左右兩營輪流出馬趕開。眾將士強忍疲憊，咬著牙前衝，還不到正午，白馬湖已經出現在了大夥的視線之內。

隔著足足二十多里遠，偷襲和騷擾就已經消失不見。沿途牛虻般圍著烏紇麾下將士糾纏不休的那些小隊伍，全都偃旗息鼓，躲得無影無蹤。

烏紇、勒勒闊等人見狀，齊齊鬆一口氣。然而，還沒等他們來得及高興，不遠處地草地上，一支規模在五百人上下的隊伍，打著大唐瀚海都護旗號，烏雲般捲過來。

自己這邊的將士又累又睏疲憊不堪，而婆閏那邊的弟兄，卻精神抖擻。如果雙方現在交手，不用問，烏紇也知道會是什麼結果。

剎那間，他的臉色就變得像殘雪一樣白。手按刀柄，就準備以死相拚。然而，婆閏那邊卻沒有向他發起進攻，只管帶著麾下的弟兄們，耀武揚威地從他眼前走了過去，直奔大唐燕然副大都護元禮臣的臨時營地。

「所有人，止步，下馬，原地等待！」營地內，搶先衝一小隊大唐邊軍，大叫著攔住婆閏的去路。雖然只有十來個人，比起婆閏身後的五百弟兄，氣勢卻絲毫不輸。

「所有人，停下，原地待命！」婆閏果斷停住了腳步，轉身向弟兄們吩咐。他身後的弟兄們，則在胡子曰、曲彬等五位「大俠」的率領下，齊齊拉住了馬頭。剎那間，整個隊伍就像一輛龐大的戰車，穩穩地剎在了元禮臣的營地前。

「已故大唐瀚海都護吐迷度之子婆閏，奉命前來覲見元大都護！」約束住了隊伍之後，婆閏緊跟著翻身下馬，肅立拱手，向攔路的邊軍夥長自報家門。這都是臨來之前，姜簡和胡子曰等人拉著他偷偷排練過無數次的。一整套動作，乾脆俐落，從頭到腳透著將門風範。一口唐言，也說得標準至極，隱約還帶著幾分長安腔。當即，那攔路的邊軍夥長就感覺親近了起來，先拱手替元禮臣還了個軍禮，然後笑著指了指營地左側五百米外的一片樹林，柔聲說道：「婆閏特勤客氣了，我家副大都護有令，你的隨從，無論多少人，都帶去距離營門五百步之外安頓。至於特勤您，待安頓好了麾下弟兄們之後，允許帶兩名侍衛，一同隨我入內拜見副大都護。」

「理應如此，多謝前輩指點！」婆閏早有準備，又行了個禮，拉著坐騎，帶領五百親兵到樹林下安頓。

烏紇在不遠處看得真切，趕緊翻身跳下坐騎，三步並做兩步來到軍營門口。也學著婆閏先前的模樣，向攔路的夥長抱拳行禮，自稱是回紇十八部的新任可汗烏紇，應元大都護之邀，特地前來覲見。

「新任可汗，得到天可汗冊封了嗎？」邊軍夥長的臉色，立刻變冷，翻了翻眼皮，沒好氣兒地數落。「您還是請回吧，我家副大都護，可不敢與自封為可汗的人相見。」

「請封的摺子，已經送往了長安。算時日，天可汗那邊差不多該收到了。」烏紇被臊得面紅耳赤，卻不敢發作，躬著腰低聲解釋，「並且十八部吐屯，也都公推了我接任可汗之位。」

「呵呵，那就更不敢請您進去了。免得有人認為，我家副大都護，在為你背書。」夥長的嘴撇了撇，冷笑著擺手。「趕緊請，反正您做可汗，有十八部公推就夠了。向天可汗請封，也只是走個過場。」

後一句話放在平時，其實也沒錯。草原雖然是大唐的領土，但是大唐朝廷對草原上生活的各族，採取政策卻與中原截然不同。基本上屬於放任自流，很少，甚至絕不干涉其內部運作。

草原上某個部落可汗去世，新可汗登上汗位，哪怕名不正言不順，或者耍了一些手段，只要得到族內各方勢力的認可，並且繼續承認自己是大唐的臣子，大唐朝廷就不會拒絕對他進行冊封，承認他的可汗之位合法。

然而，平時是平時，現在是現在。如今，烏紇已經被姜簡和婆閏師兄弟倆，打得疲於招架了，他哪有資格再說自己得到了族內各方勢力的認可？而只要大唐朝廷一天沒有對他進行冊封，姜簡和婆閏等人，對他的進攻就不違背大唐律令。他哪裡還敢將大唐朝廷的冊封當做走過場？

因此，不待邊軍夥長的話音落下，烏紇果斷改口：「言重了，言重了，兄台言重了。在下剛才只是說順嘴了，口誤，口誤！還請兄台原諒則個！」

說著話，他長揖及地。緊跟著快速後退三步，再度重新報上頭銜和來由：「大唐瀚海都護吐迷度的侄兒烏紇，奉命前來覲見，還請兄台念在在下遠道而來的份上，容在下入內，在下感激不盡！」

「這還差不多！」那夥長也刁難他夠了，撇著嘴點頭。隨即，快速將手指點向營門右側五百步遠的一片陽光充足的空曠之地，高聲吩咐：「先帶著你的人去那邊安頓。然後再跟我進去見副大都護。記住了，只准帶兩名親信入內。進入營門之後，不准東張西望！」

「不過是一個小夥長，狂什麼狂。等老子翻了身，早晚要你好看！」烏紇氣得在肚子裡大罵，表面上卻不敢露出絲毫的惱怒，又草草向對方行了個禮，帶著麾下人馬去指定位置安頓。

一路上被姜簡的朋友們，用各種辦法反覆襲擾，直到現在，他才終於鬆了一口氣。因此，也不顧上計較為何婆閏的兵馬可以在樹蔭下乘涼，自己的弟兄們只能在大太陽底下挨曬。耐著性子，勉強把麾下將士領到目的地，就趕緊確定一同入內的人選。

雖然元禮臣派來通知他相見的信使曾經說過，會調停兩個人的爭端，讓兩個人都做可汗，類似於當年的頡利與突利。並且還承諾上奏朝廷，保舉其中一人繼任瀚海都護，另外一人加封瀆水都護。但是，誰做第一個，誰做第二個，卻沒有敲定。

而繼任瀚海都護，留在原址，肯定比跑到兩千里之外的潢水做重新開府建衙要便利。並且順利拿到瀚海都護的官職，也能讓還在搖擺觀望的那些別部吐屯，重新再做一次選擇。所以一起入內覲見元禮臣的同伴，首先得考慮口才和謀略。其次，長相還不能太凶，以免引起元禮臣的忌憚。如此一來，可列入選擇範圍之內的人，就所剩無幾了。烏紇迅速斟酌，最後，乾脆把最熟悉大唐那邊情況的梅祿勒勒闊和最擅長揣摩並蠱惑人心的賀魯長老一起帶上，臨時充當自己的侍衛。

待他與勒勒闊、賀魯二人，又返回到了元禮臣設在白馬湖畔的臨時營地門口兒。婆閏已經搶先一步抵達，身邊帶的卻是他的師兄姜簡和長安大俠胡子曰。

「都來了吧！都來了，我就把規矩一起說了，省得多說一遍浪費唇舌。」那攔路的邊軍夥長已經等得有些不耐煩，翻了翻眼皮，沉聲要求，「隨身兵器，全都留下，包括你們平時吃肉用的匕首。兩位都是有頭有臉的人，別勞煩我再搜一次身，否則，雙方都不好看。」

「這……」烏紇本能地皺起了眉頭，想要討價還價。然而，眼角的餘光，卻看到婆閏和婆閏身邊的兩位隨行人員，已經將橫刀接下，放在了兵卒們捧過來的木盤上，緊跟著，又是三把餐桌上割肉用的短匕首，和寒光閃閃的五枚飛鏢。

這下，他也沒了說辭。乾笑了兩聲，與勒勒闊、賀魯兩人一道，將橫刀、匕首等利器從各自的腰間解下，放入邊軍士卒捧過來的另一個木盤。然而，卻認定那夥長即便搜身，也不會搜得太仔細，將藏在靴子裡的短刀，選擇性「遺忘」。

那邊軍夥長，也的確是個粗線條。見烏紇等人態度頗為恭敬，就懶得再動手挨個搜他們的身，只是簡單地在賀魯和勒勒闊二人腰間拍了拍，便為三人讓開了道路。

對於婆閏那邊，邊軍夥長也一視同仁。只拍了拍姜簡和胡子曰的腰，就帶領三人大步走入了營地。營門內，早有一名文職參軍恭候多時。見到烏紇與婆閏，立刻滿臉堆笑地迎上前來，拱手行禮：「二位特勤，快隨我這邊請。我家副大都護說了，你們一道前往中軍帳即可，不用分先後！」

「參軍先請！」賀魯手疾眼快，從袖子裡變戲法般，掏出一張金葉子，借著還禮的機會，塞到了那名參軍的手中。

婆閏愣了愣，左顧右盼。姜簡和胡子曰兩個，卻苦笑著攤手，示意彼此都兩手空空，無禮可送。

那參軍是個人精，將雙方的表現全都看在了眼裡，心中立刻有了計較。但是，表面上，卻仍舊彬彬有禮，既沒給烏紇任何照顧，也沒對婆閏任何慢待。只是一路上的閒聊，十句當中有九句，是陪著烏紇，偶爾才將臉轉向婆閏應付上一下，以示公平。

烏紇、勒勒闊和賀魯三人見了，心臟處頓時又是各自一鬆。都迅速推斷出，元禮臣本人，肯定也是個貪財短視之輩，接下來，只要自己這邊捨得下本錢，就不用擔心婆閏的「誣告」！

而婆閏，終究年紀太輕，閱歷也不夠充足。見出來迎客的參軍，對自己的態度遠不對烏紇熱情，頓時就有些著了急。一邊走，一邊扭過頭去，對姜簡和胡子曰兩個低聲抱怨：「你們怎麼不提醒我一下，覲見大都護應該帶上禮物。這下好了，咱們兩手空空……」

「嗯咳！」那參軍的眉頭迅速皺起，先咳嗽一聲，打斷了婆閏的抱怨。緊跟著冷笑著提醒，「你要教訓下屬，不妨回去之後再說。特勤，軍機重地，請不要讓在下難做。」

「知道了，抱歉，實在抱歉！」婆閏頓時氣短，連聲賠罪。胡子曰和姜簡兩個則紅著臉，在一旁跟著拱手。

那參軍懶得跟他計較，撇了撇嘴，倒背著手加快腳步走在了前頭。烏紇見此，心情愈發放鬆，真恨不得這段路能走得時間長一些，也讓自己好好欣賞欣賞婆閏的窘態。

不過，老天偏不遂人願。轉眼功夫，兩行人已經抵達了中軍帳前。參軍請眾人稍待，逕自入內通稟。大約十幾個彈指功夫過後，迎賓鼓樂奏響，中軍帳門大開，大唐燕然大都護府副大都護元禮臣一身戎裝，親自迎了出來。

「末將，瀚海都護吐迷度的侄兒烏紇，奉命前來覲見元大都護。」這回，烏紇有了經驗，搶先一步上前，肅立拱手，行軍中之禮。

本以為，可以搶佔先機，給元禮臣留下個好印象。誰料想，後腰處，忽然遭到了重重一擊。緊跟著，整個人前衝數步，一個跟頭摔在了地上。

「狗賊，拿命來！」婆閏一腳踹中了烏紇的後腰怒吼著追上去，用膝蓋狠狠壓住了烏紇的脊背，「大都護，我父親吐迷度，乃是被他下毒害死。車鼻可汗，為他提供了毒藥。長老賀魯，是他的同謀……」

「你胡說，你胡說。大都護，別聽他的。他陷害我！」烏紇摔了個眼冒金星，一邊伸手去摸藏在靴子裡的短刀，一邊高聲反駁。

胡子曰早就盯著他的一舉一動，看到寒光，果斷衝上去，飛起一腳，就將短刀踢到了半空中，「噗」地一聲，扎在中軍帳旁的柳樹上，深入盈寸。

「有刺客，保護大都護！」姜簡的反應也不慢，果斷扯開嗓子，高聲示警。緊跟著，閃身上前，恰好擋在了勒勒闊與賀魯面前。

如果陪同烏紇一道進入營地的，是兩名領兵的伯克，也許還能夠突破姜簡的阻攔，上前救助自家主公。而勒勒闊與賀魯，卻是兩個年過半百，鬍鬚花白的老漢，哪怕身上藏著利器，也不是姜簡的對手。更何況，倉促之間，二人哪裡反應得過來？一個本能地伸手去推姜簡，一個大叫著試圖繞路，結果，被姜簡瞅準機會，一拳一個，雙雙放倒在地。

「保護大都護，保護大都護！」中軍帳內的親兵們，先看到明晃晃的短刀戳在中軍帳外的柳樹上，又聽到姜簡的高喊，哪裡還顧得上仔細推斷事情的來龍去脈。也紛紛高聲叫喊著拔出兵器，擋在了元禮臣身前，轉眼間，就將此人護了個水洩不通。很多動作，其實是在同時發生。前後總計不過三四個彈指功夫，就已經塵埃落定。姜簡打暈了勒勒闊與賀魯，迅速搜身。一組袖箭和一把短刀，相繼從勒勒闊衣袖和靴子裡被掏了出來。

賀魯比勒勒闊「老實」，沒帶短刀和袖箭，頭髮裡卻藏了一根三寸長的鋼釘。衣袖中，則是一大搡金葉子。

姜簡看都不看，將每搜出一件東西，就朝元禮臣的親兵們腳下一丟。而婆閏則揮動胳膊，先對準烏紇的後頸狠狠來了三記手刀，然後才再度扯開嗓子高聲控訴：「大都護，我剛才說的，句句都是事實。相關證據，我已經帶了過來。如果有半點兒虛假，就讓朝廷把我抓到長安去，千刀萬剮，明證刑典！」

元禮臣好像被嚇到了，一直沒有發出任何聲音，也沒有命令親兵制止姜簡和婆閏，直到婆閏打暈烏紇，再度發出控訴，才沉吟著呵斥：「嗯！住手，休得胡鬧！即便你的話為真，也不能動以私刑。更何況，老夫是奉了李大都護的命令，弔唁你的父親吐迷度可汗，並且調停你和烏紇二人的爭端！」

「末將明白！」婆閏聞聽，轉過身，畢恭畢敬地向元禮臣行禮，「末將還有一件事，要向大都護彙報。」

「儘管說來！」元禮臣笑了笑，柔聲吩咐。

「末將聽聞昔日班超出使西域……」婆閏借著轉身鞠躬的機會，探手從地上撿起姜簡故意丟到自己附近的短刀，貼著鎧甲縫隙，一刀捅進了烏紇的後心窩。「聞匈奴使者至，手刃之。末將不才，願效先賢故智。」

一邊說，他一邊快速拔刀覆刺，一刀又一刀，直到烏紇停止了掙扎，血盡氣絕。

第八十三章　心知肚明

事發突然，元禮臣根本來不及命令自己的親兵出手阻攔。待他反應過來，一切為時已晚，烏紇的身體已經被捅成了篩子，而婆閏也扔掉了刀，高高地舉起了血淋淋的雙手：「殺父之仇，不共戴天。末將大仇得報，願意跟大都護去長安城向天可汗當面領死！」

「你，你……」元禮臣手指婆閏，氣得好半晌都說不出一句完整的話來。在場的參軍和親兵們，一個個也傻了眼，雙手不知道該幹什麼才好。有心圍過去制服婆閏，後者已經主動領死，圍和不圍，根本沒有任何區別。而放婆閏走，大唐朝廷的威儀何在？大都護李素立和副大都護元禮臣兩人的臉面又往哪裡擱？

「大都護，你承諾要調停爭端，烏紇才帶著我們趕過來的！」正手足無措之際，梅祿勒勒闊的聲音，卻從地面附近響了起來。「一路上，我等還被婆閏派人反覆攔截。您今天如果不能給烏紇一個公道，回紇十八部健兒百姓，怎麼可能心服，嗚嗚，嗚嗚……」他隨身攜帶的袖箭和短刀，都已經被姜簡搜出。此刻赤手空拳，自知反抗也沒用，乾脆趴在地上，放聲大哭。

「來人，給我把婆閨綁了……」元禮臣聽得眉頭緊皺，立刻吩咐左右將婆閨拿下。還沒等親兵們採取行動，姜簡的聲音已經快速響起：「且慢，大都護，此乃血親復仇，何罪之有？更何況，烏紇與車鼻可汗暗中勾結，背叛大唐，此等亂臣賊子，理應人人得而誅之！」

「嗯？」元禮臣今天好像沒睡醒，聽了姜簡的話，立刻開始猶豫。

「副大都護，烏紇勾結車鼻可汗，乃是他們的一面之詞。而大都護那邊，一直在努力安撫車鼻可汗，試圖令其迷途知返，如今，已經略見眉目！」先前受了賀魯一片金葉子的那名參軍，姓張，乃是李素立的心腹，見元禮臣可能被姜簡的話語所「迷惑」，趕緊出言提醒。

「張參軍，你連證據都沒看過，怎麼知道婆閨說的，乃是一面之詞？」姜簡跟張參軍在受降城裡曾經打過交道，清楚此人是個什麼德行，狠狠瞪了他一眼，冷笑著反問。

「不是一面之詞，你們忙著殺烏紇做什麼？拿出來，還怕元副大都護不能秉公而斷不成？」張姓參軍老謀深算，豈肯被姜簡牽著鼻子走？將臉轉向他，連珠箭般反駁，「殺了烏紇，死人不能開口說話，想怎麼向他頭上栽贓，還不是由著你們？」說罷，根本不給姜簡回應機會，他就迅速將身體轉向了元禮臣，拱著手請求：「副大都護，請速速下令將這三人拿下。否則，草原上人人效仿他們，後果不堪設想！」

「嗯！」元禮臣似乎心動，揮了下手，示意親兵們上前拿人。

「這樣做，不太妥當吧！」胡子曰忽然上前半步，擋住了親兵們的去路，「拿下婆閨容易，冤殺了他也不難，問題是誰來統率回紇十八部？」

彷彿與他的話相印證，營地外，忽然傳來一陣人喊馬嘶。緊跟著，一名親兵小跑著衝過來，向元禮臣拱手彙報：「報，大都護，樹蔭下歇息那支回紇兵馬，鬧著要生火做飯，請大都護示下！」

「嗯，讓他們儘管做。來人，送十頭羊出去，給弟兄們加餐！」元禮臣立刻就恢復了清醒，果斷高聲下令。

十頭羊，給五百個人吃，每人也就分上一口肉湯。但是，其中所包含的安撫之意，卻清晰可見。

「賀魯長老，別裝了，我知道你已經醒了！」趁著元禮臣沒有繼續催促親兵們動手拿人的空隙，姜簡忽然蹲下身，用手去拍賀魯長老的臉，「起來告訴元大都護，吐迷度可汗到底是怎麼死的？」

「我……」賀魯長老的臉，被拍得火辣辣的疼。睜開眼睛，朝周圍張望。是姜簡最先看到的，便低頭盯著他，似笑非笑。而先前從他頭髮裡頭搜出去的鋼釘，位置伸手可及。激靈靈打了個哆嗦，賀魯立刻知道自己該如何選擇了。眼下烏紇已死，還知道毒藥是他交給烏紇的人，要麼死了，要麼遠在突厥別部。而有資格繼承吐迷度留下來的可汗之位者，只有三個人。俱羅勃已經率部南下，內附於大唐。烏紇已經變成了一具屍體，即便婆閏被押到長安城去，天可汗為了回紇各部的安定，也不可能治婆閏的死罪？

「大都護容稟，小人賀魯可以為婆閏作證。吐迷度可汗，的確是被烏紇下毒謀害！」終究是一頭老狐狸，短短幾個彈指時間，他就算清楚了利害，一軲轆爬起來，跪在地上彙報。

「賀魯！」張參軍鼻子都快氣歪了，瞪圓了眼睛斷喝。這回，元禮臣沒有再慣著他，把臉色一沉，低聲怒叱：「張參軍，要不，你來替老夫做這個副大都護？」

「卑職不敢，卑職莽撞了，願領副大都護責罰！」張姓參軍的額頭上，立刻滲出了汗珠，彎下腰，拱手請罪。李素立再對他信任有加，他也只是個參軍。職位和威望，都跟元禮臣差了十萬八千里。元禮臣先前看在李素立的面子上，給他表現機會，他當然可以由著性子說話。如果元禮臣惱了，不想給他表現機會，他再亂說話，大唐軍法可不是擺設！

「下去歇著吧！你今天估計也是累暈了頭！」元禮臣懶得跟這等小人計較，擺擺手，像趕蒼蠅一般將張參軍趕走。隨即，分開侍衛，緩步走到賀魯面前，柔聲吩咐：「繼續說，把你知道的，全都說出來。王參軍，將他說的話，一字不漏地紀錄在案，待老夫看過之後，立刻呈送聖上！」最後一句話，是對自己的親信吩咐的。立刻有一位王姓參軍答應著準備好紙筆，開始紀錄。

賀魯長老知道，自己能不能平安脫身，就看這一遭。因此，拿出全部精力，將車鼻可汗暗中派人拉攏烏紇與自己的經過，烏紇與吐迷度的妃子烏婭私通，烏紇與烏婭聯手給吐迷度下毒以及車鼻可汗答應嫁女兒給烏紇等事，和盤托出。

當然，凡是涉及到他自己，就全都用了「曲筆」。將自己打扮成對烏紇雖然忠心，卻從一開始就反對烏紇接受車鼻可汗的拉攏的諍臣，只是後來迫於無奈，才不得不跟著烏紇一條道走到黑而已。

關於毒藥是經自己之手，轉交給烏紇這一事實，賀魯更是打死了都不會實話實說，更不可能承認。

反正烏紇已經死了，回紇這邊除了他自己之外，也沒其他人能跟車鼻可汗那邊進行聯絡。而他，逃脫過今日的殺劫之後，肯定會辭去長老職務，帶著多年的積蓄去中原花花世界，從此再也不會於婆閨面前出現。

「嗯，唉……」元禮臣一邊聽，一邊頻頻點頭嘆息，卻不做任何評論。而婆閨，終於知道了自己父親真正的死因，也終於知道了兇手是誰，眼淚滂沱，哭得上氣兒不接下氣兒。烏紇被他親手捅死了，殺父之仇，他已經報了三分之一。幕後的主謀車鼻可汗，遠在千里之外，他想要找此人討還血債，還需要時間去積蓄力量，等待機會，但是，也不是毫無希望。只有最後一個仇人，父親的可敦烏婭，婆閨不知道自己究竟該恨她，還是該對她心存感激。每當眼前閃過當晚那團火焰，心中就猶如針刺！

「小人這次千方百計陪同烏紇前來覲見大都護，就是想要在大都護面前，揭穿他的真實面目，替，替吐迷度可汗，討還公道！」說到最後，賀魯自己把自己給感動了，抬手抹了一把眼淚，抽抽搭搭地補充：「小人死不足惜，還請大都護看在吐迷度可汗曾經為大唐鞍前馬後勞碌半生的份上，給他唯一的兒子婆閨一條活路！嗚嗚，嗚嗚……」

「賀魯，你無恥！」梅祿勒勒闊氣得臉都綠了，以手錘地，高聲唾罵。

「勒勒闊，你原來不知道烏紇的真實面目，你效忠他，沒有任何差錯。如今，如今他已經惡貫滿盈了，你又何必為他殉葬啊。」賀魯絲毫不覺得自己哪裡有對不起烏紇之處，轉過頭，哭著回應，「況且，況且咱們回紇十八部，可以沒有你我，不能沒有可汗啊！」最後這句，才是關鍵。沒有可汗，就沒了倚仗。等待回紇十八部的，要麼是自相殘殺，要麼是被人吞併的命運。當即，勒勒闊就說不出話來了，閉上眼睛，默默流淚。

「你今天這些話，老夫要呈送天可汗親覽，你可願意保證，句句為屬實？」聽賀魯已經招供不出新東西，元禮臣又嘆了口氣，正色詢問。

「句句屬實，句句屬實，如果有一句假話，就讓我天打雷劈！」賀魯長老立刻舉手對天發誓，模樣要多虔誠有多虔誠。

「來人，讓他畫押！」元禮臣也不深究，立刻吩咐參軍把紀錄好的內容拿過來，讓賀魯在末尾簽上名字，按上手印兒。待後者忙碌完畢，想了想，他繼續問道：「烏紇已經伏誅，但是他所帶來的那些弟兄，還在外邊。他的營地裡，據說還有不少追隨者。賀魯，你可願意輔佐婆閏，一起去收攏了他們？」

「願意，願意，他們都是小人的同族，小人願意勸說他們歸降婆閏可汗！」賀魯聞聽，立刻喜出望外，沒口子答應。

元禮臣朝著他點了點頭，隨即，將面孔轉向還在流淚不止的婆閏，「婆閏特勤，你雖然是血親復仇，卻已經違背了大唐法度。老夫現在出於大局考慮，勒令你戴罪立功，暫攝瀚海都護之職，你可願意？」

「末將，嗚嗚，末將多謝大都護成全！」婆閏哭得眼前發黑，頭腦卻始終保持著清醒，聽到元禮臣的話，立刻跪地相謝。

元禮臣皺了皺眉，用力擺手，「且慢，今日只是迫於形勢。如果天可汗親覽了賀魯的供詞之後，仍舊認定你有罪。老夫必將率部前來，捉拿你歸案！」

「若是天可汗認為卑職罪在不赦，末將必自縛了雙手，去受降城領死！」婆閏早就練習過如何面對這種情況，再度俯下首，按照胡子曰事先教導的話語承諾。

「你下去跟賀魯、勒勒闊一道，收攏烏紇的殘部吧。記住，他們都是你的族人，儘量不要流太多的血。」元禮臣看了他一眼，柔聲吩咐。然而，臉上卻不見半點兒笑容。

「遵命！」婆閏答應著站起身，帶領姜簡、胡子曰、賀魯、勒勒闊四個，告辭離去。才走出三五步，背後卻又傳來了元禮臣的命令聲，「姓姜的小子，你留下，老夫找你有事！」

「遵命！」姜簡「做賊」心虛，身體僵了僵，答應著停下了腳步。

「到老夫中軍帳裡頭來！」元禮臣也不說找他什麼事情，丟下一句話，轉過身，自己先進了中軍帳。

姜簡心懷忐忑，趕緊快步跟上。人才進了帳門，還沒等看清楚裡邊有幾個人，大腿上卻狠狠挨了一腳，差點又倒著一跤跌出門外。元禮臣單手扯住他的胳膊，將他重新拉回中軍帳內。趁著周圍沒外人，以與自家年齡極不相稱的敏捷動作，拳頭腳踢，「小匹夫，這回你滿意了？我就知道吳黑闥那老匹夫，教不出什麼好東西來，他混帳了一輩子，如果不是跟對了聖上已經不知道死了多少回。你跟誰學不好，偏偏學這個老匹夫！」

「饒命，前輩饒命！」姜簡挨了打，卻不敢還手，只能一邊躲閃，一邊連聲求饒。從一開始制定計劃，他就沒想過能完全騙過元禮臣。只求做得周密些，讓老將軍能夠有機會揣著明白裝糊塗。

而先前老將軍遂了他的意，既沒有把他和婆閏兩人的鬼把戲拆穿，也沒提前安排下人手阻止他們倆聯手報仇，此刻打他一頓出氣，也是合情合理的舉動，他沒資格喊冤。

「不饒，反正你早晚也得把自己給作死，還不如被老夫打死，好歹還能留下全屍！」元禮臣越打火氣越旺，拳腳只管朝著姜簡身上肉厚的地方招呼，絕不打臉。

「前輩，前輩，我可以戴罪立功，戴罪立功！車鼻可汗肯定會派兵前來給烏紇撐腰。說不定，他的兵馬已經到了半路上。晚輩給您打死了，婆閏一個人肯定支撐不過來！」姜簡知道，今日肯定得給老將軍一個交代，一邊抱著腦袋在中軍帳內繞圈子，一邊高聲提醒。

「戴個狗屁罪，立個狗屁功。你自己弄出來事情，難道還指望別人替你收拾殘局？」元禮臣終究年紀大了，很快就累得氣喘如牛，又追上去踹了他兩腳，厲聲吩咐：「滾出去做瀚海副都護，給老夫保住婆閏和瀚海都護府不要落到車鼻可汗手裡。如果做不到，你自己死在草原上就行了，千萬別往受降城內跑。否則，老夫親手砍了你的腦袋祭旗！」

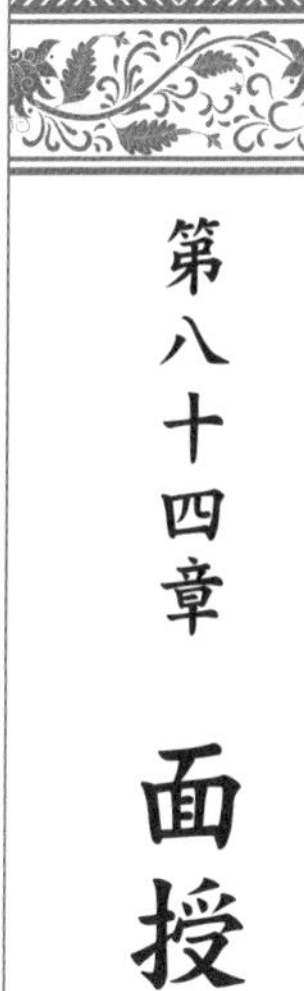

第八十四章　面授機宜

「得令！」姜簡立刻停止了逃竄，轉過身，肅立拱手，「大都護放心，末將一定與車鼻可汗周旋到底，不墜我大唐軍威！」

「你先別忙著保證，車鼻可汗準備了這麼久，實力不可低估。而他麾下的將領，也不全都是陟苾這樣的廢物！」元禮臣打累了，停止對他的追殺，活動著發疼的手腕開始說正事。

「您老知道，我們打敗了陟苾？」姜簡聞聽，眼神頓時一亮，帶著幾分驚詫詢問。

「這裡總計距離受降城不過一千多里路，你們把飛鷹騎殺得屍橫遍野，老夫若是到現在還沒收到消息，燕然大都護府上上下下，豈不全都成了擺設？」元禮臣翻了翻眼皮，沒好氣兒地回應，「更何況，就憑你師父那張嘴巴，他徒弟幹了如此揚眉吐氣的事情，他怎麼可能，不嚷嚷得全大唐都知曉？」

「那您老和李素立，豈不是也知道了烏紇與車鼻可汗暗中勾結？」姜簡的眉頭迅速皺緊，帶著幾分困惑繼續詢問。

「知道了，又怎麼樣？燕然大都護府的所有兵馬加起來都不夠兩萬人，轄地卻方圓數百萬里。就像灑胡椒麵兒一樣，放哪裡都不夠用。」元禮臣被問得臉色一紅，嘆息著搖頭，「你也別怪李大都護，他坐在那個位置上，首先想的是，如何保證受降城不丟。其次，才是管草原和大漠上的事情。所以，他不可能像你師父那樣，肆意而為。另外，他跟婆閏的關係，也不是師兄弟！」

「所以，即便他明知道吐迷度死得蹊蹺，也要裝糊塗。畢竟，吐迷度無論是怎麼死的，不會耽誤他的升官。」姜簡心中一片了然，卻沒有發出任何聲音。彷彿猜到了他心中所想，元禮臣又嘆了口氣，低聲補充：「他不會管吐迷度可汗究竟是病故，還是被謀害，當然也不會在乎婆閏和烏紇兩人，最後誰殺了誰。接下來，你們可以專心整頓兵馬，迎接車鼻可汗的進攻了。他那邊，即便再不高興，也絕不做出扯自己人後腿的事情！」

「朝廷仍舊不打算出兵平叛嗎？即便車鼻可汗已經反跡如此明顯？」姜簡聞聽，心裡頭愈發感覺涼嗖嗖的難受，帶著最後一絲希望追問。

元禮臣迅速朝周圍看了看，示意親兵們退下。然後，苦笑著搖頭：「房相已經病故了，聖上身體時好時壞，所以出兵平叛的事情，恐怕一時半會還不會有定論。」不忍心讓少年人，對大唐過於失望，想了想，他又迅速承諾：「不過，既然婆閏已經除掉了烏紇，一統回紇十八部。瀚海都護府的軍械，以後就可以參照慣例，找燕然大都護府調撥。如果你和婆閏這邊缺乏人手，也可以讓人拿著錢去受降城那邊雇一些刀客。只要數量別太多，李大都護肯定不會為難你們！」這也算意外之喜了，姜簡聞聽，立刻拱手向元禮臣致謝。後者心裡覺得有虧，猶豫了一下，又低聲指點道：「如果實在支撐不住，你可以建議婆閏，將瀚海都護府南遷到金河一帶，與受降城互為犄角！今年能作戰的時間已經不長了，草原上八月就已經下雪，長時間行軍，人和馬都很容易生病。而到了十一月，白毛風刮起來，野地裡能直接把人凍成冰塊，車鼻可汗再兵強馬壯，也不可能冒著頂風冒雪來攻打瀚海都護府。否則，哪怕人人都穿著皮裘，也得折損一半兒兵馬在路上！」

「到十一月還早著呢？」姜簡想了想，苦笑著回應

「是還得幾個月。但是，車鼻可汗也不能立刻就拿出全部力量對付你們。否則，無論輸贏，漠北其他各部，都會認為他外強中乾。」元禮臣笑了笑，低聲點撥。

與大都護李素立不同，他堅信，大唐的聲威不能靠文人的嘴巴和心計來支撐。雖然李素立曾經多次憑藉三寸不爛之舌，成功說服漠北的部落向天可汗李世民宣誓效忠。

在他看來，那是因為，李素立身後有百戰百勝的大唐邊軍。否則，光憑著空口白牙，那些部落的可汗、吐屯們，不把李素立剁碎了餵狗，已經是仁慈。怎麼可能聽了他幾句話，就爭相表態要做大唐的臣屬，並且將兒子送到長安「讀書」？

此外，元禮臣也不相信，朝廷會對車鼻可汗的行為永遠姑息下去。哪怕車鼻可汗不主動向受降城發起進攻，大唐朝廷，早晚也會騰出手來，派遣精兵強將，把突厥別部連根拔起。

他不是吳黑闥，做不到後者那樣灑脫，也沒有後者那樣傲人的資歷。作為李素立的副手和朋友，形勢越是緊張，他越需要跟李素立處處保持一致，以免被誤會與李素立不合，讓某些別有用心的人抓

到可趁之機。但是，他卻可以在力所能及的範圍內，悄悄給年輕人提供一些便利和幫助。因為大唐的未來，早晚會落在年輕人的肩膀上。

李素立老了，銳氣不再。他的年紀，也沒比李素立小多少。正如吳黑闥公開嚷嚷的那樣，他們可以老，皇帝陛下可以老，宰相房玄齡可以老，但是，大唐不能老。

如果大唐老了，草原上就可以出現無數個車鼻可汗，萬里之外的大食人，也會以更快速度撲過來，將大唐撲倒在地，分而食之！

「那邊情況如何？幾個小傢伙得手了沒？元禮臣什麼反應！」幾十里外的臨時營地，吳黑闥一邊揮舞著鋼叉活動筋骨，一邊隨口向正在下馬的吳良謀詢問。

「稟侯爺，已經得手了。」吳良謀不待站穩腳跟，就眉飛色舞地行禮，「烏紇被婆閏親手捅成了篩子，他身邊兩個老傢伙，根本沒來得及反應，就被姜簡給放倒在地。元副大都護好像有點兒生氣，但沒有治婆閏的罪，而是命令他暫攝瀚海都護之職，戴罪立功。」

「哼，這老狐狸，這會兒心裡頭不知道多高興呢！生氣不過是做給外人看！」吳黑闥對元禮臣同樣知根知底，將鋼叉朝地上一戳，撇著嘴數落。「讀書人，就是這般不敞亮。如果換了老夫或者程咬金坐在他那個位置上，早就親自領兵平叛了，還用假手幾個年輕後生？」

「那是，他怎麼跟侯爺和盧國公比？」吳良謀早就習慣了自家東主的「嘴臭」，笑著幫腔。

「烏紇那些爪牙呢？收編過程還順利嗎？」沒有跟元禮臣面對面，吳黑闥數落了兩句，就失去了興致，想了想，繼續詢問。

「我離開營地之前，婆閏已經過去收編了，沒有遭到任何抵抗。」吳良謀緩了口氣兒，繼續興奮地揮手，「那些人一路上被姜簡用計策折騰得筋疲力竭，到了白馬湖之後，又被元禮臣故意安排在大太陽底下曬得汗流浹背，聽聞烏紇伏誅，哪裡還有心思反抗？婆閏走過去隨便喊了幾句，就呼啦啦跪下了一大片！」

「嗯，小傢伙用得好計，像我，像我！」吳黑闥提起姜簡，心中就感覺得意，手捋著鬍鬚，很沒形象地自吹自擂。

「不過，姜簡被元禮臣帶到中軍帳裡頭去了，直到我趕回來向侯爺彙報之前，還沒被放出來！」吳良謀不好意思接他的話茬，壓低了聲音補充。

「沒事，元禮臣那老狐狸，才不會拿他怎麼樣！頂多嚇唬他一番，然後再偷偷教他怎麼從李素立那邊謀取支持。」吳黑闥絲毫都不擔心，笑著擺手，「走了，此間事了，老夫該去赴任了。否則，被言官知道，又是一堆麻煩！」說罷，一揮手臂，高聲命令：「通知全軍，收拾好行裝，一個時辰之後，拔營向西！」隨即，從地上拔起鋼叉，倒拖著走向自己的中軍大帳。沿途留下一串悅耳的金屬與石子碰撞聲。

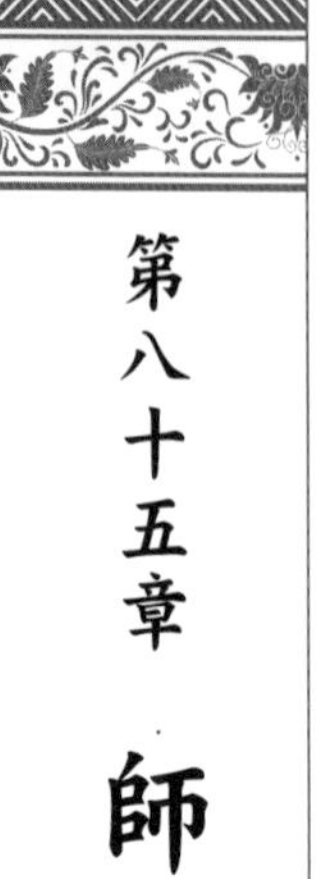

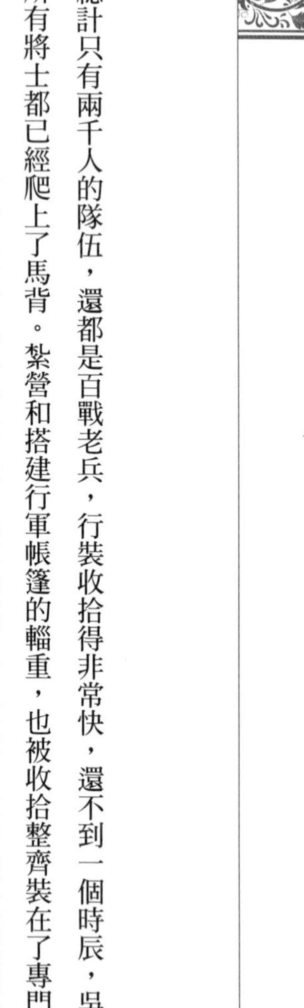

第八十五章 師徒

總計只有兩千人的隊伍，還都是百戰老兵，行裝收拾得非常快，還不到一個時辰，吳黑闥與他麾下的所有將士都已經爬上了馬背。紮營和搭建行軍帳篷的輜重，也被收拾整齊裝在了專門拉輜重的馬車上。這種馬車是內附於大唐的奚人工匠所造，光車輪就有一人多高。車身比車輪還要高出四尺餘，長度則是高度的兩倍。裝滿輜重之後，需要三匹遼東挽馬，才能拖曳得動，所過之處，留下兩道深深的車轍。但是，萬一在途中遭到敵軍襲擊，將龐大的車身首尾相接，就可以組成一道臨時城牆。草原各族戰士最擅長的奔射戰術，對其毫無用處。飛蝗一般的羽箭，盡數被高聳的車廂壁阻擋在外。而吳黑闥和他麾下的弟兄們，則可以藏在車廂後嚴陣以待。然後，瞅準時機策馬殺出去，直取對方的主帥！

「啟程！」吳黑闥一聲令下，隊伍開始徐徐前進。不需要奔襲敵軍或者馳援自家袍澤的時候，騎兵和馬車走得都不是很快。整個隊伍宛若一支龐大的船隊，在藍天白雲之下，翠綠色的「海面」之上，乘風而行。不時有斑鳩，沙雞和百靈鳥從草海中竄出，成群結隊飛上天空，清脆或者低沉的鳴叫聲，牽引著人的視線。而視線的盡頭，則是純粹的綠和純淨的藍，剎那間，就讓人心中湧起豪情萬丈。一邊趕路一邊欣賞風景，很容易就忘記了時間。

「的的，的的，的的……」轉眼到了傍晚，隊伍剛剛停下來歇息，隱隱約約卻有馬蹄聲在大夥身後響起。

吳黑闥的耳朵動了動，單手抄起鋼叉，在馬背上迅速扭頭張望。只見撒在隊伍後擔任警戒任務的斥候策馬匆匆而至，緊跟在斥候身側的，則是三匹大汗淋漓的駿馬和一個騎在馬背上的年輕身影。

「師父，師父，等等我！」策馬追來的年輕人抬起頭，揮舞高呼，不是姜簡又是哪個？吳黑闥的眼睛裡立刻就湧滿了笑意，一連串斥責，卻脫口而出，「小兔子崽子，你嫌命長嗎？大戰剛剛結束，就一個人像兔子般亂竄！萬一被烏紇麾下的餘孽遇到，看你有幾個腦袋給人家砍！」

「師父，我還有二十多名親兵，跟在後邊。他們太慢，我等不及！」姜簡早就習慣了自家師父這張逮誰噴誰的嘴，一邊策馬向隊伍靠近，一邊擦著汗回應，「師父，為何走得這麼急？都沒派人通知我一聲！還好，我的馬夠多夠快。」

「不要兩隻手都鬆開韁繩，小心馬蹄踩到老鼠洞！」吳黑闥瞪了他一眼，低聲提醒，「直接摔死了還好，萬一摔成癱子，下半輩子解手都得人幫忙擦屁股！」

「知道了，師父，我小心著呢！」姜簡低頭抄起馬韁繩，笑著回應。絲毫不以吳黑闥的「詛咒」為意。「師父，我帶了些酒，送給您在路上解渴。」

「老夫軍中又不缺這東西，用得到你獻殷勤？」吳黑闥撇了撇嘴，低聲數落。「上百里路，馬不停蹄追過來，小心你的腰！」

話說得雖然不好聽，但是，關心之意卻暴露無餘。吳良謀等人，在旁邊聽得有趣，一個個臉上全都露出了會心的笑容。

自家侯爺跟姜少郎這個弟子，可真是投緣。一個舌頭毒得幾乎分了叉，另一個則不笑不說話。爺倆湊在一起，肯定誰都不會感覺寂寞。

「師父，您先喝一口，不是馬奶酒，是正經的波斯葡萄釀。我從烏紇的倉庫裡翻出來的。這廝真的很會享受。」說話間，姜簡已經追到了近前。一邊減速，一邊從備用坐騎的鞍子上，接下一個皮口袋，解開封袋口的繩索，雙手遞到了吳黑闥的嘴邊上。

「甜得發膩的玩意，有啥好喝的？」吳黑闥看了他一眼，滿臉不屑地說道。然而，手上的動作，卻絲毫不慢。電光石火間，就接過了皮口袋，舉在嘴邊鯨吞虹吸。

「後面還有四大桶，我讓人馱在馬背上送了過來。師父您儘管紮營休息，他們跟著車轍印追，今夜肯定能追上您。」姜簡拉住坐騎，望著吳黑闥頭盔下露出來的白髮，笑著補充。

「嗯，你願意送，老夫就收著便是！」吳黑闥放下皮口袋，單手抹嘴，故意做出一副毫不領情的模樣。葡萄酒雖然甜膩，度數卻遠比中原的米酒高。因為喝得太急，他的臉孔迅速變成了紅色，但一雙眼睛卻愈發地明亮。

「師父為何不再留幾天，仗打完了，讓徒弟也好找機會盡一下孝心？」姜簡抬手抹乾淨了臉上的汗，笑著詢問。

「迷路哪能迷那麼久！」吳黑闥搖搖頭，低聲回應，「十天八天的，報告上再偷偷少報幾天，兵部那邊即便知道老夫是故意找藉口繞路，也能睜一隻眼閉一隻眼，讓老夫蒙混過關。如果停留在你那邊半個月以上，兵部的人就不好裝糊塗了！」說罷，又豎起眼睛，低聲呵斥，「你先前又回了一趟瀚海都護府，然後策馬追過來的？你不要命了，這一來一回，少說也折了七八十里路！策馬狂奔兩百多里，你真的想後半輩子都癱在床上嗎？」

「沒，沒那麼遠。我猜出師父的大致方位，然後抄近路追過來的。不用來回折！」姜簡一邊努力調整呼吸，一邊笑著解釋，「加起來也就一百五十里路，兩個半時辰才跑完，一點兒都不累。」

騎兵非作戰時的行軍速度，大概是每個時辰五十里上下。兩個半時辰走一百五十里，的確不算太趕。問題正常行軍每三十里左右，就需要停下來休息。而姜簡一百五十里路，卻是換馬不換人的持續奔行。

「你個小兔崽子，煮熟鴨子嘴硬！」吳黑闥低聲罵了一句，舉起皮口袋，將裡邊的所有葡萄酒一飲而盡。他出身寒微，早年為了生存而苦苦掙扎，投入瓦崗軍之後，又終日於刀山火海中行走，心臟早就被磨得又冷又硬。然而，面對自家徒弟的笑臉，卻有些硬不起來。只好用痛飲的方式，表達自己的謝意。「師父，給你這個下酒！」姜簡怕吳黑闥喝得太急傷了身體，又迅速從另外一匹馬的後背上，掏出幾根肉乾兒，雙手遞了過去。

「嗯！」吳黑闥接過肉乾兒，當著一干弟兄們的面，吃起了獨食。待一整根肉乾下肚，胃腸裡暖得愈發厲害。抬起手，笑著摸了摸姜簡的頭，低聲說道：「做得不錯，烏紇恐怕到死，都想不到你將真正的殺招放在了元禮臣的中軍帳門口兒。而元禮臣那廝也有了足夠的理由，向李素立交代。」

「是師父教得好！」姜簡不敢居功自傲，笑著拱手。

「狗屁，這種黑心主意，老夫可教不了你！」吳黑闥的手，立刻從撫摸變成了輕拍，先給了姜簡一巴掌，搖頭否認，「老夫如果有你這般智計百出，凌煙閣上就該留下塑像了。還會被扔在受降城裡頭，天天受李素立那廝的鳥氣？」說罷，又笑著補充：「不過，這是好事兒。老夫教你了策馬衝陣，你自己琢磨透了如何用計，將來草原和大漠上，就一定能留下你的蹤跡和名號。說不定哪天你做了燕然大都護，史官為你做傳，少不得也要提師父我一句，少年時師從吳黑闥，盡得其真傳。」

「師父放心，徒兒一定努力不負師父期待！」姜簡聽得心中豪氣頓生，笑著許下承諾，絲毫沒感覺自己的話，有些狂妄。

「那師父就等著！」吳黑闥瞬間，彷彿看到自己少年時的影子，大笑著點頭，「別讓師父等太久，哪怕師父已經死了，你也要記得把朝廷封你的聖旨，謄抄一份燒給師父！」

「師父可不能這麼說，您比黃忠年輕多了，肯定能看到那一天！」姜簡聞聽，趕緊笑著擺手。

「老夫，倒是希望如此！」吳黑闥嘆了口氣，帶著幾分感慨回應。他知道，以自己這個年齡遠赴龜茲，馬革裹屍而還的機會，遠遠高於生入玉門關。對於武將來說，這是一份驕傲，也是一種遺憾。

驕傲的是，自己已經到了暮年，仍舊是大唐將軍排得上號，仍舊能為大唐披甲而戰。遺憾的則是，大唐的下一代將軍成長得太慢了，對於整個國家來說，多少有些青黃不接。而大食人的號角聲，已經在大唐的邊境上吹響。

「師父需要走多久，才能到達龜茲！」不願讓離別的氣氛太傷感，姜簡故意轉換話題。

「不迷路的話，照今天的速度，大概需要走兩個月！」吳黑闥在心裡快速計算了一下，笑著回答。

「那豈不是在路上就要下雪？」姜簡雖然早就知道龜茲路途遙遠，聽聞要走兩個多月，仍舊被嚇了一跳，擔心的話脫口而出。

「塞外比長安冷得多，每年八月份就能見到雪花了。但是，不起風就凍不死人。如果起了風，就只好住在輜重車裡，耐心等待風停下來。」吳黑闥經驗豐富，迅速給出了答案。

忽然間想起來，姜簡從沒在塞外生活過，他又趕緊低聲叮囑：「你和婆閏也得抓緊做準備了，眼下是七月底，頂多再有二十天，第一場雪就會落下來。雖然第一場雪是暖的，但接下來的天氣會越變越冷。而車鼻可汗想要拿下回紇，就不可能拖到冬天出兵。老夫估計，在一個月之內，他肯定就會派兵打過來。」

「知道了，謝謝師父。」姜簡聽得心中發暖，輕輕點頭。

「元禮臣沒提醒你這些？這老匹夫，別讓老子找到機會。」吳黑闥卻更不放心，皺著眉頭詢問。

「元大都護下午時，跟師父您說過同樣的話！」姜簡聞聽，趕緊替元禮臣解釋。

「嗯，那老匹夫經驗豐富，既然他叮囑過了，師父就不囉嗦了。」吳黑闥眉頭迅速舒展開，笑著點頭，「他難為你沒有？那老匹夫酸得很，雖然默許了你們殺掉烏紇，過後為了把他自己摘乾淨，肯定也要找你的麻煩！」

「沒怎麼難為，踢了我幾腳，我當時穿著鎧甲！」姜簡不想讓師父擔心，一邊活動身體給對方看，一邊回應。「然後，他讓我暫時擔任瀚海都護府副都護之職，輔佐婆閏。」

「老匹夫，我就知道他會這樣！」吳黑闥低聲罵了一句，不屑地搖頭，「不過，他暗中幫了你的忙，打幾下也就打了。過後，你記得給他和李素立兩人，都送一份土特產。讓婆閏出這份錢。特別是給李素立那份，一定要誠意十足。那老匹夫未必在乎烏紇與婆閏誰做回紇可汗，卻一定會在乎誰沒給他塞好處！」

「弟子明白，弟子回去之後，就做準備。」姜簡知道，自家師父絕對不會無的放矢，拱起手，鄭重答應。

「那你現在就滾吧，天色晚了，你現在是一方都護，老夫不方便留你住在軍營裡！」吳黑闥為人乾脆，覺得沒更多東西需要叮囑姜簡，立刻揮手趕人。「師父，送酒的人還沒到！」下次相見還不知道是什麼時候，姜簡搖搖頭，迅速給自己尋找留下的藉口。「天氣還暖和著呢，我在您營地外，隨便搭個帳篷就好！」

「他們到了，老夫會把酒收下，不需要你在旁邊幫忙！」吳黑闥卻堅決不答應，硬起心腸，繼續趕人，「說不定，車鼻可汗的兵馬已經在路上了，你連夜趕回去，幫助婆閏整軍備戰。他剛剛殺死烏紇，位置不穩，有你在，可以借助元禮臣的虎皮，震懾其族裡的野心勃勃之輩！」

「這……」姜簡還想再賴一會兒，卻看到吳黑闥掏出了馬鞭。只好拱手俯身，在馬背上行禮，「那，師父我走了。師父，您路上小心！」

「走吧，師父不用你叮囑！」吳黑闥揮了下馬鞭，不耐煩地驅趕。姜簡無奈，只好撥轉坐騎，才走了幾步，忽然又想起一件重要的事情，趕緊回頭。

「千萬要小心你的背後！自己人背後捅刀子難防範。」老將軍恰好策馬追了過來，用只有師徒兩人能夠聽見的聲音叮囑。

「師父到了龜茲那邊，千萬小心大食人！」在同一時間，姜簡的叮囑脫口而出。

師徒倆相視而笑，然後揮手告別，直到很久很久以後，各自的心房裡，仍有一股暖意縈繞不散。

大唐遊俠兒・卷二・老將與少年　完

PL00118

大唐遊俠兒・卷二・老將與少年

作者—酒徒
編輯—黃煜智
行銷企劃—林昱豪
校對—魏秋綢
內頁排版—綠貝殼資訊有限公司

副總編輯—羅珊珊
總編輯—胡金倫
董事長—趙政岷
出版者—時報文化出版企業股份有限公司
108019台北市和平西路三段二四〇號七樓
發行專線—（〇二）二三〇六六八四二
讀者服務專線—〇八〇〇二三一七〇五
（〇二）二三〇四七一〇三
讀者服務傳真—（〇二）二三〇四六八五八
郵撥—一九三四四七二四時報文化出版公司
信箱—一〇八九九台北華江橋郵局第九九信箱
時報悅讀網—http://www.readingtimes.com.tw
思潮線臉書—https://www.facebook.com/trendage
法律顧問—理律法律事務所陳長文律師、李念祖律師
印刷—綋億印刷有限公司
初版一刷—二〇二五年一月十日
定價—新台幣四二〇元
（缺頁或破損的書，請寄回更換）

時報文化出版公司成立於一九七五年，
並於一九九九年股票上櫃公開發行，於二〇〇八年脫離中時集團非屬旺中，
以「尊重智慧與創意的文化事業」為信念。

大唐遊俠兒．卷二，老將與少年／酒徒著．
-- 初版．-- 臺北市：時報文化出版企業股份
有限公司，2025.01
416面；14.8×21公分
ISBN 978-626-419-007-7（平裝）
857.7　　113017298

本著作之繁體版權由七貓中文網獨家授權使用。

ISBN 978-626-419-007-7
Printed in Taiwan